輝天炎上

海堂 尊

角川文庫
18397

輝天炎上　目次

第四部　真夏の運命

◉序章　二重螺旋の悪魔

——医学はクソったれの学問だ。
だから医学生、お前は患者の死に学べ。
そうすれば、いっぱしの医者になれるだろうさ。

桜宮巖雄

今もこの胸に残る、ふたつの言葉がある。それは双子の姉妹が残したものだ。対になったふたつの言葉はコインの裏表のように一体となり、僕の胸に刻印をした。

――人は必ず死ぬ。死の沈黙に還《かえ》った時、因果律は完成するの。

死の女王は、そう言って僕からひかりを奪った。人生が因果律の完成で終わるのなら生きている意味などない。僕は虚無の世界に囚《とら》われた。

そんな僕に、天辺から一条の救いの糸を垂らしてくれたのは、ひかりの女神だった。

――物語には必ず終わりがある。だけどピリオドを打った時、永遠のいのちを得るの。

僕たちが日々紡ぐ物語は、いつか必ず終わりを迎えるけれど、それでも僕たちが生きることには何か意味があり、ささやかな思いの積み重ねがこの世界を作り上げている。

それを教えてくれたのが、ひかりの女神の言葉だった。

だから僕は、死の女王を憎み、ひかりの女神を愛した。

ヒトは誰でも、二重螺旋《らせん》の悪魔だ。

設計図の記憶・DNAは二重螺旋構造を取り、アミノ酸を指定するコドンはその片方にのみ記載され、もう片方はナンセンスコドン（無意味なコドン）などという失礼な呼ばれ方をしている。だが、現実にある二つの暗号コードのうち、片方にしか意味がない、などという不条理が起こりうるものなのだろうか。実は二重螺旋の片割れには別の記憶が隠されていて、そのどちらが発現するかは時の運であり、神のダイスの目によって決まるのではないだろうか。

そう考えなければ、僕が死の女王に対するナンセンスコドン、すみれの言葉によって蘇生《そせい》したという事実が説明できなくなってしまう。

古びた病院の最後の夜、ひかりの女神は紅蓮《ぐれん》の炎に身を投じ、僕たちの目を欺いて逃げ延びたと信じた。でも螺鈿《らでん》の部屋の人形を身代わりに、冥《くら》い地下道を逃れたのは死の女王の方だったのかもしれない。そう思うようになったのは当然の帰結だ。

ひかりは一瞬で消滅するが、闇は永遠に在り続けるのだから。

小百合《さゆり》が生き延びているとしたら、それは僕がすみれを見殺しにしたせいだ。だから僕はこの手で小百合を葬り去らなければならない。ひかりの女神に救われた僕は、死の女王が生き延びているのを、おめおめと見過ごすわけにはいかないのだ。

そんな決意を胸に抱いた途端、僕の人生は色鮮やかに変貌《へんぼう》を遂げた。

そして季節は巡る。僕はあの夏、奈落《ならく》の底の伝説を生きた。

最低最悪の夏だった。でも、僕は、あの夏を忘れない。

生命の蘇生、それは真夏の神話だ。そして神話は語られることで完成する。

だから僕は、語り始める。失われた生命と物語のために。

◉第一部　僕たちの失敗

――私、そういうジンクスを見ると、ぶっ壊したくなるんです。

冷泉深雪

1章　極上の優等生

2008年11月11日　赤煉瓦棟1F・大講義室

今でも時々、フラッシュバックのように、華やかな光景が蘇《よみがえ》る。

燃えさかる炎。焦げた匂い。建材が爆《は》ぜる音がする中、その声だけが涼しく響く。

「天馬《てんま》君、グッバイ」

剝《は》がれかけたかさぶたを剝がしては、新たなかさぶたを作ることに熱中する偏執狂のように、僕は同じ記憶を繰り返し再生し続けている。

僕は首に下げたロザリオを、片手で探り当てた。

どうやら僕はすっかり「更生」してしまったらしい。毎日のように足繁く通っていた雀荘《ジャンそう》「スズメ」から遠ざかり、授業に皆勤する日々を続けているのだから。

講義を聴いていれば試験をクリアすることは容易《たやす》い、などと恥じらいもなく口にしてしまうような真面目な学生に成り下がったけれど、実は僕のこころは講義室にはない。

遠く桜宮《さくらのみや》岬の突端に置き忘れてきてしまったからだ。

「何ぼんやりしてるんですか、天馬先輩」

我に返り見上げると、ふたこぶラクダみたいな髪型、ツイン・シニョンが目に入る。
その可愛らしい声の持ち主の名は、冷泉《れいせん》深雪《みゆき》。
冷泉と書いて「れいせん」と読む。公家《くげ》っぽい名字で、字面からして一般人と一線を画しているお嬢さまだが、本人は特別視を嫌い「れいぜい」と読ませるお公家さまとは違うと、ことあるごとに強調する。それにしても目立つ名字に深雪などという典雅な名前をつけるなんて、両親は、コイツが生まれ落ちた瞬間に、美少女になるだろうという絶対的な自信を持っていたのだろう。

さりげない着こなしだが、ファッション音痴の僕にさえ育ちのよさを感じさせる。大きな目は、夢中になるとほんの少し寄り目になる。鼻は少し上向きながらつんとして、口元はきりりと赤い。

ありきたりの言い方をすれば、かなりの美人。だけどこうした顔立ちの女性の常として、性格は少々キツい。スレンダーな肢体には派手なチャイナドレスが似合いそうだ。合気道部に所属し、かなりの使い手だとも聞く。華奢《きゃしゃ》な身体の四方八方に漂う万能感は、感心するのを通り越し、恐怖心さえ感じさせる。

僕はそんな怯《おび》えをひた隠し、平静を装いながら言う。

「悪いな、冷泉。無視したつもりはないんだ。ところで何か用なのか？」

「今日中に公衆衛生学の実習研究計画を提出しなくてはならないので、Z班の一員として天馬先輩にもアイディアを出してほしいんです」

きれいさっぱりすっかり忘れていた。公衆衛生学の実習研究は定型がなく、相当な労力がかかるので、面倒臭い。何とか参加せずに済ませたいな、などと不埒《ふらち》な思いを胸に秘めつつ、冷泉に問いかける。

「そもそも公衆衛生学なる学問は、輝かしい青春の時間を捧《ささ》げる価値があるのかな」

僕の紋切り型の問いかけに、にっこり笑って答える美少女。

「世界保健機関によれば公衆衛生学とは〝疾病を予防し、生命を延長し、身体的、精神的機能の増進をはかる科学であり技術である〟バイ・ウィキペディアです。このように疫学、生物統計学、医療制度など、広範な医学領域に直結しているため、青春の一頁を捧げる価値はあります」

滔々《とうとう》と正論を述べる、寄り目気味の美少女。いやはや何とも疲れる。

そもそも、多重留年者ゆえに僕のことを先輩と呼び続ける冷泉の律儀さには閉口してしまう。確かに冷泉は後輩になるがそのあまりの優等生ぶりに、こっちは彼女を後輩だなどと思ったことは一度もない。

そんな冷泉深雪から少し離れて、Z班のメンバーがこちらをちらちら盗み見ている。まあ、メンバーなんていったところで矢作隆介《やはぎりゅうすけ》と湯本久美《ゆもとくみ》のふたりだけなんだけれど。

彼らはいつも僕とそこはかとない距離を取っている。物理的距離だけではなく精神的な距離も、だ。ついでに言えば矢作と湯本は公認のカップルだ。

その湯本久美が冷泉深雪に声をかける。

「ミユ、早くいかないと、カフェテリアの席が埋まっちゃうよ」

「すぐ行くから、先に行って席を取っておいて」

ふたりが姿を消すと冷泉深雪は、僕の前の席の椅子にまたがり、僕と向き合った。

「というわけで、あとは天馬先輩のアイディアについて、彼らと検討するだけです。私、お腹がぺこぺこなんで、早くしてほしいなあ」

何が〝というわけで〟なんだ？　そんな風に一方的に君の都合ばかり言い立てられても、こっちだって困ってしまう。

仕方なく、僕はいつもそうしているように、流れに身を任せる。

「冷泉に任せるよ」

「それはダメです。天馬先輩はすぐバックれようとするから、何かやる時はど真ん中に置いて監視しないといけないよって教えてくれた、親切な先輩がいるんですから」

「そんな余計なことを言ったヤツは、どこのどいつだ？」

「空手部の田端《たばた》先輩です」

ち、田端のヤツめ。たぶん武道系の合同忘年会で、お酌上手の美少女と隣り合わせになって舞い上がり、あることないことを垂れ流したに違いない。

悪いヤツではないが、酒が入ると少しお口が軽くなる。たとえ悪意がなくても、僕にとって都合が悪い事実もある。ささやかな世間話を、相手が同じように受け止めてくれるという保証はない。

仕方なく僕は、行き当たりばったりの提案をして、この難局から逃れようとする。

「そこまで言うなら、ひとつアイディアを出すけど、僕の手持ちのアイディアはこれで全部だから、これでダメなら、後はそっちで勝手に決めてくれ」

冷泉深雪は身を乗り出してくる。起動した携帯電話を手にしているのは、ボイスメモでも取るつもりなのだろう。ソツのないヤツ、と思いながらも正直言えば、僕の提案に対する熱意より、その髪から漂う甘い香りの方が気になって仕方がない。

前のめりで待ち構える冷泉深雪に、妄想と邪念を振り払いながら言う。

「日本の死因究明制度の問題点、および桜宮市における実態調査」

四角四面の回答が意外だったらしく、口をぽかんと開けた。

「何だか、ずい分と真面目ですね」

「お気に召さなければ、好きにしてくれ」

冷泉は、あわてて言う。

「狙いはよさげですけど、見学施設とかに心当たりはあるんですか？　ウチの法医学教室とかすぐ浮かびますけど、ちょっとありきたりでインパクトが足りない気がします」

「あてなら、あるよ。昔、桜宮岬に碧翠院《へきすいいん》桜宮病院という古い病院があった。そこを隠れ主題にして研究を組み立てたら面白いかな、と思ってね」

この辺までは提案者としての義務かな、と考えてそう答えると、僕は壁の掛け時計を見上げた。

「これでいいだろ。早く行かないとランチタイムが終わっちゃうぞ」

冷泉深雪は呟《つぶや》きながら携帯電話のメモに打ち込み、復唱する。言い回しが少し違う気もするが、僕自身が正確に復唱できそうになかったから、あえて指摘はしなかった。

部屋を出て行こうとした冷泉は、扉のところで振り返る。

「天馬先輩、たまには私たちと一緒にランチしませんか？」

「遠慮しておく」

にべもない僕の答えを聞いて、冷泉深雪は肩をすくめて、部屋を出て行った。


オープンしたての一階ロビーのカフェテリアは、ランチタイムだけあって満席だ。冷泉深雪が周囲を見回すと、一番奥の席で湯本久美が手を振っていた。隣には掌《てのひら》をテーブルの上に、そして怠惰な頭をその甲に載せた矢作隆介が突っ伏している。

人混みをかき分け、席にたどり着くと、待ち構えていたように湯本久美が言う。

「ミユ、いつまであんな落第生とツルんでいるのよ」

「仕方ないじゃない。同じグループなんだもの」

湯本久美の言葉に相方の矢作隆介も同調する。

「あの人、連続ダブリであと一回落とすと放校だろ。一緒にいるとバカがうつるぞ」

「天馬先輩はバカじゃないわ。横着者だけど」

「それってどこが違うのよ」

一瞬答えあぐねた冷泉深雪だったが、すぐに言う。

「授業の出席率だって、私たちの中では一番いいはずよ」

「でも、授業中はボンクラボヤみたいに大口を開けて、頭をゆらゆら揺らしながらうつらうつらと居眠りばかりしてるっていう評判だぜ」

矢作隆介が皮肉交じりの笑顔で言うと、湯本久美も追い打ちを掛ける。

「いい迷惑よね。落第生は出席番号の最後になるから、Z班に割り込んできちゃってさ。森村《もりむら》君が一緒だった去年が懐かしいわ。ミュとはいいコンビだったのに」

「済んでしまったことをぐずぐず言わないの。課題の提出期限は今日中なんだからね。ここで決めちゃうわよ」

冷泉深雪はぴしゃりと言った。矢作隆介が混ぜ返すように尋ねた。

「ところでウワサの天馬大先輩は、素晴らしいアイディアを出してくれたのかな？」

冷泉深雪は携帯の画面の文字を読み上げた。

「天馬先輩の提案は『日本の死因究明制度の桜宮市における実態調査』でした」

「多重債務留年生にしては堅苦しいタイトルだなあ」

「そんなことないわ。生真面目で、奥深い問題提起を含んだいい課題だと思うわ」

「どうしたんだよ、冷泉。急にあんなヤツに肩入れして」

「別に。ただ、いい課題だなって素直に思っただけよ」

ムキになって否定する冷泉深雪をにやにや眺める矢作隆介の隣で、湯本久美が言う。

「それって何だか暗そう。法医学教室とか見学するつもりなんでしょ。苦手なんだよね、あたし。ゾンビみたいな死体写真がわじゃわじゃ出てきてさ」

湯本久美のクレームに矢作隆介が同調する。

「解剖かあ。実習でお腹いっぱいだな。どうせならもっと楽しそうな課題がいいな」

「A班は『プレジャーランドにおける鬱病《うつびょう》軽快の可能性について』ということで、みんなで三日間、ハイパーマンランドに行くらしいわ。ウチは〝人気グループ『夏みかん』コンサートの参加者における精神高揚の実態〟あたりなんて、どうかしら」

「どうせ二人で近々『夏みかん』のコンサートにでも行くつもりなんでしょ」

冷泉深雪が睨みつけると、湯本久美は、バレたか、と言ってちろりと舌を出す。

冷泉深雪は、呆《あき》れ顔で言う。

「あのね、さる所から得た極秘情報によれば、公衆衛生の清川《きよかわ》教授は東城《とうじょう》大生え抜きで、郷土である桜宮市への思い入れが滅茶苦茶《めちゃくちゃ》強いから、桜宮に関係した実習にしないとダメだけど、『夏みかん』企画ではそこがクリアできないわ」

湯本久美は、人差し指を立て左右に振り、ちっちっち、と舌打ちをする。

「キヨッチ対策はぬかりないわ。『夏みかん』は桜宮出身だから故郷凱旋《がいせん》コンサートを見に来る桜宮市民を対象にすればいいのよ。それにとある筋からの情報では、キヨッチは『夏みかん』の大ファンらしいの」

矢作隆介がぱちんと手を打つ。

「それなら『アイドルコンサートにおける桜宮市民老若男女の高揚感と多幸感が及ぼす疾病の正相関についての多変量解析』とか、格調高い表題にすれば完璧《かんぺき》だな」

「多変量解析できるほど、たくさんサンプルを調べるつもりなの？」

冷泉深雪がぽつりと言う。

冷ややかな視線を無視し、矢作隆介がフォローする。

「そうだ、いいこと思いついた。Z班は二手に分かれて調査して、年明けにどちらかに決定する、なんていうのはどうかな？」

「冗談じゃないわ。そんなことをしたら、あなたたちみたいに、やるやると言いながら結局何もやらない人間が得をするだけだもの」

「さすがメンバーが替わっただけあって、冷泉も厳しいことを言うようになったねえ。森村が相棒だったら言わなかったんじゃないの、そんなこと」

図星を衝《つ》かれて、冷泉は黙り込む。

すると湯本久美は言った。

「それならこうしたら？　ペアでふたつの研究を年末までにまとめ、年明けに課題を採用されなかった方がまとめと実際の発表を引き受ける。それならフェアでしょ？」

まあそれでもいいかと思いかけた冷泉深雪は、重大なことに気がついてうろたえる。

「ちょっと待って。そしたら私は天馬先輩と二人で、あの暗い課題に取り組まなくちゃいけないってこと？」

「だってミユは、素晴らしい課題だと思っているんでしょ」

そう言われては、ぐうの音も出ない。ちらりと時計を見た矢作隆介が湯本久美にアイコンタクトをすると、ふたりはそそくさと立ち上がり、トレーを片付け始める。

「どこへ行くの。課題の話し合いは終わってないわ」

湯本久美が両手を腰に当て、冷泉深雪を見下ろした。

「遅れてきたミユが悪いのよ。ロードショーはあたしたちを待ってくれないんだから」

「午後の授業はどうするつもり？」

「サボリに決まってるだろ。そうそう、最終決定は冷泉に一任するから」

矢作隆介と湯本久美は、そそくさとカフェテリアから姿を消した。残された冷泉深雪は、焼きたてのクロワッサンをさくりと一口食べ、ほう、とため息をついた。


退屈な生化学は、出席率が低い。でも、僕が新入生だったウン年前はサボリが横行していて、生化学なら出席者は一桁《ひとけた》だったのに、今は八割が出席している。

僕が出席しているのは、どうせヒマを持て余すくらいなら、単位を稼ぐ方が身のためだと思っているからだ。そんな僕が振り分けられたZ班は、今の更生した僕ではなく、落第生だった昔の僕と親和性が高そうな連中が顔を揃えていた。

冷泉深雪はサークル活動優先で出席率はよくないが、成績はトップクラス。矢作隆介と湯本久美は人生謳歌《おうか》タイプで、退屈な講義は自主休講することが多い。三人とも現在の学生では変わり者だから仲良くなれそうな気もしたが、残念ながらあっちが授業に出ないので、真面目に出席している僕とは接点が少ない。でも、そんな連中が親しみを込めた視線を向けてきたら、僕の方から逃げ出しただろう。

僕の周囲にはいつも、こんな風に灰色の垂れ幕が覆い被《かぶ》さっている。それは、いくらかき混ぜても不溶物がフラスコの底に沈殿し続ける化学実験の生成物のようだ。青春まっただ中にいる〝同級生〟には、決してわからない空気感だろう。

「天馬先輩、Z班の課題が決まりました」

授業が終わり学生たちが羊の群れのように講義室を出て行く中、黒板の文字を意味あるものとしてではなく、サイケデリックな模様としてぼんやり眺めていた僕の目の前に、冷泉深雪が姿を現した途端、僕の周囲は雨上がりの夕空のように明るくなった。

冷泉深雪の正のパワー、おそるべし。

「天馬先輩に提案してもらった企画、一発OKでした。よろしくお願いします」

めまいを感じながら尋ねる。

「冷泉はともかく、あの二人がよくあんな暗い課題に賛成したな」

冷泉深雪はぎょっとした表情になるが、すぐに開けっぴろげの笑顔になった。

「さすが、天馬先輩の目はごまかせませんね。あの二人は、私たちとは別の企画で、『アイドルグループ〝夏みかん〟コンサートにおける精神高揚の実情』という課題にチャレンジします」

「そっちの方がよさげだな。でも確か公衆衛生実習の課題は、桜宮市つながりが必須《ひっす》のはずだから、桜宮と無関係の『夏みかん』ではダメだろ？」

「実は『夏みかん』は桜宮出身のアイドルグループなんです」

「その程度で公衆衛生命の熱血漢の清川教授がＯＫするかな」

冷泉深雪がうなずいたので、彼女も僕と同じ危惧《きぐ》を抱いているのだとわかった。

そして、そうした危機感を共有していると僕の企画が採用されてしまうではないか、とふと気がついた。墓穴を掘りそうになった僕は、あわてて質問を変える。

「何で研究を二本立てにしたんだよ。余計な手間が掛かるだけじゃないか」

「『夏みかん』企画は矢作・湯本の二票、死因究明企画は私と天馬先輩の二票で同票でした。なので各チームで研究を展開して、年明けに成果を持ち寄り決選投票することになりました」

「何でわざわざ、そんなしちめんどくさいことを……」

僕が絶句すると、冷泉深雪はさらりと言う。

「掛け捨ての保険です」

掛け捨てにするくらいならいっそ、きっぱり解約してほしい。

そう思ったその時、脳裏に閃《ひらめ》きが走った。僕は冷泉深雪の顔をのぞきこむ。

「それなら今ここで、どちらにするか決選投票しよう。決を採るぞ。死因究明の企画の方がいいと思う人」

元気よく挙手する冷泉深雪。僕は採決を続ける。

「それじゃあ、夏みかん企画がいい人。はーい。僕と、ここにいない矢作と湯本も賛成するはずだから、三対一で夏みかん企画に決定」

ぱちぱちとひとり拍手をしている僕の顔を、冷泉深雪はしみじみと見つめて言う。

「天馬先輩って、面白い人ですね」

寄り目気味の美少女にまじまじと見つめられ、動揺して目を伏せる。

「天馬先輩は大切な点を忘れています。あの二人は私に全権委任しているんです。ですから私の一票は三人分になるんです」

すかさず冷泉は再投票の決を採り始める。

「では改めまして、死因究明企画に賛成の人。はーい、はーい、はーい」

冷泉深雪は三回、手を上げ下げして、湯本久美と矢作隆介の代行投票をしてみせる。

「というわけで、三対一でダブル進行することになりました」

僕は誰にも聞こえないようにぶつぶつ呟《つぶや》く。

……いや、お前のその強引な論理展開の方がよっぽど面白いって。

たった今、あの二人が僕の企画に賛成するはずがないと言ったばかりだろ。

だが肝心の矢作と湯本がこの場にいないのは致命的だった。彼らの意思を確認できれば、委任されたと主張する冷泉深雪の論拠を打ち破れたかもしれないのに。

　仕方なく、僕は別の角度で抗《あらが》ってみる。

「冷泉は、そんなにこの課題が気にいったのか？」

「興味はあります。正直言えば、ほんのちょっとだけ、ですけど」

「そもそも、何で湯本たちの案じゃダメなんだよ」

　冷泉深雪は苦笑して言う。

「矢作君と湯本さんは一緒だと仕事をしないからです。賭《か》けてもいいですけど、二人は課題をやってこないと思います。そうなったら手遅れなので二股《ふたまた》をかけたんです」

　呆然《ぼうぜん》とした。僕の方が信頼されてるなんて、時代の移り変わりを感じてしまう。

「わかった。そこまで言うなら、冷泉に従う」

「よかった。ではまず、研究の概略作りとスケジューリングを決めましょうね」

　丸投げで窮地から逃れようとした僕の目論見《もくろみ》を最初から見抜いていたかのように、冷泉深雪は、きっちり僕をカタにはめた。こうして僕の、行きあたりばったりのトンズラ計画は、いともあっさりと頓挫《とんざ》させられてしまったのだった。

　僕よりも冷泉の方が数枚上手であることは間違いない。

2章　公衆衛生学教室・清川司郎教授

11月11日　赤煉瓦棟4F・公衆衛生学教室

いつの間にか「桜宮市の死因究明制度の問題点をえぐる」なる僕の提案企画が、Z班の総意になってしまっていて、その上なぜか学年で一、二を争う才色兼備の女子医大生、冷泉深雪と行動を共にすることになってしまった。おまけに気がつくと、タイトルがワイドショウ風味に変わっていた。

このままいくと、企画がコケたら僕の責任になってしまうではないか、とふと気がついた。それは非常にまずい。リスクを分散して、保険をかけておかねば。

というわけで、とりあえずお墨付きをもらうために、教授に相談しようと思いつく。そこで企画の正当性を認定してもらえればいいし、湯本たちの企画がレコメンドされれば、なお望ましい。

冷泉にそう説明すると、珍しく僕の提案に異を唱えた。

「このお話、私はあまり気乗りがしません。だって研究前にアドバイスをもらうなんて、カンニングしてるみたいなんですもの」

生真面目な優等生ほど融通の利かない存在はない。だけど、僕は必死だ。Z班の研究成果の評価が自分の身にのしかかるのを避けるため、懸命に訴えた。

「企画の質を高めるため、専門家の意見を聞くのは鉄則だろ」

「でも、諸先輩からの情報によりますと、この実習研究って他の課題とはまったくその意味合いが違っていて、とにかく学生の自主性が尊重されるらしいので、教授にアドバイスをもらうなんて行為は反則な感じがします」

「僕たちの貴重な時間を使って調べ事をするんだから、適切なアドバイスをもらえば、自分たちだけでは到達できないような領域までいけるかもしれないんだぜ」

そう言いながら、何が哀しくてこの僕が、ここまで前向きな発言をしてしまっているんだろうと、トホホな気分になる。

だがその甲斐《かい》あって、冷泉深雪はしぶしぶ僕の申し出を了承した。

そんなわけで企画提案だけしてトンズラしようと思っていた僕は、気がつくと正反対の行動を強いられ、その日の午後、冷泉深雪と公衆衛生学教室へ向かう羽目になってしまった。

幸か不幸か、清川教授とはすぐにアポイントが取れた。まあ、正直言えば、まず大丈夫だろうとタカをくくっていた。臨床系教授と違い、基礎系の教授は孤独癖があるクセにさみしがり屋が多いということを、かつての同級生で今は先輩になっている連中から、ちらほら聞いていたからだ。

公衆衛生学教室がある赤煉瓦《れんが》棟は、新病院が建築された後に基礎系の研究棟になった。冬は暖かく夏は涼しいという、井戸水みたいに身体にやさしい戦前の建物だ。けれども昔の建物だから問題も多い。たとえばエレベーターは速度が遅い上、扉が閉まる瞬間、照明が落ち一瞬暗闇になってしまう。それは僕の入学当時の最上級生が新入生だった頃からそうだったらしいから、建築直後からの不具合なのかもしれない。

僕たちは急いでいたので、いくら待ってもこないエレベーターは諦《あきら》め、階段で北側四階の公衆衛生学教室へと向かう。

教授室をノックすると、清川教授は自ら扉を開けて僕たちを招き入れてくれた。

公衆衛生学の授業は睡眠の補充に充てていたので、教授の顔をまともに見たのは初めてのような気がした。

教壇で喋《しゃべ》っている時にはうすぼんやりした印象しかなかったが、間近で見るとなかなか渋い美形だった。一部の女子学生が〝プリティ清川〟と呼んできゃあきゃあ言うのもさもありなんと納得できる風貌《ふうぼう》だ。

「実習研究企画について、事前に相談にきてくれるなんて、嬉《うれ》しいですね」

清川教授の言葉に、僕はほら見ろ、と鼻高々になって隣の冷泉をちらりと見る。

すると冷泉深雪は、つけ睫毛《まつげ》みたいな長い睫毛をぱちぱちさせながら、言った。

「いえ、企画の質を高めるため、専門家のご意見を伺うのは学問の鉄則ですから」

おい、調子がよすぎるぞ冷泉。さっきまで真っ向から反対してたクセに。

「企画案は拝見したよ。死因究明制度にスポットライトを当て、桜宮の実態を調べようなんて研究は先例がない。研究とは新規性《ノイエス》が大切だから、君たちの研究は素晴らしいものになる可能性が高い。日本の死因究明制度は破綻《はたん》していて、そのことに警鐘を鳴らす先生もいるが、なかなか意見を聞いてもらえないらしい。そこに医学生が切り込んでいくのは痛快だね。ところで具体的に、見学する施設は考えているのかな？」

手放しで褒められ、冷泉深雪の頬が染まる。お前の企画が褒められたわけじゃないんだから、誤解するなよ、と思っていたら、冷泉はいけしゃあしゃあと答えた。

「手近なところで東城大の法医学教室を考えています」

すると、「君はどうかな？」と清川教授が僕に尋ねてきたので僕はちょっと逡巡《しゅんじゅん》したが、知り合いの記者が近々取材すると言っていた施設の名を挙げた。

「桜宮科学捜査研究所に行きたいな、と考えています」

取材に同行できれば楽チンだろうな、などというムシのいいことを一瞬にして思いついた。あの話を聞いたのも、セレンディピティというヤツだったのかもしれない。

会心の提案だと思ったが、冷泉の耳には僕の言葉はまったく届いていないようだ。

「よりよい研究にするために、専門家のお立場からアドバイスはございませんか？」

話が途切れないように質問を重ねる冷泉の口調には、これまで聞いたことがないような甘い調子が含まれている……ような気がした。

まっすぐに清川教授を見つめている冷泉の一途《いちず》さを見ているうちに、ある疑惑が湧いてきた。ひょっとしてコイツは年配男性に惹《ひ》かれる傾向があるのかもしれない。清川教授は確かに美形だが、初対面の女の子をここまで夢中にさせるほどの美貌とまでは言い難いからだ。

清川教授は、そんなことを僕が考えていることなどつゆ知らない様子で言う。

「他の都市の施設も見学するといいかもしれないね。どこかあてはあるのかな？」

「東京都監察医務院にも行ってみたいな、と思っていました」

即答する冷泉深雪。県外出張するつもりかよ。でも咄嗟《とっさ》に振られた質問への回答としてはパーフェクトだ。やはりコイツは腐っても優等生、もっとも両目をハートマークにしてプリティ清川をうっとり見つめる今の姿は、もはや腐った優等生だけど。

「東京都監察医務院を選択したのは妥当だね。後は浪速《なにわ》市監察医務院もいい。浪速は解剖ベースの死因究明制度がうまく回っている、たった二つの都市のひとつだから」

「ですが、時間とお金は限られているので、一ヵ所がせいぜいかな、と思います」

僕が答えると、冷泉は両手を胸の前で組み、僕と清川教授を交互に見つめながら言う。

「それじゃあ東京都監察医務院はやめて、浪速市監察医務院を見学します」

その変わり身の早さに唖然《あぜん》とした。清川教授はあわてて首を振る。

「東京都監察医務院で全然構わないんだよ。何しろあそこは法医学の聖地だからね」

だが冷泉深雪の耳には、もうその言葉は届かない。

「浪速にします。どうせ行くなら清川先生に推薦してもらった所の方がいいです」

頑強に言い張る冷泉深雪を横目で見ながら、ひやひやする。コイツは優秀だが、自信がありすぎる分、思ったことをすぐに口にしてしまう、という悪しき傾向がある。なので僕は、角度を変えて質問をする。

「浪速見学を勧めるのはひょっとして、桜宮市がダメダメだからですか？」

冷泉は顔をしかめた。清川教授と冷泉の間に醸し出されたふたりの世界を攪乱《かくらん》したからだろう。でも清川教授は冷静に応じてくれた。

「ああ、そうだ。でもそれは桜宮市に限ったことではない。解剖制度が破綻していないのは、実は東京二十三区と浪速市の二都市だけなんだ」

「すると僕たちの研究は、行き詰まる可能性があるかもしれないですね」

「その通りだが、打開するアイディアは、君たちの企画書に含まれているよ」

怪訝《けげん》そうな顔をした冷泉は、僕が書いた企画書をろくに読まずに清川教授にメールで送ったようだ。でも、清川教授はその齟齬《そご》には気づかないふりをしてくれた。

「それは碧翠院に照準を合わせている点だよ。かつてあの病院では、桜宮の死因究明が一手に行なわれていて、先進的な試みも行なわれていたからね。ただし碧翠院を中心に据えるのは難しいだろう。あの病院はなくなってしまったからね」

常識的に考えればそうだけど、そんなひと言で碧翠院を葬り去りたくなかった僕は、少しだけ教授という権威に逆らってみたくなった。そう考えるより先に口が動いた。

「それはおかしいと思います。今はない事物が研究対象にならないなら、公衆衛生学なんて成立しません。過去の事物を学ぶことは、学問の基本ですから」

隣で冷泉深雪は目を丸くする。清川教授は笑顔になる。

「これは一本取られたな。時間も費用も限られている学生実習では難しいと思ったんだが、君たち学生を見くびっていたかもしれない。後生畏《おそ》るべし、だな。反省、反省」

学生のクレームに、こんな風に素直に応じるなんて、なんて素直で伸びやかな先生なのだろう。プリティ清川というあだ名は伊達《だて》ではない。

「しかし、医学生の君が、なぜそこまでして碧翠院に執着するのかな」

碧翠院について誰かと語り合えるなんて、滅多にない。僕は、勢い込んで言う。

「昔、怪我で入院したことがあって、その時に、院長先生に医者の心得や桜宮市の死因究明制度の実情と問題点を教えてもらったんです」

「それっていつ頃の話?」

「病院がなくなる直前、去年の六月です」

脳裏に巌雄《いわお》先生の言葉が蘇《よみがえ》る。

——医学はクソったれの学問だ。

「君が碧翠院に、ねえ……そうか、それでか」

清川教授は腕を組み考え込んでいたが、顔を上げる。頬には微笑が浮かんでいた。

「実は研修医の時、半年ほど碧翠院で研修させてもらった。すると君とは同門になるわけだね。私は今でも巌雄先生を尊敬しているよ。巌雄先生からは大切なことをたくさん教わったからね」

僕は呆然《ぼうぜん》とした。まさかこんなところで碧翠院との因縁の糸が絡み合うなんて……。

「それって、どんなことですか？」

急《せ》き込むように尋ねる僕に、清川教授は穏やかに答える。

「患者の死に学ぶ姿勢を忘れたら医学は腐る、という警句だ。基礎研究の世界に身を投じてからも、一日たりともその教えは忘れたことはない」

背筋に電流が走る。清川教授が抱き続けた言葉は、一見すると僕の教えられた言葉とは全く似ていなかったけれども、よくよく考えたら、僕が知っている言葉の裏返しのようにも思えた。

——死に学べ。そうすれば、いっぱしの医者になれるだろうさ。

胸いっぱいで黙り込んでしまった僕に清川教授が言う。

「碧翠院は桜宮の行政解剖を一手に引き受けていた。だが巌雄先生が亡くなると市の行政解剖率は一気に低下し、桜宮の死因究明制度は崩壊してしまったんだ」

言いたいことは山ほどあった。僕も巌雄先生を尊敬しているけど、碧翠院の果たした功績については、清川教授の言葉をそのまま素直に容認するわけにはいかない。あそこで行なわれていたことはそんな綺麗事《きれいごと》ではなかった、ということを誰よりも骨身にしみて知っていたからだ。でも、僕は黙ってうなずいた。

清川教授は遠い目をして言う。

「巌雄先生には公衆衛生の道に進んでからもアドバイスをいただいた。基礎的な統計情報となる死因について、臨床の最前線に身を置きながら独自に先進的な試みをされ、ご自身の病院で実践していた。医療と医学を融合させた、医師としても医学者としても、お手本みたいな先生だった」

「その試みのひとつがAi（死亡時画像診断）だったわけですね」

清川教授は驚いたように目を見開く。

「天馬君は碧翠院でAiが行なわれていた、ということも知っているのか」

「え？　いや、まあその……」

隣では、Aiって何ですか、というように冷泉深雪が小首を傾げている。ふつうの医学生なら当然の反応だが、今は説明しているヒマはない。僕は清川教授に答える。

「碧翠院に入院して桜宮市の死因究明制度の実情を教えてもらった時に、あそこで行なわれていたAiの実情についても見せてもらったんです」

嘘ではない。正確に言えば、見せてもらったわけではなく、秘密を探っているうちに嗅《か》ぎ当てたんだけど。

腕組みをして考え込んでいた清川教授は、やがて顔を上げる。

「碧翠院では行政解剖にAiを組み込んでいたというウワサはあったけれど、その実態は知らなかったから、君のその話は是非、聞いてみたいものだね」

そして僕をじっと見つめて続けた。

「君が巖雄先生のご指導を受けていたのなら、私のアドバイスは不要だよ。その薫陶を生かして、自分の力で素晴らしい研究を仕上げてほしい」

保険を掛けにきたのに、思い切りハードルが上がってしまった。こういうのをヤブ蛇というのだろう。だが、実は僕はこの手のヤブ蛇にはよく遭遇する。これからはいっそ開き直り、「ヤブ蛇ハンター」と名乗った方がいいかもしれない。

清川教授はさらに続けた。

「近々東城大にAiセンターが創設されるが、その源流は碧翠院にある。その意味で君たちの研究はタイムリーだ。研究にAiセンターのことを組み込めば、世界初の発表になるかもしれない。そうしたら論文にできるから、頑張ってほしい」

はあ、と気の抜けた返事をする。目の前のハードルがみるみる高くなっていく。

清川教授は、曖昧《あいまい》な僕の返事を勝手にイエスと取ったようだ。これで話が一段落したと思ったのか、清川教授は立ち上がると、窓辺に歩み寄る。

引き寄せられるように僕たちも、その後に続く。

窓からは大きな樫《かし》の木の枝振りが見えた。いつもは下から見上げ、その木の下で直射日光を避けたり、雨宿りをしたりもしているけれど、上から見ると樫の木はこんな風に丸く見えるんだ、という新鮮な驚きを感じた。

清川教授は樫の木を見下ろしながら、言う。

「実はこの樫は戦国時代にこの地を治めていた大名が植えたもので、知る人ぞ知る桜宮の神木なんだ」

「清川教授って、本当に桜宮の知識が豊富でいらっしゃるんですね」

気がつくと冷泉深雪はさりげなく清川教授の側に佇《たたず》んでいた。コイツ、いつの間に。

清川教授は照れたように笑う。

「これくらいは桜宮の歴史をちょっと齧《かじ》った人なら、知っていて当然の話だからね」

冷泉深雪はその視線を清川教授の横顔から本棚に移して言う。

「でも、桜宮の郷土史をこんなに持っていらっしゃるなんて、すごいですね」

「読書は雑食性で何でも読むんだが、やはり郷土史的なものが一番好きなんだ」

冷泉は一冊の古びた箱入りの本を手にとった。すかさず清川教授が言う。

「下平《しもだいら》教授の『桜宮の郷土史』を手に取るとはお目が高い。郷土史マニアとしても、桜宮の歴史を語るにしても、必携本だからね」

「実はこの本、父が執筆陣に入っているんです」

「ひょっとして執筆分担者の、帝華《ていか》大の冷泉教授って君のお父さんなの?」

冷泉は頬を赤らめ、こくんとうなずく。

「それはすごい。今度機会があったら、是非この本にサインしてもらいたいな。実は数年前に行なわれた出版記念講演会の時、下平教授や共著者の門間《もんま》先生にはサインをしてもらっているんだ」

「わかりました。今度父に話してみます」

頰を上気させた冷泉をみて、ひょっとしてコイツはファザコンかも、などと、冷泉に知られたらはったおされそうな不埒《ふらち》なことを考える。だけどそのファザコン度は相当高いと確信した。

そう考えると、突然巻き起こった冷泉の、清川教授への傾倒も理解できた。どこぞの歴史学教室の教授であるパパリンへ向けた冷泉の想いを、ミミックとして満たしてくれる人物。それが清川教授だったのだ。

僕はさっきから釈然としない感情を抱いていた。俗な表現をすれば、カチンと来ていた。冷泉が清川教授の説明にしきりに感心している様子が原因のようだが、どうして自分がいらついているのかがわからなかった。でもようやくその理由がわかった。

やっかみ、或《ある》いはもっとこころをえぐる表現として、嫉妬《しっと》という二文字が浮かぶ。

シット（クソ）、ファック・ユー。

中指を立て言い放つ僕は、「シット、かっこ・クソ」という表記を口にして、日本語と英語の麗しいアナロジーに感動する。確かにシット（嫉妬）はクソみたいな感情だ。

僕は人知れず、そっとため息をついた。

3章　セピア色の因縁

11月11日　赤煉瓦棟4F・公衆衛生学教室

自分の会話が学問と無関係な、趣味に走った雑談になりすぎていることに気がついたのか、清川教授は冷泉との二人きりの会話を打ち切り、僕の方を向いて聞いた。

「急かすわけじゃないけれど、浪速に行くならいつ頃になるか、教えてほしいな」

僕は冷泉深雪に尋ねる。

「遠出になるけど、浪速市監察医務院の見学は決定しようか？」

もののはずみみたいな調子で冷泉に振ったのは、いくらプリティ清川の言葉で舞い上がっているとはいえ、その質問で正気に返るかもしれないという淡い期待があったからだ。だが冷泉深雪は、あっさり応じた。

「ええ、浪速に行きましょう、天馬先輩」

きっぱりした冷泉の言葉に、僕は動揺したが、清川教授に言った。

「とりあえず行く方向です。行くとしたら早くて期末考査の直後、遅くとも年内です」

「もし君たちが浪速に行くなら、ひとつ頼みたいことがある」

「何でしょうか」

まるで散歩に行くぞ、と言われて舌を出してはあはあ言っている犬みたいに、冷泉深雪は勢い込んで尋ねる。清川教授は、そんな冷泉の熱情に気づかない様子で答える。

「もしも浪速大に行ったら、ついでにスパイしてきてほしいことがあるんだ」

冷泉は、急に用心深い口調になった。

「スパイ、ですか？」

明らかに冷泉の雰囲気が変わった。ははあ、スパイという言葉の非合法性が生真面目優等生のお気に召さなかったんだな、とぴんときた。

そこで僕は、クラッシュを防ぐため、清川教授が口を開き掛けた機先を制して言う。

「わかりました。浪速に見学に行くことになったら、そのあたりも調査してきます」

われながら会心の回答だった。〝もしも見学に行くことになったら〟という条件節でこの約束を未確定事項に落とし込み、おもむろに〝スパイ〟というスパイシーな単語をさりげなく〝調査〟というマイルドな表現に言い換えたわけだ。

ところが清川教授は天然なのか、にこにこしながら言う。

「何だかわくわくしてきたな。君たちのスパイ活動の報告と研究発表が楽しみだ」

せっかく非合法的用語が冷泉に与える悪しき影響を最小限に留《とど》める言葉に言い換えたのに、清川教授は無邪気なひと言ですべてを台無しにしてしまった。

仕方なく僕は、とりあえずいろいろうやむやにする魔法のひと言を口にした。

「先生のお申し出は、前向きに検討させていただきます」

すると清川教授は抽斗《ひきだし》から便箋《びんせん》を取り出し、達筆で手紙を二通したためた。そして、封筒に入れて手渡してくれた。

「それならこれを持っていきなさい。一通は浪速市監察医務院の鳥羽《とば》院長宛、もう一通は浪速大学公衆衛生学教室の国見《くにみ》教授宛だ」

「浪速市監察医務院はともかく、なぜ公衆衛生学教室も紹介してくださるんですか？」

「会ってみればわかるよ。正解のない仕事をしようとする時、有益なアドバイスをくれる先生は、この世の中では案外少ないものなんだ」

ここまでしてもらっては、もうバックれるわけにはいかない。仕方なく僕は尋ねた。

「僕たちは浪速大で、何を調べればいいんですか？」

清川教授は視線を天井に投げる。少し逡巡《しゅんじゅん》していたが、僕の問いに答える。

「これはまだ極秘情報なんだが今度、東城大にA・iセンターを作ることが決定した。ところがそれに追随したのか、浪速大でも同じような動きがあるらしいんだ。その仕組みがどうなっているのか、調べてきてほしいんだ」

「僕たちの浪速での調査活動とは、どう関係してくるんですか」

「私も詳しいことはわからないんだが、知り合いのA・iの専門家が言うには東城大では医療主導で放射線科医がシステム構築しようとしている。だが、浪速大ではまったく違うシステムになりそうだと言う。でも、そのあたりを詳しく知りたがっているその先生が直接情報収集に行ったら警戒されて、何も教えてもらえなかったらしい。でも学生さんが勉強に行けば、先方も喜んで全部見せてくれるんじゃないかと思ったものでね」

冷泉深雪が凝視している視線に気がついて、清川教授は冷泉に質問を振った。

「ところで君はＡｉセンターについてどう思う、冷泉さん？」

上の空で清川教授の横顔を見つめていた冷泉は、しどろもどろになる。

「その、まあ、メリットがあるからいいことかなあ、と思います」

「ほう、どういうメリットが考えられるのかな」

清川教授の連続質問に、冷泉深雪のツイン・シニョンの髪飾りが揺れる。

バカめ、知ったかぶりをし続けた当然の報いだ。しかし冷泉はとびっきりの優等生なので、ことここに至っては見栄《みえ》をかなぐり捨て、小声でこっそり尋ねてくる。

「Ａｉって何なんですか？」

「死亡時画像診断のことだよ」

今さらそんな堂々と聞くなよな、と思いながら僕は小声の早口で冷泉の耳にささやく。そして冷泉に投げられた質問を肩代わりして答えてやる。

「死因究明制度の基本である解剖にはデメリットがたくさんあります。解剖医が少なくマンパワー不足、遺体を傷つけるし、時間も金もかかる、その上、情報公開の仕組みもできていない。だから解剖率が二パーセント台になってしまった。そこで救世主として登場したのがＡｉです」

「パーフェクトだね」

そりゃそうだ。現役の厚生労働省の変人医系技官から直接レクチャーを受けた、最先端の情報だもの。

といっても、聞いてからすでに一年も経過しているんだけど。

そう気がついて、時の流れの速さにしみじみと感じ入ってしまう。

僕は、碧翠院でのAiの実態について説明したが、気がつくと巌雄先生を偲《しの》ぶ会話になっていた。冷泉深雪は僕の話に耳をそばだててAiの理解に励んでいるうちに概念を把握して安心したのか、部屋のあちこちを眺め始めたが、突然、素《す》っ頓狂《とんきょう》な声を上げた。

「清川先生って剣道部だったんですか？」

冷泉深雪の視線は、棚に置かれた古びた写真と楯《たて》に注がれていた。

「それは学生時代、医鷲旗《いしゅうき》で準優勝したときのチームの写真だよ」

「奇遇ですね。実は私も合気道部なんです」

何が奇遇だ。剣道部と合気道部はまったく無関係だろ。

そう突っ込もうとしたらさすが冷泉、その前にそつなく補足をした。

「同じ武道系のサークルだなんて光栄です。でも、合気道部は大会がないんで、清川先生のようなお話を聞くと羨《うらや》ましくなります」

何という無理やり感のあるこじつけだろう。

「試合は晴れ舞台だからね。懐かしいな。この写真をじっくり見るのも久しぶりだ」

集合写真の顔は小さすぎて、ひとりひとりの顔立ちや表情はよくわからない。中心の長身の男性が銀色のカップを誇らしげに抱いて仁王立ちしている姿が目を惹《ひ》く。

写真を眺めていると、隣に別のスナップが飾られているのに気がついた。私服姿の青年が六人並んでいる。僕の視線に気がついた清川教授が説明する。

「そっちは学生時代、雀荘《ジャンそう》に入り浸っていた『すずめ四天王』というとんでもない先輩たちとの写真だよ。確か先輩たちの卒業記念麻雀の後の記念撮影だったな」

突然の邂逅《かいこう》に腰を抜かしそうになった。その話は「スズメ」のママから時折聞かされていたけれど、まさかこんな所で伝説の『すずめ四天王』と遭遇できるなんて、夢にも思わなかった。思わず、そのスナップに敬礼しそうになる。

写真をしげしげと眺めているうちに、そこに枯れススキのような風貌《ふうぼう》を見つけた。

「四天王なら先生を入れて五人なのに、六人いますね。あとひとりは誰ですか？」

清川教授は目を細めて写真を眺める。それから首をひねる。

「よく覚えていないな。たまたま居合わせた常連客かもしれないね」

僕はその人のことを知っていた。僕を碧翠院の因縁へと導いた張本人だったからだ。そのあたりの事情を説明しようかな、とちらりと思ったけれど、結局やめた。きちんと語ったら一冊の本になってしまうくらいややこしい話だからだ。

その男性、企業舎弟の結城《ゆうき》さんと僕は、写真が撮影された十年後に「スズメ」で出会うのだが、その印象は写真の頃とほとんど変わっていない。

清川教授は写真を懐かしそうに眺める。そしてセピア色のスナップショットを指さす。

「私の隣が東城大救命救急の元センター長で、今は極北《きよくほく》に出向している速水《はやみ》先生。この人が私をスズメに引きずり込んだ張本人で、私の剣道部の先輩だ。その隣にしゃがんでいる髭《ひげ》もじゃのがっしりした体格の人は島津《しまづ》先生といって、今は放射線科の准教授だから、この中では一番の出世頭だ」

「清川先生は教授ですから、先生が一番の出世頭なのでは？」

すると清川教授は頭を掻《か》いて、言う。

「もともと私は内科から公衆衛生に転向したので、出世したという気があまりしないんだよ。そうだ、今回の件では島津先生には絶対お目に掛かるべきだ。Aiセンター創設に深く関わり、初代センター長の最有力候補と目されているからね」

僕は写真の中の島津先生の顔を眺める。清川教授は隣の男性を指さす。

「左端でヘッドフォンをして、そっぽを向いている細身の青年が、すずめ四天王で一番若く、しかも一番タチが悪い彦根《ひこね》先生だ。東城大の卒業後は、帝華大外科に入局した。今は房総《ぼうそう》救命救急センターで病理医をしている。毀誉褒貶《きよほうへん》が定まらない人だけど、学生時代のこの頃すでに、何を考えているのか、得体の知れない人だったたね」

「どんな風に得体が知れなかったんですか？」

「ヒッカケ、無筋、地獄待ち、何でもありだった。別名、アリアリの彦根だ」

そっちかよ。

並べ立てられた麻雀用語に、思わず脱力する。僕の中で膨れ上がった彦根先生のイメージが、あっという間にしぼんでいった。だが麻雀は人生そのものだから、案外そうしたエピソードは彦根先生の人となりを表しているのかもしれない。

清川教授は、ぽん、と手を打って言う。

「そうそう、その彦根先生が、浪速大の情報を欲しがっている人なんだ。私は学生時代にこしらえた借金を、今もこうして情報提供する代価でこつこつ返済しているのさ」

ことここに至って、ついに冷泉の優等生モラルの堤防が決壊させられた。

「何やってるんですか、先生。麻雀でお金を賭《か》けるなんて法律違反です」

冷泉深雪が尖《とが》った声で非難し始めた。

そんなことは昔は普通だったし、今やってるわけでもないし、と清川教授の代理で言い訳したくなるくらい、すさまじい剣幕だった。

清川教授はさすが年の功で、苦笑しながら冷泉の抗議をするりとかわす。

「〝何やってるんですか〟という問いは間違っている。〝何をやってたんですか〟という過去形の非難なら甘んじて受けるがね」

だが、いくら言い訳をしても、もはやさっきまで冷泉深雪を包んでいた清川教授への熱い憧憬《しょうけい》から彼女が一気に冷め始めているのが、ひしひしと感じられる。

たぶん冷泉のパパリンはギャンブルに対し潔癖すぎるのかもしれない。

あるいは本人が見かけによらず、移り気なラテン体質なのかも。

いずれにしても、簡単に燃え上がる恋はたやすく冷めるという見本みたいな状況だ。

「でも、学生時代の借金をいまだに取り立てるような守銭奴みたいな人のために、私たち学生が何かしてあげるのって、なんだかなあと思うんですけど」

冷ややかな冷泉の言葉に、清川教授は顔を曇らせる。

「誤解されやすいが、彦根先生は純粋な人だよ。でも周囲との軋轢《あつれき》はひどかった。悪評の中心は何と言っても、医師ストライキ事件の首謀者と目されていることだろう」

「とんでもない人ですね。ストなんかやったら患者さんが困るじゃないですか」

優等生・冷泉の正当なる怒りには誰も逆らえない。

「ストライキについては、まったく同感だ。でも彦根先生がやることにはムダがない。きっと彦根先生の工程表では、経由せざるをえない必須のポイントだったんだろうね」

清川教授は言葉を選びながら話していた。だが冷泉深雪の、プリティ清川への突発的な熱情は、もはや完全に消失していた。

「造反有理なんて、最低の言い訳です」

冷泉深雪の断言に、しらけた空気が部屋に流れた。

冷泉は自分が口にした言葉を耳にして、さらに熱が冷めた表情になる。

スパイしろ、などという非合法な依頼をされて信頼が揺らいだところにギャンブル・ジャンキーだったという過去の告白を重ねてしまったため、優等生的メンタリティである冷泉の恋心にとどめを刺してしまったようだ。

だが、僕の方はそういかない。最近まで根城にしていた雀荘スズメで散々、先輩やママから聞かされ、今や崇拝の域に達している『すずめ四天王』の実像に、今日初めて接することができたのだから。

冷泉深雪の失われつつある熱情と反比例するかのように、僕の清川教授への関心はどんどん高まっていく。僕は、空気を変える意味もこめて尋ねる。

「そういえば四天王のあとひとりって誰ですか？」

清川教授は、苦笑して言う。

「影が薄いから、いつもつい忘れてしまうんだ。写真の左端に、本を小脇に抱えたぼさぼさ頭の男性がいるだろう？　その先生も大学に残っていて結構出世している」

「どんな方ですか？」

「神経内科学講師で元医局長だけど、変わった肩書きをたくさん持っている。不定愁訴外来担当から始まって、院内リスクマネジメント委員会委員長、電子カルテ導入推進委員会委員長、厚生労働省医療事故問題検討委員会委員、それに、腹黒病院長の懐刀といったあたりかな」

そこまでいろいろな肩書きがあるのに、影が薄いという描写には違和感がある。

すると冷泉深雪が合いの手を入れる。

「あ、不定愁訴外来のウワサは聞いたことがあります。病院中の問題が最後に行き着く夢の島みたいなところらしいですね」

僕はしみじみ、冷泉深雪を見た。まだ医学生の分際で、コイツの院内情報取得に関する耳年増《どしま》レベルはプロ顔負けで、まったく大したものだ。

僕は一番肝心なことを聞いていないということに気づく。

「すごい肩書きですけど、その先生のお名前は何と言うんですか？」

「ごめん、ついうっかり。とにかく影が薄い人だから、紹介もすんなりいかないね。その人の名は田口《たぐち》先生、というんだ」

緩みきっていた僕に衝撃が走る。遠い昔に耳にした声が、風に鳴る風鈴のように、清《せい》冽《れつ》な響きを奏でる。

――グズでヘタレの田口先生。

呼吸が苦しい。僕は咄嗟《とっさ》に、目の前の写真を一生懸命に見つめているフリをした。

清川先生はしみじみと言う。

「こうしてみると、すずめ四天王は、何だか今回の君たちの研究と関わりがある人たちが結集しているみたいだね」

写真立てを手に取って眺めると写真の下にもう一枚、別の写真があるのに気がついた。

「この写真の下に、もう一枚写真が重なっているみたいですけど見ていいですか？」

「本当かい？　取り出してみてくれないか」

写真立ての裏板を外して、写真を取り出す。手にした写真を見て、心臓が止まるかと思った。震える指で写真を清川教授に差し出した。清川教授は目を見開いた。

「こんなところにあったのか。ずいぶん捜したんだよ、この写真。巌雄先生が映っている、たった一枚の写真だからね。これを巌雄先生の薫陶を受けた君が見つけ出してくれたのも、きっと何かのご縁なんだろうね」

それは、碧翠院の輝かしい時代の写真だった。

スナップショットの中央には巌雄先生が渋面で腕組みしている。記念撮影なんか真っ平御免なのに、むりやり引っ張り出されたというのがありありとわかる。不機嫌そうな巌雄先生の隣に寄り添っているのは奥さんの華緒《はなお》先生、そして二人の背後に三人の女性とひとりの男性が並んでいる。男性は若き日の清川先生。そして女性は……。

白衣の葵《あおい》先生の隣には私服の一卵性双生児姉妹が並ぶ。姉の小百合は、地味なワンピース姿で真珠のネックレスが一点、豪華に目を惹《ひ》く。写真の枠から今にも飛び出してきそうな妹のすみれは、原色系のブラウスにジーンズという活動的な身なりだ。

視界がぼやけた。冷泉深雪が僕の手元をのぞきこむ。

「天馬先輩好みの綺麗《きれい》な女性ばかりですね。この中では、誰が一番好みですか」

無神経な質問に一瞬、殺意さえ覚えてしまう。だが、冷泉深雪に罪はない。罪深いのは碧翠院が抱え込んでいた闇と、この僕の存在だ。

黙り込んでしまった僕を見て、清川教授は余計なアドバイスをくれた。

「この研究テーマなら、田口先生にもお目に掛かっておいた方がいいかもしれないね」

「どうして不定愁訴外来の先生が、死因究明制度に関わってくるんですか？」

冷泉深雪が素直な質問をする。場の空気を読まないのは優等生の属性だけど、今の僕にとっては天からの救いだった。

「いい質問だね。田口先生はリスクマネジメント委員会の委員長として、厚生労働省の医療事故に関する調査検討委員会創設に参加していたからだ。そこではA・iについても取り上げられていたと聞いたことがある」

冷泉深雪と顔を見合わせる。その目が、どうしましょう、と問いかけてきている。

僕は気づかないフリをして答える。

「あまり手を広げすぎると大変なので、とりあえず最初の案で行き、そこから先はまた考えます」

「わかった。君たちの研究は私にとっても因縁深いものになりそうだから、今後も何かあったら喜んで相談に乗らせてもらうよ」

僕たちは清川教授に感謝し、公衆衛生学教室の教授室を辞した。

今日の訪問は、思いがけない収穫があった。だがそれは当初の目論見とはまったく違うものだった。

桜宮一族との因縁が凍結保存されている、タイムカプセルみたいな部屋から一歩外に出ると、蘇生《そせい》したような気持ちになる。

僕は大きく深呼吸した。

　エレベーターに乗り込みながら、冷泉は言う。

「天馬先輩の冬休みの見学スケジュールを後で教えてください。私が調整しますから」

　言い終えた瞬間、扉が閉まり、エレベーターの中は一瞬、暗闇になって会話は途切れた。すぐに灯《あか》りが点《とも》ると、僕は言う。

「冷泉、お前、本当に僕と一緒に浪速に行くつもりか？」

　冷泉深雪は肩をすくめて、答える。

「仕方ないじゃないですか。紹介状まで戴《いただ》いちゃったんですから」

　そして微笑する。

「でも、天馬先輩のアドバイスに従って、よかったです。おかげさまで方向性も見えましたし、うまく行きそうな気がします。それでは、あとはテストが終わってのお楽しみということで」

　そう言い残し、冷泉はひらりと姿を消した。さすが合気道の名手、その身のこなしはとても軽やかだった。

4章　法医学教室・笹井角男教授

12月8日　赤煉瓦棟別館・法医学教室

十二月初旬。期末試験が終わると学部四年生はレジャー計画を立て始める。それまでは基礎医学が中心だが、五年次から臨床医学が始まり、いよいよ患者という現実と直面するため、気楽な医学生としての最後のバカンスになるからだ。

テストが終わった解放感に満ちたざわめきの中、Z班の面々が集まってきた。

「天馬先輩、よろしくお願いします」

ふだんは僕を天馬さんと呼ぶ矢作隆介が、いきなり先輩呼ばわりして頭を下げてくるなんて、よからぬ魂胆があるに決まっている。僕が黙っていると、矢作は続けた。

「Z班の公衆衛生学実習研究、天馬先輩と冷泉にお任せしたいんです」

ほら、どうせそんなことだと思っていたぜ。僕は、矢作隆介に言う。

「『夏みかん』企画はどうなったんだ？」

すると湯本久美が頬を膨らませ、言う。

「あたしたち、怒ってるんです。故郷凱旋《がいせん》ライブを中止するなんてあんまりだと思いませんか？　売れ始めた途端、昔からのファンをないがしろにするなんて、あんまりだわ。ちょっとひどすぎます」

うん、確かにひどい話だ。でも心の底から共感できないのは、僕には「夏みかん」に対する思い入れが爪の先ほどもないのに、受けた被害は甚大だというアンバランスさのせいだ。このままでは彼らを責めるわけにもいかず、おまけにZ班の研究企画の全責任を一手に引き受けざるをえなくなってしまう。

清川教授への相談という保険をかけておいてほんとによかった。それにしても、二股《ふたまた》研究で行くと決めた冷泉の決断は正しかったわけだからつくづく恐れ入る。

「それなら年末年始を迎えるにあたり、君たちにも役割分担をお願いしようか」

「申し訳ないんですけど、年末はダメなんです。リュウちゃんが懸賞に当たっちゃって、ペアでイタリア旅行に行けることになっちゃったんですよ」

またまた湯本久美が今度はころりと表情を変えて、満面に笑みを浮かべて、言う。

何が〝当たっちゃって行けることになっちゃった〟だ。それこそ君たちの勝手な都合だろ。そう思いながらも、懸賞に当選したというのも、あらゆる理屈を押し流す必然性というパワーがあって、文句を言いにくい状況に思えた。

「僕はヒマだからいいけど。冷泉がOKするかどうか、だな」

キャスティング・ボートを渡すと、冷泉深雪は毅然《きぜん》と言う。

「仕方ないです。天馬先輩、よろしくお願いします」

コイツが腹を決めているのであれば、もうどうしようもない。すでにバカンス気分の矢作隆介と湯本久美は、帰国したら死にもの狂いで働きますから、などという、とうてい当てにできない口約束を残して、そそくさと姿を消した。

残された僕と冷泉深雪は顔を見合わせる。

「カップルで年末の海外旅行なんて、うらやましすぎます」

「でも僕たちだってカップルで浪速に旅行するんだろ」

一瞬、微妙な空気が流れた。ぎこちない動作で、冷泉深雪は携帯を取り出す。

「ええと、学内は法医学教室と放射線医学教室、学外は桜宮科学捜査研究所と……」

「それから浪速市監察医務院と浪速大学公衆衛生学教室、だな」

僕が補足すると、冷泉深雪は携帯をいじり続ける。そして言う。

「学内や桜宮市内はいつでもねじ込めますから、まずは浪速行きのスケジュールを決めてしまった方がよさそうですね」

「浪速市監察医務院と浪速大学の二ヵ所あると一日では済まないかもしれないな」

「でも、浪速まで二往復もするなんて、移動の時間とお金がもったいないです」

「じゃあ一泊二日にでもするかね？」

冷泉深雪の肩が震えた。それを見て、うっかりセーフティ・ラインを一歩踏み越えてしまったことを知った。

だが、次の瞬間、負けず嫌いの冷泉は顔を上げ、挑みかかるように言う。

「私はいいですけど、天馬先輩は大丈夫なんですか？」

「僕はヒマ人だから、年末年始の予定はないよ」

冷泉深雪は携帯のスケジュール表を見ながら言う。

「私はサークルがあるので、空いているのは二十四日と二十五日だけなんですけど」

「僕は構わないけど、お前は予定ないのかよ、イヴなのに」

冷泉深雪はきっと顔を上げる。

「イヴの予定が空いていたらいけませんか？」

「いや、別にいけなくはないけど……」

これまたヤブ蛇だ。これで今月、何匹目だろう。

「でも、宿は取りにくいだろうな。何しろイヴの夜だからな」

「取りあえず取材を一日に押し込んでみます。無理なら浪速に一泊二日。宿が取れなかったら浪速見学を一ヵ所諦《あきら》める。こんな手順でいかがでしょうか」

合理的な判断だから、文句はない。うなずきながら僕は、クリスマス・イヴの浪速行きの可能性が不確定要素であることを実感し、ほっとすると同時に少しがっかりする。

冷泉深雪はころっと表情を変えて、言う。

「こうなったら、できるところを済ませてしまいませんか？　私は夕方まで空いてますから、ウチの法医学教室か放射線医学教室を見学してしまいましょう」

「今から？」

冷泉深雪がうなずく。せっかく試験が終わったんだから、そんなストイックに勉学に励むこともなかろうに、と思いながらも、そんな風につぶらな瞳《ひとみ》で見つめられたら、しかもそれが寄り目気味の可愛らしい凝視だったら、ノーと言える男なんているはずがないと諦める。僕は手帳を開き、頁をぱらぱらとめくりながら、うなずく。

「今日の午後は、僕も予定は空いてるな」

確認するまでもなく、僕の手帳は真っ白だ。だけど僕にだって見栄《みえ》がある。僕は、真っ白な手帳に今日の午後とクリスマス・イヴの、未確定の予定を書き込んだ。冷え冷えとしていた手帳の一隅が、急に暖かみを帯びた光を放ち始めた。

法医学教室の笹井《ささい》教授は、僕たちを諸手《もろて》を挙げて歓迎してくれた。

「ドラマのせいか、法医に興味を持つ学生が増えてね。君たちもその口かな？」

「違います。私、テレビは見ませんので」

無下に断言した冷静無比の優等生、冷泉深雪はさらりと本題に入る。

「来年二月、公衆衛生学実習研究の課題で桜宮の死因究明制度について調べることにしました。最初に法医学教室にお話を伺ったらどうかと公衆衛生の清川教授にご提案いただいたので、笹井教授にご相談申し上げた次第です」

「清川君か。若くして教授になるだけあって、なかなか物の道理をわきまえているな」

冷泉深雪の如才なさに啞然《あぜん》とする。コイツのウケがいい理由がよくわかった。

笹井教授の独演会は、三十分近く続いていた。

「桜宮市の死因究明体制はお粗末で、県全体の司法解剖を一手に引き受ける法医学教室に在籍している法医学者は、私と助手の百瀬《ももせ》君の二人だけ。しかも百瀬君は大学院生だから、実質上わが県の司法解剖は私の双肩にかかっているわけだが、それも仕方がない。何しろ法医学者は全国にたった百二十人しかいないんだからな」

単純計算すると一県当たり平均二名。確かに少ない。

「それなら、人を増やせばいいじゃないですか」

ぽろりと言うと、笹井教授は僕を睨みつける。

「法医学者は促成栽培できないのだ」

冷泉深雪と同じように質問したのに、なぜか僕に対してはぶっきらぼうだ。

「法医学者になるのって大変なんですか？」

冷泉深雪の質問に、ころりと甘い顔になり、笹井教授は言う。

「ああ、大変だ。医師国家試験に合格し法医学教室で五年の研修、その間に学会発表や論文掲載など学術的業績をあげて初めて専門医試験の受験資格が得られる。この専門医試験がまた超難関でね。幸い私の頃は認定医制度が出来たてで、それまで法医業務に携わっていたら申請だけで専門医になれたもんだがね。ふふ」

ふふ、じゃないだろう。試験や受験資格が厳しければ、既存の法医学者は希少価値となり権威は高まっていく。だけど人数が少ないから現場の人間は仕事に忙殺され、疲弊する。そうした状況は法医学者が自ら選択した結果だ。こうなるとこれは、愚痴に見せかけた自慢話にしか思えない。

冷泉は、角の立たない言い方でそのあたりをやんわり指摘する。

「法医学者になろうかなと一瞬思ったんですけど、そんなに大変なら諦めます」

笹井教授はあわてて首を振る。

「最近は女性の法医学者も増えている。資格を取るのは大変だが、相手は死人だからこちらのスケジュールを優先でき、自由時間も多い。頑張れば報われる仕事なんだ」

「でも責任が重そうです」

「確かに責任は重そうに見えるが、診断を間違っても訴えられる心配はない。相手は死んでいるから文句を言わないし、仮に診断ミスしても警察が守ってくれる」

優等生の冷泉の逆鱗《げきりん》に触れそうな予感がして、僕は話題を変える。

「経済的には相当厳しいんでしょう?」

「そんなこともないぞ。法医学者は教授クラスで時給一万、講師クラスだと八千円だ」

「一日八時間労働で日給八万円だから、教授だと……月収二百万円ですかあ」

冷泉深雪の驚いた声に、笹井教授はあわてて両手を振る。

「こら、医学生がそんなはしたないことを言うんじゃない。それは司法解剖の時給だ。

一体あたり四、五時間かかるから一体で五万円の手取りになる。それに鑑定書作成料は字数換算だから下手な作家の原稿料よりもペイがいい。実際に実施した検査費用も実費で取れる。だから法医学者は意外に金持ちなんだ」

いや、今の医学生は結構計算高いんですけど、と心中で反論しながら同時に、一字あたりいくらで計算するから、法医学の鑑定書はムダに長くなってしまうのか、とかつて碧翠院で巌雄先生から見せてもらった司法解剖鑑定書の印象を思い出す。

医者になってから五年も研修し、試験に合格しなければ専門家になれないなら、即効性を望む今の医学生からそっぽを向かれてしまうことは間違いない。でもそんな本音を伝えるほど、僕は親切でもガキでもない。その代わりに質問をする。

「法医学教室の現状と環境は大体理解しました。では死因究明制度の実態はどうなんですか。東城大学の法医学教室で年間実施される司法解剖はおよそ何例ですか」

あまりに基礎的な質問に、一瞬言葉に詰まった笹井教授だが、すぐに気を取り直す。

「年間二百例弱、くらいかな」

「それは桜宮市警が扱う年間異状死体の何パーセントですか？」

「まあ、十パーセントくらいだろうな」

すると桜宮の異状死体は年間二千体か、と計算していたら、それまでソツなく完璧《かんぺき》な優等生を演じていた冷泉深雪が素《す》っ頓狂《とんきょう》な声を上げた。

「警察が扱う異状死体なのに、たった十パーセントしか解剖しないんですか？」

「仕方ないだろう。法医学者は数が少ないから多忙でな」

「でも、時間は融通が利くんですよね」

ヤバい。冷泉深雪は融通が利かない優等生モードになりかけている。

「御協力、ありがとうございました。発表が終わったら報告書をお届けします」

潮時だ、と感じた僕は立ち上がり、部屋を立ち去ろうとして振り返る。

「そういえば東城大にAiセンターが創設されるそうですが、笹井教授はAiについて、どのようにお考えですか？」

笹井教授は苦虫を嚙《か》みつぶしたような表情になる。

「私はAiセンターの会議には参加しているが、放射線科に丸投げだ。本道の司法解剖すらこなしきれないのに、専門外の画像診断までやれというのは酷《ひど》い話だよ」

「ごもっともです」

これで、法医学者がAiに対し好意的でないということがわかった。

僕たちは一礼して、法医学教室を辞去した。

「法医学者って忙しいのかヒマなのか、よくわからなかったんですけど」

学生控え室に戻った冷泉深雪が感想を述べる。

「だったらもっと突っ込んで聞けばよかったのに」

「そんなこと、あの場でできるはずないです。天馬先輩って意外に意地悪なんですね」

僕は反省する。つまらないひと言で物事をややこしくしてしまうのが僕の悪いクセだ。

珍しく素直な気分だった僕は、素直に答えてみる。

「たぶん法医学者って、ものすごく忙しくて、そしてものすごくヒマなんだろ」

「そんな説明、さっぱりわかんないんですけど」

優等生らしからぬパープリン娘の口調で、冷泉深雪は答える。つまり、真面目に業務に対応しようとすればものすごく大変だけど、いい加減にやればすごくラクで、しかも手を抜いてもバレにくいのでは、みたいなことを言おうとしたけれど、やめておいた。潔癖な冷泉がどんな反応をするか、簡単に予想できたからだ。

「ま、そのあたりは、研究をまとめる時にもう一度考えてみよう。ところで法医学インタビューが意外に早く済んだから、今から放射線医学教室にトライしてみないか？」

極上の優等生の目を逸《そ》らすには、適切な課題を目の前に投げてやることだ。案の定、冷泉深雪は僕の提案に即座にうなずいて、内線電話で放射線科の内線番号をプッシュする。しばらく小声でやり取りしていたが、受話器を置くとOKサインを出した。

「一時間後なら大丈夫ですって。准教授の島津先生がお話ししてくれるそうです」

「それなら、時間まで、カフェテリアでお茶でもしてようか」

冷泉は嬉《うれ》しそうにうなずいた。その表情を見て気がついた。僕は、この美少女の優等生と一緒に実習研究をするのが、何だか楽しくなり始めていたのだった。

5章　放射線医学教室・島津吾朗准教授

12月8日　付属病院B1・画像診断ユニット

ジャスト一時間のお茶の間に、寄り目気味にレモンスカッシュのストローを見つめ、一生懸命飲み干している冷泉から、島津先生に関するレクチャーを受けていた。清川教授や笹井教授は基礎系の教授で授業を受けていたので面識はあったが、臨床系の先生はまだ直接の面識がなく、情報は乏しい。だが冷泉深雪はサークルの先輩からそれとなく情報を収集していたのだった。何てソツのないヤツなんだろう。

「島津先生は優秀だけど相当な変わり者らしいです。〝がんがんトンネル魔人〟なんて小児科病棟で呼ばれているなんて、おかしすぎます」

そのエピソードだけで、島津准教授の立ち位置はわかる。そんなあだ名は小児が自然につけたもののはずだ。ＭＲＩ（核磁気共鳴映像法）を〝がんがんトンネル〟と呼ぶなんて洒落《しゃれ》たセンスは医療従事者にはない。さらにそこに魔人というシュールな語感をぶつけるのは、瑞々《みずみず》しい感性の持ち主にしかできない。なのでその名付け親は小児患者と推測できる。だけどそんなあだ名が定着しているのは、島津先生が容認しているからでもあり、それは島津先生の器の大きさを物語っている。

「囃《はや》し立てた小児患者を言い負かし、泣かせてしまったという目撃談もあるんです」

冷泉深雪は口をとがらせて言う。たぶん、島津先生はとんでもない人だという認識に同意してもらいたいのだろう。だけど僕は、まったく別のことを考えていた。

子どもと五分で渡り合い勝利した挙げ句に泣かせてしまうなんて、大人がやることではない。けれどもそんなエピソードに今度、桜宮に創設される世界初のAiセンターの初代センター長候補として名が挙げられていることなどの情報が重なると、島津先生のカリスマ的ヴェールはぶ厚くなっていく。しかも島津先生は、すずめ四天王のひとりだ。その歴史的な対面を前に、僕は思わず武者震いをした。


島津准教授の居室は病院棟の地下にある。CT室、MRI室など、いかめしい診断機器の名称が並ぶ部屋の看板を通りすぎ、一番奥の画像診断ユニットという扉を開く。

島津先生は、髭面《ひげづら》でぼさぼさの髪を搔《か》きながら言った。

「で、学生さんたちは、俺に何を聞きたいのかな?」

「公衆衛生の実習研究のために、インタビュー取材させていただきたいと思いまして」

すると島津先生はほう、と驚いたように顔を上げる。

「まだ続いていたんだ、あの実習研究」

「先生が学生だった頃もあったんですか、あのしちめんどくさい研究って」

うっかり本音がこぼれたが、島津先生はにいっと笑って答える。

「ああ、やった。麻雀《マージャン》仲間とサワガニを取ってすりつぶし、寄生虫の分布を調べたな」

「サワガニというと、ウエステルマン肺吸虫ですね」

冷泉の、打てば響くようなレスポンスが素晴らしい。寄生虫学の講義を受けたのは一年以上前なのに、その情報を即座に引っ張り出せるなんて、さすがスーパー優等生だ。隣で僕が、研究を一緒にやった麻雀仲間ってすずめ四天王だろうな、と考えていたのとは雲泥の差だ。

「それそれ、だが医学研究ってのは偉大だよ。はちゃめちゃな連中ばかりだったのに、あれ以来、誰もサワガニを生で食べなくなったものな」

……それって医学の偉大さとは少しズレているのでは。

そこは突っ込むところではない。このままだとどこまでも脱線が続きそうだし、そっちの話も面白いし、どちらかと言えばすずめ四天王の話も聞きたかったけど、隣の冷泉の苛立《いらだ》ちがびんびん伝わってきたので、やむを得ず話を本題に戻した。

「今日伺ったのは、僕たちは現在の桜宮の死因究明制度の問題点について、という課題をやろうと思っていて、そのために島津先生のお話を伺いたいと思ったのです」

冷泉が手渡した研究趣旨書を手に取り、島津先生はしげしげと眺めた。

「桜宮の死因究明制度の問題点を検討したい、か。変わった学生さんだなあ」

僕と冷泉深雪は顔を見合わせる。たぶん僕たちは同じことを考えていた。

——島津先生にそこまで言われるほどには、変わってはいません。

冷泉深雪が補足する。

「公衆衛生の清川教授が、島津先生を推薦してくださったんです」

「何だ、泣き虫司郎《しろう》の差し金か」

思わず噴き出しそうになった僕の隣で、冷泉はもはや冷め切った恋心を隠そうともしない。ギャンブル・ジャンキーで泣き虫なんてサイテー、とその目は物語っていた。

もはや清川教授には、冷泉の中での地位挽回《ばんかい》の余地などなさそうだ。

「司郎のヤツは妙に碧翠院にご執心だったな。でも死因究明問題について俺のところにくるのはお門違いだ。放射線科医は死因究明からはもっとも遠い医者で、かつて学会のお偉いさんが堂々と、我々の業務対象は生きている患者だけで、死人に対応するのは我々の仕事ではない、とのたまったくらいだからな」

「でもAiは放射線科医の仕事ですよね。あれも立派な死因究明制度でしょう？」

僕がすかさず言うと、島津先生はにやりと笑う。

「その通りだが、ひとつ言っておく。死体の画像診断なんて自分たちの仕事じゃない、と思っている放射線科医も少なくないし、Aiに対応している俺は、学会では変わり者扱いさ。学会という場所は、年を取り頭が固くなった爺《じい》さんたちが威張っているんだ」

島津先生は、学会的には干されているのだろうか。とすると、この先のインタビュー取材の成否について、ちょっと絶望的な気分になる。

「とまあそんな周辺の環境が理解できたら、ここから先は何でも聞いてくれ。できるだけ真面目に答えるようにするからさ」

「ではＡｉは将来、死因究明制度にどれくらい関与するとお考えですか」

いきなり核心に踏み込むと、島津先生は腕組みをしながら椅子をぎしぎしと鳴らす。

「その質問に対する答えは、相手によって変わるな。だがどんな相手にも言えることは、東城大にＡｉセンターが出来るのは画期的で、波及効果も高いだろうということだ」

「先生はＡｉセンターでは中心メンバーなんでしょう？」

「そこまでわかっているなら、さっきの質問の答えはわかるだろう。東城大の中でも学術的な業績で一、二を争うこの俺が、Ａｉセンターの雑務などという下働きを引き受けている。それこそＡｉの将来性について、俺がどう考えているかという答えだ」

島津先生は髭面いっぱいに笑みを浮かべる。僕としては、島津先生が将来性ありと判断しているその根拠こそを聞きたかったので、それではあまり、僕の希望している答えにはなっていなかった。それでも島津先生の確信だけは、きちんと伝わってきた。

「次の質問です。Ａｉセンターが稼働したら、法医学との関係はどうなりますか」

島津先生の目が、僕たちを値踏みするように光った。そして逆に尋ねてきた。

「法医学の笹井教授とは会ってみたんだろ？　Ａｉについて、どう言ってた？」

「自分たちの仕事ではないから放射線科医に丸投げしているとおっしゃっていました」

笹井教授の言葉をありのままに伝えると、島津先生はうなずいた。

「ま、そんなところだろうな。笹井教授はAiについては何も語れないはずだ」

「法医学者はAiセンターにも興味がないんですか？」

「そうではない。興味も意欲もある。ないのは実際にAiに対応する能力だ」

島津先生はホワイトボードのペンを手に取り、書き記す。

体表検案 → 解剖

「これが従来の死因究明制度の流れだ。CTとMRIが主だが、死後画像であればすべてAiに含まれる。この図でAiはどこに入る？」

ペンを受け取った冷泉深雪は躊躇《ちゅうちょ》せず、赤字でAiを書き込む。

体表検案 → Ai（死亡時画像診断） → 解剖

「正解だ。医学生なら次の図も説明する必要はないな？」

体表検案 → Ai（死亡時画像診断） → 解剖
↓ 放射線科医
↓ 解剖専門医（病理医・法医学者）

Ａｉと解剖の項目に直角に矢印を立て、文字を書き足した島津先生は言う。

「わかったか？　笹井教授がＡｉについて語れないのは、放射線科医である俺が解剖業務について語れないのと同じことなんだ」

「じゃあ笹井教授のところへ行ったのは無駄足だったんですね」

冷泉深雪がぽつんと言うと、島津准教授はにやりと笑う。

「そんなことはないさ。だって君たちの研究課題は桜宮の死因究明制度についてなんだから、法医はどまんなかじゃないか」

おっしゃる通り。すっかり忘れていた。島津先生は、黒ペンを投げ出すと、言った。

「俺が語れるのはＡｉの学術的なことだけで、さっきの説明がすべてだ。ここから先、利権をめぐる縄張り争いとか、法医とＡｉの確執とか、実際に社会でＡｉはどう扱われているかみたいな雑事について知りたければ、適任者を紹介してやる」

「それって誰ですか？」

「まずは房総救命救急センターの彦根だろうな。でも房総まで行くのはちと大変かな」

房総なら日帰り取材も可能だ。それに彦根先生は、すずめ四天王のひとりでもある。是非お目に掛かりたいがどうしようか、と思って隣を見ると、冷泉深雪は、僕に一任、という表情をしている。それを読み取り、僕は決断する。

「とりあえずある程度まとめてから、第二弾で紹介していただくかもしれません」

「それなら勤務先の電話番号を教えてやる。彦根はそういう手続きは必要としないタイプだから、自分でアポを取っても大丈夫だ」

島津先生はメモ用紙に書いた電話番号を手渡してくれた。それからつけ加える。

「忘れていた。学内にちょうどいい奴がいるからソイツも紹介してやろう。愚痴外来と言って普段はヒマな部署の責任者で田口っていうんだが、これが傑作なヤツでな……」

ひやりとして首をすくめるが、僕は即答する。

「とりあえず最初の計画通りの順番でお話を伺うことにします」

「今の学生さんは、妙に頑固だねえ」

島津准教授は僕を見つめた。僕と冷泉は会釈をして、診断室を辞去した。

それにしても、田口先生という人は、あちこちに関わりながら、すぐには思い出してもらえないなんて、相当に存在感の薄い人なんだな、という印象だけが色濃く残った。


再びカフェテリアでお茶をしながら、今後の計画について、冷泉と相談していた。

僕も真面目になったものだ。昔は授業時間には雀荘にたむろしていたのが、今は自由時間に学習課題について、学年一、二を争う優等生と議論しているんだから。

「天馬先輩はなぜ、田口先生にお話を伺おうとしないんですか」

今日のまとめが一段落した瞬間の、いきなりの急所への一撃。

とりあえず、そのツッコミを躱《かわ》そうとする。

「僕たちの企画とは距離がある人に思えたからだよ」

「でも学内の先生方はとりあえず話を聞いてみようとするのに、田口先生だけは何だか避けているみたいに見えますけど。気のせいですか？」

げ、鋭いヤツ。

ここでごまかすと後々まで祟《たた》りそうだという気がしたので、ある程度は説明しておこうと方針を転換する。それは草食獣の危険察知能力とでも言えばいいだろうか。

「さすがに冷泉の目はごまかせないな。白状するよ。実はある人から、田口先生は決断力のないロクデナシだという情報を聞いていたんだ」

冷泉深雪は驚いて目を見開く。

「天馬先輩にしては珍しく、他人に厳しいお言葉ですね」

「教えてくれた人の評価だからね。ほら、僕は田口先生と直接の面識はないから……」

苦しい言い訳だったが、冷泉深雪はすんなり受け入れてくれた。

確かに直接の面識はない。それは事実だった。だからといって僕が田口先生に何の感情も持ち合わせていない、というのはウソだったけれど。

「でもやっぱり、天馬先輩らしくない気がします」

イラっとした。付き合いが浅いくせに、僕のことを何でもわかっている風な口の利き方はやめてくれ、と言い返したくなる。だがそれは逆ギレというものだ。

なので僕は努めて穏やかに言う。

「もうひとつの理由は、聞き取りの効率を上げるためさ。同じ組織の人の話ばかり聞くとイメージが固定されてしまう。だから次は外部の人の話を聞きたいと思ってね」

冷泉深雪は寄り目気味の視線で僕を見つめる。

「それなら浪速行きのクリスマスまで、この研究はお休みですか？」

う。

友達ですらない僕に、そんな蠱惑《こわく》的な視線を無駄遣いするなよ、お嬢さん。

いきなり未確定のイヴのビッグイベントを思い出させられ、すっかり動揺した僕は、しどろもどろになりながら、話を逸《そ》らそうと懸命になる。

「そうじゃなくて、ほら、もう一ヵ所、先に調べておくべき外部の施設があるだろ」

僕の誘導に、冷泉深雪は小首を傾げて考え込む。こういう無意識の動作が妙に可愛らしい、ということに本人は無自覚だ。それはある意味、周囲にとって暴力的ですらある。

やがて、ぱちん、と手を打った音が聞こえた。

「思い出しました。桜宮科学捜査研究所でしたね」

「そうだ。今回の課題は桜宮の死因究明制度についての調査だから、捜査現場の話も重要になってくるだろうし、そこで医学の関係性を調べておけば、これまで見えなかったことが見えてくるような気がするんだ」

冷泉深雪がしみじみと僕を見る。

だから言ってるだろ、そういう視線は反則なんだってば。

「天馬先輩っていろいろなことを結構きちんと考えている人なんですね。なのにどうして落第し続けたのかしら」

大きなお世話だ。

でも好奇心に満ちた可憐《かれん》な乙女の視線には何らかのエサ、つまりそれなりの回答を与えなければ収まりがつかない。だが迂闊《うかつ》なことを言えば、火に油を注いでしまう。

そこで僕はシンプルかつ決定的な回答をした。

「僕ってヤツは、勉強が嫌いなんだよ」

冷泉深雪は、あまりにシンプルで完璧《かんぺき》な回答を聞いて絶句した。だが敵もさる者、思いも寄らない方向から攻めて来た。

「それで思い出しましたけど、天馬先輩は国試勉強会を一緒にやるメンバーは、もう決めたんですか？」

五年になると医師国家試験の勉強会を自発的に始めるのが東城大学医学部のならわしだった。だが留年を重ね続けた僕に、そんな友人がいるはずもない。

「僕に声を掛ける物好きなんていないさ。落第生のジンクスは知っているだろ？」

冷泉深雪は曖昧《あいまい》な表情で何も答えない。ということは知ってるわけね、ジンクス。

これで、ジ・エンドだと思った僕に、思いもよらぬ方向からの攻撃がきた。

「それなら私と一緒に国試の勉強会、やりませんか？」

はあ？

何だか話が致命的なまでに嚙《か》み合っていないぞ。大丈夫か、コイツ。

「国試勉強会を一緒にやろうというヤツ、他にいないのかよ」

冷泉深雪は、ツイン・シニョンの髪飾りを揺らして、こくりとうなずく。

こくり、じゃないだろう。まったく可愛いお返事をして。

それは僕が避けられているのとはまったく別だ。それは小学校の修学旅行の班分けに似ている。グループに入れずに余るタイプは二通りある。ひとつは「鼻つまみ者・たらい回しケース」で国試勉強会において僕はこっちのタイプだ。

もうひとつは人気者すぎて周りのみんなから、どこか他のグループから声がかかっているに違いないと思い込まれ、誰からも声がかけられないケース。言うなれば「孤独な人気者パターン」で、冷泉はこの範疇《はんちゅう》に属することは間違いない。

「なあ、冷泉、留年生のジンクスは知ってるんだろ」

冷泉深雪はうつむく。間違いなくコイツは知っている。ならばどうして僕を誘う？

とどめを刺すために仕方なく、僕は留年生のジンクスについて詳細に説明する。

「留年生が参加した勉強会では、高い確率で国試落第者が出る。留年生自身もしくは、留年生プラス一名のこともある。国試失敗率はふつうの勉強会の十倍。この数字は数年前の全国医師国家試験受験生に対するアンケート調査から出された、厳然たる統計学的な事実だ。だから留年したらひとりで勉強するか、留年生だけで勉強会のメンバーを固めるようになる。そうすればその中でひとりだけ、人身御供《ごくう》を差し出せば済むからね」

僕は冷泉深雪にながながと説明したけれど、このことは医学生の間ではシンプルに「バカはうつる法則」略して「バカウッ」と呼ばれている。その上僕は多重留年生だから、その定理からさえはみ出している。単なるバカではなく、格上のスーパーバカ、いや、エキストラオーディナリー・イディオット（規格外の大うつけ）とでも呼ぶべき存在だ。でも同級生たちは僕のことをわざわざそんな風に呼んだりはしない。

定理にするには普遍化が必要だ。そして普遍化とは、分離精製が主な作業になる。だがそうした不純物がたったひとつの例外であれば、普遍化のために分離精製するよりも、単に除外した方が手っ取り早い。だから僕を通常の枠組みに嵌《は》めこまず、無視する姿勢は集団的合理性が高いわけだ。

しかも、僕が属しているこの学年はこれまで留年生をひとりも出していない奇跡の学年だから、そうした傾向にいっそう拍車がかかっている。

冷泉はうつむいて僕の話を聞いていたが、やがて顔を上げると言った。

「私、そういうジンクスを見ると、ぶっ壊したくなるんです」

呆然《ぼうぜん》と冷泉深雪を見つめた。道行く人が振り返るような美少女のクセして、社会の不合理に敢然と立ち向かう正義の騎士でもある。一体どうすればこんな正の要素ばかりをその華奢《きゃしゃ》な身体に収められるのだろう。翻ってわが身を顧みたその反動で、思わずウツになってしまいそうだ。これって、別の意味での「バカウッ」だな、などとしょうもないことを考えていたが、冷泉の申し出にはきちんと回答せねばと思って、改めて言う。

「いずれにしても光栄な申し出なので、お話だけは承っておこう。でもそれは来年の話だし、今はとにもかくにも、この実習研究を仕上げることに集中しよう」

説得力の固まりみたいな僕の言葉に、さすがの冷泉も素直にうなずいた。

「桜宮科学捜査研究所の見学は、冷泉はどうする？」

「私も可能な限り、お供できるように調整します」

知り合いの新聞記者が今週、取材予定があるというから便乗させてもらおうと考えていたが、あっちは仕事だから向こうの都合に合わせようと思っていたのだけれど。

その時、唐突に、危険な香りが漂う対決場面がぽっかりと脳裏に浮かんだ。

それは三十三間堂《げんどう》の右端と左端に鎮座する雷神と風神の邂逅《かいこう》か、はたまた前門の虎と後門の狼の鉢合わせか。

僕はあわてて言う。

「浪速行きとかもあるし、房総訪問もしなくてはいけなくなるから、無理するなよ」

「でも、天馬先輩は行くんですよね。なのに私に無理するな、なんて変です。何か不都合な事情でもあるみたい」

背筋がひやりとする。何てカンの鋭いヤツ。これが乙女の直感というヤツか。

僕は自分の迂闊さを責めた。最初から、ひとりで行くと宣言していれば、何の問題もなかったのに。今の僕には、後悔先に立たず、なんてありきたりの諺《ことわざ》がぴったり当てはまってしまいそうな気分だった。

6章　時風新報社会部・別宮葉子記者

12月11日　桜宮科学捜査研究所

三日後。

空はどんより曇っていた。時折雷鳴を伴う、嵐の前触れのような天候だ。

僕は天を仰いで、突然襲ってきた天変地異で交通機関がマヒするか、健康優良児の典型みたいな冷泉が急に体調を崩して約束が流れるか、というような僥倖《ぎょうこう》を祈った。

いや、正確に言おう。それは祈る、などという生やさしい行為ではなかった。切に念じてみたのだった。

だが、結果として、僕の念力は非力だった。

僥倖とは滅多に起こらないから僥倖と呼ぶのであって、今回、僕の願いが叶《かな》わなかったことで、僥倖という言葉の使い方が適切だったことを証明したわけだ。

朝九時。桜宮駅前ロータリー。

待ち合わせの定番モニュメント、桜宮三姉妹の像の台座をはさんで背中合わせで相手を待っている、ふたりの女性の姿が見えた。まるでわざと背中合わせにしているみたいに見えたのは、僕の被害妄想的な強迫観念の賜物《たまもの》だろう。

見目麗しい女性の横顔はギリシャ神話の愛の女神たちに見えなくもない。そのふたりの女性は、僕がたたずむ地点から正対称の位置にいた。どちらへもまったく等距離のため、どちらにも行きかねて足踏みをしているのが、今の僕の姿だった。

一篇の寓話《ぐうわ》を思い出す。ロバの目の前に二つの藁《わら》の山がある。この時、ふたつの藁山をまったく同じ距離に置くと、ロバはどちらも選べずに餓死しそうになってしまう、という笑い話だ。聞いた時は、そんなバカなと笑ったものだが、いざ自分がその間抜けなロバと同じ位置に立たされてみると、そのロバの気持ちがよくわかった。

こんな状態でどちらか一方に先に声を掛けるなんて、対応不可能な、酷な選択だ。

いや、待てよ、確かあの笑い話にはオチがあったはずだ。

そうだ、後ろから蹴飛《けと》ばされ片方に寄ったことで一方を選べたんだっけ。

とその時、僕の背中にどすん、とぶつかってきた人がいた。失礼、という言葉と共に身体がよろめく。むっとした次の瞬間、これこそ天佑《てんゆう》ではないか、と気がついた。

さてこのショックで間抜けなロバは、どちらの藁山に近寄ったのだろうか。

顔を上げた僕は、絶望的な気持ちになる。僕は一歩前に、足を踏み出しただけだった。

これではふたりとの位置関係はまったく変わらない。このままでは二股《ふたまた》のあげくに遅刻するという、許し難い大罪を二重に犯してしまう。

仕方なく僕は覚悟を決め、深呼吸をして片手を上げる。

「やあ、お待たせ」

軽やかに、そして爽《さわ》やかに。

僕が声をかける相手として選んだのはふたりの女性のどちらでもなく、その間に屹立《きつりつ》している桜宮三姉妹の像だった。それは物事の決定を単に先延ばしするだけという、優柔不断な妥協の産物だ。そんな態度が事態を好転させるわけがないとわかりきっていたのに、そんな選択をせざるをえないのが、今の僕が置かれた状況だったわけだけど。

案の定、中途半端な決意はたちまち僕を、更なる窮地に陥れてしまう。

声を聞いたふたりは、同時に振り向くと、同じような仕草で腕時計を見て、言った。

「遅いわよ」「遅いですよ」

シンクロナイズド・スイミングの優勝ペアの模範演技のようだ。

佇《たたず》むふたり、風神と雷神、前門の虎と後門の狼は、完全に一致した応答を耳にして初めてお互いの存在を認識し合った。どうして見知らぬ女性が自分とまったく同じ台詞《せりふ》を同時に、同じ相手に向けて発しているのだろうと、怪訝《けげん》に思うのは当然だ。

ふたりの女性は、桜宮三姉妹の像を挟んで、しげしげと見つめ合う。僕は、針のむしろの上を歩く修行僧のように息を詰め、初舞台を踏む歌舞伎役者の如くしずしずと桜宮三姉妹の像に歩み寄る。そして売れない場末のホストみたいなうつろな爽やかさを演出しつつ、軽やかに言った。

「遅れてごめん。それじゃあ行こうか」

ふたりは同時に「ええ」と答え、また互いに顔を見合わせる。そこは年の功、僕と本来的な同級生で幼なじみの別宮《べっく》葉子《ようこ》、通称ハコが尋ねてきた。

「ねえ、天馬君、あなたひょっとして、二股かけたの？」

「ははは、まさか……」

僕はうつろな笑い声をあげながら、思いきり、首を横に振る。

ウソではない。これは企画のカブリであって、断じて二股などではない。でも端から見れば僕の行為は二股にしか見えなかっただろう。その意味でハコの表現は適切だった。

さすが時風《ときかぜ》新報の敏腕記者、さらに畳み掛けてくる。

「それならどういうことか、説明して」

「どこから説明すればいいか、というと……」

うつむいてぼそぼそと言っていると、目の前のロータリーにバスが滑り込んできた。

「あ、桜宮岬行きのバスが来た。乗ろう乗ろう」

「ちょっと待ってください、天馬先輩。どういうことか、きちんと説明を……」

杓子《しゃくし》定規に解説を望む冷泉をバスに押し込む。タラップに足をかけながら振り返り、腕組みをして剣呑《けんのん》な視線で僕を凝視しているハコに声を掛ける。

「急がないと、バスが出てしまうぞ」

それは嘘だった。ロータリーに入ったバスは、たっぷり五分は停車して乗客を待つということは、桜宮市民なら誰でも知っている事実なのだから。

バスの中に移動したものの、結局は問題の先送りで、こんがらがった状況をややこしくしただけだった。さらに悪いことに、乗り込んだバスはぴくりとも動かず、おまけに他には乗客もいない。路線バスの、最後部座席の右端と左端に座ったふたりの女性は、行きがかりでその真ん中に座らざるをえなくなった僕の横顔を、左側と右側から冷ややかに見つめた。物理的な実体がないはずの、ふたりの視線が僕に突き刺さる。

口火を切ったのは左端に座ったハコだった。

「あの、そちらの女性は、どちらに行かれる予定ですか？」

真ん中の僕を飛び越え右端の冷泉に尋ねる。優等生らしく、冷泉は端正に答える。

「桜宮科学捜査研究所です。ちなみにそちらは、どちらに行かれるんですか？」

「私も同じところに取材に行く予定なんです。奇遇ですね」

「ほんと、偶然って恐ろしいですね」

そんな会話を、焦点の僕を飛び越え平然と交わしている、君たちの胆力の方がよっぽど恐ろしいって。そう思えばこんな偶然のひとつやふたつ、どうってことないだろう。

ハコがいっそう冷ややかになって言う。

「偶然ついでに自己紹介しますね。私は時風新報の社会部記者、別宮と申します」

「私こそ年下のくせに自己紹介が遅れてすみません。東城大学医学部四年、冷泉です」

「あら、どうして私の方が年上だとおわかりになったのかしら？」

「何となく、シックな方だなあって思ったので……」

ハコは大きく目を見開いて、言う。

「シック……素敵な言葉ね。でもシックって、シックなおばさまとかシックな美魔女とか、年輪を重ねた女性に使われる印象があるんですけど、そんな意図がおありかしら」

ハコの一撃が、冷泉の鳩尾《みぞおち》にヒットした。うぐ、という声が聞こえた気がしたが、ハコは、ダウン寸前の美女には見向きもせず、研ぎ澄まされた牙《きば》を今度は僕に向ける。

「聞きたいのは、そこに大きな顔して座っているこの御仁とあなたは、どういったご関係かしら、ということよ。差し障りのない範囲で教えていただけると嬉《うれ》しいわ」

見かけによらず打たれ強いのか、冷泉深雪は立ち直った笑顔を見せながら答える。

「もちろん差し障りなんて一切ありません。天馬先輩とは大学の同じ班で、冬休みに一緒に公衆衛生の実習研究をしているだけですから」

「天馬クンと同級生なの。実は私もよ。小学校からの腐れ縁で、悲しいことに天馬クンと同い年の同級生でもうじき三十路《みそじ》、アラサーですの、おほほ」

「ですから、シックで素敵な方だなあ、と」

「ありがと。三十路近いと告白した相手に、あえてシックと形容し続けてくださるなんて素敵だわ。確かにこうして並ぶと、若さだけはとても敵《かな》いそうもないですね」

僕の目の前で繰り広げられていた意味のない縄張り争いは、いつしか互いのレゾンデートルを賭《か》けてスペックを競い合うバトルへとすり替わっていた。

お願いだから、その間に僕がはさまっている事実を忘れてほしくないものだ。

そんなふぬけたことを考えていたら、左右から同時に非難の矢が飛んできた。

「これはどういうことなの、天馬クン」

「これはどういうことですか、天馬先輩」

二人は顔を見合わせる。それから僕の顔を見ながら、同時に言う。

「二股かけたのね、天馬クン・先輩」

語尾が不協和音を奏でた以外、残りのパートを完璧《かんぺき》にハモらせたふたりの美女の、息が合った台詞を聞いていると、ひょっとして前世ではこの二人は一卵性双生児だったのではあるまいか、などとさえ思えてしまう。

僕は覚悟を決め、最後部座席から立ち上がると、三つ前の席まで歩いて振り返る。

「まずは二人とも、落ち着いて聞いてほしい。これは決して二股なんかじゃないんだ。最初にハコから桜宮科捜研の取材をすると聞いて、同行させてほしいと頼んだ。公衆衛生研究の発表のためだ。そこで冷泉が見学したいと申し出てきた。こうしてふたつの意思と企画が合体し、ふたりがガール・ミーツ・ガールになったというわけさ」

「つまり天馬君は、私たちがこんな風にバッティング・ガールズになるという可能性については、事前にまったく予測もしなかったお間抜けドンキーだった、というわけね」

ああ、どうせ僕はどちらの藁《わら》の山も選べない、優柔不断で間抜けなロバ野郎さ。

「ま、そういうことになるのかな」

「そういうことになるのかな、じゃないわよ」

即座に言い返すハコ。その様子をじっと見つめる冷泉深雪がぽつりと言う。

「これでひとつ、謎が解けました。だから私が一緒に行きましょうか、と言ったあの時、あたふたして、ごまかそうとしたんですね」

「あ、いや、そういうわけでは……」

絶体絶命。

穴があったら入りたいという言葉は、まさにこういう状況に使うべきなんだろう。

僕が現国の教師だったら、この状況を微に入り細を穿《うが》って説明し、生徒が絶対忘れないように印象づけられる自信がある。

その時、天からの救世主が出現した。

何の前触れもなくバスが急発進したのだ。そのタイミングがあまりにも絶妙すぎたので、ひょっとしたら僕たちの会話を傍受していた運転手がいたたまれなくなり、思わずアクセルを踏み込んでしまったのかもしれないなんて思ってしまったくらいだった。

よろめきながらもちらりと運転席を見ると、その後ろ姿は年配の男性のようだった。

僕は座席の背もたれに頭をぶつける。僕をにらんでいた二人の修羅がくすりと笑う。

その途端、張り詰めていた空気が緩んだ。

そう、笑いは怒りを減衰させる、唯一の特効薬だ。

修羅場を孕《はら》みつつバスは走り続ける。やがて鈍色《にびいろ》に光る太平洋が窓いっぱいに広がる。開け放した窓から潮風が吹き込んできて、ハコのショートボブの髪を乱す。

「傷が浅いうちに天馬クンの本性がわかってよかったじゃない、お嬢さん」

冷泉深雪は、ぷい、と視線を逸《そ》らすと、拗《す》ねたように海岸線を見つめる。

硬質な床にばらまかれた真珠の粒が自由に跳ねて放物線を描くように、波打ち際で崩れる波頭が煌《きら》めいている。僕がどんな修羅場に叩《たた》き込まれようとも、世界はかくも悠然として美しい。

バスが大きくカーブを切ると、フロントガラス一杯に桜宮岬の景色が広がった。

ハコが吐息まじりに言った。

「こうなったら、桜宮科捜研の見学はご一緒した方がよさそうね」

「同感です」

即座に答えた冷泉深雪は、ちろりと僕を見て、言う。

「でも驚きました。ボンクラボヤと呼ばれる天馬先輩に、こんな綺麗《きれい》なお知り合いがいたなんて」

僕は茫然《ぼうぜん》自失の体で、冷泉の冷ややかな横顔を見る。

……知らなかった。僕のあだ名は桜宮湾固有の深海生物だったのか。

ヤブ蛇ハンターを自認する僕としては忸怩《じくじ》たるものがある。

ほほほ、という、らしからぬ笑い声と共にハコのショートボブの髪がさらさら揺れる。

どうやら「こんな綺麗なお知り合い」という表現と引き替えに、ハコは冷泉の失言、シック問題の手打ちをすることにしたようだ。

そこへバスのアナウンスが流れる。

「次は桜宮科学捜査研究所前。お降りの方はブザーでお知らせください」

僕を飛び越えて、ハコが冷泉に言う。

「着いたわよ。ここから先は共同戦線でいきましょう」

うなずく冷泉深雪。こうして今日のスケジュールは、僕の気持ちや都合をいとも容易《たやす》くすっ飛ばし決定された。なのにバスの降車ボタンを押そうとしない美女ふたり。ブザーを押すのは下僕である僕の仕事と思い込んでいるのだろうか。

仕方なく、シモベのようにブザーを押すと、バスは停車した。

土煙と共にバスの本体が姿を消すと、車体の陰から取り残された僕とハコ、そして冷泉の姿が、目の前の四角四面の建物の、磨かれた玄関のハーフミラーに映り込む。

桜宮科捜研は、海底に這《は》いつくばった蟹《かに》みたいな平たい低層ビルだった。その前に広がる茫漠《ぼうばく》とした空き地を指差し、ハコが言う。

「この碧翠院の跡地には迷路が作られたこともあったのよ。知ってた？」

僕は首を振る。するとハコが小声でささやくように告げた。

「一年前、そこでテレビ業界を揺るがすような殺人事件が起こったのよ」

思い出した。ワイドショーで青空迷宮事件として騒がれていたっけ。

その途端、一陣の強い風が砂埃《すなぼこり》を舞い上げて僕たちの周囲を吹き抜けていった。ハコの言葉が、なぜか僕の背筋を粟立《あわだ》たせ、全身を寒気が走った。

取材慣れしているハコは、受付から取材対象者に手際よくたどりつく。事務室の片隅のオープンスペースでお目に掛かったのは、桜宮市警鑑識課の棚橋《たなはし》鑑識官。年齢三十代か四十代。口調は落ち着いていて、ひとつひとつの言葉に信念が込められていた。

「科学捜査の情報が犯人を追いつめるのですから、万が一にも間違いは許されません。二十一世紀になって十年近く経ちましたが、科学技術の進歩によって誤認逮捕は確実に減少しています。たとえばDNA鑑定も初期には、千人にひとり程度の認識しかできませんでしたが、現在では四兆七千億人分の個人同定が可能です」

ハコはさらさらとメモを取りながら、顔を上げずに尋ねる。

「そうした鑑定業務を、今回創設された科学捜査研究所で一手に引き受けるのですね」

棚橋鑑識官は紺色の制服の胸を張って答える。

「その通りです。この施設ができたおかげで、鑑定業務に要する時間が半減しました」

「すごいですね。捜査は初動が大事ですから、現在の捜査への福音になりますね」

「よく勉強されてますねえ。私が付け加えることはまったくありません」

すると、張り合うように冷泉深雪が尋ねる。

「司法解剖が行なわれているのは、どのお部屋ですか？」

ハコがあわてて冷泉を紹介する。

「そのお嬢さんは東城大医学部の四年生の学生さんで、今度、自主研究で発表するために、桜宮の死因究明制度を調べたいとおっしゃるので、お連れしたんです。なので司法解剖制度のことはあまりよくご存じではないのでご容赦を」

温厚そうな棚橋鑑識官は、うなずいて言う。

「科捜研では解剖はしません。市民には司法解剖は警察で実施されていると思われていますが、たいていは大学の法医学教室で行なわれているものです。桜宮市の司法解剖は全例、東城大法医学教室で実施されています」

びっくりした顔をした冷泉深雪は、すぐに素直に謝った。

「勉強不足でした。法医学教室の笹井教授には先日、お話を伺ったばかりでしたのに」

「今度お目に掛かったら棚橋がよろしくと申していたとお伝えください。それで思い出しましたが、東城大と桜宮市警の関係は新たな局面を迎えます。まだオフレコですが、桜宮市警は東城大学医学部と情報提供協定を結び、医療現場のDNA情報を捜査に限定して提供してもらうことになります」

「そんな素晴らしい試みがどうしてオフレコなんですか？　いいことはどんどんアピールすべきだし、地道に取材に来た私に特ダネを提供するのはギブアンドテイクでしょ？そもそも報道協定はおかしいわ。ろくに取材しない大新聞を優遇するだけですから」

さすが血塗《ちまみ》れヒイラギ。ハコがずけずけと言うと、棚橋鑑識官はうつむいた。

「市警シンパの別宮さんにそこまで言われると困っちゃうな。オフレコなのは大新聞重視だからではなく、細部の交渉中なのでまだ公表できないだけなんです」

だがハコがその程度で引き下がるはずもなく、滔々《とうとう》と続ける。

「こちらの医学生さんは桜宮の死因究明制度について学内発表する予定なんです。もしもこの件をその時に発表できたら、彼らの同級生が桜宮市警と東城大学医学部の連携を理解するので、その影響はとても大きなものになるでしょうね、きっと。開かれた警察をアピールするチャンスにもなりますし」

棚橋鑑識官のこころは、ハコのひと押しでかなり揺れ動いたようだ。

「まいったな。スッポン別宮に食い付かれましたね。学生さんの発表はいつなんですか」

僕が口を開く寸前に、遮るようにしてハコが答えた。

「一週間後、来週の木曜です」

「おい、ハコ……」

ぎょっとして顔を上げた僕を、ハコは片手を上げて制した。本当は発表は来年二月だから二カ月先だ。ハコは僕の抗議のまなざしをものともせず、棚橋鑑識官を凝視する。

「うーん、でもこれは交渉中の案件ですからねえ」

困ったような表情で言った棚橋鑑識官は顔を上げると一転して、明るい声で言う。

「ちょっとお待ちください。広報担当の責任者が戻りましたので、聞いてみます」

棚橋鑑識官の視線の先に、コートを脱ぎながら奥の部屋に向かおうとしている中年男性の姿が見えた。顔立ちは地味で、後でモンタージュ写真を作るためにインタビューされたとしても、その特徴をどう答えればいいかわからなくなってしまいそうな、目立たないタイプだ。

棚橋鑑識官が、身振り手振りを交えて話している。男性はちらりとこちらを見て、それから棚橋鑑識官の肩に手を置くと、階段の向こうに姿を消した。

戻ってきた棚橋鑑識官は、ハコに笑顔で言った。

「別宮さんの粘り勝ちです。斑鳩《いかるが》広報室長に確認したら、今しがた東城大と協定が内定したので、明後日以降であれば記事掲載はOKです。学内発表も問題ありません」

「無理にお願いしてよかったわ、天馬君。ほら、ぼやぼやしないでお礼を言って」

よかったのはお前だけだよ、という雑念に満ちた本音を思いながら逡巡《しゅんじゅん》している間に、冷泉が素直にぺこりと頭を下げた。

「ありがとうございます。精一杯、いい発表にします」

本当に優等生キャラだよな、コイツ。ご機嫌になった棚橋鑑識官が言う。

「せっかくなので、最新鋭のDNA鑑定装置を見学していきませんか」

僕と冷泉深雪はうなずくが、ハコは首を振る。

「私はこれから東城大にも承諾をもらいに行きますので、これで失礼します。学生さんたち、くれぐれも粗相しないように、ね」

そう言い残すと、ハコは風のように姿を消した。

一時間後、桜宮科学捜査研究所から出てきた僕は、げっそりしていた。最先端の科学技術の詳細な説明を聞いたが、何もかもがちんぷんかんぷんだった。そんな僕の隣で冷泉はうなずきながら、熱心にメモを取っていた。取材者が僕だけだったら、棚橋鑑識官が丁寧に教えてくれた、貴重な情報の大半は失われてしまったことだろう。

「冷泉がいてくれて、本当に助かったよ」

心の底から本気で礼を言うと、うつむいた冷泉深雪は、ぽつりと言う。

「別宮さんってすごい方ですね。とても敵《かな》いません」

びっくりして顔を上げ、言う。

「そんなことないぞ。冷泉の方がずっと若いし、はるかに美人だし」

「若くて美人、ですか。表面的な部分しか褒めてもらえないんですね」

これが逆効果になるとは。僕はトホホな気分になった。

「言うまでもないけど、頭の良さも冷泉の方が上だ。ハコは私大の文学部卒業だけど、冷泉は天下の医学部生だもの」

あわてて取り繕った僕を、目を細めた冷泉はじっと見つめる。

「天馬先輩って、自分は落第坊主で学歴落伍者《らくご》のクセして、学歴で人の価値を決めるような人だったんですね」

う、何という怜悧《れいり》なお言葉。今度は別の地雷を踏んでしまったようだ。げに女心とは恐ろしい。

帰りのバスは夕闇が広がる桜宮市街へ一路向かう。暗いバスの窓には、ハコのシニカルな笑顔の幻影が映っていた。

7章　ふたつの電話

12月21日　桜宮市街・蓮っ葉通り

桜宮科捜研を見学して十日が経った。

期末考査が終わり授業がなくなったら、冷泉深雪と会う機会がなくなった。考えてみたら冷泉は僕の携帯の番号を知らないし、僕も冷泉の番号を知らない。つまり僕と冷泉は連絡を取り合う方法をなくしてしまったのだということに、初めて気がついた。

浪速行きの日程が迫っていた。最悪の場合、これまでのインタビューだけでも何とかなるから、浪速行きはぽしゃっても仕方がないと諦《あきら》めた。何ともしまらない話だ。

取材の翌々日、ハコの記事が時風新報の桜宮版に大きく掲載された。記事はかなりの反響があったらしい。その翌日に携帯に掛けたら、ハコのご機嫌な声が聞こえてきた。

「あら、天馬クンから電話をくれるなんて珍しいわね」

開口一番、ハコは言う。僕は、素直に言う。

「記事を読んだ。とても参考になるから、あの記事を研究発表で引用していきたいと思っているんだけど、いいかな」

「光栄ね。記事は掲載されたその瞬間から社会の共有財産だから、どんどん使って」

そう言ってから、ハコは黙り込む。僕も黙ってしまう。奇妙な沈黙が流れた。やがて出前の蕎麦《そば》がのびきったような間の抜けたタイミングで、僕はぽつりと「ありがとう」と言った。

「え？　何のこと？」

「記事の二次使用を許可してくれたことだよ」

「なーんだ。もったいつけて間を置くから例の件のことかな、と深読みしちゃったわ」

「例の件？」

「あの可愛いお嬢さんと、学外デートの下準備をしてあげたお礼かと」

いきなり核心に手をつっこんでくるのが、ハコのやり方だ。

「いや、冷泉とはそういう関係じゃないから」

「あら、それじゃあどういったご関係なのかしら？」

「ただのクラスメイトで、あれから会ってもないし、この冬休みもたぶん会う予定はない。携帯の番号さえ知らない間柄なんだぞ」

「ふうん、そうなんだ……でもふたりで浪速に行くんでしょ」

僕は絶句した。いつの間にそんなことまで把握したのだろう。あの短い取材同行の間に、二人は素早いコミュニケーションを取ったのか。

だとしたら女同士の会話は、奥が深すぎる。

僕の沈黙を誤解したかのように、ハコは陽気に言った。

「そう、あの娘《こ》と連絡を取り合ってないんだ。ふうん」

ハコは、くくっと笑った。

「これは女としての勘なんだけど、きっと近いうちにあの可愛いお嬢さんから連絡があるんじゃないかな」

不穏な空気を残し通話が切れた。

その電話から一週間。どうやら今回は、ハコの勘は外れたようだ。

クリスマスが迫った年の瀬。この季節になると足取りが軽くなる。

あてもなく桜宮の繁華街、蓮《はす》っ葉《ぱ》通りをそぞろ歩きしていたら、突然携帯が鳴った。

自慢じゃないけど僕は友達が少ない。だから僕の携帯は滅多に鳴らないし、携帯のメモリに入れてある番号はハコの番号だけだったりする。

画面に表示された見慣れない番号を眺めながら、電話に出る。

「もしもし」

一瞬、息を呑《の》む気配がしたかと思うと、しばらくして電話は切れた。

間違い電話だったのかと思っていたら、また呼び出し音が鳴った。

「もしもし？」

今度は、しばらくして返事があった。

「……もしもし」

女の声。どこかで聞いたことがある気がする。

耳を澄ますと、背後で風の音がする。海鳴りのようにも聞こえた。

僕は相手が名乗るのを待った。だけど相手は何も言わない。僕は意を決して、尋ねた。

「どなたですか」

受話口の向こうの一瞬の逡巡《しゅんじゅん》。その果てに小声が掠《かす》れた。

「Aiセンターに気をつけて」

電話が切れた。

それはまるで冥界《めいかい》からの声のように思えた。僕は息を詰め、携帯電話を見つめる。

次の瞬間、また電話が鳴った。反射的に電話に出ると、いきなり怒鳴りつける。

「あんたは誰なんだ。いい加減にしろ」

すると受話口の向こうから、さっきと違う声が返ってきた。

「ご、ごめんなさい。でもどうしても今日電話しないと間に合わなくなっちゃうから」

びっくりして声の調子を変える。

「もしもし、そちらはどなたですか」

一瞬、受話口の向こうでためらいの時間が流れた。背後にはジングルベルが鳴り響いている。さっきの電話とは雰囲気が違う。

「あの、冷泉です」

なーんだ。僕はほっとして、怒鳴ったことをごまかすために咳払《せきばら》いをしてから言った。

「どうしたんだよ、急に」

受話口の向こうの冷泉が言う。

「よかった。天馬先輩が怒ってるんじゃないかと思って……」

「ごめんごめん、いきなり怒鳴りつけて。実は直前にいたずら電話があったもんで」

すると受話口の向こうで、冷泉は黙り込む。そして、言う。

「あの、それ、私です」

僕はびっくりして尋ねる。

「何で冷泉が僕にイタ電するんだよ」

「いきなり天馬先輩が出たので、思わず切ってしまったんです」

バカか、お前は。携帯電話なら、持ち主が出るのは当たり前だろう。

だが、そんな乙女心を、こんな所でなじったところで何も生まれない。

「で、今日はどうしたんだ？」

するとしおらしい口調だった冷泉は、昔のことはたちまち綺麗《きれい》さっぱり忘れたかのように言う。

「まさか忘れていませんよね、イヴの約束」

いきなり言われて、思わず咳《せ》き込んでしまう。今度のは意図的な咳払いではない。

「お願いだから誤解を招くような言い方はやめてくれよな。単なる取材旅行だろ。そんなことより浪速のアポ、取れたのか」

「遅くなってすみませんでした。それなんですけど、やっとアポが取れたのでこうして御連絡したんです。監察医務院の方がなかなか連絡がつかなかったんですが、ようやく昨日お約束できました。公衆衛生学教室が二十四日、監察医務院が二十五日になりましたけど、天馬先輩はこのスケジュールで大丈夫ですか？」

僕の方はまったく支障はない。もちろん、君の方に問題さえなければ、の話だけど。

「でも、イヴの夜だから、宿は一杯だっただろ？」

「そちらも浪速大の近くにあるシティホテルに二部屋確保できました」

大したものだ。ホテル探しは、切羽詰まったこの時期は相当大変だったはずなのに。

「ところで、よく僕の携帯番号を知ってたな。学年でも知っているヤツはいないはずなのに」

一瞬逡巡した冷泉深雪は、小さく息を吸い込むと言った。

「別宮さんに教えてもらいました」

え？

絶句した僕は、しばらくしてようやく動揺から立ち直ると、尋ねた。

「あの取材の間に携帯番号を交換してたのか」

「違います。別宮さんの記事が素晴らしかったので、記事が載った日に電話で感想をお伝えしたんですけど、その時に教えてもらったんです」

逆算するとハコに電話した時は僕の携帯番号を冷泉に教えた直後だったわけだ。それでいながらあの受け答え。背中を冷や汗が流れる。

まったく、性悪にもほどがある。おそらくハコはこの浪速行きについて、冷泉から根掘り葉掘り聞き出したに違いない。

動揺して、あわてて電話を切ろうとした僕は、ふと思い出して尋ねる。

「さっきはどうしてあんな電話を掛けたんだ？　〝A・iセンターに気をつけて〟なんて言っただけで切るなんて。ミステリー・ツアー企画かと思ったぞ」

すると受話口の向こうから、明るい声が返事をした。

「それは私じゃないです。天馬先輩に電話したのは、即切りした無言電話と今の電話と、その二回だけですから」

じゃあ今、あの電話を掛けてきたのは誰だ？

電話を切り、着信履歴をチェックすると、見慣れない番号が確かにふたつ並んでいる。ひとつは冷泉の番号で間違いないはずだ。すると、それに挟まれた未知の番号は一体誰のだろう。

僕はしばらくその番号を凝視していたが、思い切ってリダイヤルしてみた。息を詰めて、耳を澄ます。

数回の呼び出し音の後、電話がつながった。無感情な電子音声が告げる定型的な文言が流れる。

――この電話は現在つながりません。発信音の後にご用件をお話しください。

僕は息を呑む。そしてひと言、言った。

「あなたは誰ですか？」

返事はない。

その瞬間、別世界へ電話したかのような肌触りがして、背筋に寒気が走った。

突然、周囲にジングルベルの音楽が溢《あふ》れ返る。立ち止まり、その喧騒《けんそう》に耳を塞《ふさ》いだ。

8章　浪速大学医学部公衆衛生学教室・国見淳子教授

12月24日　浪速大学医学部旧館3F・公衆衛生学教室

桜宮発、下りの新幹線ひかりの車内はがらがらだった。ひかりが投入された頃と違い、現在の主流〝のぞみ〟は桜宮に止まらない。東京から浪速に行くビジネスマンの頭の中のマップから、桜宮という街の存在は抹消されてしまっているに違いない。

東京、横浜、尾張《おわり》、祇園《ぎおん》、浪速。

今の日本は、新幹線でつながれたのぞみが止まる大都市だけで出来ているのだろう。

僕は隣の座席に座る冷泉深雪を横目で見て言う。

「冷泉って、女の子にしては旅行の荷物が少ないな」

冷泉深雪は華奢《きゃしゃ》な身体のラインを浮き上がらせるかのようにぴったりとフィットした薄い赤のワンピースを着ていて、その上に濃い赤のカーディガンを羽織っている。僕は、座席に座る時に脱いだ真っ白なコートとの対比に、思わず目を奪われた。

ツイン・シニョンの冷泉深雪は小首を傾げて笑顔になる。

「天馬先輩って、よく女の人とこういう小旅行に行ったりするんですか？」

「まさか。僕は清らかな男なんだぞ」

するとと冷泉は、あからさまに疑わしそうに僕を見る。

「信じられませんね。だって、経験者じゃないとわからないことですから」

僕は大急ぎで否定する。

「いや、今のは現実体験じゃなくて、他人の体験を隣で盗み見てだな……」

冷泉は、ぱちんと手を打って言う。

「そっか、天馬先輩ってピーピング・トムだったんですね」

……もう何も言わない。

新幹線の到着ホームには人が溢れていた。どうすればこんなにたくさんの人をこんな狭い空間に詰め込めるのだろう。そんな風にぼんやりと思い惑う僕の目の前を、冷泉はためらわずに、すたすたと歩く。その足取りにかろうじて追いつくと、息を切らしながら言う。

「よく迷わないもんだな。浪速には来たことがあるのか？」

冷泉深雪は振り返りもせずに言う。

「目的地が決まっていれば、簡単です。どんな複雑な経路だったとしてもゴールはひとつしかないんですから。あ、ちなみに私、浪速は初めてです」

結論。ストリート・スマートの優等生は何をやらせてもソツがない。

フォギータウン・ナニワ。

浪速の街には、いつもうすぼんやりとした靄《もや》がかかっている。排ガスと町工場の粉塵《ふんじん》が混合した空気が醸し出す猥雑《わいざつ》な雰囲気。それは環境に対する意識の低い都市だという低評価になりかねないが、今の日本が忘れかけた活力の噴出にも思える。

南米やアジアなど成長著しい都市に漂う匂いや熱気と似た、成熟極まった日本では忘れ去られた大気のかけらが、そこにはある。

そんな靄に包まれた街なのに、冷泉内蔵ナビ・システムのおかげで、躊躇《ちゅうちょ》なく一切の無駄もなく、浪速大学医学部に到着できた。

東京・帝華大学と並び称される西の雄、浪速大学は、市街地のど真ん中にある。都市の再開発で好条件による移転を持ちかけられたが、頑として市中に居座った。教育の場は街のど真ん中になければ活力を失うという先々代の学長の信念を守り、さまざまな圧力に抗して頑張ったのだ。

僻地《へきち》に移転するなど学生の未来をナメている。そして学生をナメる大学に未来はない。

正門をくぐると大理石の古い建物が目に入る。名門・浪速大学医学部に足を踏み入れると、僕みたいな劣等生はびびってしまうが、冷泉はまったく動じず、まっしぐらに目的地に向かう。

掛け時計を見ると、アポイントの五分前に到着している。精密機械みたいなヤツだ。

廊下に佇《たたず》み、大きな瞳《ひとみ》で周囲を眺め回す。廊下の端や壁の展示をスキャンしているようだ。待つこと五分。アポイントの時間ぴったりになり、冷泉は重厚な教授室の扉をノックした。

顔を出したのは、教授秘書の太った中年女性だった。

「時間ぴったりとは、さすが関東の学生はんやねえ。こっちの学生は教授が直接呼び出しても、十分、二十分の遅刻してくるんが当たり前や」

典型的な気のいい浪速のおばちゃん、といった風情の秘書さんは、僕らのことを諸手《もろて》を上げて褒めてくれた後で、いきなり機銃掃射のようにまくし立てた。

「せっかくぴったりに来てもろたけど、教授会がややこしい案件で長引いていてどんだけかかるかようわからへん。だからあんたたちには、国見が戻るのをぽけっと待つか、講師の本田《ほんだ》に代わりに話を聞くか、選んでほしいのや。こっちはどっちでも構へん。ま、どのみち国見との面会はジャスト一時間取っとるんで心配はあらへんけど」

僕と冷泉は顔を見合わせ、無言で相談していると、秘書の女性は続ける。

「ひょっとして浪速弁がわからへん？　そやったらばちばちの標準語、使うけど？」

咳払《せきばら》いをして、太った秘書さんが言う。

「で、どちらをご所望ですか、そちらさん方は」

意思疎通という面から見ればほとんど変わらない気がする。そもそも、ご所望などという言葉は、標準語ではなく文語体か時代劇中の言葉だろう。などという些末《さまつ》なことはツッコまないのが訪問客のエチケット、というものだ。

冷泉深雪がちらりと腕時計を見て、言う。

「それなら、講師の先生にお話を伺わせてください」

もちろん僕も異論はない。こうして僕たちは本田講師とお目にかかることになった。


本田講師は留年を重ねた僕と同年代かもしれない、と思わせるくらい若く見える女性だった。髪を後ろでまとめたきりりとした眼鏡姿を見ると、反射的に美人教師という言葉が思い浮かぶ。こんな美人教師がいたら男子学生の成績はぐんぐん伸びるに違いないなどと妄想していたら、いきなり脇腹を肘《ひじ》でつつかれた。

「天馬先輩、鼻の下が伸びてます」

あわてて口元を引き締める。隣で、冷泉がくすりと笑う。

「国見が戻りましたらバトンタッチしますので、それまで何でも訊《き》いてください」

本田講師の涼やかな声を聞いているだけで、僕の鼻の下は本当に伸びそうになる。あわてて何か質問をひねり出そうとしたが、それより先に冷泉深雪が質問をした。

「浪速市には監察医制度があるそうですが、他の都市との違いはどうですか」

「明日は浪速市監察医務院を見学するんでしょう？　それなら今の質問はその時に聞いた方がいいでしょう。何事も専門家に聞くのが一番です」

「今回の浪速行きのスケジュール、知らせたのか？」

僕が小声で尋ねると冷泉深雪は首を振る。

それならなぜ、公衆衛生学教室が明日の僕たちの訪問先を把握しているのだろうという疑問を見透かしたかのように、本田講師が説明する。

「浪速市監察医務院の院長は、法医の教授が兼任しています。今回の訪問が死因究明制度についてと聞いて、それなら監察医務院の院長のお話も聞いてみた方がいいのではと考えた国見が手配しようと連絡したら、すでに監察医務院にも見学の申し込みをされているとお聞きしたのです」

冷泉が正直に告白する。

「実は浪速市監察医務院の見学をしようと思ったら、こちらも訪問した方がいいと勧めてくれた先生がいらしたもので」

「それって、どなたですか？」

「東城大公衆衛生学教室の清川教授です」

背後から、別の女性のハスキーな声がした。

「そうだったの。それってとっても光栄なことね」

振り返ると薄いグレーのスーツを着こなした細身の女性が立っていた。

本田講師が立ち上がると頭を下げる。そして僕たちに向かって言う。

「国見教授がお戻りになったので、交代します」

国見教授が本田講師に言う。

「ピンチヒッター、ありがとう」

「とんでもありません。まだ、自己紹介しかしていませんので」

本田講師が部屋を出て行くと、国見教授は僕たちを一瞥《いちべつ》し、穏やかな声で言った。

「教授室へどうぞ。お待たせしたお詫《わ》びに紅茶でもどうぞ」

紅茶の香りが立ちのぼる中、国見教授に質問をしたが、その質問は法医学の鳥羽教授の方がいいわね、などと次々にかわされてしまう。取りつく島がないとか、面倒くさいから放り出しているというわけではない。僕たちの考えが練れていなくて、適切な質問ができなかっただけだ。

こんな時、ハコならどうするだろうと考えたが、何も思い浮かばない。だがこれまで取材をしてきた人たちの言葉を振り返ってみると、ある考えが浮かんだ。

「今度、東城大にはAiセンターが出来るんですが、浪速はどうですか」

「あら、ここでもAiセンターが話題になるのね」

国見教授は目を見開いて、僕を凝視した。そして呟《つぶや》くように言う。

「実は浪速大にも近々Aiセンターができる予定なのよ」

「浪速も放射線科が主体になるんですか?」

空とぼけて尋ねると、国見教授は首を振る。

「いいえ、浪速では法医学教室主導で運営するらしいわ」

「ウチの放射線科の島津先生は、Aiの診断は絶対法医にやらせてはダメで、可能なら放射線科、それが無理ならせめて百歩譲っても、一般の臨床医に診断させなければいけない、と言ってましたけど」

　国見教授は微苦笑する。

「実はＡｉは、私の教室とはほとんど関係がないの。もしもそういうことを聞きたいなら、このまま法医学教室に行っちゃう方が手っ取り早いかもしれないわよ。何なら、今すぐに連絡してあげてもいいけど。さっきまで教授会で一緒だったから、たぶん鳥羽教授も教室にいるはずよ」

　僕と冷泉は顔を見合わせる。

　浪速大の法医学教室の教授と浪速市監察医務院の院長が同一人物なら、そしてそのアポを取ってくれるなら、明日の取材を前倒しできる。そうすれば日帰りで済むから願ったり叶《かな》ったりだ。

　目線で同意を求めると、冷泉は一瞬躊躇《ちゅうちょ》した様子を見せたが、すぐにうなずいた。

「よろしければ、お願いできますか」

「お安い御用よ。同僚ですもの、でもあちらは同僚だと思ってくれていないかもね」

　ちろりと舌を出すと、受話器を取り上げ内線番号をプッシュし始める。

「鳥羽教授、先ほどはお疲れさまでした。先だってお話しした学生さんがお見えになって、浪速大のＡｉセンターについて話を聞きたいと言うんですけど、もしお手透きでしたら……」

その途端、野太い声が、国見教授が手にした受話器を通り越し、机を隔てて座る僕たちに直接届けられた。

——その学生はんたちとは明朝、面会の予定やで、今はお断りや。それに明日は監察医務院の現状についてだというんで申し込みを受けたんやけど、もしAiセンターの取材なら、キャンセルさせてもらうで。学生はんがそこにおるのなら、今すぐ答えを聞いてもらえへんか。

国見教授は顔を上げると、受話器の口を押さえて、すまなそうに言う。

「聞こえちゃったわよね。ごめんなさいね、なんだかヤブ蛇になっちゃったみたい」

僕は心中でこっそり答える。

ご心配なく。だって僕は公認の〝ヤブ蛇ハンター〟ですから。

というわけで僕は答えた。

「内容は監察医務院の本来業務についてオンリーで結構ですので、明日はよろしくお願いします、とお伝えください」

国見教授は僕の台詞《せりふ》を復唱し、鳥羽教授に伝える。

国見教授の返事も待たずに電話が切れる。その音が丸聞こえだ。

国見教授は苦笑する。

「本当にごめんなさいね、差し出がましいことをして。約束の時間を守らなかったあげく、余計な口出しをしてかえって足を引っ張ってしまったわね」

「とんでもないです。こちらこそお忙しい中、お時間をいただき、ありがとうございました」

冷泉は、定型文を使ってみごとに僕の気持ちを代弁してくれた。

僕と冷泉は、ほんわかした気持ちとげんなりした気持ちを併せ持ちながら、浪速での訪問取材の初日を終えた。

9章　ナニワのクリスマス・イヴ

12月24日　浪速シティ

僕たちは浪速大近くのシティホテルに到着した。たった一ヵ所、しかも相手は友好的だった取材にもかかわらず僕は疲弊していた。他大学を訪問した緊張のせいもあるだろうが、それ以上に、見知らぬ人に敵意を浴びせられたのに参っていた。

でも冷泉は、まったく動じず、ホテルに入るとまっしぐらにフロントに向かう。

「先日、電話で予約した冷泉ですけど」

「冷泉様、二名様のツインルームでご予約を承っております」

フロント係がキーボードを叩《たた》いて、言う。絶句する冷泉深雪。

そりゃそうだ。僕たちは、イヴに同じ部屋に泊まるような仲ではない。

「困ります。シングルを二部屋予約したんですから、何とかしてください」

フロント係はクレーム慣れしているのか、慇懃《いんぎん》無礼に過不足なく懇切丁寧に答える。

「大変申し訳ございませんが当方では二名様ツインと承っております。あいにく本日は予約で満室となっておりまして、キャンセル待ちのお客さまも現在十名ほどおられます。

ですので御要望に従うのは難しいかと」

僕は冷泉深雪に小声で言う。

「いいからチェックインしちゃえよ。僕は一晩、どこかで呑《の》んで夜明かしするから」

「それでは天馬先輩に申し訳ないです」

「それなら一緒の部屋に泊まらせてくれるのか？」

冗談半分に言ったら、冷泉は真っ赤になってうつむいた。押し問答をしていると、背後のカップルの視線が背中に突き刺さる。抗議を続ける冷泉に、目配せする。

振り返った冷泉深雪は、ホテル難民と化したイヴ・カップルの形相にぎょっとした表情になる。彼らの視線の凶暴さに耐えかねて、しぶしぶ折れる。

「とりあえずチェックイン、しておきます」

冷泉深雪は悔しそうにフロント係を上目遣いに睨んだ。

するとフロント係は、そわそわと視線を逸《そ》らして、御利用、まことにありがとうございます、と消え入りそうな声で言った。


浪速の街はいろんなものがごっちゃになっているおもちゃ箱だ。

フレンチだのイタリアンは予約で一杯だし、さすがにチェーン店に入る気はしない。端から見れば僕と冷泉だって立派なカップルだから、熱いイヴを過ごしているように見せかけることは、周りの人々に対する最低限の礼儀だろう。

というわけで僕たちは即席のカップルとしてお好み焼き屋を選択した。焼肉を一緒に食べるカップルはデキているという風説があるため、焼肉屋は冷泉深雪が難色を示したのだ。焼肉屋はダメでお好み焼き屋はＯＫというのも不条理だと思ったが、別に焼肉を食べたかったわけでもなかったので、同意した。

酒は呑めるのかと尋ねると、「普通です」と答える。こんな風に答えるヤツはたいてい相当呑める。なので焼酎《しょうちゅう》のお湯割りを二杯頼んだ。

お好み焼きをつまみにすると焼酎の杯が進み、話はいつしか僕とハコの話になった。

「だいたい天馬先輩と別宮さんの関係って意味深すぎます。小学校時代からの腐れ縁というのは本当ですか？　そうだとすると、ずいぶん長いおつきあいですよね」

冷泉はグラスをくい、とあおると、僕をじっと見つめた。

「いや、〝おつきあい〟じゃなくて、単なる〝腐れ縁〟だから」

「腐れ縁という名のおつきあいなんですか？」

酔ったのか、妙にしつこい。だが幸い、突然話の風向きが変わった。

「その腐れ縁が碧翠院の因縁へと続くんですね。別宮さんって何だか業が深そう……」

碧翠院との因縁が深いのはハコではなく僕であって、ハコは僕の巻き添えを食っているだけで、と説明しようとして、そのややこしさにげんなりしてしまい、話を端折《はしょ》る。

「桜宮一族は、東城大を目の敵にしていた。そして水面下で東城大学破壊計画を画策していたんだ」

「何だかホラー映画みたいですね。碧翠院ってどんな病院だったんですか？」

どちらかと言えば、ホラーというよりサスペンスかスリラー、あるいはハードボイルドなんだけどな、などと思いながら、遠い目をして答える。

「碧翠院は、桜宮の死を司《つかさど》る病院だった」

そう答えて、無邪気な冷泉の質問に含まれる無意識の棘《とげ》に痛みを感じて目をつむる。

だが冷泉の興味をハコから逸らすには都合がよかったので桜宮一族の怨念《おんねん》について語ることにした。

「桜宮家は古くからの医者一族だった。両親と三人姉妹が医者で、一番上のお姉さんが葵さん、その下に小百合、すみれという一卵性双生児の姉妹がいた」

「すてき。何だかお花畑みたいですね」

冷泉の感想を耳にして、ふと、鼻腔《びくう》の奥深くに桜宮一族の母、華緒が丹精込めて育てた温室に、爛漫《らんまん》と咲き誇った薔薇《ばら》の、むせかえるような芳香が蘇《よみがえ》った。

僕はその、記憶に刻み込まれた香りに身を委《ゆだ》ねながら、続けた。

「でも不幸な事故があって、一番上の葵さんは若くして亡くなってしまったんだ」

胸に鋭い痛みが走る。

そう、それは僕と桜宮一族をつなぐ因縁の糸だった。でも幸い、冷泉はそんな僕の逡《しゅん》巡《じゅん》には気づかなかったようだ。

僕はほっとして続ける。

「碧翠院は建物がかたつむりの形にそっくりだったので、人々からはでんでん虫と呼ばれて親しまれると同時にちょっぴり恐れられていた。一家が住んでいた五階建ての塔の最上階に三姉妹のお母さん、華緒先生の部屋があった」

僕の言葉が空間に描き出した、碧翠院の奇怪なフォルムをぼんやりと眺めていると、その頂点、螺鈿《らでん》の部屋の煌《きら》めきが鮮やかに浮かんで、消えた。

「どうしてそんな素敵な一家に、東城大は目の敵にされてしまったんですか？」

それは本筋に迫る質問で、かつ無垢《むく》な質問だった。僕は淡々と答える。

「東城大は、末期患者を碧翠院へ無遠慮に送り続けて、自分たちの尻《しり》ぬぐいをさせておきながら、感謝ひとつしなかったからさ」

「傲慢《ごうまん》な話ですね」

ひっく、としゃっくりをして、冷泉が言う。その表情がさみしそうなので、コイツは東城大に愛着がある、まともな学生なんだな、と思う。

「しかも東城大は大学病院の収益が落ち込み始めた途端、末期患者まで自分たちで囲い込もうとしたんだ。そのせいで碧翠院は干上がり、閉院に追い込まれた。だからあれは碧翠院の生存を賭《か》けた闘争だった。東城大が目の敵にされた理由はわかったか？」

「大企業と零細下請け業者の関係みたいですね」

こういう素直で適切な表現がさらりと出てくるところがすごい。僕の葛藤《かっとう》など思いも掛けないかのように、冷泉は素直な質問を重ねる。

「でも碧翠院の主な業務が末期患者の受け入れなら、単なるホスピス病院でしょう？　死を司る病院だなんて、大袈裟《おおげさ》な表現に思えますけど」

僕は一瞬、逡巡する。事実を伝えるべきか否か。だがその逡巡は形式的だった。

ここまで話してしまったら、もはや話を止めるという選択肢はない。

僕は咳払《せきばら》いをして、厳かに言った。

「あの病院では末期癌患者の希望に添って死に至らしめていた」

「安楽死、ですか。それって日本では非合法ですよね」

「オランダでは合法化されている。人道的問題ではなく、社会制度の問題だ」

「でも、日本では違法です」

この時点でこんなに厳しく反論されるなら、この先はとても言えないなと思う。だが、それは冷泉が悪いのではない。碧翠院の考えを理解できてしまう僕の方が異端なのだ。

「安楽死なんて可愛いものさ。あの病院ではグローバルな世界では容認できないようなことも行なわれていた。終末期患者を職員として働かせ利益を出していたんだ」

三原色のTシャツを着た西遊記トリオは、末期癌を患いながらも、碧翠院内に設立されていた会社、すみれ・エンタープライズで働くことを生き甲斐《がい》としていた。赤シャツの美智《みち》は、すみれ先生から東城大に紹介されたらしいが、どうしているだろう。

「病気で苦しんでいる患者を働かせるなんて、滅茶苦茶《めちゃくちゃ》ですね」

冷泉の感想はもっともだ。患者はケアするものであって、こき使うものではない。

だがその考えを実践した鳶色《とびいろ》の瞳《ひとみ》の跳ね返り医師、すみれの下では末期患者が嬉々《きき》として働いていたのもまた事実だった。でも、そんな風に肯定的に碧翠院を擁護できるのもここまでだ。冷泉が次のことを知ったら、碧翠院を絶対に許さないだろうし、それは当然のことだ。だから僕は、今度は本当に逡巡した。

でも中途半端な理解では、破滅の淵《ふち》を歩くことになるので、意を決し、言う。

「碧翠院のデス・ビジネスはそれだけではない。自殺願望を持った健常人に保険を掛けてから死に至らしめ、その結果として得た保険金を収益にしていたんだ」

冷泉深雪が息を呑む。そしてようやくひと言、言った。

「それって、保険金殺人なのでは？　警察に知らせたんですか？」

「いや、伝えなかった。そのことをつきとめた直後の火災ですべて灰になり、桜宮一族は全員焼け死んでしまったと思われていたからね」

「どんな人たちがそのシステムで殺されたんですか？」

冷泉が無意識に使った〝殺された〟という言葉を意図的に避けて、僕は答えた。

「僕があの病院に関わっていた間に、メンタルな問題を抱えた若い女性が二人、立て続けに亡くなっている。日菜《ひな》と千花《ちか》という仲良しふたり組で、日菜は僕が入院した直後に、千花は碧翠院最後の日に亡くなった。でも、それは彼女たちの願いだった。だとしたら誰がその行為を非難できるというんだ？」

僕が饒舌《じょうぜつ》になったのはたぶん、秘密を酔いにまかせてペラペラ喋《しゃべ》っている自分が後ろめたかったからだ。黙り込んでしまった冷泉に、最後の言葉を掛けた。

「要するにあの病院には色とりどりの死が一通り揃っていた。それが〝死を司る病院〟という言葉の、真の意味だ」

桜宮一族が復讐《ふくしゅう》のために行なった純然たる殺人については、あえて口にしなかった。それは個人的な事情による通俗的犯罪であり、碧翠院が内包していた医療の中の死という範疇《はんちゅう》からは外れていたからだ。

冷泉深雪は、僕の言葉に耳を傾け、懸命に何かを考え込んでいる。僕の言葉は冷泉深雪に届いたのだろうか。そんな僕の不安を裏打ちするかのように冷泉はぽつりと言う。

「天馬先輩の周りって、いつも美人さんばかりですね」

僕は脱力した。ここまで根を詰めて説明したことが急に空しくなった。だがそれにしても、今の話で、日菜と千花が美人だということが、どうしてわかったのだろう。ひょっとして、コイツはひどく酔っぱらっているのではないだろうか、とひそかに危ぶんだが、その心配は次の冷泉の質問であっさり打ち消された。

「それよりも気になるのは、非合法な存在であることを自覚していた碧翠院が、どうしてそんな簡単に崩壊してしまったのかということですね。非合法活動を旨とする組織というのは用心深いはずだから、あっさり瓦解《がかい》するなんて信じられません。それは桜宮一族が目論《もくろ》んだ、東城大破壊計画が失敗したこととも関係しているんでしょうか」

ずばっと核心を衝《つ》いてきた。この切り口は、話を聞き流していたらたどり着けない。

碧翠院による東城大学破壊計画の結果は伝えていないのに、その企てが失敗したと決めつけている。現在、東城大は生き残っているのだから、ちょっと考えればわかることだが、逆行的な推理で計画が失敗したという結論を導き出してから、そこに疑問を上乗せすることは、へべれけに酔っていてはとうていできない芸当だ。そもそも酔っぱらいは、論理的な質問を関連づけてふたつ並べることができない、というのが僕の持論だから、冷泉はそれほど酔っていない、と僕は判断した。

だが、僕は間違っていた。僕の仮説には、僕と同じような凡人ならば、という前提が必要だ。ところで冷泉は〝僕のような凡人〟なのか？　断じて否、だ。

「とにかくいろいろあって結局、桜宮病院は炎上し、五階に勢揃いしていた桜宮一族は、全員焼死した、と思われている。その事件は〝碧翠院の惨劇〟と呼ばれている」

「その事件は覚えています。東城大の近くの病院だったから、印象深かったので」

上目遣いに見つめる冷泉の視線から目を逸《そ》らし、手の内でグラスをもてあそぶ。

「この話にはまだ後日談があるんだ。翌日、塔の焼け跡から焼死体が四体出てきたんだけど、これが実に妙な話でね」

「双子の姉妹と両親を合わせた四人家族で、塔の焼け跡から四つの遺体が見つかったわけですよね？　ちっともおかしくないと思いますけど」

「実はその時、五階の部屋には衛生保全《エンバーミング》された葵さんの遺体が安置されていたんだ」

「どういうことですか、それ？」

酔いの気配を漂わせ、カウンター席の隣に座る冷泉が、身を寄せてきた。

おい、ちょっと近づきすぎだぞ。お前のふくよかな胸が僕の肩に……。

咳払いをしたが、冷泉は意に介する様子もない。

ま、いっか、そんなささいなことは。いや、決して、そう、それは決してささいなことではないけれど。だけど、ま、いっか。

僕は冷泉の疑問に冷静を装いつつ答える。

「桜宮三姉妹の一番上の葵さんは不幸な事故に遭い、若くして自殺した。入り組んだ因果について今は説明しきれないけれど、その遺体が安置されていたんだ」

つらい物語なので肝心の部分をスルーしたが、幸いなことに冷泉の関心は、とっくに別方向に向いていた。

「死体防腐処理《エンバーミング》って日本でも可能なんですか？」

ここでエンバーミングの社会システムに反応するなんて、骨の髄まで医学生だ。

「葬式までなら合法かもしれないけど、遺体を蠟《ろう》人形みたいに保存するのはアウトだ」

「どうしてご家族は、そこまでして葵さんの亡骸《なきがら》を保存しようとしたのかしら」

キツい質問だったが、それ以上追及はされなかった。

その代わりに冷泉は「あ」と小さく声を上げると、大きく目を見開いた。

「ちょっと待ってください。つまり火事の時には部屋には両親と葵さんの遺体、そして双子の姉妹、小百合さんとすみれさんがいたんですか？」

僕はうなずく。冷泉深雪はごくりと唾《つば》を飲み込んだ。

「……ということは部屋にいたのは五人になります。すると……」

「そう、遺体がひとり分、足りないんだ」

冷泉が口に出せなかった語尾を、僕が補足する。冷泉は震える声で言った。

「誰かが逃げている？」

「たぶん、ね」

「誰が、ですか？」

「それはわからない。誰が生き残ったのかは誰にも確定できていないんだ」

「天馬先輩は誰が生き残っていると考えているんですか？」

冷泉の質問には、まったくムダというものがない。コイツは検事にでもなったら、たぶん相当優秀な敏腕検察官になれるだろう。

「はじめは、生き残ったのはすみれ先生だと思っていた」

「なぜですか？」

「実は僕は、碧翠院が炎上した最期の場に居合わせていたんだ」

さすがの冷泉もこの告白には驚いたようだ。いつも適切なコメントを瞬時に返してくる冷泉が、思わず絶句しているのを目にして、申し訳なく思いながら続ける。

「炎に包まれた部屋の前で、巌雄先生が、すみれ先生が部屋に戻れば桜宮一族は永遠の生命を手にできる、と告げた。そして螺鈿《らでん》の部屋には隠し扉があって外に逃げられる構造だった。それらを合わせて、すみれ先生が生き残ったと思い込んでいたんだ」

　その時に隣にハコがいたことを、僕はあえて言わなかった。それを不実だとは思わない。だけど、なぜか冷泉の目をまっすぐ見ることができなかった。

「桜宮の当主である巌雄先生は、次期当主にはすみれ先生がふさわしいと考えていた節があった。すみれ先生は派手で強気で華やかな女性だったからね。だけど、今では僕は、生き残ったのは小百合先生だと思っている」

　僕は胸にためこんだ思いを吐き出して、焼酎《しょうちゅう》のお湯割りを一気飲みする。同じものをオーダーすると、冷泉深雪は僕の横顔を見つめた。

　唾を飲み込み、冷泉は少し寄り目になった。手元のグラスに視線を落とし、言う。

「どうして、小百合先生が生き残ったという考えに変わったんですか」

　運ばれてきた酒で唇を湿しながら、僕は遠い目をする。そして過去の記憶へとひとり逍遥《しょうよう》する。

「僕が入院してすぐのある早朝、小百合先生が末期患者が入る特別室から、ひとり軽やかに下りてきたことがあった。その時の上機嫌な言葉を耳にして、背筋が寒くなった。実はその朝、日菜さんが亡くなっていたんだ。前日、なぜか特別室に入っていて、特別室は小百合先生の管轄だった。その瞬間僕は、桜宮の闇を司《つかさど》るのはすみれ先生ではなく、小百合先生なんじゃないかと思ったんだ」

　僕はグラスを玩《もてあそ》びながら言う。

「そのことを思い出した時、ふと、最期の時に小百合先生があの部屋にいる必然性がないことに気がついた。火が出る前に、巌雄先生が僕の前で小百合先生に、五階の部屋で待っているようにと指示していたから、てっきり小百合先生は部屋にいるものと思い込んでいたけれど、よく考えたら小百合先生が巌雄先生の指示に従った保証はない。小百合先生は冷徹な女性だったから、自分が焼け死ぬとわかっていたら、むざむざそんな指示に従うはずがないだろ？」

脳裏に、冷ややかで感情を読み取れない、能面のような小百合の表情が浮かぶ。

「天馬先輩はその時、部屋の中を確認しなかったんですか？」

僕は唖然《あぜん》とする。

「部屋は炎に包まれていたんだ。そこから逃げること以外、何も考えられなかったよ」

ひらりと炎に身を投じたすみれの姿に、僕に向けて投げられた銀のロザリオの輝線が重なり、真理を示す数式の曲線のように煌《きら》めいて、虚空の闇に消えた。

僕は、シャツの上からそのロザリオをそっと握りしめる。

冷泉は、ぽつりと言う。

「天馬先輩は、どうしてそのことを警察に言わなかったんですか？」

「もちろん話したさ。でも信じてもらえなかった。そもそもエンバーミングされた遺体が部屋にあったことさえ説明は難しい。その上、四人家族の家の焼け跡から年齢性別背格好が一致する四つの遺体が見つかれば、わざわざＤＮＡ鑑定なんてしないさ」

冷泉深雪は必死になって、僕の説明の穴を見つけようとしたが、どうしても僕のロジックを崩せずに、憮然《ぶぜん》とした表情になった。

冷泉、お前は圧倒的に正しい。だけど世の中は正義と論理だけではできていないのだよ。そんな風に訳知り顔で言いそうになった自分に対し、ささやかな嫌悪感を抱いた。


夜も更け、杯の数も増えた。碧翠院の最後について根掘り葉掘り聞かれているうちに、当時の感情が生々しく蘇ってきて、そこから目を逸らすために杯をあおるスピードは更に上がっていく。冷泉の口調はいよいよ滑らかで、今や絶好調だ。

冷泉は碧翠院の謎に夢中になった。その解釈は的を射ていることもあったし、的外れなこともあった。だがそんな風に彼女の思いつきに耳を傾けているうちに、あの最後の日に僕の隣にいたのはハコではなく、冷泉深雪だったような気さえしていた。

ところがお好み焼きをたいらげ、追加注文が焼酎一筋になり始めたあたりから次第に雲行きが怪しくなってきた。冷泉深雪は蓮《はす》っ葉《ぱ》な口調で言う。

「だいたい天馬先輩って気取りすぎです。いつもひとり超然として、僕はみんなとは違うんだぜ、みたいな顔をしてるんですもの」

それはあながち間違いではない。僕が周囲の医学生とは人種が違うことは明らかだ。だって僕の周囲の人間は、同じ学年を二度ずつやろうなどという奇特さは持ち合わせていない常識人なのだから。なので僕は言った。

「まあ、否定はしないけど」

「それよ、それ、その言い方です」

冷泉深雪は僕をびしりと指差し、きっぱり言う。

「否定はしないけど？　どうして二重否定でごちゃごちゃ言うんですか？　その通りだねって、素直に言えばいいじゃないですか」

冷泉は、僕から視線を外し、ふっと天井を見上げる。そしていきなり、笑い出す。

「そんな天馬先輩のこと、私は嫌いというわけじゃない、というつもりがなかったりすることも、あったりするというわけでえ、なんて言われたらどう思います？」

そう言って冷泉は笑い転げる。

あの、ひょっとして君は今、ひどく酔っぱらっていらっしゃるのでは、と気づいた時にはすでに手遅れだった。お代わり、とグラスを突き出すと、気っ風《ぷ》のいいお姉さんがボトルから、どぼどぼと酒を注いでしまう。

「お嬢さん、いい呑《の》みっぷりねえ」

穏やかな笑顔の女性店員に向かって、冷泉がにっこり笑う。

「こんな素敵なお姉さんが、どーしてイヴの夜にお仕事してるんですかあ？」

ぶしつけな冷泉の質問にひやひやしたが、世慣れたお姉さんは動ぜずに答える。

「それはね、世の男性に女を見る目がないからよ。でもお嬢さんが酔っぱらってるから、せめてその間くらい、隣の彼氏に遊んでもらおうかな。好みなのよね、このお兄さん」

自分が、お好み焼き屋のお姉さんのお好みだったとは微塵《みじん》も思っていなかった僕は、思わぬ愛の告白に動揺してしまう。

さすがイヴ、愛の奇跡が起きる季節。さすがナニワ、愛の女神もノリがいい。

「どーぞどーぞ。その人はボンクラボヤの天馬先輩って言うんです。モーションかけられてるのもわからないチョー鈍感さんですから、しっかり教育してやってください」

おい冷泉、お前は一体どこからそんな情報を、と聞きかけたがやめた。情報源には痛いほど心当たりがある。

するとお好み焼き屋の店員のお姉さんは僕の頰に軽くキスをして、立ち上がる。

「彼氏のほっぺを盗んじゃった。ごめんね」

朗らかな笑い声と共に席を離れた。びっくりして後ろ姿を見送った僕は、横顔に強い視線を感じて、そちらを向く。すると冷泉深雪が、上目遣いに僕をにらんでいた。

「あんまりです。天馬先輩はヘタレじゃなくて、下司《げす》なスケコマシだったなんて」

そう言って、いきなりめそめそ泣き出した。ああ、めまいがする。

今のキスは交通事故、どう見ても僕は被害者だ。なのにスケコマシ呼ばわりはひどすぎる。それにしてもスケコマシとカタカナで書くと、どうしてこんなにスケべっぽく見えるんだろう。そこに下司なんて強烈な名詞を重ねるなんて、相手にダメージを与えるための冷泉の、攻撃的な修辞能力はきわめて高い。仕方なく、専守防衛で文句を言おうとして冷泉深雪を見ると、彼女はカウンターに突っ伏し轟沈《ごうちん》していた。

頬にキスをしてくれた気っ風のいいお姉さんがタクシーを呼んでくれた。そして、眠り込んだ冷泉深雪をタクシーに乗せながら、今度は投げキスをした。

「酔い潰《つぶ》れた彼女を無理やり襲ったりしちゃ、ダメよ」

冗談じゃない、襲うもなにも、コイツは合気道の達人だから、返り討ちに遭うこと必定だ。そもそもコイツは彼女じゃないし、その上どうしようもないファザコンの、完全無欠の優等生なんです、と説明しかけたが、その声はお姉さんには届かなかった。なぜなら浪速の深夜タクシーが、ものすごい速度で急発進したからだ。

タクシーで五分、ホテルに到着した頃には冷泉深雪の意識は少し戻っていて、自分の足で立つことができた。だが足がふらつくので、肩を抱きかかえて部屋に連れて行く。

夜更けに美少女とこんな風に密着できるなんて、何て華やかなホーリーナイトだろうとしみじみ思う。だがこんな状況で手を出せない生き地獄は、結局ツイてないんだろうな、と浮かれた気分の反動で、暗澹《あんたん》たる気持ちになる。

部屋に入り灯《あか》りをつける。ツインベッドが綺麗《きれい》に整えられているのが目に入った。冷泉はいきなり僕の手を振り払い、ととっと部屋に入ると、ベッドの側のソファにすとん、と腰を下ろす。そして焦点の合わない目で周囲をぼんやりと眺めている。

ふかふかのベッドを目にした僕は、一刻も早く眠りたいという欲望にかられた。だけど、生足の美少女が隣で寝ていたら、さすがに理性を保つ自信がなかったので、急いで部屋を出て行こうとした。すると、ソファに座っていた冷泉深雪はすっくと立ち上がり、まとめた髪をぱらりとほどいた。僕はその黒艶《くろつや》に一瞬心を奪われる。

次の瞬間、ふわりとした香りと柔らかい感触に包まれる。

長い髪をさらさらさせながら、冷泉深雪が抱きついてきたのだ。

もつれあうようにしてソファに押し倒され、はずみで唇が重なった。

僕は目を見開いたまま、呆然《ぼうぜん》とした。このまま、なだれこんでしまっていいのか？

僕が、悶々《もんもん》と煩悩の地獄巡りをした一瞬の間に、僕のとまどいをおいてけぼりにして、冷泉深雪は腕の中でくうくうとすこやかな寝息を立て始めた。

「おい、コラ」

ぺしっと頭を叩《たた》くが、冷泉はぴくりとも反応せず、平和な寝息を立てている。上半身を起こし、首に巻きついた滑らかな腕を振り解《ほど》くと、華奢《きゃしゃ》な身体を抱き上げた。

小柄な身体は、びっくりするほど軽く、そして柔らかかった。

僕は冷泉をふかふかのベッドの海に沈めた。一瞬、僕の目の下に、冷泉の整った寝顔が広がる。思わず理性が吹っ飛びそうになる。固く目をつむると、ベッドから自分の身をひきはがして立ち上がり、後ずさりしながら部屋の扉を閉めた。

オートロックの扉が閉まると、ドアにもたれて深々とため息をつく。

シティホテルの廊下の照明は夜更けのせいか、薄暗く落とされていた。

10章　浪速市監察医務院・鳥羽欽一院長
12月25日　浪速市天目区・浪速市監察医務院

翌朝。

居酒屋で飲み明かしホテルに戻ると、ロビーのソファに座っている冷泉深雪の姿が目に入った。こめかみに人差し指をあて何やら物憂げに考え込んでいるその姿は、ふだんの毅然《きぜん》とした冷泉とは違う、崩れた魅力を醸し出していた。ひょっとしたら二日酔いの頭痛かもしれない、と思い、完全無欠の優等生美少女の弱点を見つけた気分になってほくほくする。

「お、早いな。もう回復したのか」

僕が声を掛けると、冷泉深雪は上目遣いで僕を見つめながら、言った。

「あの、失礼ですけど天馬先輩、ゆうべ、酔っぱらった私に何かしませんでした？」

何かするもなにも、何かされかけたのは僕の方で、と口にしかけた僕だったが、そんなことを酔った勢いで自分がやったなんてわかったら、この純真なら若き乙女はこの世界から脱兎《だつと》の如く遁走《とんそう》してしまいかねないぞと思い、言うのを我慢する。

何しろ今朝は浪速市監察医務院を訪問しなくてはならない、というスケジュールだ。ここで冷泉という精密なナビゲーション・システムがハングアップしてしまったら、お手上げだ。

それにしてもこんな風に言われるなら、超人的克己心で部屋を去らずいっそオオカミになってしまえばよかったかな、とちょっぴり後悔する。だが、時すでに遅し。僕はこうやっていつもこの手の後悔を積み重ねていってしまうわけで。

ああ、腰抜けのろくでなしは、かくも理不尽な切なさを抱えた存在なのだ。

仕方なく、まったく違う角度からの言い訳を試みる。

「どうしてそんなこと言うかな。そもそも僕が冷泉に何かするなんて、ありえないだろ。お前は東城大でナンバーワンの合気道の達人なんだぞ」

半信半疑で僕を見つめた冷泉深雪だったが、やがて言った。

「失礼しました。確かに天馬先輩に私を襲う甲斐性《かいしょう》なんて、なさそうです」

一瞬、本気で絞め殺してやろうかとも思ったが、素面《しらふ》の冷泉にそんなことをしたら返り討ちに遭うのは必定。なので我慢した。

こうして、酔いにとろけた記憶を不安げに抱いた美少女・冷泉深雪と、やむなきハシゴ酒を強いられ、やるせない二日酔いの胸焼けを抱えた落第生の僕、というでこぼこコンビは、聖夜の翌日に聖なる目的地、浪速市監察医務院へとまっしぐらに取材に向かうのだった。

浪速市監察医務院は築五十年の木造平屋建てで老朽化が著しく、毎年建て替えが課題になりながら、いつも先送りされてしまうらしい。昨日、国見教授が教えてくれた浪速のトリビアだった。

朝八時とは、初めての面会としては少々常識外れな時間だが、昨日の国見教授の先走った厚意の無残な結果を見ていたおかげで、こちらがいい印象を持たれていないことはわかっていた。そんな時には約束時間よりも少し早めに行って待つことで、誠意を示すのがポイントというものだろう。

建物に入ると事務員が応接室に案内してくれた。ぎしぎしときしむ板張りの廊下をたどり、古い小学校の校舎みたいな硝子戸《ガラス》の部屋に入ると、今時珍しい石炭ストーブが赤々と燃えていた。

「二件の緊急検案への対応が間もなく終わりますので、しばらくお待ちください」

出してもらった温かいお茶を呑《の》もうとしたら、勢いよく扉が開き恰幅《かっぷく》のいい男性が現れた。一目で昨日電話越しでお話の片鱗《へんりん》を伺った鳥羽院長だとわかった。

「約束に十分ほど遅れてしもうた。えろうすんませんな」

「とんでもありません。緊急の業務が入った、とお知らせいただきましたから」

冷泉がソツなく言うと鳥羽教授は一気にご機嫌になった。

「若いのになかなか感心な子や。どや、卒業したらウチに来いへんか。ごっつう厚遇するで」

「ありがとうございます。前向きに検討させていただきます」

政治家みたいな物言いだなと思いながら、その心のこもらないひと言のお愛想でインタビューが円滑に進むのなら、あえて冷泉の不実を責めることもない。

「鳥羽先生もお忙しそうですから、早速本題に入らせていただきます。浪速市における死因究明制度の問題点はずばり、何だとお考えですか」

鳥羽教授は一瞬、鼻白んだ表情になる。目の前の可愛らしい女子医学生とほのぼのした交流を考えていたらしい鳥羽教授にとって、少々さみしく思えたのだろう。

「そんなに急ぐことはあらへんで。約束はたっぷり一時間取ってあるんやから」

「ではお言葉に甘えて、質問を変えさせていただきます。今朝もお仕事をされていたそうですが、どんな症例でしたか」

鳥羽教授は、嬉《うれ》しそうに鼻をひくつかせながら答える。

「天目《てんもく》区での行き倒れ一件、自宅での老衰死が一件。計二件の検案や」

冷泉深雪がちらりと腕時計を見て、言う。

「もうそんなにお仕事をされただなんて、驚きました。始業開始は何時ですか？」

「始業時間なんてあってないようなもんや。今日はたまたま七時だっただけや。ま、突発事件があれば、こんな対応はちょくちょくやけど」

傲然《ごうぜん》と胸を張る鳥羽院長に、冷泉深雪は目を見開く。

「すると一時間弱で二体の検案を実施されたのですか」

「イエス、そうされたのことアルよ」

この口調はジョークだろうか？　だとしたら魅力がないし、そもそもジョークとして成立していない。こちらの気持ちに気づかず、得々と話し続ける鳥羽院長に、僕は口をはさむ。

「二体のうち、解剖されるのは何体ですか」

「解剖なんてしないで。行き倒れや老衰なら、体表検案だけでばっちりや」

「でも、体表検案だと身体の内部がわかりませんから、それだと当てずっぽうになりませんか？」

鳥羽院長はぎょろりと目を剝《む》いて、言う。

「失礼な物言いやな。常日頃から死体ばっかり見ている法医学者である私の経験値たるや、今や生ける伝説の領域に到達しとるんやで」

非論理的な応対に、融通の利かない優等生、冷泉の論理回路が起動してしまう。

「でも、でも、身体の内部は見えませんから、見落としもあるはずです」

「警察捜査と法医学者がタッグを組めば、死因を見落とすことはないで」

「でも、でも、体表の観察だけではやっぱり……」

「ほんま、ひつこい娘やな。とにかく私が解剖の必要がないと判断したらそれで充分なのや。それがプロ、ちうことなんやで、お嬢はん」

融通の利かない優等生の生硬な質問が続き、部屋の空気が険悪になりかけたので、僕は空気を変えようとする。

「鳥羽院長は年に何件くらい、司法解剖をされてるんですか？」

「ざっとみて、年二百例、やな」

「浪速市で発生する異状死の解剖率は何パーセントくらいなんですか？」

「まあ一割ちょっとかな」

浪速は桜宮とそんなに変わらないな、と思った僕は、ちょっと考えて矛盾を見つける。

「すると浪速の異状死は年間二千例くらいになる計算ですね。でも確か桜宮の異状死体も年二千例くらいだとお聞きしました。それって少しおかしくないですか？　浪速の人口は桜宮の十倍以上、しかも監察医制度があるのに」

鳥羽院長は肩をすくめて答える。

「おかしくはないで。浪速市監察医務院で年間行なわれる解剖はおよそ千体で、浪速で見つかる異状死体は年八千体くらいやからな」

「鳥羽院長が解剖するのは年二百例でしょう？　それは桜宮の笹井教授とほぼ同じなのに、どうして全体の解剖数は五倍になるんですか」

「アホ、そんなこともわからへんのか。ここには常勤の法医学者が三人おる。加えて周辺の大学や近隣の県から非常勤の応援を頼んでいるからそんだけ解剖できるわけや」

指摘されてみれば簡単な話だ。僕は恥ずかしくなってうつむいた。

それにしても冷泉に対しては猫撫《ねこな》で声なのに、男の僕には容赦なく、罵倒《ばとう》するとは、本当にわかりやすい性格をなさっているなあ、といささかうんざりしていると、いきなりそこに割り込んできたのは、エース冷泉の容赦ないツッコミだった。

「それって、ただでさえ日本全体から見れば不足している、貴重な法医学者という人的資源を、大都市の浪速が地方の零細都市から収奪していることになりませんか？　いいんですか、そんなことして？」

「仕方がないやろ。法医は人手不足なんやから」

あっさり答える鳥羽院長の言葉は論理回文みたいなもので、突っ込む気にもなれない。法医学者の思考回路は非科学的で非論理的だ、という島津先生の言葉を思い出す。だがこのまま口をつぐんでは東城大のエース、冷泉深雪の正義感が挫《くじ》かれてしまう。それを座視するのもしのびないので、僕は掟破《おきて》りの攻撃を仕掛けることにした。

「だったらせめて、Ａｉを併用したらいかがですか」

これは事前情報で、鳥羽教授の逆鱗《げきりん》に触れることがわかりきっていた禁断の質問だ。案の定、途端に鳥羽教授の目が細くなる。

「昨日電話で言うたやろ。Ａｉ関連の話は金輪際お断りや」

「そこまで拒否反応を示す、その理由だけでも教えていただけませんか？」

鳥羽院長からはこれ以上情報は得られないと思い、面会が打ち切られてもいいと覚悟して、あえて突っ込んでみた。すると意外にも鳥羽院長は僕の挑発に乗ってきた。

「なぜ法医学者がAiに拒否反応を示すのか、やて？　簡単や。一部のうすらボケらが、Aiばかりを異常に持ち上げようとするからや」

饒舌《じょうぜつ》タイプの人間にとって、こうした静かな口調は、より深い怒りを意味する。

すると空気を読まない優等生モードの冷泉深雪が即座に言い返す。

「でも、私たちが取材した中には、そんな方はひとりもいませんでしたが」

冷泉得意の〝でもでも〟攻撃の再燃に、鳥羽院長は首を振る。

「Aiを実施すれば解剖なんて不要や、と吹聴《ふいちょう》している、とんでもないヤツがいると、法医学会の理事から直接聞いたんやで」

予想通り、冷泉の精密爆撃機が鳥羽院長の泣き所をピンポイント爆撃した。

「そんな失礼なことを垂れ流している先生の名前を教えてください。そうしたら私たちが突撃取材して、その傲慢《ごうまん》な発言を撤回させてみせます」

鳥羽教授はぎょっとした表情で声を潜め、トーンダウンする。

「ま、その、何だ、私も又聞きの程度やもんで、はっきりしたことは言えへんがな」

そんなごまかしで撤退するほど冷泉は甘くない。その後もしつこく追及を続けた冷泉は、とうとう最後に望む発言を、難攻不落の鳥羽院長から引きずり出した。

「このことを私が言ったなんて、絶対に秘密にしてや」

「もちろんです。情報源の秘匿は僕がお約束します」

僕が脇から口をはさむ。その横顔に、冷泉深雪の非難の視線が突き刺さる。

ズルい大人を許せないのは、冷泉の欠点だ。だけど僕にはズルい鳥羽院長の気持ちがよくわかる。なので守られる保証などない約束手形を切ったわけだ。こういう約束はその場を納得させればそれでいい。これが、冷泉が知らない、そしてこれから先も金輪際知りたいと思わないだろう、大人の駆け引きというものだ。

その甲斐《かい》あって、鳥羽院長はようやく重い口を開いた。

「教えてくれたのは、上州《じょうしゅう》大法医学教室の西郷《さいごう》教授で、そういうたわけたことを口にしているのは彦根新吾《しんご》という、房総救命救急センターのトンデモ病理医や」

——彦根新吾。

その名前を耳にしたのは、これで三回目だ。

清川教授からの依頼、島津先生からの提案。そして鳥羽院長の非難。

この瞬間ペンディングだった予定がひとつ、かちりと音を立てスケジュール表の片隅に収まった。

僕と冷泉深雪は、浪速から桜宮に向かう上りの新幹線ひかり号に乗っていた。

ふたりとも押し黙ったままだった。

たぶん今、僕たちは同じことを考えているのだろう。

あるいは全然違うことを考えているのかもしれない。

妥協するみたいに、どちらともとれる質問を、冷泉はしてきた。

「この後、どうします?」

この後の実習研究についてだろうか、あるいは、帰ってからの今日のことを指しているのか。

僕はしばらく間を置いて、答える。

答えは初めから決まっていた。

「冬休みに各自でここまでのことをまとめてみよう。そして年明け、全員で話し合う。それでいいんじゃないかな」

「もちろん賛成です。私も自分なりにまとめてみますけど、伺いたいのは、他に取材しておく必要はないんですかということです」

「他に? たとえば?」

「たとえば上州大学法医学教室の西郷教授とか。あるいはたとえば房総救命救急センターの彦根先生とか」

ぎょっとした。それはまさに今の僕自身の考えとぴったり一致していたからだ。

僕は平静を装って、答える。

「まあ、そのあたりは少しまとめてみた後で考えようか」

「でもそうすると、新学期が始まってしまうから、難しいかもしれません」

「いや、年明けでも間に合うさ」

冷泉深雪はしばらく考え込んでいたが、やがて、こくりとうなずいた。

「わかりました。そうしましょう。それじゃあ次に天馬先輩とお目に掛かるのは、年明けになりますね」

冷泉深雪はそう言うと、ほつれ毛を指でくるくる巻きながら、うつむいた。

新幹線ひかりだと浪速・桜宮間は一時間半。何も話さないでいるには長すぎるし、実があることを話すには短すぎる。そんな中途半端な長さの時間に、僕と冷泉は、お互い黙り込むしかなかった。

新幹線の車窓の景色は流れるようだ。前夜の不行状が祟《たた》り、うとうととしてしまった僕は、気がつくと隣の冷泉に寄りかかっていた。そのことに気がついたのは、耳元でぽつんとささやかれた言葉が聞こえたからだ。

「天馬先輩、ゆうべは本当に、私に何もしなかったんですか」

僕は思わず身体を起こして冷泉を見る。

ツイン・シニョンの冷泉深雪は、生真面目な目で僕を凝視していた。

何と答えればいいのだろう。ちょっと迷ったけれど、思い切って顔を上げた。

「正直に言う。実はちょっとだけ、した」

え？　と目を丸くする冷泉深雪に、僕は一気に言う。

「酔い潰《つぶ》れたお前をベッドに運んだとき、はずみでキスした。でもそれだけだ」

冷泉深雪は目を見開いたまま、僕を見つめた。固まった空気が重く、息苦しい。

やがて冷泉深雪は、ぽつんと言った。

「はずみで、なんてひどいです」

それきり黙り込んでしまった冷泉の整った横顔を横目で見ながら、これなら悪し様に罵《のの》られた方がはるかにマシに思えた。しかも最悪なことに、その時僕は、心の中で冷泉に対し更なる裏切り、大いなる不実な行動を考えていた。

要するにその時の僕は最低のヤツだったわけだ。

それは今も、ちっとも変わっていないんだけど。

11章　房総救命救急センター・彦根新吾医長

12月26日　房総市・房総救命救急センター

惨憺《さんたん》たる浪速行きから帰還した翌日。僕はひとり、新幹線に乗っていた。

昨日は浪速から桜宮に乗車したが、今朝は桜宮から東京を目指していた。目的地は房総救命救急センター。東京の隣の房総県にある。東京駅から電車で小一時間の距離だ。

昨日、押し黙ってしまった冷泉深雪と駅で別れた僕は、房総救命救急センターに電話をした。彦根先生に訪問目的を告げると、少し甲高い、神経質そうな早口で言った。

「ふうん、わかった。何なら今からでもいいけど？」

時刻は午後二時を回っていた。このまま房総に直行すると帰りは真夜中になる。なので翌日、つまり今日の昼過ぎのアポイントにしてもらったのだった。

これは冷泉深雪に対する裏切り行為だ。だけど僕は、正しいと確信していた。

Aiセンターを碧翠院の跡地に建設するなんて暴挙だ。東城大の関連施設が生まれ育った地に建てられるという屈辱を、誇り高いあの一族が許容するはずがない。

小百合先生が末期患者に向かって呟《つぶや》いた言葉が忘れられない。

――人はいつか死ぬ。だから私が壊しても構わないじゃない。

桜宮一族と因縁ある僕が今やらなければならないことは、彼らの怨念《おんねん》を鎮めることだ。

でもそれは明らかに実習発表の枠組みを超えている。だから冷泉にはご遠慮願ったのだ。

だが、冷泉を避けた理由はそれだけではない。僕の中で、冷泉深雪の存在が次第に大きくなりつつあった。今ではすみれ先生の栗色の髪を思い浮かべようとすると、時々、ツイン・シニョンの横顔が浮かんできてしまう。それは許し難い裏切り行為だ。

だから僕はひとりきりでの房総訪問を、冷泉に相談せずに決めたのだ。

房総救命救急センターは、東京二十三区との境にある墨江《すみえ》駅から徒歩二十分。地図に従ってセンターに着くと、受付でファミレス『カッコーズ』への地図を渡された。

「今の時間は、彦根先生はそちらの店にいらっしゃると思います」

掛け時計を見る。アポイントぴったりの午後一時半、これでは確実に遅刻だ。

憂鬱《ゆううつ》な気分で初めての街、墨江町をとぼとぼ歩く。昼下がりの街角に人影はなく、死に絶えた街の様子は桜宮の中心街の蓮っ葉通りに似ているな、とふと思う。

やがてオレンジ色の『カッコーズ』の看板が見えてきた。北風に追い立てられるようにして店内に入ると温かい空気に一息つく。店内は広いが薄暗く、あまり流行《はや》っていなそうに見えた。受付で呼び鈴を何度か鳴らすとようやくウエイトレスが姿を見せた。案内されるがままに奥に進むと、つきあたりの座席に男性客が陣取っていた。

銀縁眼鏡を光らせた細身の男性は、ヘッドフォン姿で目を閉じている。腕組みをしてソファにもたれかかる姿は、カービン銃を抱えて仮眠中のゲリラ兵士みたいに見えた。周囲には空のグラスが林立している。山中の前線基地の砦《とりで》の柵《さく》みたいだったが、猫よけのペットボトルにも見えた。平和ボケの日本では、そっちの印象の方が健全だろう。歩み寄る気配を察知し、男性が目を開ける。細い眼が、闇夜の猫の目みたいに光る。間違いない。この人が彦根先生だ。

「十分の遅刻だね」

「すみません。指定された救急センターには時間ジャストで着いていたんですけど」

チェシャ猫みたいに、彦根先生は大あくびをしながら、呟く。

「ああ、そうか。場所を病院に指定したままだったな。もう一件のアポの方には伝えてあったから、てっきり伝わっていると思ったんだけど」

もう一件のアポ？　それってダブルブッキングというヤツなのでは？

この人はダブルブッキングしても平気な傲慢《ごうまん》な医者か、あるいは二件の仕事を一度に片付ける合理主義者なのか。前者ならスケジュール管理もままならない社会人として失格だし、後者であれば、たとえ有能だとしても、鼻持ちならないエゴイストだ。

だが、そんな最悪の印象は次の瞬間、たちまち塗り替えられる。

彦根先生は、正面の柱に視線を向けて言う。

「お待たせしたけど、この二件は同時に対応させてもらいたい。それでいいね？」

「もちろんです」

涼しい声が聞こえて、肝を潰す。それはあまりに衝撃的で、一日がかりで並べたクリスマスのご馳走《ちそう》を、卓袱台《ちゃぶだい》返しをされたような気分になった。

僕はおそるおそる柱の陰をのぞき込む。

「どうしてお前がここに?」

柱の陰から姿を現したのはツイン・シニョンの冷泉深雪だった。

「その言葉、そっくりお返しします。天馬先輩こそ、どうしてこんなところに?」

「自分なりにこれまでの取材内容をまとめるためにだな……」

「私も同じです」

「それならひと言、言ってくれればよかったのに」

「その言葉も、そっくりそのままお返しします」

ぐうの音も出ない。そんな僕に助け船を出してくれたつもりか、彦根先生が言う。

「痴話喧嘩《げんか》はそれくらいにして、まずオーダーした方がいいだろうね」

痴話喧嘩……。その響きに僕はぎょっとし、冷泉深雪は顔を赤らめてうつむいた。

振り返ると、見るからにやる気なさげなウエイトレスが突っ立っていた。

「この店のおすすめはドリンクバー。サラダバーはやめた方がいい。この時間は前日の残り物が出てくるからね」

「ちょっとお、彦根先生、営業妨害は勘弁してよね」

彦根先生にクレームをつけたウエイトレスは、僕たちに尋ねる。

「ご注文は？」

「私はドリンクバー単品で」

ウエイトレスは舌打ちをする。この流れの中、ドリンクバー単品を堂々と頼む冷泉深雪の剛胆さに惚《ほ》れ惚《ぼ》れする。僕はメニューを隅々まで見て、おそるおそる注文する。

「ハンバーグセットとドリンクバー、それからサラダバー」

するとウエイトレスはいきなり愛想良く「かしこまりました」と深々とお辞儀をして、机の上に並ぶ空のグラスを手際よく片付ける。

やがて運ばれてきたハンバーグセットは、味は悪くない。これでなぜ流行らないのか、不思議なくらいだ。ひょっとしたら彦根先生が疫病神なのでは、とふと思う。

「シェフは相当気合いを入れたな。僕が仕事をしている間に食べ終えてしまいなさい」

彦根先生のノートパソコンのモニタには、病理標本の顕微鏡写真が映っていた。のぞきこんだ僕に、彦根先生が説明する。

「これは一時間前に染色を終えた病理標本のデジタルスライドだ。ビューワーを動かせば病院で顕微鏡を見ているのと同じだ。ここに異型腺管《せんかん》がある。典型的な悪性像だ」

画面をタップすると、ネット画面が立ち上がる。

「診断を終えたら病院のHPにログインして結果を送信。技師が二重承認して終了さ。こんな風に、これからの病理医は、出勤しなくても業務をこなせるようになるだろうね。

さすがに解剖は、病院に行かないとまずいかな。あ、でもA·iを駆使すればそれすら行かずに済むのか」

　いきなり核心のA·iという言葉が発せられ、緊張が高まる。彦根先生は僕がハンバーグセットを食べている間に四件の病理診断を済ませて、パソコンを閉じた。

「さて。これで本日の業務は終了した。今から取材に応じよう」

「彦根先生はA·iをすれば解剖がなくなると吹聴《ふいちょう》しているそうですが、本当ですか？」

　さっそく冷泉が核心を衝《つ》く。彦根先生は、おもむろに身体を起こし前屈《まえかが》みになる。

「面白いことを訊《き》く学生さんだね。せっかくだから真面目に答えよう。今の質問に対する答えはふたつ。ひとつ。僕は確かにそう言った。ふたつ、僕はそんなことは言っていない。これが誠実な回答だな」

「茶化さないでください。私たちは真剣なんです」

　反射的に冷泉が言う。まあ、そうだろうなと思いながら、冷泉の蛮勇に敬意を表する。

「今の言葉でお嬢さんの性格はだいたいわかった。では、そっちの坊やはどうかな？」

　彦根先生は目を細める。僕は考え込み、そして答える。

「どっちも真実なのかもしれません。ものごとには光と影がある。光あるところには必ず影が寄り添う。ですので、彦根先生のふたつの言葉は、片方が光、もう片方が影なんだと思います。でもどっちが光でどっちが影なのか、それはわかりません」

　僕を見つめる冷泉深雪の視線を横顔に感じる。彦根先生は腕組みをほどく。

「まあ、正解だね。ある人は僕がそう言ったと言いふらす。僕自身はそんなことは口にしていないと言う。でも、どちらも今の社会に流通している真実なんだ」

「彦根先生がおっしゃっていないのなら、片方は真実、もう片方は虚偽です」

「お嬢さんならそう考えるだろうね。だからあえて〝お嬢さん〟と呼ぶんだけど」

あからさまにバカにされているのがわかる物言いに、冷泉もかちんときたようだ。

「それって言葉尻《じり》を捉《とら》えた混ぜ返しじゃないですか」

「違う。他人が伝える言葉も真実だ。考えてごらん。ある人が僕の言葉を捏造《ねつぞう》している相手としかコンタクトがなかったら、どっちの言葉が真実になるのかな？」

「屁理屈《へりくつ》です。そういうのは絶対に、真実とは言わないと思います」

頑としてゆずらない冷泉深雪を見つめ、彦根先生は黙り込む。やがてぽつんと言う。

「真実とは信念だ。百人には百の信念があるように、百人いれば百の真実があるんだ」

彦根先生と冷泉の相性は決定的に悪そうだ。仕方なく、レフェリーのように間に入る。

「それなら彦根先生の、本当の真実を教えてください」

「せっかくだから僕の真実と、僕のでない真実の両方を説明しよう。だけどその前に確認したい。Ａｉについて、君たちはどれくらい知っているのかな？」

「Ａｉとはオートプシー・イメージングの頭文字で、死亡時画像診断のことです。死因判明率は、ＣＴを用いたＡｉでは三割、ＭＲＩなら六割と言われています」

さすが冷泉、この前までは何も知らなかったのに、簡にして要を得たその返答にしみじみと感動する。完璧《かんぺき》な補強は、ひとりで予習復習に励んだのだろう。

「パーフェクト。僕の持論はね、Ａｉで死因が納得できれば解剖しなくていい、Ａｉで死因がわからなかったり、納得できなかったら解剖を勧める、というものだ」

合理的で単純でわかりやすい。隣の冷泉も同じ感想を抱いているのは間違いない。

「じゃあ、彦根先生のではない方の真実、とやらを教えてください」

「彼らは文章の真ん中を端折《はしょ》って新しい文を作り出す。彼らによれば、法医学の仇敵《きゅうてき》でもある僕は、こう言いふらしているらしい。〝Ａｉをすれば解剖しなくていい〟とね」

「それって全然違うじゃないですか。彦根先生は、それも真実だと認めるんですか」

「もちろん認めないさ。でもそれが社会的真実になってしまっているのも事実なんだ」

「すると矛盾した真実が両立してしまいます。そんなのは、真実とは呼びません」

「美しく、説得力のある言葉だけれど、その言葉すらも正しく、そして間違っている」

「どうして正しい言葉と正しくない言葉が両立できるんですか」

「お嬢さんの世界は綺麗《きれい》だが、小さくて脆《もろ》い。そんな麗しい世界では僕の言葉はそのまま真実になる。だが本当の世界は、大きくて薄汚くてうんざりするほど頑迷で、すべての物事は汚れ、歪《ゆが》み、捩《ねじ》くれている。だが僕たちは、そんな世界の住人なのさ」

それから彦根先生は顔を上げて、言う。

「君たちは、東城大以外でもインタビューしてきたようだな。僕に対するネガティヴ・キャンペーンを、無垢《むく》な君たちにしたのは一体どこの誰なんだい？」

冷泉深雪と顔を見合わせ、僕が言った。

「島津先生の他に、公衆衛生学教室の清川教授に相談しました」

「ブラコンのボンボンか。だが下手人は清川ではないな。アイツはせいぜい、ヒッカケ待ちが好きな性格の悪い雀師《ジャンシ》、くらいの悪口しか言わないからね。君たちの質問には根深い悪意が交じっている。そこまで君たちの憎悪を掻《か》き立てたのはどこのどいつだ？」

僕はうつむく。顔を上げ彦根先生を睨んだ冷泉深雪が、きっぱり答える。

「浪速市監察医務院の鳥羽院長です」

約束違反だが冷泉は意に介する様子もない。違法行為に対する裏切り行為は合法だと考えているのか、決然としている。途端に彦根先生は笑い出した。

「なるほどね。鳥羽―西郷ラインならさぞや悪意がびんびん伝わったことだろう。そして君たちは先輩への悪口が本当かどうか、いてもたってもいられなくなって取材に飛んできたけなげな後輩にして正義の使者、というわけか。ご愁傷さま」

「なぜ法医学者は、彦根先生の言葉をねじまげて伝えようとするんですか？」

彦根先生は目を細め、冷泉を見た。そして言う。

「法医学者は、自分たちのせこい利権を守るため、僕を悪者に仕立て上げているのさ」

「利権ですか？　まだ制度化されていないＡｉに利権なんてないでしょうに」

僕の問いに彦根先生はにこりと笑って答える。

「金が絡むと物事は単純化するものさ。死因究明制度の根幹とされる解剖領域は法医学者の利権だ。笑ってしまうほどちっぽけな額なんだけど、ね。もしA・iが死因究明制度に組み込まれたら、その予算は法医学者で独占できなくなってしまう、というわけさ」

小綺麗な小世界の住人、優等生の冷泉深雪はショックを隠し切れないようだった。

僕はまったく違う角度から尋ねる。

「利権構造は理解できましたが、法医学会にそんな力があるとは思えません」

「いいポイントだ。確かに弱小団体である法医学会にそこまでの力はない。だけどそのバックには怖るべき巨大組織が控えているんだよ」

「ひょっとして……」と僕が口を開きかけると、彦根先生はその言葉を遮って言った。

「お察しの通り、警察さ。警察にとってA・iが死因究明制度の中心になると都合が悪い。捜査独立権、裏を返せば監査拒否権を侵食されることは組織の根幹に関わるからね」

「お話がよくわかりません」

冷泉のクレームを気にも留めずに、彦根先生は淡々と続ける。

「秘書の自殺で政治家の汚職がうやむやに終わる。あれって本当に自殺なのか？　国家という名のマフィアに消されたのではないのか？　そんな無道がまかり通るのは、死亡時最終チェックである司法解剖の情報公開が体制の恣意《しい》に任されているからだ」

その言葉を聞いていると再び、迷彩服でカービン銃を肩に載せて逍遥《しょうよう》している彦根先生の幻視が浮かびあがってくる。その背景には鬱蒼《うっそう》としたジャングルが広がっている。

僕は唾《つば》を飲み込みながら、尋ねた。

「どうしてそのことが、警察の力の源泉の破壊と関係してくるんですか」

「死因情報が、捜査現場で収束せず、医療現場で監査されたら、いい加減な捜査がバレるだろ?」

「……そんな理由だけで?」

「他に、どんな理由があるというのかな?」

彦根先生の問いかけのせいで暗い気分になった僕たちに、陽気な口調で言う。

「ごめんごめん。ダークサイドの話ばかりで。少しハッピーな話をしよう。日本の死因究明制度は医学の領域では病理解剖、捜査現場では司法解剖が中心、だけど解剖率は二パーセント台。つまり法医学者は百人中二人しか死因の責任を取らない連中なのさ」

「ちっとも明るい話題になっていませんケド」

冷泉深雪が抗議すると、彦根先生は笑う。

「明るくなるのはここからさ。これがAiならこの問題を解決できる。放射線科医四千人の他に臨床医二十八万人も対応できるから、日本医師会にサポートされ、市民の支持も高い。来年は東城大に続き浪速大にもAiセンターが建設される。ほら、だんだん明るい気分になってきただろ?」

僕はその時、清川教授から頼まれたことを思い出す。浪速大Aiセンターのシステム内容を内偵してくるように、という依頼。

この流れなら今、直接お知らせした方がいいのではないか。

「清川教授から頼まれて、浪速大Ａｉセンターの情報をゲットしてきたのでお教えしましょうか」

「ほう、ボンボンの司郎にしては珍しく気が利くな。喜んで伺おう」

浪速大Ａｉセンターが法医学者主体で運営されるという最新ニュースをお知らせすると、彦根先生はふう、と息を吐く。そして天井を見上げた。

「そんなところだろうね。でも、心配はいらない。浪速には村雨《むらさめ》府知事がいるからね」

浪速府の村雨府知事はメディアの寵児《ちょうじ》だ。その府知事と彦根先生は知り合いなのだろうか。だとしたらすごいけれど、そんな重要なことを、僕たちみたいな初対面の医学生に漏らすだろうか。そう考えると、ハッタリかもしれないと思う。同時に僕は、自分の中に黒雲のようにわき上がった不吉な予感を口にする。

「そんな反体制的な主張をしてると、いつか社会から抹殺されてしまいませんか」

「体制派も僕を粛清するつもりなんかないさ。僕は過去の悪行を暴くのではなく、Ａｉを社会導入すれば、未来の失態を防ぐことができる、と主張しているだけだ。組織がまともで、その構成員がほんの少し社会の未来を考えてくれれば、僕の主張は必ず取り入れられる。そして僕はこの社会がそれくらいは前向きだろうと信じているんだよ」

呆《あき》れて彦根先生を見た。天下無双の楽天家《オポチュニスト》がここにいる。

隣では冷泉深雪がうっとりと彦根先生の弁舌に聞き惚《ほ》れていた。

今のプチ演説は、冷泉深雪のお眼鏡に適《かな》ったらしい。

まったく惚れっぽいヤツめ。

僕は冷泉の目を覚ますために尋ねた。

「構成員が自分の利益しか考えない組織なら、百八十度違う結果になりませんか」

彦根先生はいたずらっ子みたいな表情を浮かべる。

「もちろんその通りだし、世界は概《おおむ》ねそんな風になっているらしい。僕にとってサイアクの事態が今の、真実がふたつあるという状況だ。まあサイアクといってもその程度なんだけどね」

こともなげに言う彦根先生の顔を、僕たちは黙って見つめるしかなかった。

やがて冷泉は、思い切った口調で尋ねる。

「どうして彦根先生は、そんな風に達観していられるんですか?」

すると彦根先生は、眼を細めて笑う。

「それが現実だからさ。現実に歯向かって物事を変えようとするよりも、現実に即して動いた方が効率がいい。これは学生時代に体得した、合気道の極意なんだけどね」

すると冷泉は目を見開いて尋ね返す。

「え? 彦根先生も合気道部だったんですか?」

次の瞬間、怒濤《どとう》のような冷泉深雪の言葉が飛び出してくるぞ、と僕は身構えた。ところが意外にも、冷泉は無言だった。ただ、彦根先生を凝視し続けていた。その時、僕は初めて、無言というのは最高の賛辞なのだ、ということを思い知らされたのだった。

帰りの新幹線の車中で、冷泉が言った。

「私、思い違いをしていました。麻雀みたいなギャンブルに嵌《はま》る人って、意志薄弱のロクデナシだと思っていたんですけど、そうじゃない人もいるんですね」

あ、いや、お前の最初の印象は結構正しいと思うんだけど……。

「何で急に心変わりをしたんだ？」

僕が尋ね返すと冷泉はうつむいてもじもじしながら答える。

「だって、天馬先輩と清川教授がこの間言っていた『すずめ四天王』って、すごい先生たちばかりなんですもの」

正確に言えば、直接お目に掛かったのは、島津先生と彦根先生という、すずめ四天王の半分だけど、何だか自分が褒められたみたいな気がして、誇らしくなる。

そんなほっこりした気持ちに浸っていた僕に向かって、冷泉はいきなり冷や水を浴びせかけた。

「でも、天馬先輩って、ひどい人ですね」

「どうしてだよ」

冷泉は憤然とした口調で答える。

「だって、私に黙ってひとりきりで彦根先生の取材をしようとしたんですもの」

「お前に責められるのは心外だな。お前だって同じことをしたくせに」

冷泉はむっとして僕を睨みつける。

「だって、これまでの取材内容を整理するために彦根先生とお会いしたいと思いましたけど、今回の企画とは直接関係なさそうだったから……」

「僕も同じさ。だから一人で取材しようと思ったんだ」

僕たちは顔を見合わせた。一瞬、見つめ合った冷泉深雪の寄り目が強くなる。

次の瞬間、お互い噴き出してしまう。

「私たちって、似た者同士なのかもしれませんね」

涼しい声が響く。品行方正な優等生である冷泉と、万年落第生の僕が似ているはずがないし、〝私たち〟という言葉で一緒にくくられるのも何だかこそばゆい。

だけどそんな程度のいい加減さを許容すれば冷泉の機嫌が直るというのなら、それくらいは黙って呑《の》み込んでもいい。

冷泉は僕に向けて、ほっそりした小指を差し出した。

「これまで天馬先輩が犯した乱暴狼藉《ろうぜき》や不実は全部、水に流してあげます。だから約束してください。これからは、私に絶対に隠し事はしないって」

その言葉には異論はある。そもそも僕は冷泉に乱暴狼藉などしていない。それに僕たちは、そんな約束を交わさなければならないような関係でもないし、またそんな義理もない。単に宿題をやり遂げるミッションを共有しているだけだ。

でもわざわざそんなささいなことを蒸し返して、成立しかけた和解交渉を決裂させるほど、僕はバカでも朴念仁でもない。

というわけで差し出された小指に自分の小指をからめる。そんな僕たちは端から見たら、痴話喧嘩《げんか》の後に仲直りしたカップルにしか見えなかっただろう。

翌日の打ち合わせでまたしても僕は、冷泉深雪の優等生っぷりを思い知らされた。同じ話を聞いたメモなのに、九十パーセント以上は冷泉メモを採用することになった。発表内容の素案構成も、ほとんど冷泉がやってくれた。なのに素案がまとまると、冷泉は僕に向かって頭を下げた。

「今回は勉強になりました。私の世界は小さくて綺麗《きれい》、だけど脆《もろ》い。そのことを教えてもらえただけでもよかったです。それは天馬先輩と一緒でなければ、わからなかったことだと思います」

ぺこりと頭を下げ、ツイン・シニョンの髪飾りを揺らして、僕の前から姿を消した。

二〇〇八年が暮れようとしていた。

12章　循環器内科学教室・陣内宏介教授

2009年1月8日　付属病院6F・循環器内科

わがZ班、正確に言えばZ班の半分である僕と冷泉は、年末に取材を終え、年明けの昼休みに成果を持ち寄った。Z班の残り半分、冬休みをイタリアで過ごした矢作隆介と湯本久美は案の定、何も調査せずに僕たちの企画に乗った。なので最初の約束通り、発表草稿の原案を冷泉と僕が作り、矢作隆介と湯本久美がスライドと冊子作成、発表を受け持つことになった。

だが、いざ原稿を作ろうとすると、急にしっくりこなくなった。なぜだろう。いくら考えてみてもわからないので、メンバーに僕の本音をぶつけてみた。

矢作隆介と湯本久美は驚いていたが、ここまですべてお任せだった負い目のせいか、一生懸命考え始めてくれた。やがて、湯本久美は意を決したように言った。

「実はずっと感じてたんですけど、おふたりに悪いと思って言えなかったことがあるんです」

「何だよ、水くさいな。そういうことははっきり言ってくれた方がいいのに」

「じゃあ言いますけど、気を悪くしないでくださいね。あたしたちは医者になりたくて医学部に入ったんです。医者の仕事は患者さんの病気を治療することだから、死因究明になんて全然興味がないんです」

むっとしたが、正直な感想を聞きたいと頼んだのだから、腹を立てるのはおかしい。それに、冷静に考えると、湯本久美の指摘は、本質を衝《つ》いているような気もした。

「だけどここまできたら、今さら一からやり直すわけにもいかない。できればちょっとした追加取材で、うまく整合性を持たせたいんだ。何かいいアイディアはないかな」

「めんどくさいなあ」

矢作隆介のひとり言を、湯本久美がたしなめる。

「それくらい考えましょ。天馬先輩たちのおかげでバカンスを楽しめたんだから」

矢作隆介は素直な性格なのか、うなずいて腕組みをする。

「それもそうだな、ちょっと思いついたのは、医者になる時に役立つ情報だといいな。死因究明が患者のためになったエピソードとか」

そのアイディアに感心しかけた僕だったが、冷泉深雪がきっぱりと言う。

「それは無理。死因究明は患者本人には役に立たないの。本人は死んでいるんだもの」

「そりゃそうだ。死人にアンケートやインタビューはできないもんな」

あっさり諦《あきら》めた矢作隆介の言葉を聞いて、ふと僕は思いつく。

「遺族アンケートなんてどうかな？」

「実際に遺族を見つけるのは結構大変だと思います」

冷泉の即答に、僕たちはふたたび考え込む。と、湯本久美が顔を上げる。

「じゃあ、こういうのはどう？　臨床の先生が、死因究明についてどう思っているかを聞いてみるの。そうしたら未来の医者であるあたしたちにも興味が持てそう」

すると今度は冷泉深雪は前向きのサポートをする。

「死因究明をどう活用しているか、現場の先生に聞くのは今までなかった視点だし、外科か内科の先生に話を聞けばいいからすぐにやれそうね」

冷泉深雪の提案に、たちまちZ班三人は賛成する。湯本久美が晴れやかな声で言う。

「そういうことなら循環器内科の陣内《じんない》教授に頼めるかも。テニス部の顧問なのよ」

「陣内教授ならバッチリよ。じゃあ久美、さっそくアポイントを取って」

「今すぐ？」

「今後の進展にも関わってくるから、すぐにやらなくちゃ。ですよね、天馬先輩？」

「ん？　そ、そうだな。急いだ方がいいかもしれない」

湯本久美と矢作隆介は顔を見合わせる。イヤな予感。湯本久美が言う。

「わかった。じゃあ連絡を取ってみるわ。その代わり、お願いがあるの」

湯本久美と矢作隆介はいつものように両手を合わせ、僕と冷泉を拝み出す。

「おねげえしますだ、ここはもう一度、おふたりでやっていただければ、と」

「またかよ。今度は何だ？」

「三連休に自主休講を一日つけて、今夜から北海道にスキー旅行に行く予定でして」

「お前らなあ……」

呆《あき》れ顔でふたりを見る。いつもレジャーばかりで、コイツらはいつ勉強してるんだ？

だがコイツらも、多重留年者の僕には非難されたくないだろうな、と思い返す。なので対処は冷泉に一任したら、冷泉は非難ひとつせずに二人を釈放してしまった。

「アポを取ってくれたら私と天馬先輩で何とかする。その代わり、後は全部やってね」

「ありがとう、ミユ。でも今回は本当に二人に対応してもらった方がいいと思ったの。それまでインタビューしてないから、どう切り込めばいいか、わからないんだもの」

言われてみればそれも一理ある。湯本久美は、その日の夕方に循環器内科の陣内教授とのアポを取ってくれたので、僕と冷泉深雪が二人そろってお目に掛かることになった。


夕方。陣内教授にお目に掛かると、どうしてもある一点に視線が集中してしまうことが、抑えられなかった。たぶん冷泉深雪も同じ気持ちでいたことは断言できる。

見事なカイゼル髭《ひげ》。端をひっぱって手を離すと、ぜんまいみたいにくるくる丸まって元に戻りそうだ。

「医学生が死因究明に興味を持つことは素晴らしい。だが、われわれ臨床医は、患者の死を学ぶことよりも、やらなければならないことがあるのだ。それが何かわかるかね」

僕たちが首を振ると、陣内教授は、無知な学生を教え諭す喜びに溢れた表情になる。

「それは、患者の命を救うことだ」

非の打ち所がない言葉。反論をする気さえ起こらない。陣内教授は続ける。

「死因を調べることは大切かな？　もちろん大切だから解剖は重視されてきた。だが、時代が変わり、画像診断が進歩した今、生きている間に死因の見当がつく。もはや解剖で初めてわかることなんて、少ない。ならば医療費が限られる以上、治療に集中したいというのが現場の内科医の本音だ」

違和感が立ち上る。陣内教授の教えは、敬愛する巌雄先生の言葉と相容《あいい》れない。

――死に学べ。そうすれば、いっぱしの医者になれるだろうさ。

死を軽視し、そこから何かを学ぼうという謙虚な姿勢を失った医師が大学の上層部に存在し、未来の医師たる医学生の教育に責任を持っているという事実に愕然《がくぜん》とする。

泉下の巌雄先生は、どんな気持ちでこのありさまを見ていることだろう。

僕がそんな失礼な感想をひそかに抱いていることなどつゆ知らず、陣内教授は得意げに続ける。

「大学病院の使命は、最先端の治療で多く患者を救うことだ。大学病院は治療に特化し、末期患者をサテライトの協力病院に引き受けてもらえる。それがウチの強みだ」

そのサテライト・ホスピタルの反乱が、碧翠院の桜宮一族による破壊工作だったというわけだ。だけどこの能天気な教授は、そんなことなど知らないだろうし、説明をしたところで理解できないだろう。冷泉が、そんな僕の代わりに聞いてくれた。

「患者の死に学ぶというのは医学の基本だと教わりましたけど、違うんですか？」

陣内教授は肩をすくめる。

「どこに医聖ヒポクラテス大先生に逆らおうという医者がいるのかね。死に学ぶというのは医学の鉄則で、それは今も変わってはいない。変わったのは医療を取り巻く環境と社会の価値観だ。医学を追究する時間も金も、医療現場から奪い去られているんだよ」

納得できない表情を浮かべていたのが読み取れたのか、陣内教授は僕に質問する。

「質問しよう。目の前に死者と、瀕死《ひんし》の患者がいる。検査費用は一人分しかない。君たちならどちらを検査する？　死人か、それとも生者か？」

陣内教授の真意を測りかね、僕と冷泉深雪は、黙り込む。

「ノー・アンサーか。最近の学生さんは、一体何を考えているのかねえ」

陣内教授はカイゼル髭をぴん、と引っ張りながら言う。

「時間がないから答えを言うが、私なら瀕死の患者の検査を優先する。君たちもおそらく同じ判断だろう。医師なら、まず生きている患者を救おうとするのは当然だ」

何かが違う。僕の中で小さな声がする。陣内教授は付け加える。

「そう言えば臨床領域で一ヵ所だけ、死因究明が重視される領域があったのを忘れていたな。医療事故問題では内科学会を中心に厚生労働省と連携し、医療事故に対する死因究明のモデル事業を立ち上げている。解剖を主体とした、遺族を満足させるシステムが構築されつつあるんだ」

陣内教授は、医療関連死だけに対応すればいいと考えている、ということを図らずも白状してしまったわけだ。そのことに気がついた冷泉深雪は、質問を変える。

「死因究明に有効な仕組みにＡｉがあり、東城大では全国に先駆けＡｉセンターを創設するとお聞きしました。ご存じでしたか？」

すると陣内教授はカイゼル髭をぴん、と伸ばして胸を張る。

「もちろん知っている。何しろ私はＡｉ検討会の委員長だったからね」

「それじゃあ教授はＡｉを積極的に……」

陣内教授は手を挙げ、続きを言いかけた冷泉の言葉を制した。

「今のは冗談だ。私が務めたのはＡｉセンターの建設準備委員会の委員長だ。建物の設計、建築をどの建設会社に任せるかを決定するための検討会だから、中身についてはよく知らないのだよ」

がっかりした僕と冷泉深雪は、徒労感だけを抱えて陣内教授の部屋を後にした。

陣内教授へのインタビューを終えた僕たちは、カフェテリアでぼんやりしていた。僕にとっては、何ひとつ収穫のない取材に思えた。だが冷泉深雪の感想は違っていた。

「クミの提案に乗ってみて、よかったです」

「陣内教授の話は、ほとんど役に立たなかったけどね」

「そんなことないです。とっても参考になりました。臨床科を代表する内科の教授が、死因究明をあそこまで軽視しているという、ネガティヴな事実がわかったんですもの」

　冷ややかな皮肉を込めた言葉に、そう考えればネガティヴな事柄もポジティヴに受け止めることができるんだ、と優等生の処世術に感心する。

「これじゃあ、きちんとした死因究明制度なんて、できっこないな。臨床の先生が全く興味がないんだから。まあ、僕たちも陣内先生には反論できなかったけどね」

　検査費用が足りなければ、死因検索は後回しにされてしまう。その上医療費は削減される一方だから、医療現場での死因究明は、医療にはマイナスにさえなりかねない。

「ここまで来たら、あとは田口先生の取材をいつするか、ですね」

　いきなりぶつけられた冷泉の提案に、思わず息を呑《の》む。しばらく黙って冷泉のつぶらな瞳《ひとみ》を見つめていた僕は、やがて言う。

「以前も言ったけど、その必要はない」

　だが今日の冷泉は、そんな言葉では諦《あきら》めなかった。

「あの時と今は状況が違います。田口先生は厚労省の検討会にも参加した、重要なキーマンだということがわかったんですから」

　黙り込んだ僕を見て、冷泉はおそるおそる言った。

「立ち入ったことをお尋ねしますけど、昔、田口先生と何かあったんですか？」

「どうしてそう思うんだ？」

　ぎょっとして冷泉深雪を見ると、冷泉は大きな目をくるくる回しながら言う。

「だって天馬先輩は、他の先生には取りあえずお目にかかってお話を伺おうとするのに、田口先生にだけは、頑《かたく》なに会おうとしないんですもの。不自然すぎます」

舌鋒《ぜっぽう》鋭い冷泉の追及に、僕は観念した。ここまできたらもうごまかせない。

「わかった、白状するよ。僕は田口先生と面識はない。だから個人的な悪感情とか、そういうのはない。だけど僕は個人的な理由で、田口先生にお目に掛かりたくないんだ」

「どうしてですか？」

当然すぎる素直な質問。

まっすぐ見つめる冷泉の視線を意識しながら、深呼吸をする。

「田口先生は、僕の恋敵なんだ」

僕が静かに告げると、冷泉深雪は口を半開きにして、僕を見た。カフェテリアの周囲の雑音が次第に遠のいていき、沈黙の世界にひとり取り残された気分になる。

はっと我に返った冷泉深雪は、そそくさと立ち上がる。

「しつこく聞いてすみませんでした。明日の夕方、打ち合わせをお願いします」

完全に誤解されたなと思いながら、誤解を解くために説明を加えれば、さらなる誤解を生みそうだったので、立ち去る冷泉の後ろ姿を黙って見送った。

これにて、一件落着。〝恋敵〟という言葉の破壊力を思い知らされた新春だった。

冷泉深雪のしなやかな肢体が視界から消え去るのと同時に、それまで消えていた周囲の雑音が一気に蘇《よみがえ》ってきた。突然、胸に小さな棘《とげ》が刺さったような痛みを感じていた。

翌月の二月下旬。公衆衛生学実習研究発表会ではZ班を代表し、矢作隆介と湯本久美が壇上でつっかえながらプレゼン発表している様子を、一番後ろの席で、ひとごとのように眺めていた。

陣内教授のインタビューを消化できなかった僕たちの研究は、ぐずぐずになった。だが、それも仕方がない。もともと桜宮の、いや、日本の死因究明制度がきちんとしていないのだから。

捜査現場は捜査に必要な部分だけわかればいいと考える。医療現場は、医療事故にだけ対応できればいいと思っている。死因究明の柱を支える捜査現場と医療現場がそんな風に行き当たりばったりだから、死因究明制度は骨なしクラゲみたいになってしまう。

落第を続けていた頃、僕はクラゲのように漂いながら生きたいと願っていた。だけどそんなヤツには世の中を支えることはできない。なのにそんなヤツらが重荷を背負っていますみたいな顔でのさばっている。それが今の日本の実像だ。

みんな、医学生の僕には無防備に素顔をさらしてくれた。だから僕は真実を知ることができた。解剖を行なう人たちは、解剖を主体にせよと言い、不満ばかりを言い募る。唯一の解決策のはずのAiの利点を認知、周知させて正しい処方をしようとしている彦根先生には、有象無象が寄ってたかって誹謗《ひぼう》中傷の矢を浴びせかける。

こんな調子では、この国に希望はない。桜宮一族の生き残りが冥界《めいかい》からさまよい出てきたのは象徴的だ。死者を成仏させ、冥界に収容しなければ、この世界は壊れていく。

そんなとりとめのないことを考えていたら、矢作隆介と湯本久美の発表が終わっていた。こころなしか、拍手が他のグループよりも大きく聞こえた。でも、心は晴れない。

この研究が失敗したのは僕たちのせいではない。ぐずぐずな現状を骨格にした研究がぐだぐだになるのは自明の理だ。一体、僕たちはどうすればよかったのだろう。

拍手を耳にしながらぼんやり考えていた僕の脳裏に、稲妻のようにある考えが閃《ひらめ》いた。

解剖ではなく、Aiを骨格に据えればよかったのだ。

そんな提案をすれば、偉い人たちは、現状は解剖中心だから、解剖を骨格に据えるようにと、軌道修正を提案したかもしれない。でも、解剖制度は崩壊しているけれども、Aiなら骨格はしっかりしている。だからAiを中心にした未来像を考えていけば、きっちりした研究になっただろう。

僕は、研究に対する喝采《かっさい》の中で思いついた啓示を、誰かに伝えたかった。でも今は、身の丈に合わない拷問みたいな拍手に包まれながら、一刻も早くここから立ち去りたいと願っていた。

まやかしに気づいてしまった僕は、研究発表を冊子にするという最後の工程を放擲《ほうてき》し、冷泉に一任した。本音を言えば、この研究は永遠に封印したかった。もちろんそんなことが許されるはずがない、ということはわかっていたけれど。

冷泉は僕のわがままを受け止めてくれた。約束通り、湯本久美と矢作隆介を酷使しながら、淡々と研究をまとめあげた。結局、僕はガキで、冷泉は大人だった。

やがて冊子が完成し、医学生全員と研究協力者に配布されたが、僕がその冊子を開くことはなかった。

Z班の研究発表終了の打ち上げパーティを設定した冷泉は、当日、連絡もなく欠席した。律儀な冷泉にしては珍しい、と矢作と湯本はこそこそ言い合った。でもお互いさえいれば後はどうでもいい彼らにとって、冷泉深雪の欠席は痛くも痒《かゆ》くもなかったに違いない。僕もふたりの逢瀬《おうせ》を邪魔するつもりはさらさらなかったので、冷泉の欠席を受け、打ち上げの宴会を即座に小さなお茶会に変更し、ふたりだけの世界に浸るアベックを残して、ひとり店を出た。

二月の大気は冷ややかで、ぶるりと震える。見上げた夜空は凍えるようで、切った爪よりも細い三日月が夜空に刺さった棘のようにうっすら光っていた。


後日、数ある研究発表の中で、僕たちZ班の研究はぶっちぎりのトップ、特Aの評価を受けた。そうして栄えある公衆衛生学レポート2008のアワードを獲得した。

その数日後、僕たちの学年は、ひとりも欠けることなく無事に医学部五年生に進級したのだった。

13章　臨床の季節

4月15日午前10時　付属病院12F・極楽病棟

四月。僕たちの学年はひとりも留年者を出さずに学部五年に進級した。これは相当の快挙だったらしく、後に僕たちの学年は、奇跡の年代と呼ばれることになる。

不思議なもので、学年によって優秀だったりどうしようもなかったりというムラがあり、ある学年ばかりが教授を輩出したりすることもあるらしい。

僕に限っていえば、留年を繰り返したせいで同級生が年々増えているから、在籍中の学年と注釈をつけなければ正確ではない。あるいは、冷泉深雪の学年と言えばいいかもしれない。でも、自分が在籍しながら、〝冷泉の学年〟などと他人行儀に表現していると、この学年さえも僕の学年でなくなってしまうかもしれないという、困ったことになりかねない。

それは困る。碧翠院の最後の日から、医学と真剣に向き合おうと思っていたからだ。

僕は、今度留年すると放校になってしまう。それだけは耐えられない。

そう考えると、ああ、僕って更生しちゃったんだなあ、とつくづく思う。

五年生になった僕たちは勉学の場を、基礎系の赤煉瓦《れんが》棟から新病院へと移した。学習内容も変わった。基礎医学から、患者を実地で診る臨床医学の段階に入ったのだ。中心は臨床実習、別名ベッドサイド・ラーニングと呼ばれる、少人数で全部の診療科を回るというものだ。学生からみれば回る科が毎週猫の目のように変わる。月曜に病棟で受け持ち患者を診て治療法を学び、週末に試験を受けるという日々の繰り返しだ。A班からZ班まで二十六組、合計百人強の医学生が、常に大学病院のどこかの科を一年中回っているその様は、医学生からみると一週間で積み上げた知識が翌週はまったく役に立たなくなるという、賽《さい》の河原みたいな毎日になる。立場を変えて臨床の先生にしてみると毎週毎週、できそこないの粗悪品が運ばれてきて、少しマシにしたと思ったら、週明けには別の不良品がやってくるという、モダン・タイムスの世界だ。医学生にも医師である教員にとっても不幸に思えるこのやり方が、実は良質な医療を守るためにもっとも効率的な手法だというところが問題だ。

東城大はひと昔前の医学教育システムを温存しているらしい。僕が医学部に入学した頃、文部科学省から、基礎と臨床の垣根をなくし臓器レベル教育に統合せよという指導があったらしい。それは結局、両方の中身をぐずぐずに破壊してしまった。だが東城大は一部の教授連が変更を最小限に留《とど》めたため、旧来のカリキュラムの良さが保存されているのだという。その首謀者は臓器統御外科の黒崎《くろさき》教授だったというウワサだ。

な学生の意見は賛否両論が相半ばする。一日も早く臨床現場に参加したいと思う前向きな学生は、東城大のシラバスはシーラカンスだと罵倒《ばとう》する。僕のように上昇志向に乏しい学生は、基礎と臨床を段階を踏んで上っていく感じがして悪くないと思う。

東城大の医師国家試験の合格率は、医学部トップの帝華大の合格率とあまり変わらない。その事実こそ教授連が、カリキュラムを死守する根拠になっている。

こんな話も僕が多重留年者で、とっくに医師として臨床現場に立っている最初の同級生たちと廊下で交わす立ち話で聞かされるから、〝冷泉の学年〟の同級生たちにとっては知られざる逸話でもある。そんな臨床実習が本格的に始動するのは最高学年の六年生になってからだが、五年生は準備として各科を回る。いわば顔見世興行なので、全診療科ではなく主要診療科の十五に限定されている。

病棟に行くのは午後で、午前中は診療科の授業を大教室で受けるから、これまでとあまり変わらない。Z班もそのまま持ち上がり、冷泉深雪は以前と変わらない態度で接してくれている。ナニワのイヴの夜なんて、夢の中の出来事だ。

もっとも冷泉深雪にとって、酔って記憶を失くしてしまった醜態など、二度と思い出したくないに違いない。でもそんな行き違いも、日常の学業を続けているうちに雲散霧消した。医学生は忙しい。留年時代はサボりまくった僕だが、復帰からは授業を真面目に受けていた。そうでもしないと臨床学習のハードさにはついていけない。

四月初頭、最初に回ることになった診療科は、よりによって田口先生がいる神経内科だった。ひょっとしていきなり渦中の人物とご対面か、とびくびくしたけれど、幸か不幸か、悪い予感は外れた。

指導当番は助手の兵藤《ひょうどう》先生という人だった。白衣をびしりと着込みネクタイを締めたその姿は、出世頭のエリートという雰囲気を漂わせていた。でも、自然に醸し出されるオーラとは違い、〝僕ってエースなんだお〟と一生懸命アピールしているプロモーションビデオがバックでのべつまくなしに流されている、という感じのうさん臭さがぷんぷん漂っている。

「今年も医学生がとっかえひっかえやってくる季節になったけど、君たちはヒヨコで期待されていない。だけど君たちへの潜在的要求は大きいからびしばしやらせてもらう。まあ、僕の指導についてこられれば、実習が終わる頃にはいっぱしの医師のたまごくらいにはなれるはずさ。というわけで僕の指導力が理解できたら、リストからひとり、患者を決めて。患者がバッティングしたら、話し合って円満に解決してほしい」

成り行き任せのいい加減な説明だな、と思いながら、呈示されたリストを見て、僕の視線は一点に釘付《くぎづ》けになる。息が止まり、鼓動が速まる。

次の瞬間、僕は思い切り挙手していた。

ふだんの僕はこういう時には消極的だったので、その勢いにZ班のメンバーは全員、目を丸くした。

「ええと、君は天馬君だね」

兵藤先生は名札を確認しながら、言う。

「最初に手を挙げた勇気を賞し、好きな患者を選び放題させてあげよう。何ならリスト上の患者を全員選んでもかまわないよ。あ、でもそうすると他のメンバーが困っちゃうから、やっぱり今のはナシナシ、ひとりだけにしようね」

この人はとことんスベるタイプらしい。でもスベったと感じない鈍感さも持ち合わせているのは幸せだ。そんな兵藤先生の顔が、僕が指した患者の名を見て曇る。

「なんでよりによって、みっちゃんを選ぶかなあ」

選ばれて困るならリストに入れるなよ、と心中で毒づきながら裁定を待つ。幸い、兵藤先生の決断は素早かった。

「ま、リストに入れたのは僕だから、却下はできないよね。じゃあ天馬君の患者は乳癌の末期患者、高原《たかはら》美智さんに決定」

班の残り三人もリストから一人を選ぶ。患者の選択を終えると、兵藤先生は言った。

「まず患者のところへ挨拶《あいさつ》に行き、カルテを見て、その病気を勉強してください」

すかさず冷泉深雪が尋ねる。

「他の科では担当の先生が患者に紹介してくださるようですが」

さすが冷泉、学術的分野における情報収集にかけては天下一品だ。思わぬ指摘を受けた兵藤先生は端から見ても可哀そうになるくらいあたふたして、取り繕う。

「いや、これも君たちにとってひとつの試練、いや、試験なんだ。医者のところに来る新患は、誰でも最初は見知らぬストレンジャーになるだろう？　だからそういう異邦人とコミュニケーションを取るのも、習得しなくてはならないテクニックなんだよ」

兵藤先生は咳払《せきばら》いをひとつすると、威丈高に言い放った。

「だいたい、そんなちっぽけなことにこだわっていたら立派なお医者さんになれないぞ。人見知りというのは、医者にはあるまじき性格なんだから」

それって全然話が違う。冷泉は疑問に思ったことを尋ねただけだから、兵藤先生の言葉は的外れで誰一人として納得させることはできなかった。

兵藤先生はあたふたと姿を消した。矢作と湯本は、ふたり一緒に患者のところに行くことにしたようだ。とっとと義務を済ませて、デートに出かけようという魂胆だろう。

患者の許《もと》に急ごうとする僕の背後から、涼しげな声が聞こえた。

「どうして天馬先輩はあの患者を選んだんですか？」

振り返ると、まっすぐ僕を見つめる視線とぶつかった。

「どうして、とお前がこの僕に質問してくるのは、これまたどうしてだ？」

ツイン・シニョンの冷泉深雪は、小首を傾げ、目を逸《そ》らす。

「神経内科の病気を選んだ方がいいに決まっているからです。矢作君と湯本さんは重症筋無力症、私はパーキンソン病の患者です。でも天馬先輩は乳癌の末期患者で神経内科に特徴的な病気ではありません。その患者さんを選んだ理由はなんですか？」

「冷泉、いいことを教えてやろうか？　職業に貴賤《きせん》がないように、病気にも上下はないんだぜ」

「真面目に答えてください」

ぴしりと言われ、肩をすくめる。冷泉深雪は正真正銘の優等生だが、優秀すぎるのも、はた迷惑だ。問題点をきっちり把握した挙げ句、的確に指摘してくるし、ユーモアという逃げ道を認めない。僕はムダな抵抗を諦《あきら》め、真実を語ることにした。

「この患者は、昔の知り合いなんだ」

「差し支えなければ、どういったお知り合いなのか、教えてもらえますか」

差し支えはあるけれど、ここまできたら隠しても詮無《せんな》いことだ。それに、相手は信頼する冷泉だし。というわけであっさり白状する。

「この人は碧翠院桜宮病院の最後の患者なんだ。久々の再会だから後にしてくれ」

冷泉深雪に背を向けると、僕は返事も聞かずに、美智の病室へと急いだ。

特別室に入ると、老女がベッドの上に正座して雑誌を読んでいた。「盆栽日本」なんて雑誌があるなんて、全然知らなかった。僕たちの世界は、意外に奥深い。

部屋に入ってきた僕をみて、老女は目をぱちくりさせた。

「久しぶりだね、みっちゃん。覚えてるかい？　碧翠院からトンズラした天馬だよ」

老女は焦点の合わない視線を僕に投げたが、急に覚醒《かくせい》したように目を見開く。

「もちろん覚えとる。出来損ないの医学生だろ？　すっかり立派になって、白衣まで着て、何だかほんとのお医者さんみたいだな」

ひと言多いのも昔と変わらない。僕は胸が熱くなるのをこらえながら、呟《つぶや》く。

大したもんだよ、みっちゃん。出会った時の全身状態を思えば、今こんな風に話ができるなんて夢にも思わなかった。すみれ先生のケアがよかったのか。それとも……。

「お加減はどう？」

「一向にようならん」

「癌なのに治療を一切拒否してるんだもん。ここまで生き延びたのが奇跡だよ」

「情けないことを言いおるな。いいか、この世界では死なないと決めたヤツは死なないんやって。巌雄にも教えてやったでな」

それで死なずに済むのなら、医者なんていらないだろう。

「とにかく前に約束した通り、僕は医者になることにした。だからこれから一週間は、みっちゃんの面倒をみるよ」

美智は顔を伏せて、ぶつぶつと言う。

「半人前の天馬に面倒をみてもらうほど、ワシは落ちぶれてはおらん」

「仕方ないだろ。勉強なんだから。それにこう見えても僕は立派な一人前なんだぞ」

「本当か？　それなら、証拠を見せてみんか」

ふふん、と鼻で笑う美智にかちんと来て、身分証を取り出し手渡す。

美智はしげしげと眺めていたが、つき返してきた。

「これはお医者さまの免許証じゃねえ。学生証じゃねえか」

う、鋭い。

ボケているようでいて、見るべきところはしっかり見ている。そんなところは昔とちっとも変わっていないな、などと感心しながらも、僕は負けじと言い返す。

「悪いかよ？　僕は半人前の医者じゃない。一人前の医学生なんだ」

「胡散《うさん》臭い話やの。昔から、うまい話には棘《とげ》がある、というからの」

うまい話には裏がある、あるいは美しい薔薇《ばら》には棘がある、のどちらかだろう、と指摘しようとして思いとどまる。そんなことをしてヘソを曲げられたら、機嫌を戻すだけで一週間くらい、あっという間に経ってしまう。

「わかったわかった。実は医学生としての課程で、みっちゃんの面倒をみながら、病気の勉強をさせてもらうんだ。だから頼むから、協力してくれよ」

美智は腕組みをして、言う。

「頼まれたら仕方がないのう。最初から素直にそう言えばいいんじゃ」

かちんと来たが、これも勉強と割り切ることにした。医学生は意外に辛《つら》いものだ。

「ところでみっちゃんの受け持ちの先生は誰なの？」

「何だか頼りないおっちゃんでな。まあ、すみれの紹介だから悪い先生ではないがの」

すみれ先生からの紹介だって？　僕はおそるおそる尋ねる。

「ひょっとして、田口という先生かな？」

美智は両手をぱちんと打つ。

「そうそう、その先生じゃ。知っておるのに質問するなんて、水くさいやっちゃのう」

そういうのは水くさいとは言わないんだぞ、と思いながらも、あえて突っこまない。

それにしても初めての臨床実習でいきなり、お目に掛かりたくない人物ナンバーワンとのニアミスとは……。そんな僕に追い打ちをかけるように美智は言う。

「田口先生は偉い先生でな、忙しいのに今でもワシのところに週三回は来て、愚痴を延々、聞いてくれてな。田口先生が来てくれると、気持ちがとっても晴れるんじゃ」

僕の中で仮想恋敵の田口先生の影がどんどん巨大化していく。とても敵《かな》わない。医者としてのキャリアもそうだが、人間としての深みや凄《すご》みが違いすぎる。

当たり前だけど、そんな僕の気持ちなど気づかずに、美智は言う。

「天馬がこれから一週間も遊んでくれるんか。楽しみだのう」

「遊びじゃなくて、勉強させてもらって、そのお礼に面倒をみさせてもらうんだって」

「融通がきかんやっちゃ。お前が今言ったのを、遊んでくれると言うのや。そんなんじゃあ女にモテんぞ」

むっとしたが、同時に胸が温かくなる。碧翠院の婆さんたちには、いつか恩返しをしたいと思っていた。彼女たちは、家族を亡くし天涯孤独の僕に、大切なことを教えてくれた。今、ようやく少しだけその願いが叶《かな》うんだと思い、ほんのり嬉《うれ》しくなる。

「いてて」

美智の声にびくりとする。途端に叱咤《しった》が響く。

「患者がちょっと悲鳴を上げたくらいで、ビビったらあかん」

三日後。病室で、生まれて初めて採血をやっている。美智の腕の皮膚に突き立てた銀色の針先をおそるおそる進めていくと、注射器《シリンジ》にドス黒い血液が採取されていく。

「スジがいいな。ワシの血管はなかなか一発では成功しないんじゃ」

僕は鼻を高くする。するといきなり美智が言う。

「のう、天馬よ、お前はどうしてすみれから逃げたんじゃ」

このボケボケ婆さんは、いつもいきなり核心をついてくる。

一瞬考え込む。逃げるべきか、正面から向き合うべきか。

美智と出会えたのは僥倖《ぎょうこう》だ。だから僕には、美智の口から発せられた言葉を受け止める義務がある。なぜならそれは僕に与えられた運命なのだから。

深呼吸して、息を吐き出しながら、一気に言う。

「すみれ先生から逃げ出してなんかいない。すみれ先生が僕の前から姿を消したんだ」

炎が燃えさかる螺鈿《らでん》の部屋に後ずさっていくすみれの姿がフラッシュバックする。僕は胸に下げている銀のロザリオに手を当て、その存在を改めて確認する。

その十字架はあの日からずっと、僕の胸元を飾っている。

だが美智には僕のひ弱な言葉は届かなかった。

「屁《へ》理屈こくな。天馬がつなぎとめておけば、すみれは姿を消さずに済んだんじゃ」

言葉に詰まる。そうかもしれない。でも、だとしたら僕はあの時、一体どうすればよかったのだろう。

「あの日、大勢人が死んだ。ワシの面倒をみてくれた千花。頑固者の巌雄に上品な華緒、腹黒い小百合にはね返りのすみれ。みんな死んでもうた。なのにワシだけおめおめと生き存《なが》らえておる。なんでこんなことになったんじゃろ。教えてくれ、天馬。ワシひとり生きていて、ええんか？」

僕は、美智の視線を受け止めきれずにうつむいて、小さく口ごもる。

それは違う。すみれか小百合のどちらかは生き残っている。螺鈿の部屋で生き続けた葵の身代わりとして。

だがそれを伝えたところで、美智にとっては何も変わらない。なぜなら僕は桜宮一族最後の生き残りの亡霊を連れてくることはできないのだから。

僕は、美智の肩に手を置いた。

「みんな生き続けているんだぜ。ほら、久しぶりに再会した僕とみっちゃんがあの頃の話をしてるだろ。それって、あの人たちが今も胸の中で生きているってことさ」

僕の説明に、美智は答えなかった。たぶん逃げのセリフだと思っているのだろう。あるいは、何にも考えていないのかもしれないのだけれど。

14章　プリティ清川、再び

5月15日午後2時　赤煉瓦棟4F・公衆衛生学教室

五月の連休明け、臨床実習に忙殺されていたある日、公衆衛生学の清川教授にZ班のメンバーが呼び出された。いつものように矢作隆介と湯本久美は離脱し、今やZ班の定番カップルとなった僕と冷泉が赤煉瓦《れんが》棟に向かう。

久しぶりの赤煉瓦棟では、時間感覚のズレにめまいを感じた。赤煉瓦棟には大学病院とは異なる時間が流れていることに気がついた。それは、ひとつの枠組みから一歩外に出ないと見えてこない違いだった。大学病院の時間の流れを、断崖《だんがい》から流れ落ちる滝とすれば、赤煉瓦棟は悠久の大河で、よく言えばゆったり、悪く言えば澱《よど》んでいる。

それは血流とリンパ流の違いに似ている。血流は血管という高速道路を、心臓というポンプに押し出され、駆け巡る。これが大学病院の臨床現場に流れている時間だ。一方リンパ流は、血管から周囲の組織に滲《し》み出し、老廃物と共にのんびりと血管へ舞い戻る。それは基礎講座を流れる時間と似ている。たぶん大学という生命体には、そのどちらも必要なのだ。

身体にまとわりついてくる、粘着質で濃密な時間に窒息しそうになりながら、北四階の公衆衛生学教室に向かう。隣を歩いている冷泉深雪は、珍しく無口だ。

いつものことだけど、ここのエレベーターは昔から永遠に目的階にたどりつけないのではないかと思えるくらい遅い。扉が閉まった瞬間に暗闇になるという不具合も直っていない。その闇に乗じて意中の女性とキスをすることが容認されているというが、そんな風習に手を染めたヤツのウワサは聞かない。たぶん東城大の都市伝説なのだ。

エレベーターに乗り込んだ直後に出現した暗闇に、冷泉深雪が息を呑《の》んだのは、その言い伝えが脳裏をよぎったからかもしれない。だが、イヴの夜に〝はずみでキスして〟ドツボにはまった僕が、そんな失態を繰り返すはずもない。

次の瞬間、灯《あか》りが点《とも》り、僕と冷泉はため息をつく。僕たちの息詰まる緊張感を乗せて、エレベーターはのんびりと四階に到着した。

清川教授の机の上には、僕たちの学年の実習研究報告書が置かれていた。僕は身を硬くする。それは忘れてしまいたい過去だった。だが冷泉は頬を紅潮させ、冊子を誇らしげに凝視していた。特Aの成績を収めた研究だから、冷泉の態度の方が自然だろう。

清川教授は立ち上がり、ソファを勧めた。

「基礎医学講座には秘書さんを雇うゆとりがなくてね。お茶も出せずに申し訳ない」

浪速大の国見教室には女性秘書がいた。これも旧帝大と国立大学末席の格差か。

「君たちも忙しいだろうから早速本題に入ろう。これは覚えているよね？」

僕はしぶしぶと、そして隣の冷泉は胸を張ってうなずいた。

「特Aだった君たちの実習研究だ。歴代を通じてもトップ・スリーに入る出来栄えだ。特に死因究明制度が抱える根源的な問題点まで浮き彫りにした点が、特に秀逸だった」

いやあ、それほどでも、と言いかけた僕を片手で制し、清川教授は続ける。

「わかってる。君たち医学生にあそこまで深い洞察を加えることは不可能だ。そうした根本的な問題は現場でしか語られず、外部に伝わることは滅多になく学生インタビュー程度では、とうていたどりつけない領域だ。だからこそ一番をつけたんだが……」

僕を凝視しながら、清川教授は続ける。

「それは科学領域ではままあること。純化を徹底すると、深い真理に触れてしまう。研究に掛けた時間や労力とは無関係に、気まぐれに世界に届けられるメッセージだ。君たちは幸運の女神に気に入られたのか、あるいは……」

清川教授は僕の目の中を深くのぞきこむ。

「名前を出さなかった誰かに、内情を包み隠さずレクチャーしてもらったか、だ」

僕は観念して言う。別に隠すことではない。

「ご指摘の通り、ある先生にお話を伺いました。その先生へのインタビュー内容は表には出ていません。それがインタビューに応じてくださった先生の条件だったもので」

清川教授は、ふう、と吐息をついてから、おもむろに尋ねた。

「その人は、房総救命救急センターの彦根先生、だね？」

僕と冷泉深雪はうなずく。清川教授は腕組みをしてソファに沈み込む。

「やはり、そうか」

温和な紳士の顔の裏側には、疲れ果てた表情が隠されていた。

沈黙が支配した部屋に、時計の秒針の、空間を削る小さな音が響く。鼻腔《びくう》の奥に、古い書物の黴臭《かびくさ》い匂いを感じた。やがてぽつりと呟《つぶや》く声が聞こえた。

「うん、やはりそれしかないだろうな」

清川教授は顔を上げると僕たちをまっすぐ見た。

「この研究を引用したいという申し出が、とある先生からあった。それには研究した君たちの許可がいるので、君たちの意思を確認したくてここに来てもらったんだ」

仰天した。冗談じゃない。僕はこの研究を封印したいのに。

「誰ですか、そんな申し出をされた方は」

清川教授は僕と冷泉深雪を交互に見つめ、一瞬、間を置く。

「循環器内科の陣内教授、だ」

開いた口がふさがらなかった。陣内教授が死因究明制度に重きを置いていないことは、インタビューで浮き彫りにされていたからだ。

なので僕より早く、冷泉深雪が質問する。

「取材した時は、陣内教授は死因究明問題にはまったく興味がなさそうでしたが」

「内科学会が主催する医療事故関連の死因究明モデル事業設置委員会の委員に推薦されたらしい。厚労省の会議でプレゼンする基礎資料として引用したいんだそうだ」

関心のない人が、厚労省の検討会委員になるなんてびっくりだ。

「で、どうする？　引用を許可するかい？」

清川教授は再び尋ねた。僕は即座にお断りしようとしたが、ふと思いとどまる。

研究を仕上げたのは冷泉だ。だから決定権は冷泉にある。なので僕は冷泉に言った。

「お前が決めろ」

「え？　でも、この企画は天馬先輩の提案だから……」

「特Aの評価をもらったのは冷泉の力だ。だから冷泉、お前が決めてくれ」

冷泉深雪は僕の目の奥をのぞきこむ。そして僕の言葉が純度百パーセントの本音だということを読み取ると、うつむいて机の上の冊子を凝視する。やがて、顔を上げる。

「光栄なお話ですので、陣内教授に、ご自由にお使いください、とお伝えください」

僕と清川教授は、同時に深々と吐息をついた。清川教授は言う。

「今さら私が言うべきではないが、私は自分が判断することから逃げ、天に任せた。今からひとつ、告白をするが、それでもこの決定は覆さない。それでいいね？」

清川教授が何を言いたいのか、よくわからないままに、僕と冷泉深雪はうなずいた。

「実は陣内教授の申し出を受けると、彦根先生を裏切ることになるかもしれないんだ」

「どういうことですか？」

「厚労省が内科学会と共同で主催してきたモデル事業は、解剖主体でA・iを徹底的に無視してきた。彦根先生はその流れに抗《あらが》い、死因究明制度にA・iを導入しようとしている。しばらく休会していた検討会が久々に開催されるんだが、シノプシスを見て驚いた。内科学会はA・iの導入を認めたが、運営は病理学会に任せようとしている。つまり陣内教授は彦根先生の主張に真っ向から反対しているわけだ。そんな人の発表をサポートする資料として、この研究が使われるのは彦根先生にとっては不本意だろうね」

「どうして、最初にそのことを言ってくださらなかったんですか」

冷泉深雪の当然の抗議に、清川教授は苦しそうに言う。

「それは、これが素晴らしい研究で、晴れ舞台で脚光を浴びるべきだと思ったからだ。だから余計な事を考えず、素の気持ちで結論を出してもらいたかったんだ」

「そんな……」

僕は絶句した。清川教授は続ける。

「公式に発表された科学研究は、その結果を誰がどう使おうと自由なものなんだ。それは人類共通の財産であり、誰の所有物でもない」

「でも結果としてA・iが不適切に使われるための道具にされたら、社会にマイナスです。それを阻止するのも、医学者の責務ではないのですか？」

脳裏に〝相反するふたつの言葉が社会に広がっていて、そのどちらも真理なんだ〟とさみしそうに語った彦根先生の横顔が浮かんだ。

「それならどうして、そんな素晴らしいAiという仕組みがなかなか社会に受け入れられないのか、君たちは不思議に思わないかい？」

「もちろん、不思議です。ちっぽけな利権の話は伺いましたけど、そんなことくらいで社会全体の動きが阻害されるということがいくら考えてみてもわからないんです」

冷泉は身を乗り出した。清川教授は冷ややかに答える。

「簡単なことだよ。Aiの導入を望まない人たちが厳然として存在しているからだ。正しい、正しくない、ではない。重要なのは、そういう人たちが存在しているという事実だ。その人たちは、昨日と同じようにして明日も生きたいと願う人たちなんだ」

冷泉深雪は今にも泣き出しそうだ。冷泉がこうして壁に頭を打ち付けるのを見るのは何度目だろう。だが冷泉は、決して妥協しようとはしない。愚かしくも見えるその有り様は、僕には一条の希望のひかりに思える。

「私は自分の判断を度外視し、君たちを通じ天に可否を仰いだ。そして答えは出た」

清川教授の言葉に、僕は最後の抵抗を試みる。

「そこには清川先生の意志がありません。先生の意志だって、この世界を作り上げている部分のひとつです。その意志を通せば、世界は変わるはずです」

清川教授は首を振る。

「少しは変わるかもしれないが、大きな流れは変えられない。私の意志なんてちっぽけだから、すべてはあるがままの流れに身を委《ゆだ》ねる。それが私の生き方なんだよ」

「それじゃあ、ただの腰抜けじゃないですか」

反射的に言い返した冷泉深雪。心中ひやひやしながらプリティ清川を凝視する。

いくら人格者といえども、自分の半分くらいの年齢の小娘にそこまで言われたらブチ切れて当然だ。だがプリティ清川の人格者っぷりときたら、常識の範疇《はんちゅう》を超えていた。

穏やかな口調に微塵《みじん》の乱れも見せずに言う。

「そうではない。少なくとも私にその考えを叩《たた》き込んだ先生は腰抜けではなかった」

「誰ですか、その人は？」

清川教授は僕の目をのぞきこんで、臓腑《ぞうふ》をえぐるように言った。

「碧翠院桜宮病院の桜宮巌雄院長だよ」

ウソだ。巌雄先生がそんな腑抜けたことを言うはずがない。

反射的に僕は叫ぶ。でも冷泉よりも年を取っている分、その叫びを心の中で押しとどめるという嗜《たしな》みはある。だけど心中の罵倒《ばとう》は、冷泉よりも辛辣《しんらつ》だ。

隣では冷泉が、清川教授の判断の誤りについて、そして自分の判断を考慮しようとしない学術的姿勢について糾弾し続けている。その時、彦根先生の言葉が煌《きら》めいた。

――百人には百の信念があるように、百人いれば百の真実がある。

この時にやっと、彦根先生の言葉の真意が理解できた気がした。

清川先生は、巌雄先生からひとつの言葉を受け取った。そして、その言葉をロザリオみたいに、胸に抱きしめて生きてきた。だとしたらそれもまたひとつの真実なのだ。

清川先生が凍結保存していた言葉は、僕が受け取った言葉とは正反対に思えたけど、案外、僕のロザリオを裏返してみたら、ぴったり重なるのかもしれない。

それは光と闇の伝説に似ている。

光には分かちがたく闇がよりそう。だが闇は違う。闇は闇のまま、あまねく存在する。ただ、闇の存在を明らかにするために光が必要になるだけだ。

巌雄先生の言葉は闇の真理だ。光を当てても切り取れる部分はひとかけらにすぎない。だとしたらそのかけらのどちらが正しいかと言い争っても意味はない。

いきり立つ冷泉深雪の肩に手を置き、立ち上がる。

「もういいだろう、冷泉。決めたのはお前なんだから」

僕の言葉に、冷泉深雪は張り詰めていた緊張がゆるんで、ソファに沈み込んだ。

清川教授は僕たちを見つめていたが、やがて静かに言った。

「いずれにしても今後、陣内教授は東城大のAiセンターにおけるキーマンになり、中身には興味がないくせに強硬な主張をされるだろう。これが現実だ」

「陣内教授は、Aiセンターの建設準備委員会の委員長だったそうで」

冷泉が皮肉を込めて言うと、清川教授は驚いたように言う。

「よく知ってるね、そんなこと」

「陣内教授に年末にインタビューした時に、ご本人から聞きました」

「年末か。実はあの委員会は、年末には設計のコンペで国内の業者に決まりかけていたのに、落札寸前に突然、陣内教授が新しい代理店を入札に参加させたいと言い出したんだ。その唐突さに、裏取引でもあるんじゃないかと疑ったくらいだった」

「ひょっとして粗悪品のダンピング、もしくは裏取引があったのでは？」

冷泉の言葉に清川教授は眼を細めて、天井を見上げた。そして厳かに言い放つ。

「検討会のメンバーもそのことを危惧《きぐ》していた。でも結局は違った。その企画の条件は飛び抜けて素晴らしかった。入札額は他社の半額で、設計者は世界的な建築家だ。そして代理店が伝えた、真の依頼者の名を聞いてみんな納得した。その著名な建築家にこの設計を委託した依頼人の名は、天城雪彦《あまぎゆきひこ》という外科医だった」

「誰ですか、その人は？」

僕と冷泉深雪が同時に尋ねると、清川教授は淡々と答えた。

「かつてモナコから佐伯《さえき》外科に招聘《しょうへい》された天才外科医で、モンテカルロの星《エトワール》と呼ばれていた。その名を聞いて古参の委員はみんな、これは収賄でもダンピングでもないとわかったんだ」

「天城先生って、今はどちらにいらっしゃるんですか？」

冷泉深雪の質問に、清川教授はなぜか答えずに、話を変える。

「あちらの条件はただひとつ。他社の半額では施工は不可能だからその分は補塡《ほてん》する。その代わりに設計から施工まですべてを一任してほしいというものだった。陣内先生はその申し出を独断で受けた。だが委員は誰一人、異議を唱えなかった」

清川教授は話し終えると、大きく息をついた。

「さて、最後にもう一度確認しよう。君たちの研究の引用を許可するかい？」

僕は冷泉深雪を見た。その瞳《ひとみ》には、もう揺れや迷いはない。

「OKです、とお伝えください」

清川教授は深々とため息をついた。

「私のことを卑怯《ひきょう》だと軽蔑《けいべつ》しているだろうね。だが大学で生き抜くためには仕方がないことなんだ」

「そんなことは思っていません。どんな時でも自分を通せるのは、ただのガキです」

僕の言葉が清川教授にどう響いたかは確認せずに、僕たちは教授室を退出した。


僕たちは打ちひしがれたままエレベーターを待っていた。僕は、封印したかった中途半端な研究が表舞台に上がってしまうことに耐えられなかった。冷泉がうつむいていたのは、自分が誇る研究が表舞台に立つのに不純物が付着していると知ったからだ。

エレベーターはなかなかこない。いつものこととはいえ、もう永遠にこないのではないかと諦《あきら》め気分になった頃、ようやくごとごとと音がして、客を迎えるため扉が開く。

乗り込んで一階のボタンを押す。

ゆっくり扉が閉まった瞬間、灯《あか》りが消え、暗闇に取り残される。

いろいろカタがついてほっとした僕は、突然の暗闇にも警戒せずにぼんやりしていた。

闇の中、空気が揺れた。

首筋に滑らかな腕がからみつき、唇にひんやりした感触があった。

その感触に少し遅れて、ふわりと甘い香りが僕を包む。

灯りがつくと、冷泉深雪が澄まし顔で、下降していくオレンジ色の階数表示ランプを見つめていた。僕を見ずに、うつむいてぽつんと言う。

「お返し、です。ナニワの夜の……」

エレベーターの下降速度は、止まっているかと思えるくらいゆっくりだ。

しばらくして、冷泉は続ける。

「それからお礼です。天馬先輩があの研究を嫌っていることは感じてました。でも私にとっては可愛い子どもみたいなものです。評価されて嬉《うれ》しかったし、チャンスがあるなら世に出してあげたいと思いました。だから……」

扉が開いた。冷泉深雪はエレベーターから飛び出すと、僕にぺこりとお辞儀をした。

「天馬先輩、チャンスをくれて、ありがとう」

ツイン・シニョンの冷泉深雪は、風のように目の前から姿を消した。

僕の唇には、ひんやりとした唇の感触がまだ残っていた。

15章　神経内科学教室・田口公平講師

7月11日午前11時　付属病院3F・大講義室

七月。

僕は、三コマ目の内科診断学に出席していた。

教壇に立つ教授の顔は疲弊していた。最近の教授は権限は減少しているのに、責務は増大しているらしい。教育、臨床、研究の三本柱を一手に仕切るのだから無理もない。その構造は昔から変わらないが、昔とは環境が変わった。その三本柱をきっちりやり遂げなければならないという指導と監視が導入されたのだ。これでは常人は保《も》たない。

権力の頂点である教授ですらそんなだから、大学病院の人気はますます凋落《ちょうらく》し、結果、人手不足になり、残された人々にいっそう激務が課せられる。悪循環を打破しようとして教育、臨床、研究の三権分立にする試みもあるが、うまくいかない。

人事枠がないからだ。三権分立を実現するには、教授職が三倍必要だけれど大学自体は人減らしの方向のままだ。これでは試みが達成できるはずもない。

内科診断学の教授は出欠を採らないのに、満席だ。大学生はサボるもの、という気風はとっくに駆逐されている。最初からこの学年にいたら、僕は窒息していただろう。

目の前を、真面目一途《いちず》な一団が通り過ぎていく。ぼんやり羊の群れを眺めていると、種類の違う視線を感じた。顔を上げると、冷泉深雪が僕に歩み寄ってこようとしていた。午後の小児科実習の打ち合わせをしたいのだろう。

すると今のは冷泉の視線だったのか？

いや、違う。それはこれまで感じたことがない種類の視線だった。

おそるおそる周囲を見回すと白衣姿の男性が目に入った。

視線が合うと男性は、おずおずと近づいてくる。よれよれの白衣、ぼさぼさの髪。中肉中背。全体にもっさりとした印象。でもその目を見ていると、なぜか引き込まれてしまいそうになる。

初対面なのに、遠い昔に出会ったことがあるような懐かしさ。

「天馬君、だね？」

声を掛けてきた男性に僕は怪訝《けげん》な表情を隠さず、うなずく。知らない男性に声を掛けられれば用心するが、大学で相手が白衣姿なら問題はない。だが次の瞬間、男性の言葉に正真正銘おったまげて、手にした教科書を床に落としそうになった。

「神経内科の田口といいます。聞きたいことがあるんだけど、時間あるかな？」

男性の顔をまじまじと見つめた。

こんな唐突にお目に掛かることになろうとは。人生ってヤツはまさにドラマチック。

だけど目の前の田口先生の風貌は、ドラマチックという言葉からはほど遠い。

隣で目を丸くして僕と田口先生を交互に眺めている冷泉深雪に、小声で言う。

「先に行っててくれ。すぐ行くから」

冷泉深雪はうなずくと、その場を立ち去った。改めて田口先生と向き合う。

「聞きたいことって、ひょっとして碧翠院のことですか？」

こういうケースは先制攻撃を仕掛けて、主導権を握っておくに限る、と本能が叫んでいる。田口先生は驚いた表情をしたが、当然だろう。

ふだんの僕と正反対のスタンスだけど、相手は憎《に》っくき恋敵（と勝手にこっちで思い込んでいる）の田口先生なので、知らず知らず攻撃的になってしまったようだ。

田口先生にとってはいい迷惑だが、なぜ一介の医学生である僕が、初対面の田口先生の意図を見抜けたのか、理解不能に違いない。自分から声を掛けた初対面の医学生にこんな目に遭わされるのだから、この人はツイていない。

「午後は病院実習ですので、ランチを奢《おご》ってもらえるなら時間は作れますけど」

初対面の医学生にたかられるなどという事態はさすがに想定外だったらしく、田口先生は一瞬、目を泳がせる。だがすぐに鷹揚《おうよう》にうなずいた。

「満天《まんてん》のランチでよければ」

「御の字です」

連れ立って部屋を出る。先制パンチが直撃したのにけろりとしている。意外に打たれ強いのかな、と思い、前言を微修正。打たれ強いというのは強者の特性のひとつだ。

初対面の田口先生が、急に手強《てごわ》そうに見えてきた。でも大丈夫。ポイントでは圧倒的にリードしているはずだ。


ランチタイムの『満天』は混んでいた。田口先生は人混みには慣れていない様子なので、僕が空席を確保した。振り返り、もそもそと着席している田口先生に言う。

「先生の分も買ってきます。何にしますか？」

田口先生は少し考えて、たぬきうどん、と答える。そして千円札をよこした。

「これで君の分も買いなさい」

金を受け取り行列に並ぶと前方に冷泉深雪がいて、手招きしてくれた。合法的に見える不当な割り込みのおかげで、かなり早く順番が回ってきた。冷泉はさりげなく振り返り、席に座っている田口先生にちらりと視線を投げる。

「あの人が、例の田口先生ですか。何だか、頼りなさそうな先生ですね」

冷泉の目配せが何やら共犯者めいて、妙にいかがわしい。同感だが黙っていた。

順番がきた冷泉はサンドイッチを手に取り、会計を済ませると、何か言いたげにもじもじしている。冷泉にしては珍しいことだ、と思ってその様子を眺めていると冷泉は顔を上げ、ツイン・シニョンの髪飾りを揺らしながら明るい声で言う。

「心配ないですよ。天馬先輩の方が若さと美貌《びぼう》では断然勝ってますから」

う。

まさかこんなところで大昔の失言のしっぺ返しをするなんて、執念深いヤツ。

冷泉深雪はにこっと笑い、人混みに姿を消した。僕はAランチのハンバーグセットとたぬきうどんをトレーに載せ、席に戻ると挨拶《あいさつ》もそこそこに食べ始めた。

感じは悪いけど、後のスケジュールが詰まっているのだから仕方がない。

それにしても冷泉もムダな気を遣ったものだ。たとえ第三者から見て、僕が勝っているように見えたとしても、何の意味もない。その判定を許される唯一の存在であるすみれ先生は、もうこの世に存在していないと思われるからだ。

ぼんやりした僕にいきなり、田口先生が尋ねてきた。

「初対面なのに、どうして私が碧翠院のことを聞きにきたのがわかったのかな？」

僕はハンバーグにかぶりつきながら、言う。

「あれ？　外れでしたか？」

「いや、半分は当たってるけど」

ああ、面倒臭い。こういう手順重視のタイプは苦手だ。それ以前にそもそもこの人は憎き恋敵だ。この会合は手っ取り早く済ませたい。なので決意し、顔を上げる。

「理由は簡単です。僕はすみれ先生から田口先生のことを聞かされていたからです」

ある意味、宣戦布告。

ある意味、真珠湾《しんじゅわん》攻撃。

いきなり切り札を出して、相手を見つめた。その顔に、はっきりと動揺の色が走る。

僕は失望した。この程度の揺さぶりで、あからさまに動揺するなんて、これから直面する碧翠院の真実を暴く、闘いのバディとしては、とうてい組めそうにない。

「あ、いや、そうか……で、君はどうやってすみれクンと知り合ったのかな？」

唖然《あぜん》を二乗したくなるような問いかけ。たとえれば相手に抱きつきかろうじて立ち続けるクリンチ状態か。ゴングは鳴ったばかりなのに、早くもノックアウト寸前だ。

「田口先生がわざわざ僕を呼び出したのは、僕とすみれ先生のなれそめを聞きたいからですか？　それなら、そのことを聞きたい理由を教えてください」

「いや、君とすみれクンのなれそめを知ることが目的ではないから、やめておこう」

これで田口先生に対して、必要最小限の対応で済ませることができる。

ひねくれたやり取りで開幕したけれど、まずはかつてハコから教わった、取材時に身を守る極意を実践できたのは上出来だった。こうしたやりとりの間に僕はAランチをたいらげていた。こうやって時間に余裕がないことを態度で伝えるのも、会談を短く切り上げるコツだ。そんな僕の様子を見て、田口先生はあわてて言う。

「午後は病院実習だったね。手短に説明しよう。実は今、私は碧翠院について調べているんだが、君が病院最後の日にあそこに入院していたことをある人から聞いたんだ。できればそのあたりのことを詳しく教えてほしいんだ」

目を見開く。思わぬ角度から放たれたショートフック。

だが瞬時に動揺を隠し、言う。

「わかりました。するとさっきと同じ質問になります。どうしてそんなことを知りたいのか、教えてもらわないとお話しできません」

田口先生は、腕組みをしてしばらく考え込んでいたが、やがて訥々《とつとつ》と話し始める。

「実はあの火災で、桜宮一族は全員死亡したということになっているが、姫宮《ひめみや》さんという女性が、本当はひとり生き残っているんじゃないか、と言い出したんだ」

厚生労働省の桃色眼鏡、時計仕掛けのアンドロイド、姫宮の名をまさかこのタイミングで耳にするとは。因縁の糸が絡み合い、次第に行動エリアが狭められていく。

興味は俄然《がぜん》、高まった。だけどここでも情報の優位性をひと言で示した。

「ここに至って、ようやく厚生労働省のお出ましですか」

田口先生は目を白黒させる。田口先生の目論見《もくろみ》としては僕が、姫宮さんって誰ですか、などとありきたりの質問をして、それに対し、実は厚生労働省のお役人でね、みたいに茶飲み話をしながら主導権を取り戻そうと考えていたのだろう。ところが様子見で出したジャブにカウンターが炸裂《さくれつ》したものだから、すっかり動揺してしまったわけだ。

情報戦の緒戦は圧勝だ。なので僕は手持ちの最強カードを切る決断を下した。どうせいつかはオープンするのだから、衝撃的な場面でショウダウンするのが一番いい。

僕の中に巣くったハコが訓示を垂れる。

——情報ゲットのコツはね、カマをかけることよ。

「桜宮一族の生き残りがすみれ先生か小百合先生のどちらなのかを、確定したいんですね。それによって今後の話が相当変わってきますからね」

「どうして君は、そんなことまで……」

田口先生は呆然《ぼうぜん》と僕を見た。

ダメだ、こりゃ。こんな風にいちいち顔に出てしまっては、桜宮一族の生き残りには太刀打ちできそうにない。自分勝手に抱いた淡い期待が潰《つい》えてがっかりして、答える。

「生き残りが小百合先生なら、東城大はえげつなく叩《たた》き潰《つぶ》される。すみれ先生なら、甘美な蜜《みつ》の中で溺死《できし》させられてしまう。いずれにしても東城大の命運は風前の灯火《ともしび》です」

田口先生はため息をついた。

「本当に驚いた。彼らでさえついこの間まで、生き残ったのはすみれ先生だと思っていて、最近ようやく小百合先生が生き残った可能性に気づいたばかりだというのに……」

「そうだったんですか。素人の僕でさえ、事件直後に記憶を洗い直したら、生き残りは小百合先生の可能性が高いという結論にたどり着いたのに、厚労省はずっと、すみれ先生の生存説に固執し続けていたんですね。白鳥《しらとり》さんの頭の固さにもびっくりです」

田口先生は完黙してしまった。姫宮の所属を知っていただけでも驚愕《きょうがく》なのに、その上、破綻《はたん》した性格の上司のことまで熟知していることを示されたのだから。

田口先生の様子を観察しながら、僕は、田口先生に、僕が碧翠院と関わりがあるという情報を伝えたのは一体誰だろうと考えていた。

それ以上に、今のタイミングで桜宮一族の生き残りについて考え直したのはなぜか、気になった。そのことを確認することは重要だ。知らない情報から、思わぬ推理をしたのなら切れ者だということになるから、田口先生の懐に入った方がいい。

でも、田口先生が次に発した言葉には、心底失望させられた。

「どうして君は東城大の危機だと知りながら、そんなに冷静でいられるんだい？」

うう、何という凡庸な質問なんだろう。すかさず、容赦ない言葉で叩き潰す。

「東城大はそういう目に遭わされて当然だからです」

その瞬間、空間を浮遊しているすみれの亡霊が、僕に憑依《ひょうい》した気がした。

ここまで派手に先制攻撃をかまされたら、田口先生はもはや沈黙するしかない。

僕は一気に核心を衝《つ》く。

「今度は僕に質問させてください。事件から二年以上経った今、突然僕のところへ来たのは、僕と碧翠院の関わりを田口先生に知らせた誰かがいたからだと思います。でもそれは姫宮さんではありませんよね。もちろん白鳥さんでもない。一体誰なんですか？」

そう言って、あからさまに掛け時計を見上げる。

間もなく一時、タイムリミットだ。さて、次の一手はどうしますか、田口先生。

田口先生はしばらく考え込んでいた。やがてポケットから使い古したメモ帳を取り出すと、穏やかな口調で尋ねてきた。

「携帯のメアドを教えてもらえないかな？　頼みたいことがあるんだ」

「面倒くさいことはイヤです」

「それが東城大を守るため、でもかい？」

僕はうなずく。母校とはいえ、腐れた東城大を守るため、何かをしなければならないなんてバカバカしい。だからずばりと本音を叩きつけた。

「僕は横着者です。それに、東城大には何の思い入れもないですし」

田口先生は吐息をついた。愛校心のないヤツめ、と呆《あき》れているのがありありとわかる。同時に、好奇心が動いた。東城大を守るため、という言葉の裏側には、東城大が攻撃されているという前提がある。僕が知っている限り、東城大を攻撃しようなどという酔狂な意志を持っているような人物は、桜宮一族の他にいない。だとしたら、その話を聞けば小百合先生、あるいはすみれ先生の消息のヒントが得られるかもしれない。

僕はさりげなく、話をついだ。

「ところで田口先生は、一体何から東城大を守ろうとしているんですか？」

田口先生は一瞬、逡巡《しゅんじゅん》した表情になる。だがすぐに観念したように、言う。

「実は東城大を破壊するという脅迫状が送られてきていてね」

この言葉にはさすがにびっくりした。まさかそんな具体的な動きがあるなんて。

大それたことを告げたのに意外に平然としている田口先生の顔を、僕は見つめた。

16章　東城大学破壊指令

7月11日午後1時　付属病院最上階・スカイレストラン『満天』

東城大を破壊する。それはすみれから直接聞かされた、桜宮一族の宿願だった。でも、脅迫状まであるとなると話は別だ。かつてすみれが東城大を攻撃した時、通告なんてしなかったのだから、別人がやった可能性が高い。

「どんな脅迫状なんですか」

情報を遮断する意思を完全に放棄してしまった田口先生は、ポケットから折りたたんだ紙を差し出す。そこには不揃いの切り取られた新聞活字が、本来の文意とはまったく異なる新たな意図を提示していた。

「八の月、東城大とケルベロスの塔を破壊する、ですか……」

素直に読めば桜宮一族からのメッセージに思える。すると発信者は小百合ということになる。そう推測した途端、強い違和感が立ち上る。こういうまっしぐらで攻撃的な響きを持つ文章は、小百合よりもすみれが書きそうに思えたからだ。

となると、やっぱりすみれが書いたのだろうか？　年月が経ち、環境も激変すれば、性格も多少は変わるのかもしれない。

でも僕の仮説では、すみれが生き残った可能性はゼロに等しく、小百合の生存確率は途轍《とてつ》もなく高い。すると脅迫文の印象との間に違和感が生じる。

田口先生は怪訝《けげん》な表情で僕を見た。ここで勘繰られるのはまずい。そこで僕は自分の考えをごまかすために、関心領域とは違う質問をしてみた。

「ところで、脅迫状にある『ケルベロスの塔』って、一体何のことなんですか？」

「実はそれは私たちにも謎でね」

頼りない話だなと思い、田口先生のガードの甘さにげっそりする。「私たち」と言ったことで、この問題が東城大内部で共有されていることを暴露しているからだ。

「君に協力してもらうのは難しそうだ。それなら手っ取り早く済ませよう」

突然何を言い出すのだろう。諦《あきら》めが悪いこと甚だしい。だけど見方を変えればねばり強いという表現にもなる。というわけで、僕は次の言葉を待った。

「私はセンター長として、Aiセンター創設会議を開かなくてはならないんだが……」

今度こそ正真正銘、驚いた。思わず田口先生をまじまじと見つめてしまう。

どういう理屈をつければ、この人がAiセンター長になれるんだ？

「田口先生って、Aiセンターのセンター長だったんですか」

単なる問い直し、論理的推進力が皆無の、無意味な問いかけだ。イエス、と答えられたら会話を続ける手がかりを失ってしまう。

案の定、ただ静かにうなずく田口先生。

神経内科の講師だから画像診断の素養は乏しい。公衆衛生学の実習でアドバイスを受けた人たちからは口をそろえて、田口先生に話を伺った方がいいとは言われたけれど、専門家である島津准教授をさしおいてトップに就任するほどの政治的な豪腕の持ち主だとは思わなかった。これまでの評価がひっくり返り動揺する中、さらに意図の薄弱な質問が反射的に口を衝いて出てしまった。

「その筋の第一人者として前評判が高かった島津先生をさしおいて、田口先生なんかがAiセンターのセンター長になれたのはどうしてですか?」

この質問にはさすがにむっとしたようだが、そんな色を見せたのは一瞬で、淡々と答えた。さすが大学病院に長く勤めているだけあって、なかなか辛抱強いようだ。

「実は、そこは私にもよくわからないんだ」

肩すかしの拍子抜け。ああ、何て正直な人なんだろう。

「田口先生って、情報戦は苦手そうですね」

「それってどういう意味かな?」

田口先生の問いかけに、僕は深々と吐息をついた。やっぱりポイントがズレている。

すみれ先生の酷評の言葉が、にわかに温かみを帯びて思い出される。

——グズでヘタレの田口先生。

僕は本音を隠し、わざと的外れな指摘をする。

「意味のないことをしているからです。田口先生は、僕が姫宮さんや白鳥さんと面識があるのに、彼らが直接質問しに来ていないという事実を考慮していません」

「それはたぶん、彼らも忙しくて……」

「彼らがそんな鈍くないことは、田口先生もよくご存じのはずです」

語尾を濁らせた田口先生にきっぱり指摘すると、田口先生は素直に誤りを認めた。

「じゃあ逆に聞くけど、白鳥さんたちは、なぜ君から情報を得ようとしないんだい？」

まさかそう来るとは。

確かに、わからないことは素直に聞きましょう、というのは小学校低学年の担任の先生が一番最初に教えてくれる、人生の基本姿勢だけど、この年になって素直に実践する人がいるなんて夢にも思わなかった。

周囲があわただしくなり、セルフサービスで食器を片付ける音がうるさく響く。

時計は一時を回った。僕は、話を収束させるべく、禁断の台詞《せりふ》を口にする。

「すみれ先生の言った通りでした。本当にヘタレなんですね、田口先生って」

そのひと言は予期した通り、田口先生を最大級に動揺させた。僕は追い打ちを掛ける。

「僕の情報を引き出しても無意味だというのは、僕の情報はとっくの昔に姫宮さんや白鳥さんに洗いざらい話してあって解析済みだからです。しかも事件直後、記憶が生々しいうちにお話ししましたから、あれ以上の情報はもう僕からは引き出せません」

田口先生は僕の説明には納得したようだ。だがすぐに疑問を口にする。

「君のロジックはわかった。確かにムダかもしれない。でも私はどうしても君に協力してもらいたい。なぜなら彼らの解析も完璧《かんぺき》ではないからだ。どうしてそんな優秀な彼らがいつまでも、可能性の低いすみれ生存説から離れられなかったのかな？」

僕は押し黙る。それは思わぬ盲点だった。

「……たぶん、僕の感情に引きずられたせいだと思います。事件直後の僕の言葉に歪《ゆが》みが含まれていたせいで、真相から遠ざかってしまったのかもしれません」

田口先生はすかさず畳み掛けてきた。

「ならば君は私の申し出を受けるべきだ。君の感情に引きずられ、事件の解析が歪んだという発想は、私と君が接触して初めて見えた風景だ。違うかな？」

え？　いきなり何だよ、それ？

「君にお願いしたいことは碧翠院の話ではない。君にはこの申し出を受けるしか、道は残されていないんだ」

話の流れをぶった切る、いきなりの上から目線の一方的通告。僕はぼそりと呟《つぶや》く。

「なるほど、しぶといことはしぶといのか」

午後の実習は、もはや完全に遅刻だ。

「もう行かないと本当にヤバいんです。それにさっきからお話が堂々巡りしています。田口先生が僕に依頼したいことって何なんですか」

その瞬間、右ストレートが空を切り、ボディがから空きになった。

田口先生はゆっくりと本題を告げる。がら空きのボディに、カウンターが炸裂《さくれつ》した。

「近々Ai創設会議を開催するので、オブザーバー参加してほしいんだ」

うぐ。もろに食らったラッキーパンチ。

いや、違う。これは狙いすました一撃だ。

この一撃こそが、〝腹黒病院長の懐刀〟の実力なのだ。

田口先生は相変わらず、飄々《ひょうひょう》と佇《たたず》んでいた。僕は基本的な疑問に立ち戻る。なぜ一介の医学生を、大学上層部の鳩首《きゅうしゅ》会議に参加させたいんだろう、このおっさんは。

「僕は医学生です。そんな会議に参加しても、お役に立てると思えません」

ふらつく足取りでクリンチすると、田口先生は静かな目で、言う。

「それは普通の答えだけど、この申し出は見方を変えると君にとってはチャンスでもある。君が並々ならぬ関心を抱いている碧翠院こそ、Aiの発祥の地なんだから」

巌雄先生の言葉がよみがえる。死に学ぶことは医学の基本。それをおざなりにしたらろくな医者にはなれない。碧翠院で実施されたAiは、まさに死に学ぶ医学だった。

「さすがセンター長だけあってAiの起源については正確に理解されていますね。でも僕みたいな医学生が参加することがお役に立つとはとても思えないんですけど」

皮肉を込めて言うと、何を勘違いしたのか、田口先生はほっとしたように答える。

「そうかもしれない。でも碧翠院の生き残りを判別すれば、東城大が生き残れる可能性は高くなる。君に会議に参加してもらい、そうしたことを考えてもらいたいんだ」

僕の心は揺れた。

「でも、医学生が先生方の本チャンの会議に参加するなんて……」

これは本音だ。すると田口先生は思わぬことを告げた。

「先日、公衆衛生学の実習レポートを読ませてもらった。特Aで学年一番だったね。レポート作成の中心人物は君だろ？　だから君の助力が欲しいんだ」

ええ？　ここでそんなアッパーが出るワケ？

僕は目を白黒させながら、ふらつく足をふんばって、ショートパンチを返す。

「いえ、あれは僕たちの班のエース、冷泉が……」

僕の言葉を遮って、田口先生が言う。

「私の目はごまかせないよ。あれは碧翠院をナマで知る人物にしか書けないレポートだ。そう考えると、君が中心人物でしかありえないんだよ」

不覚。まさかあの研究がここで祟《たた》るなんて。

それでもなお躊躇《ちゅうちょ》している僕を見て、田口先生は淡々と続けた。

「どうしてそんな腰が引けてるのかな。君ほど、死因究明制度問題に関心を持っている医学生は他にはいない。おまけに君は碧翠院に執着しているのに……」

「医学生にとっては、そんなことは……」

「ただの医学生じゃないだろ、君は」

僕の言葉を途中で遮り、田口先生は断言する。今や完全に攻守は逆転していた。

「ひょっとして怖いのかな？」

田口先生の頬に薄笑いが浮かんだ。挑発か？　ふざけるな。

「Ａｉには興味を持てないし、退屈な会議に参加しているヒマがないだけです」

「でも君は碧翠院に共感していて、できれば何かしたいと思っている。そうだよね？　ならばこの話には乗るべきだ。Ａｉの行く末は巌雄先生もすみれクンも気に掛けていたはずなんだから」

田口先生は一気に畳み掛けてくる。一転して自信たっぷりな口調。

なるほど、生き馬の目を抜く大学病院で生き存《なが》えてきただけのことはある。不利な局面を狙い澄ましたパンチ一発でひっくり返す膂力《りょりょく》と、毛筋ほどの隙も見逃さない眼力を兼ね備えた傑物じゃないか。

僕は、ふう、とため息をつく。

これは宿命で、その蜘蛛《くも》の糸から逃れられないらしい。アンラッキー・トルネードが自分の周囲に発動している気配を久しぶりに感じる。こうなったら仕方ない。潔く白旗を揚げ、和解交渉に取りかかるために、まずはころりと話題を変える。

「田口先生ってＢ型でしょう？」

一瞬面食らった田口先生だったが、すぐにもごもごと口ごもる。

「よく言われるけど、何でだろう」

「外れましたか？」

「いや、当たってるけど」

あーあ、めんどくさい人だな。

「ついでに星座は双子座か蟹《かに》座のどっちか、かな」

田口先生は目を丸くする。それから微笑する。

「そうか、君は姫宮さんとは知り合いだったね。彼女に血液型と星座を見抜くコツでも教えてもらったのかな？」

僕の脳裏に、姫宮との素《す》っ頓狂《とんきょう》なやり取りが蘇《よみがえ》る。星座血液型ミックス占いの暴走解析の場面が浮かぶ。ははあ、この人も姫宮の、アレの洗礼を受けたわけね。アレゴリーだかアナロジーだか知らないが、曰《いわ》くありげな得体の知れない単語を散々羅列した挙げ句、一刀両断で人をコケにするような評価を下す。それはあまりにも失礼すぎて、爽快《そうかい》なまでに傲慢《ごうまん》な占いだった。

田口先生と姫宮の相性についても聞いてみたかったが我慢した。同じ質問を鸚鵡《おうむ》返しされるのがわかりきっている。「魚座のAと射手座のOの相性、それはサイアクです」などと言い放つ姫宮の生真面目な表情が、機械仕掛けの人形みたいな話し方と共に鮮やかに蘇り、張りつめていた肩の力が抜けた。

僕は手帳の頁を引きちぎると、さらさら書き付けて田口先生に渡す。

「できれば、内科診断学の時間は避けてほしいんですけど」

田口先生は、ぱあっと明るい表情になって、メモと引き換えに名刺を渡しながら言う。

「参加してくれるの？」

「ですから、そういうのをムダな確認というんです」

途端に田口先生の顔がしゅんとなる。ああ、なんてわかりやすい人なんだろう。

「わかった。可能な限り君の要望に添って対応させてもらう」

すぐに気を取り直したような生真面目な顔をして言う田口先生。どうやら立ち直りが早いのがこの人の美徳であることは間違いない。その証拠に、ひと言、付け加えることを忘れなかった。

「でも教えてくれないかな。どうして内科診断学は避けてほしいんだい？」

「基礎なら病理学、臨床では内科診断学。そのふたつが必要最小限の医学だと思ってるからです」

神経内科学の講師に向かってぬけぬけと言い放つ。せめてもの憂さ晴らしだ。

それにしても田口先生は、僕が初めてお目に掛かったタイプだった。立ち直りが早いという特質の他に、我慢強い、執念深い、打たれ強いといった、およそ僕とは縁遠い美徳が箇条書きで並べられている。

僕はよれよれ白衣の田口先生に両手を合わせ、頭を下げる。

「ランチ、ごちそうさまでした」

「ところで天馬君、私は初対面の人にプライベートに関することで聞いていることがあるんだけど、いいかな？」

田口先生の突然の質問に面食らうが、すぐに答える。時計を見ると、午後の始業時間はとっくに過ぎていたけれど、ここまで遅れたら少しくらい急いでも大して変わらない。

「別に構いませんよ」

答えられるなら答えるし、答えたくなければ答えないだけだ。

田口先生は、穏やかな表情で尋ねる。

「天馬君の名前の由来を教えてもらえないかな」

一瞬、むっとした。だが、悪意がないことはわかったので、一般的な答えをした。

「名前を見てもらえば、それは両親の望みだとわかると思います。大吉《だいきち》ですから」

田口先生はにっこり笑う。その笑顔を見ているうちに、こっちも肝心なことを聞き漏らしていることに気がついた。

「それで思い出しましたが、僕の質問に対する答えをまだもらっていません。そもそも田口先生は、僕が碧翠院の最後の場にいたということを誰から聞いたんですか？」

すると田口先生は思いもよらぬ名前を口にした。

「私の受け持ち患者、乳癌の末期患者の高原美智さんが教えてくれたんだ」

――だから天馬は間抜けだというんじゃ。

僕への罵倒《ばとう》が浮かび上がる。言われてみれば、当然だ。美智の担当は田口先生なのだから。

むしゃくしゃしたので、つい、言うつもりがなかったひと言を呟《つぶや》いてしまう。

「田口先生って、すみれ先生の言った通りの人でした」

「どういう意味だい？」

「人当たりはいいのに、なかなかどうして諦《あきら》めが悪くてしぶといの、だそうです」

脳裏に、鳶色《とびいろ》の瞳《ひとみ》の残像が一瞬きらめいて、消えた。

ぼんやりしてしまった田口先生に一礼すると、僕は食堂を後にした。

小児科のカンファレンス・ルームに駆け込むと、僕以外のZ班の三名はすでに揃って
いた。腕組みをして壁にもたれていた白衣姿のスレンダーな女医さんが僕をにらむ。
「臨床現場での遅刻は厳禁よ。特に小児科は相手が小さくて神経を遣うし、後ろにはご
両親も控えている。あなたの遅刻は最低でも都合三人の時間を奪うことになるの」
「申し訳ありません」
頭を下げながら、茫洋《ぼうよう》とした田口先生の風貌《ふうぼう》を思い浮かべて、むかむかする。
——あんたがグズなせいで、僕が怒られちゃったじゃないか。
「小児科教室准教授の副島真弓《そえじままゆみ》です。今うちの病棟では麻疹《はしか》が流行《はや》っているので、患児
を受け持ってもらう実習は控え、しばらくは講義一本で行きます。今週中に流行が小康
状態になれば、患児を受け持ってもらいます。小児は小さな大人ではなく別の生き物だ
というイメージを持つこと、それがこの一週間の実習の目標です」

白衣姿の副島准教授は中年半ばで、身体中から疲れ果てたようなオーラが滲《にじ》み出ていた。それがまた、彼女の色香に磨きをかけている。

「五分後、隣のカンファレンス・ルームで講義に入ります。まず先天奇形について。講師の先生に講義してもらいますから、それまで資料を読んでおいてください」

副島准教授は資料を残し、姿を消した。学生指導の冒頭で准教授がお出ましになるとは、小児科のマンパワー不足というのは本当らしい。

奇形児の写真を眺めていると、隣の冷泉深雪が小声で尋ねてきた。

「田口先生のお話はどうでしたか？」

僕は冷泉深雪を見た。そして一瞬考え込む。それから言う。

「後で詳しく話す。実はそのことで、ちょっと相談があるんだ」

冷泉深雪はこころなしか頬を赤らめ、うなずいた。

講義後に、カフェテリアで冷泉とお茶をした。赤煉瓦《れんが》棟のエレベーターでの一件以来、冷泉と僕の距離は縮まったようだ。そもそもナニワの夜の失態は冷泉自身のせいで、僕に咎《とが》はない。でもその後処理の段階で僕の失態とすり替わってしまっている。

その頃と比べれば、関係修復の度合は誠に素晴らしいものだった。

「というわけで、初めてお目に掛かった田口先生から、いきなりAiセンター創設会議に参加してほしいと頼まれてしまったんだ」

「天馬先輩って、本当に碧翠院とは因縁が深いんですねえ……」

冷泉深雪がしみじみと言った。まさにそのひと言に尽きた。賢明な冷泉は、田口先生の申し出を受けるつもりですか、などという愚かな質問はしない。

「つまりオブザーバーとして、私も同席した方がいいんですね」

一を聞いて十を知る、というのは、まさにコイツみたいなヤツのことを言うのだろう。

うなずいてから、僕は答える。

「ちょっと迷ったけど、冷泉もいてくれた方がありがたいし、自然だと思うんだ」

「冷泉、も？」

さすが嗅覚《きゅうかく》の鋭いツイン・シニョン。わずかな違和感も見逃さない。

僕は観念し事実を告げる。覚悟していたし、告白する決意もしていた。

「実はハコも呼ぼうと思ってね」

「どうして部外者に声を掛けるんですか？　これって東城大の創設会議でしょう？」

「死因究明問題、Aiセンター問題、そして碧翠院の因縁が絡んでいるからだよ。ああ見えてハコは僕にとって、お守りみたいなヤツなんだ」

冷泉深雪は僕を凝視した。

「ひとつ聞いてもいいですか。別宮さんと田口先生って、どこで知り合ったんですか」

「さあ、どこかなあ。取材記事なんか書いているから、そのどこかかもしれないね」

「どうしてそういうことを別宮さんに問い詰めて確かめないんですか？」

「ハコを問い詰める？　なぜ？」

「恋敵に対抗するには、あらゆる情報を知っておかないと。私なら絶対そうします」

「恋敵？　誰が、誰の？」

冷泉深雪は不思議そうに首を傾げて言う。

「田口先生は天馬先輩の恋敵だって言ってたじゃないですか。それなら別宮さんと田口先生のなれそめくらい、知ろうとするのが当たり前です」

そういうことか。いやはや、なんたる誤解。

「ハコとはそういうんじゃない。前にも言っただろ、ただの腐れ縁だって」

「でも……」

僕は冷泉深雪の顔をのぞきこむ。

「これで僕の言ったことが真実だと証明されただろ。僕は田口先生を恋敵だと言った。でもハコとの恋敵ではないとわかった。ということは僕の相手はハコではない。以上、証明終わり」

冷泉深雪は僕の言葉を咀嚼反芻《そしゃくはんすう》していたが、ぼそりと言う。

「何だか、うまくゴマかされているような気がするんですけど」

「そんなことはないさ。納得できない冷泉の頭が悪いんだ。ついでに言えば、ハコと田口先生の間に感情の交流があるとも思えないけどね」

きっぱりと冷泉の思い込みを否定してみせる。こんな風に面と向かって頭が悪いと言われた経験は、おそらく生まれて初めてだったであろう冷泉は呆然《ぼうぜん》としている。本音じゃないから許せ、と僕は心中で謝罪する。

冷泉はしばし考え込んでいたが、やがて明るい表情で顔を上げる。

「それなら私もオブザーバーとして参加します。いえ、是非、参加させてください」

こうして僕は力強い援軍を、同時にふたりもゲットした。まだハコの確認は取っていないが、どんな扱いをしようとも必要な時は外さないヤツだから、まず大丈夫だろう。

さっきの田口先生とのやり取りが前半で終わっていたら、冷泉にはこんな申し出はしなかった。あの会談で田口先生のしぶとさを思い知り、万全を期すべく、僕の守護神の双璧《そうへき》、血塗《ちまみ》れヒイラギとツイン・シニョンを侍《はべ》らせることを決めたのだから。

もっともこんな風に、ふたりを「侍らせる」などと考えていることがバレたりしたら、両面からすさまじい報復攻撃を受けること必定なので、絶対口にはできないけど。

講義が始まる直前に、田口先生のメアドに参加条件を打診した。冷泉深雪と別宮葉子という二名のオブザーバーを参加させることを、僕の参加条件にしたわけだ。

それからふと、来週の早いうちにハコと冷泉の手打ちをしたら、極楽病棟特別室に入院している情報漏洩《ろうえい》源、お喋《しゃべ》り美智をとっちめてやろう、と決めた。

どれもこれも、いかにも返り討ちに遭いそうな企画ばかりだったけれど、そう決めた僕は、なぜか晴れやかな気分になった。

17章　医学のチカラ

7月13日午前11時　付属病院12F・極楽病棟

翌週。僕は、冷泉とハコをカフェテリアに呼び出した。朝早く呼び出しても不機嫌にならないのが、僕の双璧の守護神たちの長所だと思う。

「ふうん、まさか白鳥さんや姫宮さんと、そんな形で再会するとはねえ」

ひと通りの説明を聞くと、ハコがしみじみ言った。

彼らと碧翠院が炎上した時に命からがら脱出した時のことを思い出す。ハコと彼らのおかげであの時、のぞきこんだ死の淵《ふち》から生還できたのだと思うと、今も冷や汗が出る。

そんな僕たちを見て、冷泉が少し苛立《いらだ》った口調で言う。

「昔の思い出話をしているヒマはないと思うんです。Aiセンターは無事完成したそうです。来月こけら落としのシンポジウムが行なわれることが、学内掲示板に今朝張り出されました。田口先生は相当に切羽詰まっていると思います」

「そうだなあ。でも、僕たち学生には何もできないと思ってるんだけどね」

するとハコが言う。

「記者としても興味深いわね。碧翠院の跡地に建てられたのよね、Ａｉセンターって」

ハコはぼんやりと宙に視線を泳がせる。それから、はっとした表情で言う。

「ねえ、ふたりとも一コマ目はサボれる？」

「え？　ええ、まあ」

僕より早く、冷泉が答える。するとハコは身を乗り出して言う。

「それじゃあ私とドライブしない？」

「ドライブ？　どこへ？」

僕が反射的に尋ねる。ハコは髪をかき上げて、言う。

「決まってるじゃない。できたてほやほやのＡｉセンターを、この目で見にいくのよ」

僕は絶句した。だが、冷静に考えると、それは今まさに必要なことに思えてきた。そして一度気づいてしまうと矢も楯《たて》もたまらなくなり、今すぐＡｉセンターの実像を見ておかなければ大変なことになってしまうかもしれない、と思い詰めてしまう。

浪速のイヴの夜に、僕から碧翠院の話を聞いて、理解度を上げている冷泉もまったく同じ気持ちになったようだ。僕が立ち上がると、冷泉も従う。

僕たちふたりを見上げていたハコは、肩をすくめて微笑する。

「あらあら、おふたりさんたら、すっかり気が合うカップルになったのね」

僕と冷泉は顔を見合わせる。僕はちょっと不機嫌になり、冷泉は頬をほんのり染めた。

「うるさいな。提案した責任を取れよ。車を出してくれ」

「はいはい、仰せのままに」

ハコは意味ありげな微笑を浮かべると立ち上がった。

ハコはその足で次の取材に出掛けるため、時風新報の出張所に寄った。東城大から車で五分、歩いても十分はかからない場所に出張所はある。ばたばたと車を降り、肩からトートバッグを提げて戻るまで、三分も掛からなかった。戻るなりハコは、アクセルをめいっぱい踏み込む。そんな調子でおんぼろセダンは二十分で桜宮岬についた。

海岸線に向けてハンドルを切ると、道の果ての遠景、銀色に輝く塔が見えた。

その途端、僕とハコは黙り込む。フロントガラスの中でどんどん、塔の実相が大きくなっていく。それにつれて、僕とハコの間に重苦しい空気が澱《よど》んでいく。

とうとうセンターの前庭の駐車場に到着した。まだ工事中の車両が行き来していたが、建物自体の外観は完全に完成しているから、内装工事で忙しいのだろう。

僕とハコ、そして冷泉は車を降りた。海風が僕たちを吹き抜けていく。

目の前に広がるAiセンターの威容。その塔には既視感があった。

「どうして、こんなことに……」

ハコがぽつんと呟《つぶや》く。

「これじゃあ、まるで碧翠院のレプリカじゃないか」

僕は呆然として呟く。その光景は、碧翠院が炎上する以前に、時計の針が逆戻りしたかのように思えた。ハコが言う。

「桜宮一族の怨念《おんねん》が、この空間に結晶したのかもしれないわね」

「バカなことを言うなよ」

「ごめん」

珍しくしおらしくハコが謝る。ハコを怒ったけれど、まったく同じ気持ちだったから、僕ってヤツは、本当にひどい男だ。でも、そうでもしないと動揺を収められなかったのだ。

そのフォルムは僕に僕の原罪をつきつけてきている気がした。

それにしても東城大の上層部は、なぜこんな設計を受け入れたのか。誰もチェックしなかったのだろうか。そう言えば、設計は丸投げだったと清川教授が教えてくれたっけ。すると、建築会社や設計した建築家に聞かないと、真相はわからないかもしれない。

そこまで考えて、吐息をついた。バカバカしい。

いくら桜宮一族の怨念が強いとしても、そこまで影響をもたらすことは不可能だ。

そうなると偶然か？　いや、それもあり得ない。

堂々巡りする僕の考えは、とうとう最後まで着地点を見いだせなかった。

僕たちはしばらくそこに佇《たたず》んでいたが、やがて僕が言った。

「ま、Aiセンターの現状を把握できたのは収穫だった。タイムリーな提案だったよ」

ハコは弱々しい表情で顔を上げる。

「そうかしら。……ううん、そうね。遅かれ早かれ、つきつけられる事実だもの、できるだけ早く知っておいた方がよかったのよね」

「その通りだ。どうやら田口先生の依頼も、本腰を入れなくちゃならなそうだな」

「……頑張ってね、天馬君」

その時、ロータリーにバスが入ってきた。みると一時間に一本しかこない東城大学医学部行きだった。

「ハコ、お前はこれから取材なんだろう？　僕と冷泉はあのバスに乗れば一本で大学に戻れるから、ここで別れてもいいぞ」

ハコはちらりと僕をみた。そして冷泉に視線を投げてから、微笑する。

「そうさせてもらおうかしら。このタイミングでバスが来たのも運命かも、ね」

そう言うと、ハコは冷泉の肩をぽん、と叩《たた》いた。

「天馬君をちゃんと学校まで連れ帰ってね。糸の切れたタコみたいな人だから」

返事を待たずに、ハコは車に乗り込むと、アクセルを踏み込んだ。全開の窓から右手を出して、ひらひらと僕たちに別れの挨拶《あいさつ》を投げかけながら、一気に走り出した。

残された冷泉が言う。

「本当によかったんでしょうか」

「ハコは遠慮やムダな気遣いはしないヤツだ。心配はいらないさ」

言いながら、別れ際にハコが浮かべた弱々しい微笑が妙に気になった。

「さあ、二コマ目が始まるから、とっとと大学に戻ろう」

僕は気を取り直してそう言うと、冷泉の肩をそっと押してバス停に向かう。背後には白銀の塔が蒼穹《そうきゅう》に突き刺さるように屹立《きつりつ》している。

振り返らなくても、その姿は、僕の胸にナイフのように突き刺さったままだった。


大学病院に戻ると、授業に出るという冷泉と別れて、僕はエレベーターに乗る。

僕のことをぺらぺら喋《しゃべ》った美智をとっちめてやろうと、臨床講義をサボって、十二階の極楽病棟特別室、通称ドア・トゥ・ヘブンに向かうことにしたのだ。

まあ、それは口実で、久しぶりに美智と会って、一昨日接触した田口先生の悪口でも言い合って盛り上がろうと思ったのだ。

エレベーターは混み合っていて、何台も二階を通り過ぎていく。五台待ってようやく、エレベーターに乗れた。

ひとつランプが消えるたびに減っていく人の後ろ姿を見送りながら、田口先生とのやり取りを思い出す。その様子を話したら、美智の毒舌はどう炸裂《さくれつ》するだろう。そんなことを考えていると十一階で乗客は僕ひとりとなり、やっと極楽病棟十二階に到着した。

極楽病棟はのんびりしていて、基礎医学研究棟の赤煉瓦《れんが》棟の時間の流れに近い。

なので扉が開いた瞬間、その空気に対応するように、自分の体内時計を合わせた。

ところが扉が開くと、病棟は戦場と化していて、白衣の天使たちが大声を上げながら右往左往していた。

「田口先生とは連絡つかないの？」

「まだです」

「病棟当番の兵藤先生は？」

「講義をできるだけ早く打ち切って向かってくれるそうですけど、今日は非常勤の先生の講義のサポートなので、すぐにはムリだそうです」

あわただしく行き来している看護師さんのひとりを捕まえて、尋ねる。

「こちらのベッドサイドでお世話になった学部五年の天馬ですが、高原美智さんにお目に掛かりたいんですけど」

「その美智さんが、危篤なのよ」

看護師の言葉が突き刺さる。目の前の世界が歪《ゆが》んだ。

ウソだろ？

乳癌末期で、初めて会った時から、いつお迎えが来ても不思議でなかったから、来るべき時が来ただけだったのかもしれない。

でも、何で今なんだ？　せっかく一緒に、田口先生の悪口を言おうと思ったのに。

呆然《ぼうぜん》とした僕を見て、隣にいたもうひとりの看護師が言う。

「ベッドサイドで高原さんを受け持ってた学生さんですよね。先生が捕まらないんです。心臓マッサージを手伝ってくれませんか？」

そんなこと、やったことがないと断ろうとした時、美智の声が聞こえた。

——天馬は必ず、立派なお医者さまになろうもん。

どんな立派な医者にだって、誰でも初めての時がある。僕は顔を上げた。

「やり方がわかりません。教えてください」

ふたりの看護師は顔を見合わせる。次の瞬間、うなずきあった。

「お願いします」

僕は看護師の後に従って、部屋に向かって走り出す。

部屋に運び込まれた心電図モニタを見ると、緑の輝線が真っ直になっていた。

心肺停止だ。

美智に駆け寄り手首を取る。その腕はひんやりしていて、脈が触れない。見よう見まねで心臓マッサージを開始する。

アンビューバッグを押していた看護師が言う。

「速すぎます。半分のペースでお願いします」

ペースを落とすともうひとりの看護師が言う。

「弱すぎるわ。モニタの輝線が振れるくらい、強くして」

マッサージを再開する。

どれくらい時が経っただろう。僕の額から汗がぽとりとひと粒落ちた。

ふと、肩に手が触れた。

年かさの看護師が、モニタに視線を投げながら、僕に言う。

「ちょっと止めて」

マッサージの手を止め、息を詰めて見守る。平らな緑の輝線に、ぴくり、と山型の隆起が生じ、左から右に移動していく。それがひとつ、またひとつと重なっていく。

「信じられない。戻ったわ」

隣の看護師がぽつんと呟《つぶや》く。その言葉に、僕の両手が痺《しび》れるように震え出す。

僕のこの手が美智のいのちを引き戻したのか？

じっと美智を見下ろしていると、その目がぽっかり開いた。

ぼんやりと僕を見つめていたが、やがて急に焦点があったような目つきになった。

「おお、天馬か」

そして咳《せ》き込みながら言う。

「ちょっと見んうちに、すっかり立派なお医者さんになったのう」

「わかるの？　僕がわかるの？」

美智はうなずいた。それから虚《うつ》ろな目を開け、僕の背後をぼんやり見つめる。

「おお、すみれも迎えに来てくれたんか」

びっくりして振り返るが、そこには誰もいなかった。

視線を戻すと、美智は目を閉じていた。壁の時計が秒針を刻む音が響く。

呼吸音と心電図の拍動音が消えていた。

「心拍停止です」

けたたましく心電図のアラームが鳴り始める。

指示を受ける前に、心臓マッサージを再開していた。身にしみついたリズムで薄い胸部を圧迫しながら、リズムに合わせて「戻ってこい、戻ってこい」と叫んでいた。

美智の耳元に、大きな声で怒鳴りつける。

「死なないと決めたヤツは死ぬことはないんだろ。ウソつき、とっとと戻ってこいよ」

どれくらい時間が経っただろう。

汗だくになった僕の背後から、肩にそっと優しい手が置かれた。

「よく頑張った。もう充分だ」

心臓マッサージをしていた手を止め、振り返る。田口先生だった。

「遅れてすまない。連絡が取れない部屋にいたものだから。君のおかげで助かった」

「え？　でも、僕ならもう少し頑張れます」

田口先生は首を振る。

「これ以上はムダだ。後は静かに見送ろう」

「いやです。さっきは戻ってきたんだ。美智さんはまだ生きられるんだ」

僕がかっとなって言い返すと、田口先生は静かに言う。

「これまで生きてこられたことの方が奇跡なんだ。それに生前、患者は無理な延命治療は希望していなかった。だから終わりにしよう」

「田口先生にとってはひとりの患者にすぎないでしょうけど、家族がいない僕にとっては、家族みたいな人だったんだ。そんな簡単に諦《あきら》められません」

僕が田口先生をにらみつけてそう言うと、田口先生は静かに答えた。

「気持ちはわかる。でもそれは患者さん本人の願いではないんだよ」

気がつくと周りの看護師たちは、全員手を止め、僕と田口先生のやり取りを見つめていた。田口先生は僕の肩をそっと押し、美智の枕元に押しやった。

「天馬君、君が高原さんの最期を看取《みと》りなさい」

授業で聞いた、臨終の宣告のやり方を思い出す。

細い手首を摑《つか》み、目を閉じる。腕は冷たく、脈は触れない。聴診器を胸に当てる。呼吸音は聞こえない。心電図の平らな緑の輝線を眺めてから、ペンライトを取り出し目の奥に光を当てる。対光反射、なし。

すべてが無反応だった。死の三徴候を確認し、腕時計を見ながら告げる。

「午前十一時五十二分、ご臨終です」

自分の声を耳にして、膝《ひざ》が崩れ落ちる。これが、人が死ぬ、ということなのか。

ナースステーションで座り、人々が忙しく立ち働いているのをぼんやり眺めていた。

僕の正面では、田口先生が薄いハトロン紙の死亡診断書を書いている。書き上げると、ポケットから印鑑を取り出し、はあ、と息を吹きかけてから、ぎゅう、と押印する。それを美智の分厚いカルテの最終ページにはさんで、看護師さんに手渡した。

田口先生はうつむいたまま、別のカルテに何かを書き付けながら、僕を見ずに言った。

「何か言いたいことがありそうだね」

僕は、田口先生を見つめた。やがて意を決して口を開く。

「美智さんは心臓マッサージで一度戻ったんです。もう少し、頑張れたんです」

「そうかもしれない。でもたぶん、美智さんは自分で逝《い》く時を決めたんだよ」

「それならどうして、僕の心臓マッサージで戻ってきたんですか」

「天馬君と、きちんとさよならしたかったんじゃないのかな」

胸がいきなり熱くなり、目の前の景色がぼやけた。

反則だろ、この親父は。

そうした感情が裏返り、気がつくと目の前に棒のように突っ立っている田口先生に罵《ののし》りの言葉を投げつけていた。

「結局田口先生は何もできず、ただ愚痴を聞いてあげただけじゃないですか」

わかっていた。田口先生が悪いのではない。どんな名医でも美智には何もしてあげられなかっただろう。わかってはいたけれど、罵る言葉を止められなかった。

田口先生は僕を見つめていたが、静かに僕の肩に手を置いた。

「天馬君、君は正しい。私は医者としては失格かもしれない」

そう言い残し、田口先生は静かに部屋を出て行った。僕は机に突っ伏した。

僕が自分の感情を制御できないでいるのは、自分の手で美智をこの世界に引き戻した、あの強烈な体験のせいだった。

人々を、死の淵《ふち》から生の世界に引き戻す。これが、医学のチカラなのか。

地獄の番犬ケルベロスを、僕が打ち破ったのだ。これは美智が、僕のためにしてくれた、最初で最後のレッスンだったのかもしれない。

看護師が近寄ってきた。美智の担当でベッドサイド・ラーニングの時にたいそう世話になった人で、さっきも美智の傍らで、的確な指示を出し続けてくれた女性だ。僕と年齢はそんなに変わらないのに、病棟では中堅どころを担っている。

「このカルテを読んでみてください。田口先生の、不定愁訴外来専用のカルテです」

彼女が手にしていたのは、さっきまで田口先生が書き綴《つづ》っていたものだった。

カルテを開いた途端、紙面から文字があふれ出し、膨大な記述の中から美智の姿が浮かび上がる。悪態が正確に書き留められている。僕のベッドサイド・ラーニングの様子も描写されていたが、思わず赤面したくなるくらいの忠実さと正確さだった。

そこに田口先生の姿はない。ただひたすら、美智の言葉が書き留められていた。

そこに美智がいた。

美智は僕の手の中で命を失った。だけどそのぬくもりは今も手の中に残っている。同じように、美智はここにいて、今もこのカルテの中で息づいていた。

罵倒《ばとう》の言葉が羅列されている中に、一粒の真珠が交じっていた。

——天馬は必ず、立派なお医者さまになろうもん。

医療は、こんなことまでできるのか。

カルテを机の上にきちんと揃えて置くと立ち上がり、ナースステーションを後にした。背中に看護師の視線を感じながら、屋上へ向かう階段を上っていく。

屋上に出ると、強い風が僕の髪をくしゃくしゃにした。

桜宮湾を見つめる。その手前には、さっきからずっと僕の胸に突き刺さっている銀のナイフ、Ａｉセンターの塔が輝いている。

脳裏に、自分の言葉がこだまする。

わかるの？　僕がわかるの？

うなずいた美智の顔。虚ろな目を開け、僕の背後に女性の名を呼ぶ。

——おお、すみれも迎えに来てくれたんか。

最期にすみれ先生と僕を並べて旅立った美智の優しさに僕は、声を上げて泣いた。

僕の泣き声を吹き消すかのように、風が轟々《ごうごう》と鳴っていた。

碧翠院に溢《あふ》れていた愛を失い、代わりに怨念《おんねん》の塔が桜宮に出現したその時、僕の中でひっそりと、何かが変わったような気がした。

◉第二部　女帝の進軍

——これはあなたが望んだこと。
願いが叶えば、何かを失うの。

小百合

○妊婦出産時死亡事故で、産婦人科医を逮捕

二〇〇八年　九月二十日　さくら新聞（取材・文、北海道支局取材班）

極北市民病院で妊婦が帝王切開術時に死亡した事件で、極北警察は十九日、極北市民病院産婦人科部長を業務上過失致死、医師法二十一条届け出義務違反容疑で逮捕した。警察庁は今後、医療事故問題に関して、社会要請を受け、誠実かつ積極的に対応していくと表明した。

○日本産婦人科学会、産科医逮捕に抗議

九月二十八日　メディカルプレス

日本産婦人科学会の屋敷《やしき》理事長は極北市民病院の帝王切開術死事故について刑事事件として主治医が逮捕されたことにコメントを寄せ遺憾の意を表明した。以下、その全文を掲載する。

戦後、産科の技術向上により周産期医療での死亡率は世界一低くなった。この快挙により周産期死亡は三十年前の十分の一になったが、どれほどの努力によってそれが達成されたのか、ということを産科医は社会にまったくアピールしようとせず、ただひたすら黙々と働き続けた。その結果お産は絶対安全だという誤った幻想が社会に流布してしまい、今回の逮捕劇の遠因となってしまった。今回の件は不幸な事故として結果は重く受け止めなければならないが、諸状況を考えると専門家としてやむを得ない事故であった、と判断される。学術団体である日本産婦人科学会は、専門職能団体の名誉をかけ、今回の産科医逮捕に厳重に抗議する。

○極北市、地方自治体で初の財政再建団体へ

十月四日　サクラテレビ・イブニングニュース

総務省は北海道の極北市を財政再建団体に指定しました。総務省は三位一体改革実施に伴い、地方公共団体の財政状況を検討しておりましたが、先ほど財政破綻《はたん》状態にある都市一ヵ所、一歩手前の危機的状況にある十五市を公表しました。財政再建団体に指定された極北市には明日にも総務省から直接指導が入る予定です。

18章　翻意

08年晩秋　極北

夜半の驟雨《しゅうう》が一転、晴れ上がった秋空の下、市長逝去の報が極北市を駆けめぐった。

三日後、しめやかに葬儀が執り行なわれた。著名人が相次いで弔辞を述べ、各界の名士が集い別れを惜しんだ。極北市に君臨した怪物市長の面目躍如となった葬儀だった。

同時刻。会場から数キロ離れた原野を、赤いスポーツカーが疾駆していた。車中では、白磁のマスクを着けた女性が長い髪をなびかせていた。

医療ジャーナリスト・西園寺《さいおんじ》さやか。助手席に置かれた新聞が、風にばさつく。

「みんな、バカばっかり」

そう呟《つぶや》くと、フロントガラスの上に広がる空を見上げてアクセルを踏み込む。

まさかここまでうまくいくとは思わなかった。

今し方、さやかは自分が関わった医療事故被害者の遺族に別れを告げてきた。異常分《ぶん》娩《べん》で死亡した妊婦の遺族を焚《た》きつけたらほいほい乗ってきて、担当医の産婦人科部長を刑事告訴に追い込んだ。警察庁の底流にある医療叩《たた》きの流れに乗ったものだが、さやかの画策がなければ刑事告訴には至らなかっただろう。詐術もどきのこともした。鑑定医として分娩ではなく癌治療の大家の教授を推薦し、本人や周辺から事情を聞かずに作成した市役所の調査報告書の存在を警察に知らしめ、産婦人科医のミスを確定した。

　そうしたさやかの秘《ひそ》かな献身がなければ、この刑事告訴は成立しなかったはずだ。

　ブレーキを踏むと、車は急停止した。反動で前のめりになったさやかは、エンジンを切る。ハンドルに突っ伏したまま動かない。肩が小刻みに震えている。

　やがて、くすくすという笑い声が響いてきた。周囲に広がる野原に寒風が吹き渡り、枯れすすきが擦れ合う音が響く。そこに、さやかの笑い声が重なる。

　ひとしきり笑うと、助手席に置いた新聞を手に取った。一面には、うつむいた男性の写真。両手を前で合わせた影に銀の手錠が光っていた。

　この産婦人科医がミスをしたかどうかなど、もうどうでもよかった。こうした報道がされた時点で目的は達成された。長い裁判が始まり、冤罪《えんざい》が実証されるかもしれない。けれども医療を破壊したいという司法の意思は、写真一枚で達成されている。

　ハンドルを握りながら、横目で写真を眺める。一瞬、昔の記憶が蘇《よみがえ》る。

　森の匂い。碧翠院の奥の森で迷った幼い日。その人の背中は広く頼り甲斐《がい》があった。

　でも、それは昔の感傷だ。

　遺族の抗議の声が蘇る。死亡した妊婦の夫は、警察権力が医療に介入して騒動になると、掌《てのひら》を返してさやかを罵《ののし》った。

部長が逮捕されるなんて。病院が潰《つぶ》れるなんて。自分は真実を知りたかっただけだ。

「こんなことは全然望んではいなかった、ですって」

私の役目はおしまい、と告げると、途中で放り出すのかと詰め寄ってきた。

さやかは遺族の言葉をなぞり、歌うように答えた。

——甘えんぼさん。これはあなたが望んだこと。願いが叶《かな》えば、何かを失うの。

絶句した遺族を置いてけぼりにして、さやかの赤いスポーツカーは遁走《とんそう》した。

「甘ったれは、いつも初心を忘れるのよね」

見上げると秋空はどこまでも高い。道は果てしなく続いている。

さやかはエンジンをかけた。赤い車体が律動し始める。アクセルを踏み込み、急発進する。舞い上がる土埃《つちぼこり》がバックミラーに映り、荒涼とした原野を覆い隠す。

医療を壊せ、という警察庁の思惑が、砂埃と共に舞い上がる。

機は熟した。今こそ桜宮へ帰る時。

桜宮の医療は長年、碧翠院と東城大の双璧《そうへき》が守ってきた。桜宮の市民は親しみと畏敬《いけい》をこめて、その並び立つさまを〝ひかりの東城大、闇の碧翠院〟と呼んだ。

闇が崩壊し、ひかりだけが生き存《なが》らえている。桜宮の闇を司《つかさど》る一族の当主として、そんなことは許し難い。闇が喪《うしな》われれば、ひかりは存在できないはずなのだ。

さやかはハンドルを切ると白磁のマスクを外しバックミラーの中の顔と向かい合う。

ついに桜宮小百合に戻るべき時が来たんだわ、とひとり呟く。

枯れすすきの原野に唐突に出現する、コンクリート剝《む》き出しの壁に沿って左折すると、引き込みの門があり、制服姿の警察官が警備をしている。停車して通行証を見せると、赤いスポーツカーは構内に吸い込まれていく。音を立てて門扉が閉じる。

極北市監察医務院。木造二階建て、旧陸軍の兵舎を転用した建物は地吹雪に耐えるように大地に身を伏していた。それは尾を失くした蠍《さそり》のようだ。毒針を失った蠍を蠍と呼ぶかどうかはまた別の話ではあるのだが。

古い扉を押し開くと、甲高い悲鳴を上げる。黒板に爪を立て、引っ掻《か》く音に似たその音を耳にするたび鳥肌が立つ。この地に一年、この音だけにはとうとう慣れなかった。

玄関を入ると、薄暗い廊下は左右にわかれる。左手の果てには院長室の曇り硝子《ガラス》の扉がぼうと光る。反対側、右手の廊下の果てには黒い扉。

交互に見て、右手の剖検《ぼうけん》室を選択する。扉を押し開くとホルマリンの刺激臭が全身を包む。小百合は小さく咳《せ》き込む。目を凝らすと、暗闇に黒い塊がごそごそ動いていた。

灯《あか》りが点《とも》り、ステンレス製のベッドがぎらりと光る。そこにもたれかかる小柄な男性は六十代、あるいは七十代。年齢不詳の世界を生きる、極北の闇を司る南雲忠義《なぐもただよし》だ。作《さ》務衣《むえ》姿で眉《まゆ》は長く、眉間《みけん》に深い皺《しわ》を刻む。白髪が交じる半端な長髪は無造作に輪ゴムで縛られている。長年極北市監察医務院の業務をひとりで引き受けてきた姿は、生ける極北の暗黒史だ。

いつもなら臓器を撒《ま》き散らし、ためつすがめつしているのだが、今日はステンレス台の上に青いポリバケツがひとつ置かれているだけだった。

「今日はどんな症例とお話をしてたの？」

すると南雲忠義は腕組みを解いて、ポリバケツを撫《な》でながら言う。

「今日の相手は少し変わり者だ。何しろ解剖してないからな」

「冗談ばっかり。ご遺体が、そんな小さなバケツに収まるはずがないでしょ」

小百合が言うと、南雲忠義はあっさり答える。

「これは死産児だ。だから解剖せずに身体ごとホルマリン漬けにしてある」

極北市監察医務院では、死因究明が目的なのでこうした症例が保存されることは滅多にない。奇形児をホルマリン漬けで保存するという悪趣味は、後進の医学教育という名目でのみ正当化されることだし、南雲忠義にそんな趣味はない。

南雲忠義はうっすらと笑う。

「この娘の母親は市民病院の看護婦でな。生まれてすぐこの子に死なれてしまった。三十年以上も前の話だ。助産婦の資格を持っていた彼女は死産したことを隠そうとした。だがそのためには、私の協力が不可欠だったから、私は便宜を図った。そしてこのポリバケツが残されたわけだ」

小百合は青いポリバケツを見ながら疑問を口にする。

「なぜその看護師は子どもが亡くなったことを隠そうとしたのかしら」

「彼女はその後、子どもを産めない身体になってしまった。だから産んだ子どもの痕跡《こんせき》を残しておきたかったのかもしれないな」

南雲忠義は、ふだんの彼らしくないことをぽつりと言った。

「お嬢がこの娘のことを尋ねたのもきっと何かの縁なのかな。実はこの子はお嬢と同い年だったんだよ」

自分も、太古からの生命の設計図の再現の道を踏み外していたら、青いポリバケツの底に沈められていたかもしれない、と思う。それでもまだこの娘は特別だ。世の中には、生の形も与えられず闇に葬られた存在が星屑《ほしくず》の数ほどあるのだから。

「きちんと生存確認をしないなんて、極北市の戸籍係ってずい分いい加減なのね」

「看護婦は里子に出したとふれ回った。この街にはそれが嘘か本当か、いちいち確かめようなどという野暮天はいない。戸籍上では生きているが、この世にいないという人間が極北には少なくとも三人いることを知っているのは私だけだが」

そう言うと、南雲忠義はにい、と笑う。

「西園寺さやかもそのひとりね。彼女も赤ちゃんだった？」

小百合は、自分の戸籍上の人物の来歴について、初めて興味を持った。

「いや、西園寺さやかはもう少し大きい娘だよ。それでも幼女と呼べる年齢だ。彼女も数奇な人生を生きたひとりで、語れば長い物語になる」

小百合は顔を上げる。

「私の名前の持ち主の人生がどんなだったか、なんてどうでもいいの。影になり果てた私が実体を持てたのも、彼女がかつて一度はこの世界に存在してくれたおかげなんだから。重要なことは、ただそれだけ」

南雲忠義は苦笑する。

「生きながら死人として処理され、この世界で行き場をなくしてしまったお嬢が、事務的なミスで戸籍上だけで生きていた名前に実体を与えることで、俗世に復活する。まことにいたわしい巡り合わせだな」

小百合は両手を広げ、舞踏会のヒロインのようにくるりと回ってみせる。

「あら、私は最高の気分よ。こうして素敵な衣装をこの身にまとい、人前にも顔を出せる。パスポートも作れたし。あ、でも素顔は晒《さら》せないけど」

南雲忠義は眼を細め、歌うように言う小百合の横顔を見つめる。

「欠落しあった存在をふたつ合わせてようやく一人前、か。切ないが、それも運命なのだろう。それにしてもあの日、あの炎の中で、よくお嬢だけ逃げ出せたものだな」

「その点は、すみれに感謝してるわ。父のお膳《ぜん》立《だ》てに乗ってくれたおかげで、私が生き延びられたんだもの」

「すみれお嬢さまはかわいそうなことをした」

南雲忠義は立ち上がると、腰を伸ばしながら、言う。

「さて、わざわざここに押しかけてきたのは、相談ごとがあるんだろう、お嬢？」

小百合はうなずくと、暗い部屋を見回し、言う。

「忠義は何でもお見通しね。でもこんな部屋で相談ごとなんてぞっとしないわね。院長室でお茶にしたいわ」

小百合は返事も待たずに部屋から出て行く。南雲忠義は、ステンレス台上のバケツを定位置に戻し、そのバケツをそっと撫でた。そして、彼女の後を追った。


「お茶を頼む、杏子《きょうこ》」

南雲忠義が声をかけるとソバージュ風の髪型をした杏子は、キーボードを打つ手を止めて、小百合に尋ねる。

「し、し、種類は、な、何に、し、しましょうか？」

「今日はアールグレーの気分ね」

杏子はうなずいて、部屋を出て行く。南雲忠義は小百合と向かい合いソファに座る。

「さて、相談ごとは何かな」

「実は、そろそろ桜宮に戻ろうかな、と思って」

南雲忠義は感心したような表情でうなずいた。

「お嬢は鼻がいい。医療と司法の分離という思惑を達成するため、警察庁は医療事故案件を探していた。それを極北の地で供給したのがお嬢だ。今、お嬢が桜宮に戻れば斑鳩室長に歓待されるだろう。タイミングとしては最高だ」

小百合はにっと笑う。南雲は続けた。

「お嬢の動きは警察庁の思惑と呼応している。先般の警察庁の通達では、今回の極北市での一連の騒動にて『北』の案件は収束させ、いよいよ『南』を焦点にするらしい」

杏子が淹《い》れ立ての紅茶を運んできた。小百合は紅茶をひと口する。

「私が桜宮に戻るのは東城大にとどめを刺すためよ。でもそのことが、警察庁の『南』の案件を片付けることの助けになるかもしれないけど」

小百合の言葉を反芻《はんすう》するかのように聞いていた南雲忠義は、杏子に尋ねる。

「我々が引っ越すとしたら、準備にはどのくらいかかる？」

「わ、私の、ぶ、分、だ、だけなら、は、は、半日で、お、終わるけど」

南雲は眼を細めて杏子を見ながら言う。

「それなら私の分も半日で片付けてくれ。都合一日で処理できないものは残していく」

小百合は目を見開いた。

「一緒に行ってくれるの、忠義？」

「もちろんだ。私の余生はお嬢と杏子のためにある。それに私にとっても、このタイミングで極北を離れるのは都合がいい。極北市が財政再建団体になり、管轄する極北市監察医務院は活動根拠を失った。私が自主的に業務を停止するのは理に適《かな》っているんだ」

小百合は目を細めて、微笑する。

「心強いわ、忠義。でも極北の拠点を失うのは少し残念ね」

「休職という形にするさ。そうすれば巣穴の確保のため、後任がこないように手も打てる」

「そんなことしたら極北市が困るでしょ？」

小百合の質問に、南雲忠義は首を振る。

「私の仕事は行政解剖だが、実際は解剖せずにやり過ごしている。実は仕事はまったくないのだよ」

「出世を狙う野心家の法医学者が、後釜《あとがま》に名乗りを上げてくるかもしれないわよ」

「それも大丈夫。市警の幹部に釘《くぎ》を刺してある。私が隠蔽《いんぺい》した道警の不祥事事案は結構あるから、後任がきたらそいつはきっとそれを暴こうとするぞ、と脅してある。だから、後任の公募は控えるだろう。そしてものごとが一段落したら、また戻ってくるさ」

南雲忠義の言葉に、小百合は微笑を浮かべた。

この瞬間、北の災厄の南下が決まった。

運命の轍《わだち》にはまりこんだ、宿命のその車輪はきしみを上げ、今まさに大きく転回し始めようとしていたのだった。

19章　帰還

08年晩秋　桜宮岬

数日後。

郊外の空港は北海道の窓口だけあって、朝早くから行き交う人の数は多い。天井のスピーカーから、定型文のアナウンスが絶え間なく降り注ぐ。

白磁のマスク姿の小百合は、作務衣姿の南雲忠義、ソバージュ頭の杏子とロビーで寛《くつろ》ぎながら、搭乗案内を待っていた。

小百合が南雲忠義に尋ねる。

「ねえ、住み慣れた土地を離れるのはさみしくないの?」

「どこにいようが同じさ。お嬢は住み慣れた桜宮を離れてさみしかったのか?」

小百合は、艶然《えんぜん》と微笑んだ。そうして硝子《ガラス》張りのロビーから、空を見上げた。

「そんな感傷的な気持ちにはならなかったわ。野暮な質問だったわね」

そこへどやどやと大勢の人々が駆け込んできた。腕に腕章を着けた報道陣の一団だ。

「出てくるぞ」

クルーの怒声に迎えられたのは、四十代くらいの男性だ。ラフなジャケット、ジーンズ姿の男性に、マイクが槍《やり》ぶすまのように突きつけられる。

「極北市民病院の再建の目処《めど》は？」「数多くの不良債権病院を立て直してきた実績からみて、今後の見通しはどうなるでしょう」「極北市の財政破綻《はたん》の中、どのように医療経済資源を確保するおつもりですか」「総務省の意向を聞いたのは何日の時点ですか」

ロイド眼鏡で哲学者然とした男性は両手を挙げて、マイクの列を制する。

「あわてない、あわてない。今から極北市民病院に直行し、そこで記者会見を行なうから、それまでに質問をよーく煮詰めておくように」

そう言い残し、男性は姿を消した。後を追いかけるグループとは別に、ひっつめ髪の女性レポーターが、小百合たちの目の前に陣取ったカメラに向かって語りかける。

「病院再生請負人の世良雅志《せらまさし》氏は、このまま直接、極北市民病院に向かうとのことです。我々も直ちに現地に向かいます。以上、快晴の新千歳《ちとせ》空港から小松《こまつ》がお送りしました」

カメラのライトが消えると、女性レポーターはぼそりと言う。

「いい迷惑よね。『バッサリ斬るド』は人使いが荒すぎるわよ。いくらレポーターの手配が間に合わないからって、ディレクターに喋《しゃべ》らせるなんて、どうなのよ」

「会見場所には北海テレビのレポーターを手配してありますから、もう大丈夫です」

カメラマンが苦笑しながら応じると、女性ディレクターはようやく笑顔になる。

「これで〝札幌・魚と肉の大祭典〟という、本来の企画に戻れるわね」

女性ディレクターが投げた視線の先には、硝子張りのロビーの外の道路を、フードのついた黒いミリタリー・ジャケットを着込んだ細身の男が、鉄の馬、ハーレーを疾駆させていくのが見えた。続いてそれを多数の報道陣のバンが追走している。

「ほんと、派手な人」

そう呟《つぶや》いて、女性ディレクターは姿を消した。

騒々しい一団が完全に姿を消し、空港には祭りの後のような静寂が戻ってきた。

「今のが市民病院の新院長か。我々とすれ違いでよかったよ」

南雲忠義が言うと、小百合はうなずく。

「世良雅志って名前、どこかで聞いたことがあるような気がするんだけど」

「潰《つぶ》れかけた病院を再建した医師として脚光を浴びた特集記事を、どこかで読んだことがあるな」

「あら、変わり者なのね。血塗《ちまみ》れ将軍だの再建屋だの、極北にやってくる医者って、何だか変なのばっかりだわ」

「華々しい言葉を操る人間は竜頭蛇尾に終わるものさ。だが医療ジャーナリストとしてはチャンスではないのか。取材するなら、出発を先延ばしにしてもいいんだぞ、お嬢」

小百合は、西園寺さやかとしての判断を、目を細めて笑うことで伝えた。

「必要ないわ。騒動の場にいれば充分。後は検索してテキストを寄せ集め、コラージュすればおしまい。署名記事なんてその程度で簡単に書けちゃうものなのよね」

ロビーに、搭乗案内のアナウンスが流れる。小百合は搭乗券を確認し、立ち上がる。

「ジャーナリストは安全地帯で騒ぐだけ。だから私みたいな影でもやれるの」

南雲忠義が不安げな表情で、クルーが走り去った道の果てに目を凝らした。


羽田《はねだ》に到着したその夜、三人は東京駅近くのホテルに投宿した。

摩天楼の高層階レストランの個室で遅めの夕食を摂《と》りながら、南雲忠義が言う。

「お嬢はしばらく、このホテルに滞在してくつろぐといい」

「桜宮は新幹線で二時間弱よ。今日戻れるくらいなのに、どうして手間をかけるの？」

「桜宮にはホテルが少ない。長逗留《とうりゅう》すると目立つから私が先に住居を探しておく」

「苦労をかけるわね、忠義」

食事を終えた三人は早々に各自の部屋に戻る。小百合がテレビをつけると、いきなり、極北市新千歳空港が映し出された。ハーレーで走り去る世良の後ろ姿。画面が変わり、極北市民病院の遠景。ゴーグルを外したロイド眼鏡の温和な顔にズームイン。世良は市民病院の玄関先で立ちすくむ白衣姿の医師に歩み寄り、両手を広げて抱きしめる。フラッシュが一斉に焚《た》かれたその光景は、旧体制から新執行部への移行が円満に行なわれたことを強く印象づけていた。余韻なく画面が変わる。

アップにされた世良は、強気のコメントを喋り続ける。

――再建の可能性は百パーセント。自信がなければ依頼は受けない。

画面のテロップに、世良の略歴が映し出される。一九八八年東城大学医学部卒、総合外科学教室で研修後、僻地《へきち》医療現場を渡り歩く。経営再建した病院多数。

「そうか、あの時の坊やだったのね……」

小百合の目が見開かれる。画面の世良を指でなぞりながら、呟く。

「あの頃は、親分の尻《しり》をついて回るのが精一杯の、可愛い坊やだったのに」

小百合の呟きに重なる記者の質問の声。

――地域医療の再生屋として名高い世良先生は、御自身を医療悪政という疾病に対するワクチンだ、とおっしゃりたいのでしょうか。

――ワクチン？　とんでもない。私の存在は抗癌剤です。健康体にとっては猛毒。私がこの地に降臨した幸運と不幸を、極北市民はいずれ思い知ることでしょう。

世良は目を細めて、即答する。世良の笑顔が画面いっぱいに広がる。

――みなさん、長閑《のどか》だね。ここはもうとっくに戦場になっているのに……。

世良の言葉が空疎に響き、ニュースは終わった。画面は動物園の白黒熊の話題になる。

「どうやら口ばっかりの、傲慢《ごうまん》な東城大の連中と同じになってしまったようね」

小百合はテレビを消し、ため息をつくと、鞄《かばん》から携帯用のノートパソコンを取り出し、一心にキーボードを叩《たた》き始めた。

摩天楼の夜。ひそやかなキーボードの音だけが、夜の静寂を削り取っていた。

東京でのホテル暮らしが一ヵ月近くになった頃、南雲忠義から物件を押さえたと報《しら》された。小百合は杏子を従え、新幹線で桜宮入りした。駅で南雲忠義と落ち合い、彼が案内する物件の見学をひととおり終えると、その足でもう一つの目的地へ向かった。

冬の桜宮岬。午後の陽射しは弱く、風は凍えるように冷たい。

小百合は岬の突端に立ち、風に長い髪をなびかせている。顔の下半分を白磁のマスクで覆い、目元はサングラスで隠していて、表情はわからない。胸元には銀のロザリオが輝く。傍らに作務衣《さむえ》姿の南雲忠義と、ソバージュ頭の杏子の父娘《おやこ》を侍《はべ》らせ、ぽつりぽつり会話を交わす。

「やっと戻って来られたな、お嬢」

南雲忠義がしわがれた声で言うと、小百合は桜宮の街並を振り返る。

「桜宮岬から海を見ていると、昔を思い出すわ。やっぱり懐かしいわね、故郷って」

南雲忠義が眼を細めて、海原を見る。小百合は続ける。

「あれから一年の月日が経ったのにあの日のことは、今も昨日のことのように覚えているわ。無彩色に過ぎていく日々の中、鮮やかな炎の色と共に記憶に残っている」

かつて自分が住んでいた更地を眺めながら小百合が言うと、杏子はうなずく。

「ほ、ほ、本当に、あ、あの日は、た、大変な、い、い、一日、で、でした」

小百合は側に佇《たたず》む杏子に視線を投げる。

「杏子が、一足先にみちのくターミナルで待っていてくれたのよね。翌朝に合流して、津軽《つがる》港からフェリーで極北に渡ったのも、今となっては懐かしいわ」

「あ、あの日は、入院患者も、た、たくさん、な、亡くなり、ま、ました」

「杏子の退院と入れ違いに、不良落第生が戻ってきたの。結局、碧翠院はあの坊やに潰されたようなものよ。魔除《まよ》けのヒイラギと、暴走する医者モドキの役人を引っ張りこんでくれてね。あの坊やはすみれのお気に入り。ペットの始末はきちんとしないと酷《ひど》い目に遭うわよ、と忠告したのにねえ」

ちっと舌打ちをした小百合は、杏子に尋ねる。

「あと、他に誰がいたっけ、碧翠院の最後の日には？」

「ま、末期の、み、み、美智さんと、せ、せ、接待係の、ち、千花さんです」

「みっちゃんは、あの日にすみれが東城大に転院させていたわね。元気かしら」

「ぜ、全身転移、で、でしたから、お、お亡くなりにな、な、なったかと……」

「そうとは限らないわ。乳癌末期患者は意外に長生きしたりするからね。それにしても、まさかあの日、千花まで亡くなるなんて思ってもいなかったわ」

「も、もともと、ち、千花、さんの、ね、願いだ、だったから、よ、よかったです」

適応障害の千花はリストカットを繰り返していた。碧翠院ではすみれ・エンタープライズの秘書としてやり甲斐《がい》を見つけていたが、この世界から消えてしまいたい、とすみれに訴え続けてもいた。

「あのすみれに、千花の処理ができたなんて信じられない。いつも私におんぶにだっこだったから、父から千花の最期を聞かされた時は本当にびっくりした」

「す、す、すみれ先生は、ち、千花さんのことを、た、大切にお、思ってい、いたから、だ、だ、だから、が、頑張れたんだと、お、お、思います」

「碧翠院のデス・システムに対応できなかった、できそこないのすみれが、碧翠院最後という日に、きっちり患者に死を与えたなんて、やっぱり桜宮の血族ね」

小百合は遠い目をした。やがてぽつりと言う。

「すみれは、よっぽど私に千花を触れさせたくなかったのね。でも、すみれが患者の死に関わったのは結局千花だけ。その前のペットの始末もし損ねてるし。そのせいで碧翠院は潰《つぶ》れちゃったし、トータルで見たらマイナスだわ」

「桜宮一族はお嬢が生き残ったから、滅びていない。しかし最後の最後で、お嬢が巌雄先生を裏切ったのは驚いた。巌雄先生は悲しんだだろうな」

南雲忠義がそう言うと、小百合はうっすらと笑う。

「父は、一族で一番優秀な私が脱出できて喜んでいるわよ」

「そこまで肯定的に考えられるのは凄《すご》いな。昔の感傷は入り込む余地はなさそうだ」

「あら、私だって、多少のセンチメンタリズムは持ち合わせているわよ。あの晩、危険を冒して途中下車して、駅のホームから燃えさかる碧翠院を一晩中眺めていたもの」

「それは当然のことだよ。その炎の下では巌雄先生、華緒先生、そしてすみれお嬢が亡くなったんだから」

「世間的に私も死んだことになったのは、塔の焼け跡から遺体が見つかったせいよ。焼け跡から四つの遺体が発見されれば、四人家族が亡くなったと思うのは当然よ。葵姉さんのエンバーミングされた遺体があったおかげで、私はあの家族から弾《はじ》き出されて、ただひとり生き残れたわけ。そして極北に忠義がいてくれたから、新しい名前も手に入れて、身を隠しながら反撃の機会を窺《うかが》うことができたし」

「極北でも、いろいろとご活躍のご様子だったが」

小百合は微笑する。

「それは行きがけの駄賃にすぎないわ。北の大地に蒔《ま》いた種は芽吹き、蔓草《つるくさ》となり硝子《ガラス》の塔と共鳴して、因縁と共に夏草のように伸びていく。やがてその塔は自らの重さに耐えかね、自壊していくのだから」

「塔、だと？　そんなもの、どこにもないぞ、お嬢」

岬の突端で目を細めて、南雲忠義は碧翠院の跡地の空白に目を凝らす。

小百合は首を左右に振る。

「私には見えるわ。銀色に輝く硝子の塔が、この岬に屹立《きつりつ》している姿が」

作務衣姿の南雲忠義とソバージュ頭の杏子は、小百合が指さす方向に目を凝らす。だがその目には、大地にはいつくばる平たい桜宮科学捜査研究所しか映らなかった。

「どうせ壊されてしまう宿命の塔だもの、せいぜい華やかに飾り立ててあげたいわね」

南雲忠義と杏子父娘はその言葉に顔を見合わせる。

「ところでお嬢は住まいを決めたか？」

「最後に見た、流星《りゅうせい》荘の一階がいいわ」

小百合が答えると、南雲は驚いた顔で言う。

「あの倒壊寸前のボロアパートだと？　気は確かなのか、お嬢？」

老朽化したそのアパートは、地上げに失敗し取り壊しのタイミングを失ったという、いわくつきの物件で、小百合が見た部屋の中でも特に格安だった。

「あそこには、よからぬ気が流れていると思ったから、格安の理由をついてみたら案の定だった。あの部屋では以前、殺人事件があったんだそうだ。だから候補から外しておいたのに、わざわざそんな気味の悪い部屋を選ぶだなんてそれでいいのか、お嬢？」

「忠義って、死体相手に刃物を振るっているくせに、案外気が小さいのね」

小百合が歌うようにそう言うと、南雲忠義は苦笑する。

監察医は死体に対する耐性はあるが、感覚は一般人とあまり変わらない。自分の住居で殺人事件が起こったと聞かされればいい気分はしないものだ。

「申し訳ないが私はあのアパートには住めない。最初のマンションにする」

「メゾン・ド・マドンナとかいう、洒落《しゃれ》た名前のマンションね。私もいつかはお世話になるけど、今はあの部屋に惹《ひ》かれる、自分の気持ちに素直になりたいの」

南雲忠義は渋い顔を隠さずに言う。

「気が済んだら、こっちに来い。そうしたら一緒に住もうな、お嬢」

小百合は微笑した。小百合の艶《つや》やかな黒髪が揺れるのを、杏子はうっとりながめた。


こうして南雲父娘と小百合の、つかず離れずの生活が始まった。

極北市監察医務院を休職した南雲忠義だったが、その居場所をどこで嗅《か》ぎ付けたのかある日、桜宮科学捜査研究所から連絡があった。桜宮市警の広報室長・斑鳩芳正《ほうせい》から、嘱託顧問として桜宮市警に籍を置いてほしいと要請されたのだ。そこで平日、桜宮科学捜査研究所に勤務することにした。まさに嘱託という肩書きに合う、マイペースの仕事ぶりだったが、無給で肩書きだけの役職だから当然だ。

そんなある日、南雲忠義は小百合の部屋に飛び込むなり、言った。

「お嬢の勘が当たったぞ。科捜研の隣にAiセンターを建築するらしい。さっき、斑鳩が教えてくれた」

南雲忠義の報告を聞いて、小百合は言う。

「ケルベロスの塔が、ついに姿を現すのね」

「それは一体、何のことだ?」

答えを耳打ちで教えてもらった南雲忠義は、深くうなずいた。

「お嬢の文学的な素養には敬服する。片手間に医療ジャーナリストをやれるわけだ」

「あら、忠義、それって褒めてるの？　それとも皮肉かしら」

小百合は腕組みをして考えていたが、走り書きのメモを南雲忠義に手渡した。

「お願いがあるの。斑鳩にそのことを詳しく調べてもらって」

そのメモに視線を投げた南雲忠義が尋ねる。

「斑鳩も東城大の内情はよく知らないだろうと思うんだが」

「斑鳩は捜査協力で東城大と交渉しているから、東城大上層部の信頼が厚い。内部情報とはいえ、それは半分公開されているような情報だから、聞けば教えてくれるわよ」

「それにしても、何のためにAiセンター建築の入札日なんぞ知りたいんだ？」

南雲忠義の質問には答えず、小百合はうっすらと笑った。


一ヵ月が経ち、年が明けた。

マンションに戻った南雲忠義が寛《くつろ》いでいると、杏子が血相を変えて飛び込んできた。

「せ、せ、先生の、お、お姿が、み、見えないの」

「気晴らしに、散歩にでも出かけたんじゃないのか？」

「で、でも、お、お、お部屋にあった、よ、洋服とか、か、鞄《かばん》が、な、なくて」

南雲忠義が小百合のアパートに急行すると、部屋はもぬけの殻だった。父娘は小百合の帰りを待ったが、その夜、小百合は帰ってこなかった。

翌日から南雲父娘は懸命に小百合の行方を捜したが、その消息は全く摑《つか》めなかった。

二月になった。小百合の部屋で過ごしていた南雲父娘は、その晩もテレビの時代劇を見ていた。

その時、寒風が部屋に吹き込んできた。南雲忠義はテレビ画面から目を離さずに言う。

「杏子、きちんとドアを閉めろ」

「ごめんね、忠義。すぐに閉めるわ」

その声に振り返り、南雲忠義は絶句する。

そこには、痩《や》せ衰えた小百合の姿があった。

駆け寄った杏子が、風が吹くだけで今にも倒れそうな小百合の細い身体を抱き留める。小百合は腕の中で微笑した。

「一ヵ月間、どこにいたんだ？」

唇を震わせるように、細い声で小百合は答える。

「悪意と会ってきたの。これですべての因縁は終わり、新しい世界が始まるわ」

そう言って小百合は、ふわりとベッドに倒れ込む。そして昏々《こんこん》と眠りについた。

小百合の生活は不規則になっていった。起きている時間が少なくなり、いつもうとうとまどろんでいる。食は細く、二、三日食事を摂《と》らない日もあった。

目を覚ますと一杯の水を飲み、虚《うつ》ろな目で周囲を眺め、また昏々と眠りに落ちる。そんな毎日を繰り返していたある日、掛け金を外すように外界との接触を完全に断ってしまった。そして自らの世界に閉じこもるかのように、何を問いかけても答えなくなった。

忠義は杏子に身の回りの世話をさせた。コンビニ弁当を買い、朝食と夕食を共にする。食物を口元に運ぶと、虚ろな目でひとくち、ふたくち含む。食べるというより、食物と接しているという感じだ。長い時間をかけ口に含んだ少量の食物を嚥下《えんげ》すると、また深い眠りへ落ちていく。

蛹《さなぎ》のようなその生活は、医学的には高度な自閉というものだったのかもしれない。医師の資格を持ちながらも四十年来、死体しか相手にしてこなかった南雲忠義には、生身の人間の診断はできなかったし、また、しようとも思わなかった。

だが、南雲忠義は心配していなかった。今の状態は、小百合自らが選び取っているように思えたからだ。南雲父娘の視線に包まれ、小百合は穏やかな眠りに沈む。

後に思えばそれは、これまでの小百合の生涯の中で、一番満たされた時間だったのかもしれない。

20章　羽化

09年初夏　桜宮・蓮っ葉通り

小百合が自閉状態に陥って三ヵ月が経過し、季節は夏にさしかかっていた。

久し振りに帰還した桜宮の春を、小百合は眠るようにして過ごした。

南雲忠義は、眠る小百合の横顔を眺めながら、その日の午後、桜宮科学捜査研究所で行なわれた斑鳩広報室長との会見の光景を思い浮かべる。灰色の壁に埋め込まれたモニタ群には、受信できるすべてのテレビ局の映像が流れている。中央には黒いソファと小机があり、背広姿の斑鳩は威儀を正して背筋を伸ばし、南雲に告げた。

「東城大がいよいよＡｉセンターの稼働を視野に入れ、本格的な広報活動に乗り出すようです。先方から、警察関係から代表者を一名、Ａｉセンターの副センター長に出してほしいという要望がありました。加えて刑事局長からも『南のＡｉセンターは設立後、直ちに頭を潰《つぶ》せ』との指示がありました。ですので南雲先生には、副センター長としてＡｉセンターという虚妄の塔に侵入し、内部崩壊させていただきたいのです」

「私も年だし、激務は遠慮したいものだな。だが、ひとつ聞きたい。なぜそこまでして、あのセンターを目の敵にするのかね？」

壁にあるモニタ群が一斉にブラックアウトし、無音に包まれる中、斑鳩室長が言う。

「医療中心に稼働するＡｉセンターなどというシステムが完成したら、警察の威信は打撃を受けます。そんなリスクは小さい芽のうちに摘んでおくに限るのです」

斑鳩広報室長の言葉は、部屋の体感温度を数度引き下げたように思われた。

「そういうことか。それなら、最後のご奉公に励むとするか」

南雲忠義は両肘《りょうひじ》を抱えてくしゃみをした。洟《はな》をすすりながら、遠い目をして呟《つぶや》く。

「夏が近いな。南に来たのは、いい気分転換になった」


家路をたどる南雲忠義は桜宮の繁華街、蓮っ葉通りの裏路地を抜け、コンクリート塀沿いに歩き続けた。やがて、廃墟《はいきょ》のような木造アパートがぽっかり姿を現した。一階中央の部屋の扉をノックして開ける。薄暗い部屋の奥、杏子が布団の上で上半身を起こした小百合に寄り添っている。南雲忠義が視線で問うと、杏子は首を振る。

コンビニ弁当の袋をテーブルの上に投げ出すと、点《つ》けっぱなしのテレビ画面の青白い光が、殺風景な部屋をいっそう陰惨に見せていた。

小百合の大きな目はぽっかり見開かれているが、その瞳《ひとみ》には何も映っていない。

「そろそろ目を覚ましてくれ、お嬢。世界はお嬢の思う方向に向かっているのだから」

小百合に寄り添った杏子は、寝たきりで伸びた黒髪をいとおしむように梳《す》いている。

それでも小百合は魂を失った人形のようにいつまでも深い眠りに落ちていた。その、冷たく整った横顔を見遣り、南雲親子は同時に小さな吐息をついた。

その時、画面のニュース番組から、聞き慣れた単語が流れ出してきた。

――東城大学医学部は死後画像診断センター、通称Aiセンターをオープンすると発表しました。低迷する死因究明問題の新たな切り札になるものと期待されます。

斑鳩が昼間言っていたのはこのことか、と思いながら、テレビのボリュームを上げる。

画面の中では小柄な男性がインタビューを受けていた。

東城大学医学部付属病院の高階《たかしな》病院長だ。

その時、南雲忠義の背後で低い声がした。

「いい気なものね。あのタヌキ、言いたい放題なのは昔からちっとも変わらないわ」

髪を梳いていた杏子が櫛《くし》を落とし、目を瞠《みは》る。

見ると上半身を起こした小百合が、青白いブラウン管を見つめていた。

小百合は仇敵《きゅうてき》・東城大が表舞台に立つという情報が流れた瞬間に覚醒《かくせい》したのだった。

目を覚ました小百合は、羽化した蝶《ちょう》が羽ばたき始めるように、大きな伸びをする。

「夢を見てたわ。長い夢。それが何かは覚えていないけれど、わかる必要もないの。この部屋に漂う悪意を身体中に染み込ませれば、後はその種子が芽吹くのを待つだけ」

小百合は静かに言うと、よろめくように立ち上がり、外に出る。星がはりつく高い夜空を見上げて深呼吸すると、手にした白磁のマスクを前庭のブロック塀に叩《たた》きつけた。

華奢《きやしや》な音と共にマスクは粉々に砕け散る。吹き抜けた風が一陣、長い黒髪を揺らす。

杏子に支えられて部屋に戻ると、机の抽斗《ひきだし》から銀のロザリオを取り出し、胸元に飾る。

そして白い合成樹脂のマスクを取り出す。

「明日からこっちのマスクにするわ。だんだん素肌に近づけていくつもりよ」

後ろで小百合の様子を見守っていた杏子が、急に涙声になる。

「さ、さ、小百合先生、お、お帰りなさい」

「あら、杏子はずっと側にいてくれたじゃない」

小百合は泣きじゃくる杏子の髪を撫《な》でながら、忠義に視線を転じて、言う。

「近いうちにここを引き払って、いよいよ東城大潰しに本腰を入れるわ」

「ご随意に。だが、この部屋の家賃は安いから、引き払わなくてもいいんだが」

南雲忠義がそう答えると、小百合はしばらく考えていたが、やがて素直にうなずいた。

「その方が機動力があるから、よさそうね」

それから三人は一緒に手を取り合って、久々の再会に、夜通し語り合った。


六月。小百合が覚醒してひと月が経った。

寝たきりだった小百合の体力は極端に落ちていたため、日々リハビリにつとめていた。

規則正しく食事を摂り、人目を避けるために真夜中に散歩に出かけた。

初めはアパートの周囲を一周するだけで精一杯だったが、やがて桜宮の中心街である蓮っ葉通りにまで足を伸ばせるようになった。こうして小百合の体力はみるみる回復し、リハビリが一段落した頃には梅雨まっさかりになっていた。

そんなある日、東京に向かう新幹線ひかりの車内に、小百合の姿があった。

東京駅に到着した小百合は人混みをすり抜けメトロを乗り継ぎ、中心部から少し外れた、小さな大学や出版社が多く集まる、小さな街にある駅に降り立つ。

見上げた梅雨空はどんより重く、雲が垂れ込めていた。

小雨が降る街角は、行き交う人々の年齢層が桜宮よりも若く、傘の色がカラフルだ。

小百合は小振りの傘を傾け、ランドマークを見上げながら自分の位置を確認する。やがて小さなビルの中に姿を消した。看板には「日本内科学会事務局」と書かれている。

そんな小百合の姿を、ビルの陰からソバージュ頭の女性が見守っていた。

応接室に案内された小百合が出されたお茶を眺めていると、老境の男性が入ってきた。渡された名刺には「帝華大学医学部第三内科学教室教授・大道幸広《おおみちゆきひろ》」とあり、肩書きのところに小さく、日本内科学会理事長と添えられている。

大道教授の耳に、突然電子音声が響いた。

「声帯ぽりーぷノ、術後ナノデ、音声そふとヲ使イマス」

「会話サポートシステム『バーバラ』ですか。初めて見ますな。サングラスは網膜色素変性症のためですか。いやはや、満身創痍《そうい》ですな。しかしいきなりメールで、内科学会の存亡の機についてお話ししたいから面会を、とは尋常ならざる申し出ですな」

小百合は微笑する。口元は樹脂製のマスクで覆われていて、大道教授にはわからない。

「桜宮ニAiせんたーガ、設立サレマス。アレガデキタラ、日本ノ医療ハ、滅ビテシマイマス。ソレハ内科学会存亡ノ機デモアリマス」

「Aiセンターが出来ると、医療や内科学会が滅びてしまうというのはなぜですかな」

大道教授は老獪《ろうかい》という口調で投げ返す。

「医療事故問題ノタメ、内科学会ガ構築シタ、もでる事業ハ解剖主体デス。Aiせんたーガデキタラ、内科学会ノ目論見《もくろみ》ハ、潰レマス」

「何を言っているのやら。内科学会は、患者のためによりよい医療を目指すべく……」

大道教授が建前論を述べようとするところに、電子音声が重なる。

「建前ハ、不要デス。内科学会ガ、解剖ヲ土台ニ、据エタ真意ハ、ワカッテイマス。解剖ナラ、症例ハ少ナク、しすてむガ、成立シナイ。ソレガ内科学会ノ、本当ノ狙イ。ツマリ患者ヤ社会ノタメ、しすてむヲ作ルフリヲ、シテイルダケ、ナノデス」

「裏付けのない情報を垂れ流したら、名誉毀損《きそん》で訴えますぞ」

「裏付ケハ、アリマス。副理事長ノ、検討会デノ発言デス。確認、シマスカ？」

小百合はICレコーダーを取り出すと、雑音交じりの録音を再生し始める。その声を耳にして、大道教授は憮然《ぶぜん》として尋ねる。

「確かに中本《なかもと》君の発言のようだが……。あなたの望みは何なのかね」

「私ノ望ミハ、東城大ノ破滅。デスカラ、内科学会ノ、オ役ニ立テマス。私ハ、Ａiせんたーヲ、破壊シマス。ソノタメニ、内科学会ノ、助力ガ、必要ナノデス」

「話がよくわからないが、Ａiセンターなる施設に対しては、対応している。東城大の陣内教授に、Ａiという用語使用を押さえ込めと指示してある。彼の恩師とは懇意だったこともあり、陣内君とは今も良好な関係なものでね」

「ソレヲ聞イテ、安心、シマシタ。サスガ、打ツベキ手ヲ、打ッテオラレ、マスネ」

大道理事長は唇の端を歪《ゆが》めて笑う。そして言う。

「今度はこちらが伺いたい。なぜそこまでして、内科学会に肩入れしてくださろうとなさるのかな？」

小百合は、西園寺さやかとしてうっすらと笑う。

「内科学会ニ、しんぱしーハ、アリマセン、アルノハ、東城大ヘノ憎悪、ダケ」

大道理事長は興味津々という口調で尋ねた。

「どうして、それほどまでに東城大を憎んでおられるのかな？」

小百合の答えはなかった。やがて大道理事長の声が部屋に響く。

「詳しい事情はわからないが、内科学会にとってはいい話のようですね」

小百合は大道理事長に向かって優雅にお辞儀をすると、軽やかに立ち上がる。

内科学会事務局から出てきた小百合に、南雲杏子が駆け寄り、傘を差し掛ける。小百合はノートパソコンが入った手提げを杏子に手渡すと、古びたビルを見上げた。

「音声コミュニケーションマシン『バーバラ』の使い勝手はまずまずね。合格よ。でも参ったわねえ。内科学会のお偉いさんがあのレベルだなんて」

小百合は、サングラスと白い樹脂製のマスクを外し、大きく伸びをした。

「東京は匿名の街。これから半日、素顔で楽しませてもらいましょう」

杏子はうなずいて、遠慮がちに言った。

「わ、わたしは、青山で、ラ、ラ、ランチを、し、したいです」

小百合は、杏子ににっこりと微笑んだ。

秋葉原での買い物の後、青山でランチを終えると杏子は東京駅へと向かい、大きな紙袋を二つ提げて新幹線改札口へ姿を消した。後ろ姿を見送った小百合は、東京駅地下からメトロの路線を乗り換える。駅をひとつ通過するたび、人が減っていく。再びサングラスとマスクを装着すると、車内放送を聞いて立ち上がる。

笹月《ささづき》駅。

地上では小糠《こぬか》雨が降り続いていた。赤い傘をくるくる回しながら道を進んでいく、その歩みにためらいはない。次第に濃くなる、雨に濡《ぬ》れた木々の緑が目にやさしい。

やがて古ぼけた医院が現れた。しばらくそこに佇《たたず》んでいたが、扉を押して中庭に入ると裏の建屋へ向かう。雨に濡れた蔦《つた》が絡まる看板には「マリアクリニック」とある。薔薇《ばら》が咲き乱れる中庭には白衣姿の女医が、傘もささずにひとり佇んでいた。

女医は、闖入者《ちんにゅう》に声を掛ける。

「そちらは母屋です。患者の方の立ち入りはお断りしているのですが……」

小百合は立ち止まり、女医を見た。マスクの下には薄笑いを浮かべている。

「そちらこそ、どなたですか」

音声システム『バーバラ』を使わない小百合の低い肉声に、綺麗《きれい》な声が答える。

「当院の産婦人科医です」

小百合は微笑する。

「勝手に入ろうとしてごめんなさい。桜宮小百合と申します。三枝茉莉亜《さえぐさまりあ》の姪《めい》です」

「ということは、久広《ひさひろ》先生の従妹《いとこ》にあたる方なんですね。失礼しました。すぐに院長先生にお取り次ぎします」

「それには及びません。何度も遊びに来たから勝手はわかっておりますので」

小百合は女医の申し出を丁寧に断った。極北市民病院での帝王切開による妊婦死亡事件。遺族の夫を焚《た》きつけ産婦人科部長を刑事事件の被疑者として逮捕させるという、一連の流れを誘導したのが小百合だったことを知らずに、女医は微笑を向けている。その逮捕された医師、三枝久広はマリアクリニックの院長、三枝茉莉亜の一粒種だ。

つまり小百合は従兄《いとこ》の逮捕を手助けしたことになる。

艶然《えんぜん》と微笑んだ小百合は、女医に会釈をして、ひとり母屋へ向かった。

ぎしぎしときしむ廊下を歩いて、重い扉を開けると、部屋から湿気溢《あふ》れる空気が流れ出す。酸素供給ボンベの規則的な機械音が響いてくる。

「あら……お久しぶりね」

「マスクにサングラス姿でも、私が誰か、おわかりなんですか、茉莉亜叔母《おば》さま」

カマを掛けるような言葉に気を悪くする様子もなく、茉莉亜は咳《せ》き込みながら答える。

「小百合ちゃん、でしょ。ニュースでは亡くなったと聞いたけど、生きていたのね」

「さすがですね、叔母さま。私とすみれを見間違わないなんて」

「姿形でなく、その人の存在をありのまま見てるからよ。ところで今日は何の御用？」

茉莉亜の口調から、小百合が招かれざる客であることがひしひしと伝わってくる。

「あら叔母さま、御用がなければここに伺ってはいけなかったかしら」

「そんなことはないけど、小百合ちゃんは昔から、目的がなければ来なかったじゃない。そこがすみれちゃんと違っていたわ」

「叔母さまって相変わらずですね。今みたいなことをしれっと言えてしまう意地悪なところ、とっても素敵だわ」

そう言った後で一瞬、小百合は黙り込む。そして言う。

「でも今日は本当に目的がないんです。ただ、叔母さまの顔を見ておきたくて」

茉莉亜はじっと小百合の表情に目を凝らす。やがて吐息と共に言う。

「あなたには私の寿命がわかっているみたいね」

ふたりの間の会話が一瞬とぎれる。

しばらくして、小百合が、笑みを含んだ声で言う。

「ええ。何となく、ですけど」

「ちっちゃい頃は、小百合ちゃんとすみれちゃんの区別がつかなかったけど、今ならよくわかるわ。闇の一族、桜宮家の正統な血筋を引いたのは小百合ちゃん、あなただったのね。そしてあなたは今、ひかりの一族、三枝家を根絶やしにしようとしている」

小百合は目を細めて微笑する。

「そこまでわかってもらえていて、ほっとしました。そのことをどうやって叔母さまにお伝えすればいいのかなと、ずっと気が重かったので」

「どういたしまして。小百合ちゃんもすみれちゃんも優しい子だった。だから私は、どちらにも肩入れはしない。だから小百合ちゃんにもひとつだけ、忠告してあげる」

茉莉亜は小さく咳き込んだ。白いハンカチで口元を押さえ、うつむいている。

やがて顔を上げると、掠《かす》れた声で言う。

「あなたの行く手を阻むのは、すみれちゃんよ。気をつけてね」

小百合は優雅にお辞儀をする。

「ありがとうございます。せっかくのご忠告ですけど的外れです。すみれは碧翠院の火事で焼け死んでしまったんですから」

「それならすみれちゃんの想念に気をつけなさい。今でもあなたの周りにまとわりついているわ」

　小百合は白いマスクの下で微笑する。

「叔母さま、私はオカルトは信じないんですよ」

「あら、私もよ」

　茉莉亜の笑い声が響いた。それから深々とした息を吐いた。

「さあ、用が済んだら、さっさと帰りなさい」

「そうします。でも、何だか急《せ》き立てられているみたいでさみしいですね」

「それくらい我慢しなさい。あなたが久広に何をしたのか、私は知ってるのよ。それでもこれだけお話ししてあげたのだから、感謝してほしいわ」

　小百合の、白いマスクの下の頬が青ざめる。

「どうしてそのことを……」

　その問いに答える代わりに、茉莉亜の、凛《りん》とした声が部屋に響いた。

「理恵《りえ》先生、お客さまはお帰りよ。お清めの塩を持ってきて頂戴《ちょうだい》」

　扉の外で控えていた女医が扉を開ける。その濁りのない瞳《ひとみ》に凝視された小百合は肩をすくめると、立ち上がり、部屋を出て行った。

小百合が女医と一緒に母屋を出てきた時には雨はすっかり止んでいて、雲間からは一筋の陽のひかりが、咲き乱れる薔薇にさしかかった。

「お気を悪くなさらないでください。最近、お加減が悪いせいか、茉莉亜先生は時々、ああして不安定になるんです」

低く涼やかな声は、耳にした者を落ち着かせる。小百合は傘を畳みながら、言う。

「いいえ、あれは叔母さまの本心でしょうね。でも、お気遣いなく。妹と違って私は、昔から叔母さまには嫌われていたから慣れっこなんです」

そう言って女医を見つめた小百合は、おもむろに両腕を広げると、突然、その細身の身体を抱きしめた。

「な、何を……」

唐突な抱擁に、女医は動揺を隠せない。女性同士とはいえ、初対面の相手に抱きしめられたら、びっくりして当然だろう。どうしていいかわからず身を固くする女医の耳元に、掠れたささやき声が響く。

「あなたは、私と同じ一族よ。いつかあなたの許《もと》に遣わされる子どもと共に、世界を呪い続けるでしょう」

一陣の風が庭を吹き抜け薔薇を吹き散らす。

不気味な呪詛《じゅそ》が、女医の耳に届いたかどうかはわからない。小百合は女医から身を離すと、何か言いかけた女医の唇に人さし指を当て、抗議の言葉を封じ込める。

「桜宮の一筋の命脈は今、あなたに託したわ。これからは闇の世界を守って頂戴」

若い女性が中庭に入ってきた。オレンジ髪のジャージ姿。お腹が大きく膨らんでいる。

「何してんのよ」

ヤンキー上がりらしい娘の声はドスが利いて迫力がある。女医は首を振る。

「何でもないのよ、ユミさん。心配しないで」

「その人は何？　気をつけて、理恵先生。この人、変だよ」

白いマスク姿の小百合は、顔を上げて言う。

「お邪魔しました。叔母さまによろしく」

ユミは、去りゆく小百合の後ろ姿を、不快な生物を眺めるように、睨み続けていた。

21章　陰謀

09年初夏　桜宮岬

数日後。桜宮科学捜査研究所の一室で、複数のモニタがニュース番組を流していた。その画面はすべて無音だったが、その代わりに天井からは先日、東城大で開催された、Ａｉに関する会議の録音が流されていた。

第二回Ａｉセンター創設会議が実施されたのは五月二十二日。今から一カ月前だ。

――極北市監察医務院は現在、極北市民病院の世良雅志院長の管轄下にある。世良先生の調査報告では、書類上年間三百体は解剖されているはずなのにその痕跡《こんせき》すら確認できなかったそうです。

作務衣《さむえ》姿の南雲忠義は憤然として腕を組む。先般の会議の席上、彦根新吾から極北市から罷免勧告を受けていることを知らされた。それを差配したのは極北市民病院の新院長・世良雅志。彼と北海道の空港ですれ違ったことを思い出す。

――これは個人的なメッセージです。斑鳩さん、これに懲りずにおつきあいください。

天井を指さし、得意げに言った銀縁眼鏡の彦根の姿が目に浮かぶ。

「こんな茶番劇、今さら聞き返して何が楽しいの？」

斑鳩のはす向かいに座った小百合は、長い髪に指を絡めくるくる玩《もてあそ》びながら言う。

「会議から一ヵ月、東城大をめぐる医療と司法の紛争事象、南の案件は新局面を迎えています。ここで原点に立ち返り、これまでの流れを整理してみようかと思いまして」

「そう言えば、あの時はまだ、北山《きたやま》部局長も宇佐見《うさみ》警視もここにいたのよね」

小百合の言葉はこの一団にセンチメンタルな感情を呼び覚ました。

その時突然、斑鳩がコントローラーを操作し、モニタ上のオンラインのニュースを、音声モードへ切り替える。男性アナウンサーが淡々と原稿を読み上げている。

「本日夕方、羽田空港に姿を現した日本人で最もノーベル賞に近い男、東堂《とうどう》上席教授の最終目的地は桜宮市の東城大学医学部だということが判明しました。今後、どのような研究に関わっていかれるのか、その去就が注目されます」

レポーターの興奮気味の口調を聞きながら、画面いっぱいに広がる東堂教授の風貌《ふうぼう》を眺めた彼らは顔を見合わせる。

ついに東城大の秘密兵器がヴェールを脱いだわけだ。

東堂文昭《ふみあき》。マサチューセッツ医科大学の特別上席教授でMRI開発では世界トップクラスの業績を誇る。会見の様子を眺めていた斑鳩は、モニタのスイッチを切った。複数の画面が騒々しかった部屋は、静寂に包まれる。

「どうやらここからが本番のようだな」

南雲の言葉に、斑鳩室長はうなずき、テーブル上のICレコーダーをオンにする。

――つまり巌雄先生は、桜宮の次期当主としてすみれさんを選んだんですね？

突然流れ出した男性の声。怪訝《けげん》な表情をした南雲忠義に、斑鳩が説明する。

「これは昨日の病院長室での会話です。以前、宇佐見警視が病院長室に仕掛けた盗聴器からの音声で、ちなみに今のはAiセンター長の声です」

「口ばっかりの宇佐見警視が、こんな気の利いた置き土産をしていってくれたなんて、ちょっぴり感動したわ。キラーラビットは死して聞き耳を残したというわけね」

小百合の言葉に、斑鳩の頬がぴくりと動く。感情の揺らぎを見せない斑鳩にしては珍しいことだったが、かつての部下を貶《おとし》めるような発言が、さすがに癇《かん》に障ったのだろう。

盗聴器は、会話が始まると起動する新機種のようだ。逆説的なことだが警察庁は違法装置に関する知識が犯罪者よりも深くなる。

レコーダーの再生は続く。おどおどした女性の声が響いた。

――生き残っているのは小百合先生の可能性もあるのでは。いえ、むしろその可能性の方が高いのではないか、と最近は思うようになりました。

「なーんだ、厚生労働省からのエージェントって姫宮だったのね」

小百合の声に、斑鳩が尋ねる。

「彼女とはお知り合いでしたか」

「厚生労働省の鼻つまみ者、火喰《く》い鳥のたったひとりの部下で、ウチの病院にも潜入捜査してたことがある娘よ。ふつう潜入捜査は目立たずにやるのが基本なのに、姫宮ったら逆に悪目立ちしてたの。あの時初めて、目立ちすぎることで警戒心を解かせるという逆バージョンの手法が成立することと、その常識外れの破壊力を思い知らされたの」

小百合は懐かしそうに微笑する。

「それにしても姫宮ったらちっとも進歩しないわね。相変わらずとんちんかんで」

続いてICレコーダーがスキップし、田口の声が響く。

――警察庁関係の会議参加者が不在になっています。どうすればよろしいでしょう。

「センター長なんだから、とっとと自分で決めればいいものを、煮え切らないヤツめ。運とコネだけで世の中を渡ってきたようなヤツだから、まあ、仕方ないんだろうが」

南雲忠義が腕組みをして言う。高階病院長の声。

――それに関してはお任せを。オブザーバーの私から警察庁の方にお願いしますから。

「高階病院長は要注意です。この間のアリアドネ・インシデントの際もロックオンしたにもかかわらず、まんまと欺き通され、結局取り逃がしてしまいました」

斑鳩が言うと、小百合は目を細めて、静かに言う。

「東城大の核はあの腹黒ダヌキだから、アレを逃したら東城大潰《つぶ》しがうまくいくはずがないのよ。そんな悠長なこと言っているから、こんなていたらくになってしまうのよ」

そこに再び高階病院長の声が響く。

——アリアドネ・インシデントでは医療と司法の破断点が明らかになりました。以後はAiの熾烈《しれつ》な争奪戦になるでしょう。そこでは迅速な情報戦が機先を制する。というわけで我々はAiをテコにして、社会に巣くう闇に宣戦布告することになるでしょう。

「ずいぶんと威勢がいいな」

南雲忠義が眼を細めて笑うが、小百合の口調は手厳しい。

「こんな言いたい放題をさせてしまうのも、斑鳩がだらしなさすぎるからよ」

斑鳩が頭を下げる。

「その件は大変申し訳なく思っております。ただそれなりに強力な布陣で臨んでおりまして、決して舐《な》めていたわけではありません」

「だとしたら、よけい悪いじゃない」

斑鳩は渋面で黙り込む。ICレコーダーを早回しする。

——今回は久しぶりに封印を解いて、本当の私をお見せしましょう。こう見えても私は、かつては帝華の阿修羅《あしゅら》と呼ばれた時代もあるんですから。

険しかった小百合の表情が、レコーダーの中の高階病院長の言葉を聞いて緩んだ。

「ほんと、バカな子。隠れているからこそ怖い黒幕が、前線にのこのこ出張ってきたらただの一兵卒に成り下がるなんて、そんな簡単なこともわからないのかしらね。こっちから燻《いぶ》り出そうと思っていたくらいなのに」

斑鳩の目が光る。

「では早速、非合法部隊を全面投入しましょうか。気は進みませんが、今回は万全を期すためにのっけから雨竜《うりゅう》を……」

　小百合は首を振る。

「前回は警察庁に任せたら大惨敗したわよね。だから今回は私に任せてほしいの」

　斑鳩は腕を組んで考え込む。やがて言った。

「了解しました。では今回も私はサポートに回ります。必要なことはなんなりとお申し付けください。ところで高階病院長は警察庁人事に関してスルーするつもりのようですが、これに関してはどのように対応しましょうか？」

「どうせ斑鳩が出ていくつもりなんでしょう？　それなら後はどうでもいいわ。切り札を切ってしまえば、含みなんてないもの」

「ご理解、ありがとうございます」

　斑鳩が頭を下げると、南雲忠義が尋ねる。

「ところでお嬢は今回、どのような戦略を考えているのかな」

「それは、蓋《ふた》を開けてのお楽しみ」

　周りがしらけた表情をしているのを見て、南雲忠義が何とか取りなそうとする。

「秘密主義も結構だが、度を超すと団結心を損なうことになりかねない。そろそろ少しくらい教えてくれてもいいだろう」

　小百合は目を閉じ、唇をつんと尖《とが》らせる。

「じゃあ少しだけ。目立ちたがり屋の東城大の連中は、Aiセンターのお披露目式を開くはず。それに合わせた破壊戦略は、実はもう終わっていたりして……」

南雲忠義が怪訝そうな表情になる。秘密主義の告白内容は、秘密のヴェールを幾重にもまとっていて、簡単にはその素顔をおがめそうにない。

続いてICレコーダーから、高階病院長の告白が流れる。何か言いかけた南雲忠義に、小百合は人差し指を唇に当てて、静かに、と言う。

――せっかく田口先生の申し出なので、過去に遡《さかのぼ》ってやり直したいことをふたつ、告白させてもらいます。そのひとつはブラックペアンの因縁です。

高階病院長は、前教授の佐伯名誉教授が腹部に留置したペアンを取り出そうとして失敗し、カーボン製のブラックペアンを留置し直した過去を告白し、その患者が亡くなり謝罪の機会が永遠に失われてしまったことを悔いていた。カーボン製のペアンは火葬時には燃えてなくなるので、その過失は蘇《よみがえ》りませんよ、と田口が慰めている。

「腹黒ダヌキは勘がいいわね。でもさすがに過去の因業が未来の自分の首を絞めることまでは思いもしないみたいね。地獄の業火の中、燃え尽きたブラックペアンが蘇る時、ケルベロスの塔は崩れ落ちるというのに。こういうのを因果応報って言うのよ」

小百合はうっすら笑う。

抽象的な小百合の言葉を受け止めかねた南雲が尋ねる。

「そういえば杏子のヤツ、最近ちっとも姿を見せないが、何かあったのかな」

「先月末から部屋に籠《こ》もって、これを作ってくれてたの。さすがメカマニアだけあって立派なものよ。ようやくさっき完成したから、今頃は泥のように眠っているはずよ」

小百合は手にした紙袋を手渡す。中身を見た南雲が言う。

「ボールペンか。一ダース近くあるが、杏子が一ヵ月近くかかった物には見えないな」

南雲忠義が一本取り出し、蛍光灯の光にかざした途端、小百合の鋭い声が響いた。

「乱暴に扱わないで」

南雲忠義はびくりとして、おそるおそる袋に戻す。受け取りながら小百合が言う。

「それはボールペン型のプラスチック爆弾よ。小型だから威力はないけど、爆発すれば忠義の身体くらいは吹き飛ぶわ。これでＡｉセンターを破壊するつもりなの」

にい、と笑う小百合に、南雲は驚いて尋ねる。

「どれほどたくさんあったって、こんなちっぽけな爆弾では塔の破壊は無理だろう」

小百合は南雲の懸念には答えず、ころりと話を変える。

「Ａｉセンター創設会議に出席したいの。忠義の秘書としてもぐりこもうかな。だってあちらも真打が参戦するんだから、こちらも私が顔見世しないと失礼でしょ？」

「無茶だ。お嬢の面は割れているし、私の秘書だと警戒され、素性がバレてしまうぞ」

南雲忠義が両手を振って言うと、小百合は小首を傾げ、低い声で笑う。

「わかったわよ。それなら別経路で潜入するわ。こう見えても顔が広いのよ、私」

「お嬢が一度決めたら、いくら止めてもムダだろうな」

二人のやりとりを眺めていた斑鳩は、唐突に話題を変える。

「ところで、小百合さんは桜宮病院の炎上時に、どうやって脱出したんですか？」

小百合はすい、と立ち上がる。そして窓の外を眺めながら言う。

「簡単よ。父はあの時、最上階の部屋で待てと指示したけれど、私は部屋には向かわず、そのまま北行きの列車に乗り込んだの」

その経緯を聞かされていた南雲忠義は目を逸《そ》らす。

「それはおかしいですね。あの時現場に居合わせた者の証言では、小百合さんのご母堂が、部屋には一家全員が勢揃いしていると言ったのを聞いたというのですが」

「母がそんなことを言った理由はわからないわね。ひょっとしたら幻影をみたのかも」

斑鳩の言葉に、小百合は真顔に戻って答えたが、すぐにくすくす笑う。

「あの時すみれは、自分が逃がしてもらえると思い込んでいた。だけど現実は違ったの。部屋に私の姿はなかった。そこですみれまで逃げたら、桜宮一族の誰かが逃亡していることがバレて、二人とも逃げ切れなくなる。だからすみれは、あの部屋で焼け死ぬしかなかった。要は私に出し抜かれたのよ」

小百合は高笑いを始めた。

「だからいつも忠告してたのに。あんたは詰めが甘いって。その時の間抜けなすみれの顔を思うと、今でもほんと笑っちゃうわ」

たしなめるように、南雲が言う。

「すみれ嬢ちゃんはお嬢の妹だろうに。あまりひどいことを言うもんじゃない」

小百合は笑うのを止め、肩をすくめる。

「でもね、桜宮一族にとってはその方がよかったの。詰めが甘いすみれが桜宮の当主になったら、事態はここまで進展しなかったもの」

斑鳩は無表情のままだ。南雲が言う。

「お嬢ははしゃぎすぎた。怪文書を送りつけて破壊予告なんかするものだから、さすがに連中も用心して、すっかりハードルが上がってしまったではないか」

小百合は微笑を吹き消し、言う。

「私があんなこと、するはずないでしょう。てっきり斑鳩か南雲がやったんだとばかり思っていたんだけど」

南雲忠義も斑鳩も首を振り、脅迫状を送ったのは自分ではない、と答える。

「あなたたちじゃなかったら、一体誰があんな脅迫状を書いたのよ」

その時、科学捜査研究所の外で車が停まる音がした。小百合は立ち上がる。

「まあ、そんなことはどうでもいいわ。どうやら私の切り札が到着したみたいだから」

扉が閉じる音の後、車が走り去る音が聞こえてくる。続いて玄関の呼び鈴が鳴る。

小百合は階段を下りていき、斑鳩と南雲忠義が後に続いた。

22章　冥界

09年初夏　桜宮岬

扉を開けると、そこにはひとりの男性が佇《たたず》んでいた。

金髪碧眼《へきがん》。服装は質素だが品がある。日本には存在しない、真の貴族という種族だ。

小百合は華奢《きゃしゃ》な手を伸ばし、男性の頬に触れながら静かに言った。

「ようこそ桜宮へ。桜宮に来たのは二十年ぶりね、マリツィア」

金髪碧眼の貴公子、マリツィア・ド・セバスティアン・シロサキ・クルーピア、通称マリツィアと呼ばれる世界的な建築家は静かな目で小百合を見た。

「お招きありがとう、サユリ。僕の作品はあれかな？」

小百合は人差し指でマリツィアの背後の塔を指し示す。銀色の鈍い光を放つ塔は海原からの照り返しを受け、茫漠《ぼうばく》たる暗闇にぼんやりとその全容を浮かび上がらせている。しばらく無言でその塔のたたずまいを眺めていたマリツィアは、深々と吐息をついた。

そして安堵《あんど》の言葉を誰にともなくこぼした。

「これでやっと、ユキヒコとの約束を果たせた……」

小百合をちらりと見たマリツィアは腕時計を見て、言う。

「僕にはあまり時間がない。早速、塔の内部を見せてほしい」

「それは無理です。鍵《かぎ》もありませんし、セキュリティ会社の警備も入っていますから」

斑鳩の言葉を無視して、マリツィアは小百合に尋ねる。

「あの塔は、僕の設計図通りに建築してくれたんだね？」

「もちろんよ。でないと、私の構想が崩れてしまうもの」

マリツィアは晴れやかに言う。

「それなら心配いらないよ。それじゃあ、行こうか」


小百合はマリツィアと南雲、斑鳩を引き連れ、玉砂利を踏みしめながら、一台だけ置き忘れられたかのように駐車しているワゴン車の側を通り、塔の裏手に到着した。

塔の外壁はタイルの壁画群が取り巻いている。そこには宗教画や神話のアレゴリーが見て取れた。その周囲を歩きながら、マリツィアが流暢《りゅうちょう》な日本語で説明する。

「外壁と内部の飾りタイルはモンテカルロで作らせた、神々の饗宴《きょうえん》というモチーフだ。入口から十三番目の扉がマリツィア家の紋章、地獄の番犬・ケルベロスの肖像だ」

一行の足が止まった。三つ首のイヌが身を低くして、今にも飛びかかってきそうだ。

異形の紋様を目にしながら、マリツィアが続ける。

「七つ離れた反対側の扉にはケルベロスの天敵で愛の女神・プシュケを配置してある」

タイル絵の前に立ち、三つの頭のうち左側のイヌの目に人差し指をつっこむと、イヌの身体部分の壁が左右に開き、人ひとり分が通り抜けられる隙間が空いた。

「なるほど。ケルベロスの左側の頭の右目に指を入れれば、秘密の扉が開くわけね」

マリツィアは小百合に、右手をさしのべる。

「ようこそ、冥府《めいふ》の虚城へ」

小百合はマリツィアに手を預け、かつての住まいのレプリカに足を踏み入れた。

こつこつと靴音が部屋に響き渡る。小百合が尋ねる。

「塔の出来栄えはどう？」

マリツィアは肘《ひじ》を抱え、周囲を見回した後で、ふう、と緊張を解いた。

「うん、悪くない」

美麗な宗教画が描かれた内壁は、まるで中世の教会のような神々しさだ。

一行は階段を上り、最上階ホールの前に立つ。扉を押し開けると、広々としたホールが現れた。三百席はあろうかという客席と向かい合った正面ステージ上には、演台が設置されている。

「立派な公会堂ですね」

斑鳩の呟《つぶや》いた声が、ホール全体に反響した。

「東城大は経営が傾いているはずなのに、豪勢なものだな」

南雲忠義の言葉に、マリツィアは微笑する。

「サユリから依頼を受けた時、このプロジェクトはほとんど決まりかけていたが、資金援助を申し出たら簡単にひっくり返せたんだ。経営状態が悪化していたから申し出が効果的だったわけだね」

南雲忠義が目を細めて言う。

「世界的に有名な建築家がダンピングしてくれるなら、どこだって飛びつくさ」

「その欲深さが、破滅の原因になるとも知らずに、ね」

含み笑いをする小百合に、斑鳩が不思議そうに尋ねる。

「どうして高名な建築家であるあなたが、わざわざそんな申し出をしたのですか」

もっともな質問に、マリツィアはあっさり答える。

「ユキヒコとの約束だからさ。依頼から二十年近くが経つけど、ユキヒコのモナコ基金は手つかずで潤沢に残っている。だから資金面はまったく問題なかった」

南雲忠義は、ユキヒコとは誰か、と素性を問う言葉を、小百合に向ける。

「モンテカルロのエトワール・天城先生は東城大の異端児だった。昔ここで天城先生とマリツィア、そして極北で忠義の拠点を叩《たた》き潰《つぶ》した世良院長が一堂に会したことがあったの。歴史的な瞬間ね。でも、桜宮にさくら並木を植えようとした革命家は、腹黒タヌキの陰謀によって放逐された。その怨念《おんねん》が時を超え、桜宮一族の恨みと同調したのよ」

小百合の言葉に、マリツィアは遠い目をした。

「サユリの依頼通り碧翠院のフォルムは流用したが、建物内部の資料は皆無だったので、内装は趣味に走らせてもらった。それだけは許してほしい」

「最上階の螺鈿《らでん》の部屋を、モザイク模様の宗教画と神々の寓話《ぐうわ》が四方を取り囲むホールに仕立てあげるだなんて、センスが良すぎて文句のつけようもないわね」

小百合の微笑に、マリツィアはほっとした表情を浮かべた。周囲の美術壁画は外壁にあしらった紋様と同様、タイルを張り詰めて作られていた。天井には壮麗な宗教画が描かれている。よく見るとやはり細かいタイルでしつらえられたモザイク画だ。

「天井の天地創造はバチカンの模写ですか？」

斑鳩が尋ねると、マリツィアは首を振る。

「ノン。モンテカルロのグラン・カジノにある天井画の模写です」

「よくこんな大作が間に合いましたね」

「天井画の天地創造は、センター設計を受注した直後から取りかからせたので」

マリツィアの言葉を受けて、小百合が補足する。

「内装材はモナコからの直輸送だけど、美術品枠で輸入手続きを簡素化してもらえてよかったわ。バカ正直に建築材として申請したら間に合わなかったわね」

斑鳩はこつこつと部屋を歩きながら、側壁にはめ込まれている壁画を眺める。

「ほう、この部屋にもケルベロスの肖像があるんですね」

しげしげと壁画を凝視していた斑鳩が、振り返る。

「向かいにはケルベロスの目を盗んで冥界に忍び込んだプシュケが、ケルベロスを監視している。なるほど。塔の外壁の反転構造ですね。外壁のケルベロスの右目に指を差し入れると秘密の扉が開きましたけど、この肖像の右目に指を入れると、一体何が起こるのでしょうか」

「Non《ノン》, Arrête《アレット》!（やめろ）」

斑鳩は動きを止め、振り返る。マリツィアは斑鳩から視線を逸らし、小百合を見る。

「僕がサユリの依頼を受けたのは、ユキヒコに頼まれていたからだ。つまり、二つの依頼がシンクロしたんだ。もちろんサユリの意図も尊重している。君たち姉妹を一目見た時から、ここに塔を建てる時は桜宮家の意思を尊重しよう、とずっと思っていたんだ。イワオもそう、アオイやスミレも、そしてサユリも大切な依頼人だ」

「するとマリツィアが尊重しなくてはならないのは、今では私ひとりになってしまったわけね」

小百合の言葉には答えず、マリツィアは壁を拳《こぶし》で叩き、細部を確認していた。

やがて両手を広げると、天井を仰ぎながら、言った。

「旧日本軍の構造設計能力は素晴らしい。ポイントを破壊すれば一瞬で建物が崩壊する設計についてはコンピューターグラフィックで確認したけど、第二次世界大戦前の拙《つたな》い計算技術でどうやって、あんな高度で複雑な応力計算をやってのけたんだろう」

「昔の文明が現代よりも高い技術を有していたことは、時々あるものです」

斑鳩の答えを聞き流し、マリツィアは小百合を見ながら言う。

「全館暖房のため張り巡らした燃料管は現代建築では、光ファイバーを通す空間にカムフラージュしてある。サユリのオーダーで、そこだけは苦労したけどね」

「わがままを聞いてくれてありがとう。これでやっと積年の思いを果たせるわ」

小百合の言葉を耳にして、南雲忠義は何かに感づいたような表情になる。そして呟く。

「そうか、そういうことだったのか……」

一行が螺旋《らせん》階段をたどって一階に下りると、マリツィアは、歌うように言う。

「今宵《こよい》、僕はこの塔で眠って、明朝便でモンテカルロに帰るよ」

マリツィアは、鞄《かばん》からピンク・シャンパンのボトルを取り出した。

「僕はひとつの思いに終止符を打つため、サクラノミヤにやってきた。ここはユキヒコの夢が破れて野ざらしにされている場所だからね。これでやっと……」

マリツィアが遠い目をしてぼんやりすると、小百合はマリツィアの頬に手を当てる。

マリツィアは、内ポケットから小箱を取り出すと、厳かな手つきで小百合に手渡した。

「うっかり、大切なことを忘れるところだった。これはサユリへのプレゼントだ」

箱を開けた小百合の顔が華やぐ。

その細い指先には真っ赤なガーネットの髪飾りが光っていた。

マリツィアはシャンパンの栓を抜く。華やかな音と共に透明な泡が吹きこぼれる。

丸天井の夜空に向け、ひとり乾杯を告げる。

「ここでシャンパンを飲んだくれ、ひとり眠れば、もう思い残すことは何もない」

マリツィアは、階段を上り始める。碧翠院では五階の部屋へと続く階段は壁の後ろに隠されていたが、マリツィアの設計では硝子《ガラス》張りに変更されたため、スケルトンの天空への道となっていた。その姿を見上げた小百合は、二人の従者に言った。

「またひとつ桜宮の因縁が溶けたみたいね。東城大の滅びの日は近いわ」

部屋を出て行こうとした斑鳩は、立ち止まって振り返る。

「桜宮の因縁が集約する塔が、地獄の番犬、ケルベロス・タワーと名付けられるとは、皮肉なものだな」

二人が塔から出て行くと、壁面の扉が音もなく閉じ、冥界《めいかい》からの出口は閉ざされた。

塔に対してまったく違う思いを抱くふたり、マリツィアと小百合が場に残された。

同じ時間に同じ空間にいながら、まったく別のベクトルを持った想念が漂う。

金髪碧眼《へきがん》の貴公子の視線は、過去の一点に向けられている。

それは彼にとって、過去との訣別《けつべつ》の儀式だった。

隣に佇《たたず》む仮面の美女は微笑を浮かべ、新たなる闘いの序曲を奏でるポロネーズのひと節を口ずさんだ。

◉第三部　透明な声

――私は結局、誰も殺せなかった。
私は桜宮家のできそこないなの。
すみれ

01 凍土

日記を書いてみようかしら、と思い立ったのは、極北に逃れて半年が経った頃だ。でも、踏ん切りの悪い私は、なかなか始められず、一日、また一日と先延ばししていた。日記は三日坊主で終わりそうなので、手紙にしようと思ったのも、私のいい加減さの現れだ。思い立った時に書く、出すあてのない手紙なら気楽だと思ったけれど、いざ書いてみると、それは手紙とは少し違う気もした。だいたい、出すあてのない手紙という言葉は自己矛盾している。私はこの〝手紙もどき〟――あるいは〝日記くずれ〟――を、読んでもらうあてもないまま書き綴《つづ》っている。

そもそも、読み人を欲しない文章は、見る人のいない鏡のようなものだ。鏡は、硝子《ガラス》板の裏に銅メッキした物体だけど、その前に見る人が立った途端、その表面に森羅万象を映し出す無限の世界へと変貌《へんぼう》するという、稀有《けう》な道具だ。

用途を果たす時に実体は消失し、映し出される虚像世界が存在意義になるという意味では、この〝手紙もどき〟は鏡のアナロジーかもしれない。薄手の紙に記されたインクのシミという実体ではなく、そこに綴られた心情こそが本質なのだから。

そんな文章を類型的な呼称に収めてしまうのには抵抗がある。

だから〝手紙もどき〟とか〝日記くずれ〟などと、言葉の輪郭を曖昧《あいまい》にする接尾語をつけてしまう。でも私は、自分の本能を少しだけ信じてみよう、と思い始めている。

初めて鏡を前にした少女のように、私は無邪気に問い掛ける。

――鏡よ鏡、あなたはだあれ？

鏡の向こう側で、鏡の中の私が答えている。でもその答えは聞き取れない。

私は新聞で死亡したと報じられている。塔の焼け跡から四体の遺体が見つかって、家族の頭数合わせという素朴な人物同定によってその一体が私と認定されたからだ。

でも本当なら、桜宮一族最後の継嗣として生き残れるのは、私のはずだった。

そう、双子の姉、小百合の裏切りさえなければ。

今でもあの時の光景をありありと思い出す。紅蓮《ぐれん》の炎の中、私は桜宮家当主の父に従い、碧翠院の象徴、海を見晴らす塔の頂点、螺鈿《らでん》の部屋に足を踏み入れたあの時。

この部屋には七年前から姉、葵ちゃんが眠っていた。そして、その事実を知っていたのは私たち家族だけだった。だから葵ちゃんの死体の分だけ、弾《はじ》き出された人間は自由になれる。私たちは血の繋《つな》がった姉妹だし、私が炎に身を躍らせたことを目撃した証人もいるので、葵ちゃんは、わざわざ鑑定などしないだろう。

だから本当は、生き残るのが私か小百合か、燃えさかる部屋の中で決まるはずだった。

でも扉を開けた時、小百合はそこにいなかった。単純な話だ。父に螺鈿の部屋に行けと指示された小百合は、その命令に従わなかった。ただそれだけのことだった。

炎と煙が渦巻く部屋で、母はいつものように葵ちゃんに子守歌を歌っていた。煙を吸い込み、時折咳《せ》き込んでいたけれど、そんなことは全然気にしていないようだった。

その傍らで父は言った。

「よく戻ってくれたな、すみれ。これで桜宮家は永遠に生き存《なが》えることができる」

冗談じゃない。それって私が犠牲になって小百合を逃がすってこと？

紅蓮の炎と黒煙の渦の中、悔しさと怒りのあまり窒息しそうになる。父は、そんな私を見て笑った。いつものように、すべてを達観したような目をして。

そして突然、眠り続ける葵ちゃんに心臓マッサージを始めた。今こそ目覚める時が来た、と言わんばかりに。私は、気が触れたように眠り姫の心臓マッサージを続けている父の姿を呆然《ぼうぜん》と見つめた。あの冷静沈着な父が取り乱している？


翌日。桜宮家の一家四人が焼死したと新聞は報じた。

人には、今の私の姿は映らない。それは片足をひきずっている人から、健常人が目を逸《そ》らす様に似ている。見えているのに意識から排除し、ないことにしてしまう。そんなことを続けているうちに、本当に見失われてしまう。〝びっこ〟という呼び方は差別用語だとして、生ぬるい言葉に言い換える。それが小市民の優しさだ。だが、言葉を言い換えることは優しさではない。小市民が、気を遣っているということを周囲に示して、免罪符を手にしたいだけ。そんな偽善者たちの意識が、マリンスノーのようにこの世界に降り積もり続けている。

差別とは区別の変種であり、区別とは認識だから、〝差別〟は〝区別〟と名を変え、厳然と存在し続ける。

でもこうなると便利なこともある。多くの人に見えないから、どこへいくのも自由だ。

だからこそ私はあの女、忌むべき姉、小百合に取り憑《つ》こうと決めた。

それは劣等感の裏返しだった。私はいつも、あの姉に敗北感を抱いていた。

私がどうしてもできなかったことを、小百合はいとも易々《やすやす》とやり遂げた。

同じ遺伝子を持つ一卵性双生児なのに、どうしてこんなに違ってしまったのだろう。

でも、そんな私にも、小百合の行き先は極北しかないということは見抜けた。

答えは簡単だ。父の弟子である南雲忠義が、極北市監察医務院の院長を務めているからだ。そこは碧翠院で私たちに仕えた南雲杏子の出身地でもあり、杏子は忠義の娘だ。

だから私は北へ向かった。そしてたどり着いた北の大地は、凍えるようだった。

男運は悪いけど、私はツイていた。私を最初に見つけてくれたのは市民病院で看護師長をしていた鶴岡《つるおか》さんだった。一人暮らしの、無口な年輩女性で、一緒に過ごしていてもひと言も口を利かない夜もあったけれど、私のことは大切に思ってくれていた。

鶴岡さんは時々、遠い目をして私を見た。私に他の人の面影を見ていた気がする。

私はひとりで街に出た。ふわふわと漂うように歩いていても誰も注意を払わない。それは新鮮な体験だった。私は存在感というものを、どこかに置き忘れてきてしまった。

部屋でひとり、大昔からそこに置かれていたような大きな鏡に向かって問いかける。

あなたはだあれ？

相変わらず、返事は返ってこない。

小百合は南雲父娘《おやこ》の家に潜伏し、西園寺さやかと名乗り医療ジャーナリストとして活動を始めた。皮膚移植手術に失敗し顔の火傷痕《やけどあと》を隠すと称してサングラスに白磁のマスクを着けた様子を見て驚いた。

小百合の扮装《ふんそう》は、今の私の装いとそっくりだったからだ。

胸元には銀のロザリオが光っている。小百合も私も肌身離さず持っているそのロザリオは母からの贈り物だ。

三組おそろいのロザリオには、私と小百合、葵ちゃんの三人の髪が入れられている。

そして葵ちゃんはお祈りに使い、信心から縁遠い私と小百合はペンダントにした。

碧翠院最後の日に、炎に溶けてしまう運命にあった葵ちゃんのロザリオは今、私の胸を飾っている。

それなら、私のロザリオは？

目を閉じる。燃えさかる炎。巻き上がる黒煙。

その中を銀の放物線の軌跡を描き、手中に収めた男性の横顔が浮かぶ。

そう、私のロザリオは愛《いと》しいろくでなし、天馬君の手の中にある。


小百合のロザリオには超小型の盗聴器を仕掛けてある。碧翠院にいた頃、メカマニアの杏子に、やらせたのだ。なぜ自分のロザリオに盗聴器を仕掛けるのですか、などという当然すぎる杏子の質問をどうやってやり過ごしたかは忘れたけれど、何とか言いくるめて作らせた盗聴器つきロザリオを、小百合のそれとすりかえたのだ。

それはささやかな保険だった。

太陽光発電のおかげで、電池切れの心配はなかったけれど、出力が弱いため盗聴範囲は狭く、小百合のお喋《しゃべ》りに耳を傾けるには半径百メートル以内に接近しなければならなかった。まあ、姉の内緒話を盗み聞きしようというのだから、側に近づいて耳を澄ますという努力くらいは、妹としてのささやかな義務なんだろうけど。

小百合は瀟洒《しょうしゃ》なマンションに住み、南雲忠義が勤める監察医務院に出入りしていた。

ある日、近くの草むらに身を潜めていると、小百合の車がやってきた。しばらくして同じ車が建物を出て行ったのを確認した私は、とうとう我慢できなくなった。

原野の中、どこまでも続く煉瓦《れんが》の塀の果てに口を開けた殺風景な門の前に佇《たたず》む。

マスクの下、緊張に顔をこわばらせながら門を通り抜ける。

門番の老人が私を見たが、何も言わない。田舎の門番は、単に門のところに佇む人でしかない。

幼い頃に見学した施設内の様子を思い出しながら、建物の中に足を踏み入れる。薄暗い廊下が、みしみしと鳴る。誰にも会いませんように、という願いと、誰かに会えますように、という相矛盾する気持ちがごっちゃになり、どきどきした。

廊下の突き当たりに古びた琺瑯《ほうろう》引きの看板が見えたとたん、古い記憶が蘇《よみがえ》った。

意を決して扉を押し開く。そろりと押したのに、驚くほど大きなきしみをあげた。

思わず身をすくめた。薄暗い部屋で何かが動く気配がする。

目を凝らすと暗闇の中、小柄な老人が臓器バケツの前にしゃがみこみ、ぶつぶつ話しかけている。父の最後の弟子、南雲忠義と最後に会ったのは中学生の頃だから、二十年以上前のことだ。懐かしさに胸がいっぱいになり佇んでいると、空気が揺れた気配を感じ取ったのか、南雲はひとり言を止め、顔を上げないまま尋ねた。

「どうした、お嬢、忘れものか？」

心臓が飛び出るかと思ったけれど、できるだけ平然と答えた。

「ううん、何でもない」

いつも小百合がそうしているように、少し甲高い声で答えると、部屋を出た。

南雲忠義は追ってこなかった。入った時と同じように、見咎《みとが》められずに監察医務院を後にした。公道にたどりつくと、緊張がいっぺんに解け、道の傍らの草むらに倒れ込む。私はひとり、ははは、と笑う。草いきれの中、見上げた極北の空は青かった。

ああ、世界はひかりに満ちている。


ささやかな不法侵入のスリルを味わっていた私は、小百合が何をめざしているのかを徐々に理解していった。なんと小百合は東城大の破壊のため算段を始めていたのだ。

そう知って頭と胸が沸騰しそうになる。冗談じゃない。私の存在を奪った挙げ句、目標まで強奪するなんて、いくら血を分けた姉といえども許せない。

その瞬間、目標が決まった。

小百合の東城大学破壊工作を阻止し、小百合に代わり私が東城大を破壊する。

そうするしか、卑劣なやり方で奪われた私の実存を小百合から奪い返す方法はないということに、ようやく私は気がついたのだった。

02 僥倖

冬を前にして、小百合は極北市から姿を消した。向かう先は故郷・桜宮しかない。彼らを追うために私は、フェリーを使うことにした。

極北港と桜宮港の間には週一の定期便がある。私はマスク姿で極北の街をうろついているうちに、偶然そのことを知ったのだ。

鶴岡さんに別れを告げた時、ほんの少し、寂しそうな表情をした。でもすぐに、そうした表情を押し隠し、有能な師長さんらしく手際よく手配を済ませてくれた。

鶴岡さんは、住民票と保険証を渡してくれた。名前は鶴岡美鈴《みすず》、年齢は私と同じ。ひょっとして娘さんだろうか。でも半年近く一緒に暮らしたけれど、娘さんの話は一度も聞いたことがなかった。なので思い切って尋ねてみた。

「おっしゃる通り、実はこの娘は生まれてすぐに亡くなった、私のひとり娘でね。しのびなくて、手を尽くして生きていることにしてもらったけれど、私もそろそろお迎えが来るから、あんたにすべて託すのさ」

こうして社会的実存になるための一式を手に入れた私は、餞別《せんべつ》代わりの赤い携帯電話を握り締め、粉雪が舞い始めた津軽海峡を越えた。携帯電話の費用は鶴岡さんが払い続けてくれるという厚意に甘えた。これから私は鶴岡美鈴と名乗ることもあるだろう。

別れの朝、鶴岡さんは涙を見せなかった。生まれ故郷の極北市は財政破綻《はたん》し、長年勤めた市民病院は閉鎖され、ひとり娘の存在を託してまで面倒をみてきた私にも去られてしまうというのに、何と強い女性だろう。何もかも失った鶴岡さんを置きざりにして、私は桜宮へ帰還した。

フェリーで一緒になったのは、乗用車で乗り込んだ中年のビジネスマンだけだった。なので、私はひとり船室テレビの国会中継を眺めていた。だけど論戦が退屈な上に、電波障害で画面がとぎれがちで、肝心のところが聞き取れなかったりした。

半日の航行を終え、桜宮港に降り立ったとたん、懐かしさで胸が一杯になった。

碧翠院最後の日は、本当に忙しかった。末期癌の西遊記トリオでひとり生き残った美智をヘタレ医者に託し、自殺願望を抱え続けた千花を、望み通りに旅立たせた。

そして、私を裏切り逃げ出したクセに、最後の最後で舞い戻り、行く手に立ちふさがったロクデナシ、天馬君と別れを告げた。

でも、私はきっと生まれ故郷のこの街角で、愛しの天馬君と再会するだろう。たぶん、小百合の破壊工作を妨害するエージェントとして。そしてその企てが成功した暁には、東城大と天馬君に引導を渡すために。

ついに小百合を街角で見つけた。尾行すると、南雲父娘と共に桜宮岬へと向から。海原から吹きつけてくる寒風に打たれながら、岬の突端に佇む小百合の姿を遠くから眺めていると、不思議な気持ちになってくる。同じ街で生まれ、同じ家で育った私たちなのに、どうしてこんなに離れてしまったのだろう。

数日後。

私は小百合が住むアパート〝流星荘〟の二階に移った。悪役が眠る部屋の隣で隙を衝《つ》くために息を潜め、復讐《ふくしゅう》を誓う不遇の主人公、それが私だ。昔読んだ冒険小説みたいだ。碧翠院の部屋で、母が語る物語を耳にしながら、小百合と手をつないで眠りについた、幼い日々が蘇ってきた。でも、もうあの日には帰れない。

Aiセンターの創設を、小百合の諜報《ちょうほう》活動を通じて知った。小百合がケルベロスの塔と命名したのを耳にして、背筋に痺《しび》れが走る。言われてみればAiセンターは冥界《めいかい》と現世のつなぎ目の門番である三つ首の怪獣、ケルベロスだ。こういうセンスは、文学少女の小百合には敵《かな》わない。

しばらくして小百合はツアー旅行を予約した。行き先はヨーロッパ。こんな時期に渡欧するのだから物見遊山ではないとは思うけれど、小百合の目論見《もくろみ》の見当がつかない。

鶴岡美鈴の住民票は手元にあるけれど、パスポート取得は間に合わないので、渡欧は諦《あきら》めた。自分の限界を思い知らされた私は、ある決断をした。世界を自由に遊泳できるもうひとつの実体を手中に収めるため、メモしてあった番号をプッシュした。

翌日。約束に五分遅れでやってきた男は、部屋に入るなり、名刺を差し出した。

「4Sエージェンシーにご用命、ありがとうございます。代表者の城崎亮《しろさきりょう》と申します」

「他人行儀な挨拶《あいさつ》はやめて」

私が抗議すると、城崎は肩をすくめ、周囲を見回すと、いきなり砕けた口調になる。

「もう少しマシな物件はなかったのかよ」

「十年ぶりなのに、ずいぶんなご挨拶ね、お兄ちゃん」

「お兄ちゃんなんて呼ぶと、親父が激怒するぜ」

「大丈夫。お兄ちゃんを勘当したお父さんは、もう亡くなっているんだもの」

かつて桜宮家を放逐された兄は、下唇を嚙《か》みしめる。天《あま》の邪鬼《じゃく》の兄は、感情が動くとこういう表情をした。そしてその後に、その感情と正反対の言葉を口にしたものだ。

兄は、私の顔を見て笑った。

「やっとくたばってくれたか、親父殿は。これで大手を振って帰れると思ったら、家ごと燃やしちまうなんてなあ。よっぽど俺をあの家に戻したくなかったんだな。おまけに久々に再会した妹はおんぼろ部屋で震えてるし。どうなっちまったんだよ、桜宮家は」

兄の嘆きもよくわかる。久し振りに再会した妹が住んでいるのは、倒壊寸前の上、ばらばら惨殺死体があったといういわくつきのアパートだ。そんな物件を選んでしまう趣味は、褒められたものではない。でも実はその選択には、必然の理由があった。

「あたしたちをこの場所に引き寄せたのは小夜《さよ》の想念なのよ」

可愛い小夜。あなたは今、どこにいるの？

浜田《はまだ》小夜は学生の頃、ウチの病院に住み込みで勤務していた。看護学校を卒業し、仇敵《きゅうてき》、東城大に採用された。それ以降、会うことはなかったが、電話で連絡は取り合っていた。私と小夜は仲良しで、本当の姉妹みたいだった。だから桜宮に戻ったら世話になろうと思っていたのに、いくら掛けても携帯がつながらない。

私は絶望した。私はこの世界との接点を無くしてしまったのだ。

その時ひらめいたのが、以前小夜が教えてくれた便利屋の存在だ。小夜の話から、その便利屋はおそらく兄だろうと当たりをつけていた。こうなると頼れる人は他にいない。なので危険を承知で電話を掛けたのだった。

それは軽率のそしりを免れないような行動だった。もしも小百合が兄を手中に収めていたら一巻の終わりだった。今の小百合に、私は太刀打ちはできない。

だけどその心配は杞憂《きゆう》に終わった。兄の優れた聴覚は衰えていなかった。十年以上も音信不通だったのに、電話口に出たのが妹の私だと即座に言い当てたのだ。

その瞬間私は、小百合がまだ兄の存在を知らないことを確信し、そして安堵《あんど》した。

極北を離れ、久し振りに会話が出来る相手を前にして、私はつい喋《しゃべ》りすぎていた。

「小夜のことならよく知ってる。歌のプライベート・レッスンをしてやったからな。将来、アイツはすごい歌手になるぞ。この俺が太鼓判を押すんだから間違いない」

「それは信じるわ。お兄ちゃんの才能発掘能力はすごいもんね。バタフライ・シャドウから始まりアイドルを総ナメ、最後は迦陵頻伽《かりようびんが》の水落冴子《みずおちさえこ》まで一世《いっせい》を風靡《ふうび》してたもん」

「おいおい、おだてたってなにも出ないぞ」

兄が照れているのを見るのは好きだった。あたふたした兄は、話を変えた。

「すみれが小夜と知り合いならちょうどいい。小夜は今、わけあって遠い世界にいるんだが、もうすぐ帰ってくる。その時のために俺は便利屋を運営し、有能な助手も育てている。この問題にケリがついたら、お前が小夜と便利屋を続けてくれ」

「え？　お兄ちゃんは小夜が今、どこにいるか知ってるの？」

うなずくけれど、どこかは言おうとしない。居場所を伝える気があるならとっくに口にしているだろう。つまり、教えるつもりがないわけだ。

私は、気の抜けたサイダーのような、賞味期限切れの返事をする。

「いいけど、お兄ちゃんはこの仕事を辞めるつもりなの？」

兄は、私が大好きな、底抜けの笑顔を見せながら言う。

「便利屋なんて俺には似合わない。本当は世界中のヤツが俺の面倒を見るべきなんだ」

……そうだ、こういうヤツだった。

呆《あき》れ顔で顔を見つめていると、兄はしみじみと言う。

「しかし、幽霊になった妹と再会するなんてなあ」

「そんな言い方はやめて、ほら、足だってちゃんとあるんだから」

「でも死亡診断書が役場で受理されているんだから、少なくとも幽霊みたいな存在であることは間違いないだろ。兄としては哀しいもんだよ」

兄の言葉通り、私はこの世界には存在していない。それなのに故郷のアパートに住み、出奔した兄と再会し、他愛もない会話を交わしている。一階には、やはり存在してはならない小百合が住み、父の弟子だった南雲忠義と私の元部下の杏子が足繁く訪れている。

ここ流星荘は、間違いなく桜宮の結界のひとつだし、そこに集結しつつある私たちは奇妙な一族なのだろう。そんな私は、小百合の邪魔をすることが生きる目標になっている。するとあやふやな存在である私には対応できないことも出てくる。だから私は極北での鶴岡さんのような実存を必要とした。そうしてこの桜宮の地で相棒に選んだのが兄、城崎亮だったわけだ。

「それよりも驚いたのは、いまだに小百合とすみれが派手な姉妹喧嘩《きょうだいげんか》を続けていることだな。三つ子の魂百までって、お前たち姉妹みたいな連中のことを言うんだろうな」

その言葉には抗議したいが、考えてみると私の依頼は徹頭徹尾小百合を邪魔することばかりだ。だから、兄の要約は適切なのだろう。

「そもそも、小百合の部屋の真上に住むなんて、ヤバくないのかよ」

「ヤバいわよ。ここにいるとバレたら全部おじゃんだもん。でも、小百合の動きは盗聴器のおかげで筒抜けだからやり過ごせるし、虎穴《こけつ》に入《い》らずんば虎子《こじ》を得ずって言うし」

兄は肩をすくめる。

「お前は今、とんでもないことを口走ったんだぞ。もし小百合が虎子だというのなら、姉妹のお前も虎子になる。そんな虎姉妹からの依頼を受ける俺の身にもなってくれ」

兄の嘆きは至極ごもっともだ。兄は続けた。

「ところですみれの頼み事を聞くということは、ふたりの兄である俺に、妹の片方だけを贔屓《ひいき》しろと言っているようなものだけど、それってどうよ、とは思わないか？」

八方美人的な性格はちっとも変わらない。私はスタイリストの兄が恥じないよう、立派な理由を与えた。

「小百合には父の弟子の南雲と、私の元部下の杏子がかしずいているのに、私はひとりぼっちなの。こっちの方がよっぽどどうよって思うんですけど」

「俺としてはお前たち姉妹が危険な目に遭うのを避けたいだけなんだが」

おおっと。珍しく素直な台詞《せりふ》に思わずきゅんとなる。でもまあ、平等主義で博愛主義者の兄には、不平等な姉妹格差を納得させてしまえば、それでおしまいだ。

こうして私は、最後の最後で最強の切り札を手に入れた。ぎりぎりセーフ。

　これからは外出も控えなくてはならない。その意味では小百合と同じアパートに住むことは理に適《かな》っている。期せずして盗聴可能範囲まで小百合に接近できるからだ。

　退屈そうに爪を弾いている兄、今は絶縁され赤の他人となっている城崎亮に言う。

「お兄ちゃんの軽口は聞き飽きたわ。まずは依頼を聞いてほしいの」

「どうしてウチの妹たちは、こうも色気がない連中ばかりになっちまったかねえ」

　少なくともそれは私のせいではない。なので私はそのぼやきを無視した。

「小百合は渡欧しようとしているの。行き先はフランスだけど、そこから先がわからない。だから旅行の目的を探り、できれば小百合の意図を阻止してほしいの」

「ほんとに、お前ってヤツは……」

　それ以上何も言えず、城崎亮はぼそぼそと言う。

「とりあえず周辺の聞き込みをしてみるが、あまり期待しないように」

「もちろんよ。だってこれはダメもとの依頼なんだもの」

「お前なあ。それって今から頼む相手に言うことじゃないぞ」

　城崎亮はうっすら目を細める。それは笑顔のようでもあり、顔をしかめているようでもあった。その表情に見覚えがあった。それは兄が、妹にわがままを言われて、照れながらもそれを叶《かな》えてあげようと決意した時の表情だった。

　その表情を見て、もうひとつだけわがままを言ってみようかなという気になった。

「あのね、もうひとつお願いがあるの。ある人の携帯の番号を調べてほしいんだけど」

兄は不思議そうに首をひねって、私を見た。

一ヵ月余が過ぎ、小百合は帰国した。小百合の行き先はニースだったらしい、というところまでは兄が嗅《か》ぎ当ててくれたが、わかったのはそこまでだった。ニースと聞いて心当たりを探ってみたけれど、思い当たる節はなかった。

しばらくして盗聴器が反応しなくなった。バレたのかと心配したが、どうやら小百合が臥《ふ》せっているとわかった。外出しないので、太陽電池が尽きてしまったのかもしれない。真下の部屋では南雲父娘の出入りだけしか確認できなくなってしまった。せっかく兄・城崎亮という最終兵器を手にしたのに、肝心の小百合が活動を停止してしまっては、どうしようもない。

というわけで、小百合が不気味に沈黙している季節の中で、私はひとり故郷の春を満喫した。こういうとき、楽天的で雑な性格に生んでくれた両親に感謝したくなる。

街角を歩いていると、スキップしたくなる。だけど桜宮の街はすっかりさびれていた。繁華街の蓮っ葉通りには人影もなく、すれ違うのは野良猫ばかり。仕方なく私は、野良猫に挨拶《あいさつ》する。片手を上げ、みゃあ、と鳴くと、相手は身をすくめ、次の瞬間に脱兎《だっと》の如く逃げ出してしまう。

03 魔窟

久々に小百合の話し声を傍受したのは、梅雨に入りかけの六月初頭のことだ。

「明日は東京へ行くわ」

真夜中だった。

イヤホンから突然、小百合の声が飛び込んできた。うつらうつらしていた私は跳び起きて、真っ暗な部屋を見回す。窓の外にはしとしとと降る雨粒が銀色に光っていた。

小百合の声に耳を傾けた。とぎれとぎれに聞こえる声は、以前よりもずっと力強さを増していた。ここからが本当の勝負だ、と私は悟った。

その日、新幹線の車内で小百合の後ろ姿を、数列後ろの座席から眺めていた。小百合のセンサーにひっかからない距離を熟知していた私は、ぎりぎりまで小百合に近づいた。それは、かくれんぼの時に鬼の背後に忍び寄るスリルに似た快感だった。

でも、わからないことだらけだった。

なぜ小百合は今、このタイミングで上京するのだろう。

その謎は解けなかったが、解けないからこそ尾行しているわけだし、小百合の行動には目的があるから、尾行すれば謎は解けるだろうと確信していた。

新幹線がホームに到着し、人々が列車を降りる。乗っていた時に感じていたよりも、ずっと乗客は多かったので、目を離すと小百合の姿をあっという間に見失いそうになる。都会の尾行には細心の注意が必要だ。

それにしても東京駅の魔窟《まくつ》っぷりときたら。入り乱れる色鮮やかな表示板で右往左往させた挙げ句、ようやく行き先の電車に到着した頃には、目的地はおろか、駅にいることさえ忘れさせてしまう。これを魔窟と呼ばずしてなんと言おう。

とにかく人が多すぎる。どうしてあんな狭い空間にうじゃうじゃ集まりたがるのか。でも人混みにもいいところはある。尾行の気配を消すのが簡単。自分の存在が希薄になる。人波をすりぬけながら、私はマスクとサングラスを外す。軽やかに歩きながら、楽しくて、ついつい小百合を尾行していることを忘れてしまいそうになる。

ほらね、やっぱり東京駅って魔窟だ。

小糠雨《こぬか》がそぼ降る中、小百合の影を見失わず無事に目的地に到着した。小百合の目的地は私自身のゴールでもある。これって人生という旅にどこか似ているなあ、などと考えながら、小百合が日本内科学会事務局のあるビルに入っていくのを確認して、向かいの公園のベンチに座る。

木陰のベンチでロザリオから流れてくる音声に耳を澄まそうとして、ふと顔を上げた。ビルの陰に派手な色の傘が見え、その下に見覚えがあるソバージュ頭が見えた。杏子だった。ふたり一緒だと目立つから、別々に上京したのだろうか。

小百合の用心深さにつくづく感心し、そして同時にしみじみとぞっとする。

杏子は私の尾行に気づいただろうか。

大丈夫、と自分に言い聞かせる。気づいているなら、さっき目が合ったはずだ。

私はそろそろと奥のベンチへ移動する。ここなら見つかる心配はない。


盗聴音波がイヤホンから流れ込んでくる。事務員の女性が小百合を確認する声、扉が開く音。低くて聞き取りにくい男性の声。挨拶から、大道という名前だと知る。

耳障りな電子音声が響く。『バーバラ』という会話サポートシステムを使う理由はわからないけれど、ひとつだけいいことがあった。『バーバラ』は聞き取りやすかった。

――桜宮ニAiせんたーガ、デキタラ、日本ノ医療ハ、滅ビテシマイマス。

いきなり本題に突っ込んでいったので、びっくりして跳び上がりそうになる。まずは時候のご挨拶から入るのが古来日本の礼儀というものだ。でも私は小百合の非礼を許した。それこそ、まさしく聞きたかったポイントだったからだ。

というのはなぜですかな、などといかにも老獪《ろうかい》という口調で投げ返した大道教授の質問の論理的推進性はゼロだ。トロいお爺《じい》ちゃんは相手に切り込んでいこうとしない。

小百合がうっすら笑っているのが目に浮かぶ。その後のやり取りは小百合のペースで、目新しい情報は皆無だった。言いたいことを言い尽くした小百合が立ち上がる音。扉がぱたんと閉まる音に続き、階段を下りるヒールの音がした。

ジャングルジムの陰から覗くと、小百合に駆け寄った杏子が傘を差し掛けていた。

──内科学会のお偉いさんがあのレベルだなんて、ねえ。

ねえ。まったく同感よ。

小百合は秋葉原で買い物をし、青山でランチの後、東京駅で杏子と別れた。

東京駅からメトロに乗る。人が少なくなるのと反比例して尾行の難度が上がっていく。席に座った小百合は、やがてサングラスとマスクを再装着すると立ち上がる。

笹月駅。

小雨の中、駅から出た小百合は、傘を傾け、周囲を見回しながらゆっくり道をたどる。その歩みにためらいはない。次第に濃くなる木々の緑に古びた記憶が呼び醒《さ》まされていく。遠目に洋館のシルエットが見えた。その看板を見た時、推測が確信に変わる。

ここは叔母《おば》の茉莉亜が院長を務める医院だ。

雨に濡《ぬ》れた蔦《つた》が絡む看板を見上げていた小百合は、裏手に向かう。中庭に深紅の薔薇《ばら》が咲き乱れている。薔薇が大好きだった母を思い出す。私は門に聳《そび》える樫《かし》の大樹にもたれ、建屋の入口に注意を払いながらも懐かしさで胸がいっぱいになった。

廊下がきしむ音。からりと扉が開く音。規則的な機械音は、酸素供給ボンベの音か。

──あら……お久しぶりね。

懐かしい声。でも私の姿は見えていないのが哀しい。

電波の状態が悪く、会話はとぎれとぎれにしか聞こえない。いらいらしながら耳を澄ましていると、茉莉亜叔母さまの口から思わぬ名前が飛び出した。

──あなたの行く手を阻むのは、すみれちゃんよ。気をつけてね。

すみれは死んでしまったんですから、と小百合がとりあわないと、叔母さまは言う。

──それならすみれちゃんの想念に気をつけなさい。今もあなたの側にいるわ。

その言葉を耳にして、私は目をつむる。静かに時が遡行していく。

小百合が母屋から出てきた時には雨は上がり、雲間から薄日が差していた。小百合の後を、水たまりを避けながら、少し離れてつける。

小百合が新幹線に乗り込んだのを確認し、同じ列車の別の車両に乗り込んだ。私たち姉妹は仲良く、だけど別々に桜宮へ帰還した。桜宮に戻った時、空は晴れ渡っていた。

小百合はどうして突然、茉莉亜叔母さまを訪問しようと思ったのか。一晩経って理由がわかった気がした。小百合は血族と会って、その血が指し示す方向を確認したかったのだ。それは小百合が私の存在に気づいていない証拠でもあった。

わかっていたら、小百合は茉莉亜叔母さまではなく、私に会いに来ただろう。

小百合の計画は着々と進行している。それは私にとって望ましくない結末に突き進んでいるということだ。危惧《きぐ》した私は東京行きの翌日、兄を呼び出し封筒を手渡した。

「これを東城大Aiセンターの責任者に渡してほしいの」

閉じられていない封筒を開けた兄は目を瞠《みは》る。やがてぼそりと言う。

「お前たちって本当にねじくれてるな。ねじれ方が左巻きか、右巻きかが違うだけだ」

城崎に手渡した手紙の本文はただ一行だけしかなかった。

『八の月、東城大とケルベロスの塔を破壊する』

それはAiセンターへの愛をこめたラブレターだ。たったこれだけの文章を書き上げるために、街角で拾った古新聞の束から文字を拾い出すのに一晩もかかったのだから。

「これは会心作よ。こうして予告すれば、東城大の警戒心を喚起して小百合の邪魔になるし、ケルベロスという隠語を使えば、身内の造反と思わせられて仲間割れだって期待できるし。一年後の八月に遂行すればブラフでもなくなるわけだし、ね」

「ほんと、いい性格してるよ、お前たちは」

「いちいち〝お前たち〟って、小百合とひとまとめにしないで。なんかムカつく」

「悪い悪い。深い意味はないのさ。でもお前と小百合は足し引きすれば、どちらかがこの世界に実在できなくなるから、あちこちに痕跡《こんせき》を残すのはよくないいんじゃないか？」

「それって、私に冥界《めいかい》に帰れって意味？」

「いや、そういうわけじゃないけど」

生まれついての八方美人の兄・城崎亮は、ごにょごにょと言う。

わかってる。気のいい兄はきっぱり言い返されると、それ以上何も言えなくなってしまう。本当に気がかりなことは決して口にしない。兄は昔からそんなヤツだった。そして私は、そんな兄が愛《いと》おしくてたまらなかった。


薄暮が訪れた頃、クラクションが鳴った。窓の外を見ると、クリーム色のワンボックスワゴンが停まっていて、その隣で細身の男性が手を振っていた。

「へい、姉ちゃん、今からドライブにつきあわないか？」

私は旅行用のお泊まりセットを手に部屋を出て、後部座席に飛び込んだ。

「目立つようなことはやめてよ。こう見えてもあたしはお尋ね者なんだから」

「大丈夫。小百合とそのお仲間は今、桜宮岬で悪だくみの真っ最中だからな」

兄の言う通りだ。私はゆるゆると緊張を解いた。

目的地が決まっているドライブだけど、部屋に籠《こ》もりきりだった私には息抜きになる。これも兄なりの思いやりだろう。通り過ぎる蓮っ葉通りは閑散としていて、半分はシャッター通りになっていた。そんな街並を抜け、桜宮バイパスへと向かう。白い砂浜の先に青い海原が広がる。解放感に包まれていると、兄がぼそりと言った。

「そう言えばさっき、センター長からＡｉセンターを守ってほしいと依頼されてね。仕方ないから重複依頼と利益相反だと言って、お断りしたよ。でも成り行きで協力するかもという含みは残しておいた」

「さすが、八方美人の便利屋さんね。それって、あたしを裏切るってこと？」

「違う。小百合は妨害するけど、すみれの邪魔はしないっていう意味だ」

「ふうん、何だかよくわかんないけど、ありがとね、お兄ちゃん」

ウインクすると、不機嫌そうに黙り込む。照れている兄は、ぶつぶつ文句を言う。

「センター長って何だか頼りないヤツでさあ。あの人がトップで大丈夫なのかなあ」

Ａｉセンターはそれなりに注目されるから、そこそこの人物をトップにするはずだ。腹黒ダヌキか、髭面《ひげづら》親父か。大穴は法医のモグラ。でも、頼りないという形容詞は、その中の誰にも当てはまらない気がするんだけど……。

ワゴン車は、屹立《きつりつ》する銀色の塔、Ａｉセンターの駐車場に停車する。クーラーボックスを開けながら、兄は中身を説明してくれる。

「オレンジジュースと烏龍茶《ウーロン》。水分はしっかり取れ。おやつのお菓子は後ろの紙袋」

「何だか遠足みたい。何から何までありがと」

ドアを開けた兄は「グッドラック」と言って、薄暮でも明るい車外に出た。

ひとりになると、水分は控えなければと思う。トイレに行くのが面倒だ。私は座席に沈み込み、イヤホンから流れ込む小百合の息づかいに耳を澄ませた。

04 煌めく塔

科学技術の進歩には心より感謝したい。小百合のロザリオに盗聴器を仕込もうとしたのと時を同じくして、薄型の太陽光電池・ナノシートが開発されたのはラッキーだった。そうでなければ今頃、盗聴器は電源を失いただのロザリオに戻っていただろう。

Ａｉセンターの駐車場に停めたワゴン車の中で幾晩かを過ごす覚悟でいた。徒歩五分の場所に二十四時間営業のマンガ喫茶があり、シャワーやランドリー、トイレもある。日常生活への対応は万全だ。準備万端を整えて、私は徹宵《てっしょう》に踏み切った。

今、小百合は桜宮科学捜査研究所の一室にいる。背後の音が分散しているのは、テレビ番組を同時に流しているせいだ。小百合はテレビ嫌いだから、部屋の主《あるじ》がテレビ好きなのだろう。会話から、部屋にいるのは警察庁のキャリアで出向中の斑鳩芳正広報室長、極北市監察医務院の元院長・南雲忠義、そして小百合の三人だとわかる。

突然、音が大きくなる。東城大に招聘《しょうへい》された東堂上席教授のニュースのようだ。ニュースが終わると、音声は途切れ、部屋は静寂に包まれる。

——警察庁関係の会議参加者が不在になっています。どうすればよろしいでしょう。

突然、再生音声から懐かしい声が響いてきて、イヤホンを落としそうになった。

どうしてあの人がここにいるの？　桜宮市警とは無関係なはずの田口先生の声を久し振りに耳にして、動揺した私に畳み掛けるように、南雲忠義の声がした。

――センター長なんだから、とっとと自分で決めればいいものを。煮え切らないヤツめ。

頼りないセンター長という兄の表現が私の中でぴったりと重なる。兄が田口先生と何を話したのか、聞かなかった自分の間抜けさに、拳《こぶし》で頭を叩《たた》きたくなる。

続いて聞こえてきたのは憎き腹黒ダヌキ、高階病院長の声だ。

――久しぶりに封印を解いて、本当の私をお見せしましょう。

ここに至って私はようやく事態を把握する。聞こえているのは腹黒ダヌキと田口先生との会話だ。たぶん、病院長室で盗聴録音した会話を再生しているのだろう。

続いて小百合が、東城大の破壊計画は自分に任せてほしいと言い、斑鳩室長が了承した。南雲と小百合のやり取りでは、ボールペンとか木っ端微塵《みじん》とか、脈絡のない、どことなく物騒な単語の断片が入り乱れたが、早口すぎてよく聞き取れない。

やがて小百合がころりと話題を変え、Ａｉセンター会議に出席したいと言い出した。さすがに南雲忠義が諫言《かんげん》するが、小百合は聞く耳を持たない。

――お嬢が一度決めたら、いくら止めてもムダだろうな。

南雲の言葉にしみじみと共感する。小百合は、無口な時は辛抱強いけど、いったん口を開くと、ガラリと性格が変わり、辛抱強さをどこかに置き忘れてきてしまう。

ふだんはよく喋《しゃべ》るクセに、肝心な場面では口ごもってしまう私とは正反対だ。

斑鳩が話を変え、小百合が炎上した桜宮病院からどうやって脱出したのかと尋ねる。笑いながら事情を説明する小百合の言葉に、全身の血が逆流しそうになる。

——小百合さんのご母堂が、部屋には一家全員が勢揃いしていると言ったそうですが。

斑鳩の指摘に、小百合は笑うのを止め、幻影をみたのかも、と苦しい説明をする。

知りもしないクセにいい加減なことは言わないで、と私は小百合の襟首をつかんで言いたくなった。だけど私の苛立《いらだ》ちが、小百合には届くはずがない。

——間抜けなすみれの顔を思うと今でもほんと笑っちゃうわ。

ぐつぐつと沸騰した血が逆流する。そんな小百合を、小さい頃から私を可愛がってくれた南雲がたしなめてくれた。思わず涙がこぼれそうになる。

怪文書を話題にして、小百合のいたずらのせいでハードルが上がってしまったことを南雲が責めた。小百合は自分ではないと主張する。私は勝利に酔いしれる。

あんたたちにはわかりっこないわ。私が、実存である兄の力を借りて、手紙を現世に送り届けたなんて思いもしないでしょうからと、車中で、くすくす笑ってしまう。

突然、ワゴン車が照らし出された。カーテン越しに光の輪が私の影をあぶり出す。身を縮める。ライトの光、車が停まる音。砂利を踏みしめる音。走り去るタクシー。

後部座席のカーテンを細く開き、おそるおそる外を窺《うかが》う。

残された暗闇の中に長身、細身のシルエットが浮かび上がる。

それは兄の姿のようにも見えた。まさか、裏切り……？

だが違った。髪が長く、しかも輝くようなブロンドだったからだ。

男性は、桜宮科学捜査研究所の呼び鈴を押す。扉が開き小百合が顔を出した。

私はカーテンのすき間をいっそう細め、目を凝らす。小百合の背後に二人の人影が見える。一人は南雲忠義だから、見知らぬ地味な中年男性が斑鳩室長だろう。

小百合は華奢《きゃしゃ》な指を伸ばし、オーラを漂わせている男性の頰に触れながら言った。

「桜宮に来たのは二十年ぶりね、マリツィア」

男性の眼が碧《あお》く光る。その表情で思い出す。かつて桜宮岬で邂逅《かいこう》した青年。あの時は小百合と私、そして葵ちゃんがいた。そして私は、マリツィアがいつかこの地を再訪することを知っていた。そう、知っていた気がする。でも、なぜ今、このタイミングでここに現れたのだろう。私の父、巌雄から悪魔呼ばわりされたマリツィアが桜宮岬に降臨するタイミングとしては予想外であり、だからこそ劇的だった。

小百合の細い指先が指し示す方向に、海からの照り返しに浮かび上がる鈍い銀色の塔が見えた。マリツィアはしばらくの間、その塔を見つめていたが、やがて塔の内部を見たいと言い出した。

マリツィア一行は、私が潜むワゴンに近付いてくる。カーテンに隠れ、息を潜めた私の目の前を通り過ぎていく。小百合の横顔、そしてマリツィアの表情を凝視する。

マリツィアが、塔にたどり着くと、きしみ音と共に、冥界《めいかい》への扉が開いていく。

マリツィアは優雅な会釈を小百合に投げ、手をさしのべて流暢《りゅうちょう》な日本語で挨拶《あいさつ》する。

「ようこそ、冥府の虚城へ」

その言葉を耳にした時、私の全身を戦慄《せんりつ》が貫いた。

小百合がここに〝碧翠院〟を再現した、真の理由がわかったからだ。

作り上げたものを徹底的に破壊しつくすためだ。そのためには構造をよく知る碧翠院が都合がよかったのだ。ここでマリツィアを引っ張り出す小百合の構想力に慄然とする。

一月、小百合の姿が欧州に消えたあの時に、こうしたつながりを思いつき、即座に実行したのかと思うと、その発想力に脱帽せざるを得ない。

一瞬の静寂が部屋を包んだあと、マリツィアは続けた。

──君たち姉妹を一目見た時からずっと、ここに塔を建てる時は桜宮家の意思を尊重しようと思っていたんだ。イワオもそう、アオイやスミレも、そしてサユリ、君もだ。

その言葉を耳にした瞬間、脳裏に閃光《せんこう》が走る。

これはラストチャンスだ。

シャンパンの栓が抜かれた華やかな音とともに、マリツィアは乾杯を告げる。

その言葉を最後にマリツィアの気配が消え、小百合の声が地の底から響いてくる。

──またひとつ桜宮の因縁が溶けたみたいね。東城大の滅びの日は近いわ。

静寂の中、私は、世界に残された唯一の音、遠ざかる足音に耳を澄ます。続いて扉の音がした。私が潜むワゴン車の前を、斑鳩と南雲忠義が通り過ぎる。イヤホンの電子変換された音が、目の前の砂利を踏みしめるアナログの音へと移行する。

それは冥界からの足音のような、不気味な響きだった。二人が桜宮科学捜査研究所の中へ姿を消したのを確認して、目を閉じる。私は彫像のように動かなかった。

どれくらい、そうしていただろう。私は深呼吸をして、車の扉を開けた。

月の光が白々と私の輪郭を浮かび上がらせている。意を決し、月明かりの下、一歩踏み出す。足元の砂利がきしむ。反射的に身を縮め、天を仰ぐ。

藍色《あいいろ》に染め上げられた夜空には、銀色の塔が突き刺さっている。その切っ先には中天高く、満月がプラチナの輝きを放っている。

星降る夜空の下、私は小百合の戦略の全体像を見抜いた。その予測を確かめるために私自身、この塔に足を踏み入れなければならない。

それは危険な賭《か》けだ。だけどこうするより他に、道は残されてはいない。

塔の外壁、ケルベロスの右目に指を差し入れると、冥界の扉が音もなく開いていく。


夜更け。塔を逍遥《しょうよう》する小百合は、布袋を手に階段を上っていく。住み慣れた建物のミックの闇に潜む私には、小百合がどこにいるのか、手に取るようにわかる。その動線を見越し、はちあわせにならないように小刻みに移動する。小百合は鼻歌を歌いながら階段を上り、時折、壁に設置された小扉を開けては、何かごそごそとやっている。

「無防備すぎて、やりがいがないわね」

小百合がそう呟《つぶや》いたその時、思わず息を呑《の》んだ。

私の目の前を、一匹の黒猫が通りすぎたのだ。どこから入ってきたのだろう、この子。

動揺した私は、気配を殺すのに失敗した。空気が揺れた。

「誰？」

壁に描かれた宗教画をなぞる指先を止め、小百合は緊張感に満ちた声を発した。

私を見つめる黒猫の瞳《ひとみ》が光る。ひと声、みゃあ、と鳴いた。

闇を凝視していた小百合の気配が、緩んだ。

「猫、か」

こんな夜中に、こんな所に誰かがいるはずはないわね、と自分に言い聞かせている。

その時、天窓から月明かりが差し込んできた。

白い月光に照らされた小百合の横顔に、うっすら笑みが浮かんでいる。

「待っててね。派手な花火で、あなたの旅立ちを盛大に飾り立ててあげるから」

月を見上げた小百合はさらに階段を上り、視界から消えた。

あぶないあぶない。

月夜の晩は何もかもが狂わされてしまう。小百合のセンサー領域も警戒心も、自分自身のテリトリー感覚も。

最上階、かつての螺鈿《らでん》の部屋には、マリツィアのシルエットがぼんやり映っている。

シャンパンを飲み干すマリツィアと同じ気持ちになって、天窓の星に目を凝らす。

言葉も交わさないふたりの間に、悠久の銀河が流れこんでくる。

夜明け前。私はまんじりともせず、その時を待ち続けていた。

マリツィアがタワーを出て行く瞬間。その時がラストチャンス。私は非合法的存在だから人目に触れるわけにはいかない。マリツィアが動いた時、そこに誰かいたらアウト。いきなりこんな急展開になるなんて思いもしなかった。でもこれは宿命なのだ。ならば自分自身の力で道を切り開くしかない。ひょっとしたら、一瞬ですべてが崩壊してしまうかもしれない。だから、これはギャンブルだ。

その時、明るい光が一条、塔の内部に差しかかってきた。夜明けだ。

清潔な光が塔の内部を消毒し始める。私は絶望に似た思いでその光景を見つめる。

私自身の運命について考える。そして朝日と共に泡と消えてしまう儚《はかな》い願いについて。

その時。朝の光に照らされたケルベロス・タワーの天井桟敷《さじき》で人影が動いた。

収穫寸前の小麦畑のように金色に輝く髪をたなびかせ、優雅なシルエットがゆっくりした足取りで下りてくる。心臓が激しく躍り出す。

千々に乱れる迷いを一刀両断にして、サングラスとマスクを外す。そして、昨晩この塔で運命に遭遇した黒猫のように、しなやかな足取りで影の背後にしのびよる。

秘密の入口に手を掛けた瞬間、その後ろ姿に声を掛ける。マリツィアは振り返る。

私は小猫のように、みゃあ、と鳴いた。

◉第四部　真夏の運命

——東城大の良心、そして医療の未来です。
彼らが生き残っている限り、
私たちの希望が打ち砕かれることはありません。
高階権太

23章　落第王子の当惑

2009年7月14日午前10時　付属病院3F・第一会議室

何だか、いろんなことが一度に起こって、僕の周りで渦巻いていた。そんな時の時の流れは、得てして途方もない激流になってしまう。

桜宮岬で、桜宮一族の怨念《おんねん》の強さを見せつけられた。それは衝撃的な光景だった。

東城大の切り札として建築されたAiセンターは、何と、東城大を憎みながら業火に消えた碧翠院とそっくりのフォルムをしていたのだ。

やっと出会えた碧翠院の忘れ形見、美智と永遠のお別れをしたのも、同じ日だった。

極楽病棟で美智を看取ったのは、ついさっきのような気がする。美智の最期の鼓動は今も僕の手の中で脈打っているのに、現実はそれから一日が経っていた。

そう、今日はAiセンター創設会議の当日だ。

病院のカフェテリアで僕はハコを待っていた。一緒に創設会議に参加するためだ。

僕の向かいには冷泉深雪がいて、授業が終わった後に一緒にお茶をしている。スマホをチェックすると、少し前に田口センター長から簡潔なメールが届いていた。

Ａｉセンター創設検討委員会諸氏
創設会議の議題項目を列挙します。以下の各項につきまして、事前に可否についてお考えいただくよう、お願いします。
・施設名称はＡｉセンターとする。
・こけら落としの公開シンポジウムを八月下旬に実施する。その内容について。
・Ａｉセンターを七月下旬に稼働開始する。
・あらゆる機会にＡｉセンターのメディア露出をめざす。そのためのアイディア。
以上、ご検討をよろしくお願いします。

東城大学医学部付属病院Ａｉセンター長　田口公平拝

これは提案ではなく通告だ。しかも発信者は放射線科の島津先生だ。やはり田口先生は傀儡《かいらい》で、黒幕は島津先生なのでは、と思えてしまう。それにしても、この傲慢《ごうまん》なメールの印象と、極楽病棟で目にしたカルテの中の田口先生の実像は乖離《かいり》が大きすぎる。気がつくと田口先生は、僕の前に巨大な壁として、立ちはだかっていた。

携帯画面を眺めている僕に、冷泉深雪が言う。

「さっきのメール、私も読みました。何だかどきどきしちゃって」

本日の冷泉深雪は、白いブラウスに細身のジーンズというシンプルないでたちだ。

だがその分、スタイルのよさと胸のふくらみが強調されている。

それは男心の妄想がなせる業だけど、何より自分の存在の剣呑《けんのん》さに無自覚である点が、コイツの問題点だ。などとそんな他愛もないことを考えていたら、僕の中に溢《あふ》れていたはずの美智を失った悲しみは、いつの間にか薄らいでいた。まったく、男ってヤツはどうしようもない生き物だ。

鼻の下を伸ばしかけた僕の頭の上から、いきなり冷や水が浴びせられた。

「あら天馬君、相変わらずモテモテね」

もちろん現実にそれが冷水であるはずもなく、単に冷水と誤認してしまうような言葉の冷気が、僕の背後からまっしぐらに降り注がれただけだ。

僕は振り返らずに応じる。

「嫌味を言う前に、お礼のひとつくらい、言ってもいいんじゃないかな。普通、記者は参加できない、東城大の極秘企画最前線の現場にご招待してさしあげたんだからさ」

「わかってるわよ。だからほら、こんなに感謝してるじゃない」

いきなり背後からふわりと抱きしめられる。

一瞬、クチナシの花の香りが、僕の周囲に広がる。

背後から僕を抱きしめた女性の視線が、目の前の冷泉深雪とばちりとぶつかっていることは、僕の正面で固まってしまった冷泉深雪の瞳《ひとみ》に映り込んだハコの微笑が、雄弁に物語っている。この間、桜宮岬で見せた弱々しさなど、すっかり消え失《う》せている。

僕は、背後からの抱擁を振りほどくと、すい、と立ち上がる。

「これでメンバーは勢揃いした。開始三十分前だけど、そろそろ行こうか。僕たちは一番下っ端だから、邪魔にならないように隅っこで待機していないと失礼だもの」

一瞬、前門の虎と後門の狼が互いに牙《きば》を剝《む》きだし、威嚇し合っている気配が漂った。

僕はひとり、剣呑な空気をすりぬけ、セルフサービスの食器返却口に向かう。


大学病院にはさまざまな部屋がある。個人の所有物で詰まっている部屋、収蔵物で埋まっている部屋、ふだんは空っぽなのに時々人でいっぱいになる部屋など。さらに、ふだんは空っぽだけど時々人でいっぱいになる部屋には二通りあって、中身が医学生のケースと、病院職員、つまり医者や看護師、技師、事務員である部屋がある。今日の会場の第一会議室は最後のカテゴリー、つまり時々病院関係者でいっぱいになる部屋だ。何が言いたいかといえば、これまで僕が足を踏み入れたことのない部屋だということだ。

第一会議室では、これまでも東城大におけるエポック・メイキングな会議が開催されてきたのだという。きっと今日の会議はそれ以上のものになるに違いない。

会議開始の三十分前だと、さすがに部屋に人影はない。周囲を見回すと、メンバーの名札が机の上に置かれているが、そこに僕たちの名はない。中央の会議机を取り巻くように、壁沿いに椅子が据えられていた。どうやらここがオブザーバー席のようだ。

僕たちは奥の椅子に座る。窓から真夏の強い陽射しが差し込んでくる。

改めて机の上に置かれたメンバーの名札をながめる。ど派手な肩書きが並んでいる。中央に田口センター長。欄外に括弧付きで、リスクマネジメント委員会委員長と添えられている。右隣の東堂教授の肩書きはマサチューセッツ医科大学上席教授だ。テレビ情報によればノーベル医学賞に最も近い存在らしい。そんな大物を引っ張ってこられるなんて、田口センター長は意外に顔が広いのかもしれない、などと思う。しかも恐れ多いことに、田口先生はこの大物を副センター長待遇で納得させているらしい。このことは冷泉深雪の優等生ネットワーク情報から僕に伝えられた極秘事項だった。

左隣の島津先生は複数いる副センター長の一人で放射線科准教授であり同時に画像診断ユニット部長だ。本来ならＡｉセンター長の最有力候補だ。田口先生がセンター長になるなんて人事は、法医の先生がＡｉセンター長になるよりもはるかに不自然だ。

その隣の南雲忠義先生という方のお名前は初めて見たが、やはり副センター長という肩書きの下に、ごちゃっとした真っ黒な漢字の塊の文字列が並んでいる。目を凝らしてみると〝極北市監察医務院元院長兼桜宮市警科学捜査研究所特別顧問〟とある。

肩書きを読み終えただけで、ひと仕事終えたみたいに、どっと疲れてしまう。

こんな具合に参加メンバーの氏名と肩書きをいちいち確認している最中に、ぱたん、と扉が開いた音が響いた。その音よりも速く、ずかずか部屋に入ってきた小太りの男性の後ろに、楚々《そそ》とした長身の女性が続く。こう描写すると〝楚々〟という形容は、長身という事実と相性が悪いということに気づかされる。

だがそんな相性の悪さ以上に、僕はびっくりして、ハコと一緒に立ち上がっていた。

「し、白鳥さん……どうしてこんな所に？」

僕とハコは思わず驚きの声を上げた。その女性の前に立ちはだかるように姿を現したのが、碧翠院ではニセ医者にしか見えなかった本物の医師、厚生労働省のはぐれ技官、白鳥圭輔《けいすけ》だったからだ。その隣には碧翠院では桃色眼鏡のターミネーターと秘《ひそ》かに恐れられていた姫宮香織《かおり》が、ぼわん、と佇《たたず》んでいる。

その白鳥が怒濤《どとう》の台詞《せりふ》を一気読みする。

「いやいや、それはこっちのセリフでしょ。落第王子の天馬君がどうして東城大医学部の中枢の極秘会議に潜入してるの？　おまけに取材手配してあげても礼ひとつ言わないどころか、独自の視点から厚生労働省のアンチ記事にして報じてしまうブラックリスト・ナンバーワン、別宮さんまでご一緒とは……」

ハコがうつむいて笑いを嚙《か》み殺している。

「落第王子ですって。白鳥さんってあだ名つけの天才ね。うふ」

ハコのたわごとは無視する。お前だってブラックリスト・ナンバーワン女だろ。

だが、白鳥が人を見る目は確かだということだけは認めざるをえない。

隣で目を丸くして怒濤の饒舌《じょうぜつ》体を呆然《ぼうぜん》と見守る冷泉深雪をちらりと見る。ひょっとしたらこの手の優等生タイプには、こういう未確認生命体が一番リスキーなのかもしれないと思い、ワクチンの接種を試みる。何かと言えば、手早く他者紹介することだ。

「この人は碧翠院炎上事件でとってもお世話になったし、同時にこっちもかなりお世話をしてあげた人たちで、所属は厚生労働省の……」

白鳥調査官は、右手を挙げてびしりと言う。

「ちょっと待った」

大昔のテレビで、こうやって人の話に割り込んでくるゲストがわらわらいる深夜番組を見たことがあるような気がするな、と思いながら、白鳥の続きの言葉を待つ。

「そこから先の自分の肩書きくらい、自分で言わせてもらうよ。だって天馬君は、僕の肩書きを正確に言えるような自信も知性も持ち合わせていないだろうからね」

悔しいけれどその通りだ。でも言い訳をすれば、あんな長たらしい肩書きなんて誰にも再現できるはずがない。でも、妥当な評価を受けた行きがけの駄賃に、知性までないことにされてしまったのは不本意だ。だけどそこに突っ込むと泥沼に引きずり込まれてしまいそうだったから、唇を噛んで言われなき侮辱を耐え忍んだ。

白鳥は冷泉に優雅にお辞儀をすると、反動でふんぞり返り、自己紹介を始める。

「初めましてお嬢さん。僕は厚生労働省大臣官房秘書課付医療技官・政務局付医療過誤死関連第三者機関設置推進準備室室長の白鳥圭輔でえす」

一気に言い立てて、得意げに鼻をぴくつかせる。

でえす、じゃないだろう、小学生じゃあるまいし。

脇腹を肘《ひじ》でつついて、隣の長身の美女、姫宮が小声でたしなめる。

「室長、肩書きが間違っています。中立的という言葉が落ちてます」

　姫宮は上司に恥をかかせないように、小声で注意したのだろうが、こんな中では、姫宮の小声は拡声器付きのシュプレヒコールみたいに響いてしまった。

　みんなが呆《あき》れ顔で凝視しているのに気がついて、姫宮はぺこりとお辞儀をする。

「私も自己紹介させていただきます。私の所属は……」

　そう言うと、すうっと息を呑《の》み込み、一気に言い放つ。

「厚生労働省大臣官房秘書課付医療技官兼政務局付医療過誤死関連中立的第三者機関設置推進準備室室長ホサの姫宮香織、と申します」

　無表情で言い終えた姫宮の顔を見つめながら、僕はぽつんと考える。

　なぜに、〝ホサ〟のところだけカタカナ口調なんだ？

　その時、ばたんと扉が開き、続いて入ってきた顔にはやはり見覚えがあった。冬休みに受けた特別講義が鮮やかに目に浮かぶ。銀縁眼鏡の彦根先生は、僕と冷泉深雪の顔を見つけると、片手を上げて、やあ、と声を掛ける。その声に白鳥が振り返る。

　ふたりの視線がぶつかり合った瞬間、彦根先生が素《す》っ頓狂《とんきょう》な声を上げる。

「どうしたんですか白鳥さん。まだ会議開始の二十五分も前なのに」

　これでは彦根先生のクールなたたずまいが台無しだ。白鳥は顔をしかめて言い返す。

「相変わらず、いつでもどこでも誰にでも遠慮会釈のないヤツめ。遅くとも会議開始の十分前に会議場にいるのは、霞《かすみ》が関《せき》官僚の常識なんだよ」

「それは存じていますけど、白鳥さんは十分遅れが基本スタイルだという、霞が関では歩く非常識として有名な方ですから、つい質問してしまったんです」

すると姫宮が小声で訂正する。

「彦根先生、今の表現は、根本的な部分で大きく間違っていらっしゃいます。白鳥室長は歩く非常識、ではありません。動く非常識、です」

「それってどこが違うんですか」

「室長は歩いている時だけではなく、椅子に座っている時でも非常識なんです」

白鳥と彦根先生が姫宮の指摘を聞いて、同時に同じように顔をしかめる。

「そんなたわごとなんかどうでもいいよ。それより今日は桧山《ひやま》先生はどうしてるの」

「一緒に来てますよ。シオン、ほら、ご挨拶《あいさつ》しないか。白鳥さんのご指名だよ」

扉の陰から小柄な女性が姿を現した瞬間、BGMにピアノの繊細なアルペジオが流れた。栗色の長い髪がさらりと揺れて、触れあった音だったのかもしれない。

「桧山シオンと申します。ジュネーヴ大の画像診断ユニットの特任教授をしています」

涼しげで透き通った声。夏の夕に鳴る風鈴みたいだ、と思う。

ぼうっとシオン先生に見とれている僕の脇腹を、ハコが肘でつつく。

「ほら天馬君、デレッとしないの」

厳しくも適切な指摘に、僕は、う、と漏らして言葉を失う。白鳥が言う。

「それにしても落第王子は、いつの間に不良医者と知り合いになったのさ？」

「年末、公衆衛生学の実習研究の時に、お世話になりました」

すると白鳥は人差し指を立て、左右に振りながらチッチッと舌打ちをする。

「前途有望な医学生がオイタをしたらいけないよ。彦根は医師のストライキを煽動《せんどう》し、同志は捕まったのに首謀者のクセして自分だけおめおめと逃げおおせた挙げ句、いつの間にか日本医師会と癒着して怪しげな活動をしている、節操ないヤツなんだからさあ」

その言葉を聞いて、桧山先生の鳶色《とびいろ》の瞳《ひとみ》に小さな炎が宿る。彦根先生は苦笑する。

「今のも、ものの見え方は、見る角度によって違うものだという、生きた実例なのさ。白鳥さんの言うこともまた一面の真実だということは、年末にレクチャーしたよね？」

僕と冷泉深雪が同時にうなずいたのを見て、白鳥さんが言い返す。

「今のは一面の真実なんてもんじゃなくて、全面的な事実だろ」

「確かに今の僕は日本三分の計という国家分断、転覆計画を画策していますから、官僚から見れば極悪非道の腐れ医師なんでしょう。そう思えば医師ストライキの煽動なんてママゴトみたいなもので、可愛いもんですね」

その時、ふたたび扉が開いた。彦根先生が声を潜めて、言う。

「ほら、ウワサをすれば何とやら、来ましたよ、僕なんかよりもずっと危険な、日本を実効支配している黒幕組織の尖兵《せんぺい》が」

背広姿の男性の顔立ちは、描写しようとしてもモンタージュで再現できないような平凡さだ。平凡もここまで徹底すれば、非凡だろう。

あるいはこの印象の薄さは、変幻自在の変装術の究極の姿なのかもしれない。その上、その立ち居振る舞いには隙がない。

そのことは武道の達人、冷泉深雪がごくりと唾《つば》を飲んだことからも感じられた。

男性はスーツ姿の若い女性を従えていたが、これまた地味な装いだ。そんな中で目を引いたのは、作務衣《さむえ》姿の老人だ。中途半端な長髪を後ろで束ね、業の深さを思わせる顔に刻まれた皺《しわ》がその姿を際立たせていた。

「これはこれは。アリアドネ・インシデントの直後なのに、よくまあ警察関係者がおめおめと出席できたものですね。いやはや、その根性には感服しますよ、斑鳩さん」

白鳥の言葉で、ようやくその男性とどこで会ったか思い出す。桜宮科学捜査研究所に取材した時に、オフレコ解除の許可を即断してくれた広報室長だ。

「警察庁も人手不足でしてね。私のような若輩者が出席する非礼をご容赦ください」

「ま、ご容赦するのは田口センセ、あ、いや、田口センター長だからね。何なら僕が口を利いてあげてもいいよ。何しろ田口センセは僕の不肖の弟子だからね」

いつもながらの白鳥の毒舌には、つい聞き惚《ほ》れてしまう。どうでもいいことにわざわざ挑発的な言葉を投げつけることもないのに、とも思うのだが。

斑鳩室長の後ろのスーツ姿の女性は、僕を見ると目を伏せた。隣で冷泉がささやく。

「あの女性、どこかで会ったことがあるような気がするんですけど」

僕は冷泉の言葉に同意しながらも、それが誰かはどうしても思い出せない。

ふたたび扉が開く。入ってきたのは中年の男女ともうひとり、年齢不詳の女性だ。サングラスで目元を隠し、顔の下半分を白いマスクで覆った、異様な雰囲気の女性を見た瞬間、全身の血液が逆流した気がした。

白鳥の声が違和感で固まった部屋の澱《よど》んだ空気を吹き飛ばした。

「いやあ、みなさん華やかですねえ。今回の参加者には女性同伴が義務づけられていたのかな。そんな洒落《しゃれ》たことを考えつくなんて、わが不肖の弟子も一皮剝《む》けたのかな。ま、どんな無理難題も、易々《やすやす》とクリアしてしまうのが、僕みたいな天才の悩みなんだけどさ。それにしても、こうしてみるとハーレムみたいだねえ」

「ご謙遜《けんそん》を。白鳥さんだって素敵な女性を連れていらっしゃるじゃないですか」

彦根先生がちゃちゃを入れると、白鳥はくるりと姫宮を振り返る。

「聞いたか、姫宮？　お前は素敵だそうだぞ」

姫宮は大柄な身体で縮こまり、頬を赤らめる。

「お褒めの言葉、痛み入ります」

ちぐはぐな返礼に、居合わせた人々はうつむく。みんな必死に笑いをこらえている。

何なんだろう、この空気。これでも重要な会議前なのだろうか。

その時、扉のところで足音が止んだ。

一斉に顔を上げた、その凝視の一斉射撃に驚いたようにたじろぐひとりの男性がいた。

それはこの会議の主役、田口センター長が登場した瞬間だった。

24章　田口センター長、登場

7月14日午前10時30分　付属病院3F・第一会議室

参加メンバーの凝視の洗礼に立ちすくんだ田口センター長は、隣の島津先生に脇腹をつつかれて我に返ると、まず彦根先生に挨拶をする。学生時代の仲間ですずめ四天王のひとりなので、挨拶しやすいのだろう。考えてみれば会議にはすずめ四天王から三人も参加している。彦根先生、島津先生、そして田口先生だ。後輩からすると緊張の一瞬だ。

そこに無遠慮な声が割り込んだ。

「せっかく女性同伴縛りだったのに、田口センセひとりがブチ壊しちゃうんだもんな」

思いもよらない角度からの直撃を食らい、田口先生は目を白黒させた。田口先生には女っ気がないとは聞いてはいたが、まさかここまでヘタレだとは思わなかった。

白鳥の言った通り、同伴したのが髭《ひげ》もじゃの島津先生という時点で終わっている。

白鳥は隣の助手、姫宮を指し示す。

「僕も今回は助手を帯同したよ。姫宮との顔合わせは済んでるんだよね。それにしても姫宮があの件を曲解して、田口センセに直接依頼するなんて、想定外だったなあ」

大柄な身体を縮めている姫宮を見るにつけ、不条理という言葉について考察したくなるのはなぜだろう。そんなことを考えていると、白鳥はいきなり僕に矛先を向ける。

「それにしても、田口センセに横着者の落第王子をひっぱり出せるような甲斐性《かいしょう》があったなんて意外だったよ」

いきなりの無茶振り。僕は仕方なく立ち上がり、田口先生に歩み寄る。

「おかげさまで白鳥さん程度の方でも医師国家試験に通るんだとわかって自信が持てましたし、こんな方を野放しにしたら医療界はとんでもないことになってしまいますから、何とかしないとという義務感も芽生えて、そこそこ真面目に医学生をやってます」

白鳥の先制ジャブを笑顔で軽くいなした僕を見て、戦闘開始の気配を察知したのか、相方のハコが田口先生に名刺を差し出し挨拶《あいさつ》をする。

「時風新報社の別宮です。神々の楽園事件に関する取材の際にはお世話になりました」

「ほう、あの記事を書いたのはあなたでしたか」

冷泉深雪が僕の横顔を凝視している。田口先生とハコが初対面であることがこのやり取りで証明され、これで僕のお相手がハコではないことが立証されたわけだ。

ほっとした次の瞬間、なぜほっとしたのか、自分の気持ちがよくわからなくなる。

「田口センセ、気をつけて。その娘は血塗《ちまみ》れヒイラギと呼ばれてるんだ。うっかり手を触れようものなら大怪我するからね」

白鳥が鋭い声で突っ込むと、ハコはあわてず騒がず、艶然《えんぜん》と微笑んでみせた。

「さすがB級グルメ専門家にして厚生労働省のスキャンダラス情報統括官、白鳥さん、民間組織の末端情報までよくご存じですね」

厚生労働省の火喰《ひく》い鳥のジャブを、きっちりカウンターで切り返し、ハコは着席した。

「え？　僕にはそんな肩書きがあったの？　全然知らなかったな」

こうなってしまったら、後は僕がフォローしなくては収まりがつかないだろう。

「別宮さんは、時風新報で特集記事を企画したいというので、参加してもらいました」

「ほんと、天馬君とは腐れ縁でして……」

「何だよ、その言い方は。特ダネになる会議に潜入できたんだから、礼くらい言えよ」

「ありがとう、天馬クン。さっきも言ったけど、今回の件はすごく感謝してます」

さて、この悪い流れをここらへんで断ち切ろうとして、僕は冷泉深雪を指さした。

「こちらが公衆衛生の実習で桜宮の死因究明制度について一緒に勉強した超絶優等生、冷泉深雪さんです」

「深雪さんという名前だと、あだ名はミユミユ、あたりかな？　それにしても天馬クンてば、いつでもどこでも両手に花だね、ヒューヒュー」

白鳥は指笛を吹いた。いや、正確に描写すれば、指笛ができないものだから、両手の人差し指を口につっこんで、自分の口でひゅーひゅーと喋《しゃべ》っただけだけど。

今時小学生でもそんなことはしないだろうに。げんなりして白鳥を見ると、田口センター長も、僕と同じような表情をしていたので、思わず笑ってしまった。

ふと隣を見ると、冷泉深雪のツイン・シニョンの髪型はかちんこちんのシャーベットみたいに固まっていた。この手のラフ・ファイトは、たぶん初体験だったのだろう。その戸惑った表情は新鮮で、何だかいつもよりずっと可愛く見えた。

続いて田口センター長は医療事故被害者の会の代表、小倉《おぐら》さんと挨拶をかわした。小倉さんは東城大を揺るがしたバチスタ・スキャンダルの被害者遺族だという。当事者の病院の職員なのに、そんな人と話せること自体、すごいものだ。小倉さんに同行した医療事故被害者の会事務局の飯沼《いいぬま》さんという女性は、お父さんが外科でお世話になって以来の東城大のファンなのだという。そのお父さんは十年前に碧翠院で最期を看取ってもらったという。ここにも小さな因縁が忍び寄る。だが飯沼さんは東城大に対しては潜在的なシンパのようだ。医療事故被害者の会は基本的に病院アンチだから、これは幸先《さいさき》がいい。

小倉さんが、離れた場所にぽつんと座った女性を指さした。

「飯沼さんを私たちの会に紹介してくださったのがこちら、医療ジャーナリストの西園寺さんで、バチスタ・スキャンダルをずっと継続して取材し続けている方です」

小倉さんの言葉を受け、飯沼さんが補足する。

「半年前、偶然西園寺さんとお目に掛かった時、父の介護日記を出版しませんか、とお誘いを受けたご縁で、こんなところまで出させていただくことになったんです」

西園寺さやかは、田口先生に名刺とパンフレットを差し出した。田口先生が言う。

「色素変性症を患っていらっしゃるんですか」

その病気は先週の皮膚科の臨床実習《ポリクリ》で学んだばかりだった。光に過敏反応してしまう原因不明の難病だから、肌の露出を抑える奇妙な身だしなみは納得できる。

西園寺さやかは携帯パソコンを取り出しタイピングを始める。電子音が流れた。

「声帯ぽりーぷノ、手術ヲシタノデ、声ガ出マセン。オ聞キ苦シサ、ゴ容赦クダサイ」

田口センター長がうなずくと、西園寺さやかはパソコンをしまいこんだ。

次に警察関係者一行のところへ行き言葉を交わす。重苦しい雰囲気が漂う。

斑鳩室長に寄り添うスーツ姿の若い女性を見て、冷泉深雪が小声で言う。

「天馬先輩、思い出しました。あの人、浪速大の公衆衛生学の講師に似てませんか？」

言われてみれば似ている気もする。だがたった一度しかお会いしていないので、僕も冷泉も自信がなく、あちらの視線も冷ややかだったので、挨拶する気になれなかった。

続いて入ってきたのは公衆衛生実習でインタビューさせてもらった法医学教室の笹井教授と循環器内科の陣内教授だ。プリティ清川が教えてくれた、陣内教授と彦根先生の間にある確執に思いを馳《は》せていると、笹井教授は、開口一番言った。

「今回、倫理審査会《エシックス》委員長の沼田《ぬまた》君がいないのは、田口クンのハシゴ外しかね？」

その名前を聞いて、僕は思わず顔をしかめる。精神科の沼田准教授は授業が粘着質で学生の評判も悪く、あまり関わりたくない相手だったからだ。

田口先生が答える。

「本人からの申し出です。エシックスはシステム導入時の正当性を議論するのが本道なので、設置が確定された今回は、問題は解決されたと考えられるので委員は辞退します、とのことでした」

田口センター長の冷静な対応の言葉を聞いてほっとする。

そろそろ全員が揃ったかな、と周囲を見回したその時、騒々しい会話が聞こえてきた。田口先生が扉を開けると、そこには、高階病院長と東堂上席教授が佇《たたず》んでいた。

高階病院長は部屋を一瞥《いちべつ》し、僕たちの隣のオブザーバー席に座る。東堂教授はその隣に座ろうとして注意され、すごすごと議長席の隣に着座し、不満げにぶつぶつ呟《つぶや》く。

「まったく、フィクサー席の隣に座るのが一番効率がいいというのに」

思い思いの場所に集まっていたメンバーは、それをきっかけに自分の席に座った。

高階病院長を横目で見る。背筋をぴんと伸ばし端然と座るその様子は古武士の風格を感じさせる。こうして役者が勢揃いし、田口センター長が開会を宣言した。

そんな中で、ふと考える。どうして僕は、こんなに場違いなところにいるのだろう。

次々に議題が可決されていく。Aiの名称問題でちょっとしたすったもんだがあったが大事には至らなかった。議題が一段落したところで、東堂先生が9テスラMRI、通称リヴァイアサンをAiセンターにプレゼントする、というサプライズを告げた。

明日から一部改装工事に入り一階の三部屋を潰《つぶ》し、リヴァイアサンを運び込む予定だと言う。この機会に大々的なメディア展開をしようという提案に反対者はいなかった。

議題があらかた片付いて、後は閉会を告げるだけかな、と思っていたら、高階病院長が咳払《せきばら》いをした。顔を上げた高階病院長の表情には、深刻な色が見え隠れしている。

「実は病院宛に妙な文書が届いております。この検討会のメンバーの皆さんには一応、お知らせした方がよろしいかと思いまして」

以前、田口先生に見せてもらった『八の月、東城大とケルベロスの塔を破壊する』という脅迫状のコピーが回覧される。

「ケルベロスの塔って何のことでしょうか?」

ハコが当然の質問をする。さすが記者だけあって物怖《ものお》じしない。

すると斑鳩室長が言った。

「本庁に出回っている、Aiセンターを指した隠語ですね。発祥の地は警察庁らしいのですが、今や霞が関全体に通用しているようです」

「なぜ、Aiセンターがケルベロスの塔と呼ばれているんですか?」

畳みかけるようなハコの質問に、斑鳩室長は眼を細め、答えた。

「ケルベロスは頭を三つ持つ地獄の番犬です。Aiは地獄の入口で受ける検査なので、棲息《せいそく》地域が同じ。それからAiも三つの顔を持っているという点が共通しているからだと思われます。Aiは医療の最終検査であり、犯罪捜査の最初の検査でもある。そして遺族にとっては救いの光です。このように司法、医療、そして遺族感情の三方向にそれぞれの顔を向けているので三つ首だ、と申し上げたわけです」

高階病院長が目を細める。

「すると爆破予告をした犯人は、警察関係者の可能性もある、というわけですね」

その言葉に、会議室の空気が凍りついた。

さすが豪腕と呼ばれる高階病院長だ。目の前に警察庁関係者がいるのに、あけすけにそんなことが言えるなんて。

白鳥室長と田口センター長が、まじまじと高階病院長を見つめていた。だが、二つの視線の性格は、百八十度真逆だった。田口センター長は、どうかそのあたりで穏便にと願い、白鳥室長は、もっとやれやれ、と言外にけしかけているように思えた。

息詰まる会議室に場違いな、東堂先生の笑い声が響く。その陽気さには誰もついていけず、笑い声が収まると、会議室は再び静まり返ってしまった。

高階病院長はまた咳払いをして、周囲を見回す。

「ではAiセンター創設会議をこれで……あ、いけない、ついうっかり」

高階病院長は自分の口を手で塞《ふさ》ぐ。そして言う。

「オブザーバーの私が、出過ぎた真似を。議事終了は委員長の専権事項でした」

この瞬間、田口センター長に対する、僕の評価は決定的になった。

やはり田口センター長は傀儡《かいらい》だったのだ。

田口センター長がげんなりした口調で会議の終了を宣言し、参加者が名刺交換をしている中、僕たちはそそくさと退出した。

ふだん歩き慣れている病院の廊下を連れ立って歩きながらハコに尋ねた。

「ジャーナリストの目から見て、今日の会議はどうだった？」

「この手の会議にしては、素晴らしかったわ」

僕は立ち止まって、ハコを見た。

「ハコが手放しで褒めるなんて珍しいな」

「だから、それくらい素晴らしい会議だったんだってば」

今度は冷泉深雪の方を向く。

「冷泉はどう思った？」

冷泉深雪はうつむいて、考え込んでいた。それから言う。

「私も素晴らしい会議だったとは思います。でも同時に何だか、とても空虚で危うい感じもしました」

僕は冷泉深雪の顔をのぞきこむ。

期せずして、僕もまったく同じ印象を持っていたからだ。

病院の一階で、ハコはあっさり姿を消した。取り残されたみたいな気分になった僕と冷泉深雪は躊躇《ちゅうちょ》したが、結局ふたりとも何も言い出せず、ばらばらに帰途についた。

その頃、桜宮科学捜査研究所では、Aｉセンター創設会議に出席したメンバーによる会合がもたれていた。メンバーは桜宮小百合、極北市監察医務院元院長の南雲忠義、桜宮市警広報室長・斑鳩芳正、事務連絡係として同行したスーツ姿の女性の四人だ。

会議ではＡｉ情報を医療現場で仕切る大方針が決定された。議論はあったが、東城大のフィクサー、高階病院長の舌鋒《ぜっぽう》の前に、あえなく蹴散《けち》らされてしまったのだ。

「今日は発言を控えたが、あれでよかったのかな、お嬢？」

南雲忠義が言うと、桜宮小百合はうなずく。

「しょうがないわ。あそこはアウェイだもの」

「このままではＡｉの扱いは医療主導になり、捜査関係者はなす術《すべ》がなくなります」

斑鳩室長が懸念を口にすると、小百合は首を振る。

「それでいいのよ。Ａｉセンターは司法に破壊させずに、医療に自壊させるんだから。今日の会議で、医療界もＡｉに対して一枚岩ではないことがわかったでしょ」

「医療を分断し、仲間割れさせるつもりか」

小百合はうなずく。それにしても警察シンパの法医学会はともかく、医療の中心的存在であるはずの内科学会すら、Ａｉセンターの創設・導入に消極的な様子を目のあたりにして、さすがの南雲も驚いていた。

「透明性が高く、患者主体の情報公開ができるAiセンターの理念は素晴らしい。でもその高い理念についていけない下司《げす》な連中が決定権を握っているようですね」

斑鳩室長がそう言うと、小百合は微笑する。

「それが今の日本の医療の姿なの。だからそのポイントを的確に衝《つ》けば、一瞬ですべては終わるでしょう」

「医療界の愚鈍さには驚くばかりです。Aiを手中に収めて、自律的に展開すれば医療の自主性が高く評価され、絶対的な地位を築くことができるというのに」

「目先の欲に目をくらませた小物が、崇高な試みを引きずり下ろそうとするからよ。でもそれは、捜査関係だって同じでしょ。だからこそ私の思うつぼなの。私のような非合法な存在は、人の心の闇に寄り添って生きていくしかないのだから」

「お嬢は非合法的存在ではない。桜宮一族の当主ではないか」

「ありがとね、忠義。でも私が実存としては存在できないということは自覚しているわ。斑鳩だって、私が公衆の面前で素性をさらしたら、知らぬ存ぜぬを決め込むはずよ」

斑鳩は無表情だ。小百合は斑鳩をちらりと見て、続ける。

「でもそんなことはどうでもいいの。Aiセンターが患者に情報を提供したら、医療スキャンダルは駆逐される。だからミスをごまかしたい下司な医療者と医療事故裁判で儲《もう》けたい弁護士、メディアに巣くうパラサイト評論家たちはAiの封じ込めに躍起になり、よってたかってAiセンターというシンボルタワーを打ち倒そうとする。そうした紛糾のはざまに仇敵《きゅうてき》・東城大を打ち倒すチャンスがあるのよ」

「すると今日の会議では大ボラ吹き、スカラムーシュの宣言が一番の痛手になるな」

　場に居合わせた人々の脳裏に、彦根の歯切れいい発言が蘇《よみがえ》る。

――Ａｉセンターという名称を用いれば、患者主体の医療の遂行を宣言できるのです。

　南雲の言葉に、小百合はあっさりと言う。

「市民のためを思わない連中がＡｉを阻害している、などという真実をばらまかれたらまずいわね。でもその点はすでに、斑鳩が処理してるはずよ」

　斑鳩の表情はその問いには何も答えず、隣にたたずむスーツ姿の若い女性に尋ねる。

「本田、お前は今日の会議をどう見た？」

　本田と呼ばれた女性は、折り目正しく一礼をすると、静かに言う。

「面白い会議でした。ただ、あの塔は放っておいても自壊してしまう気がします。多様な人材を集めているのに、ベクトルがばらばらです。これは崩壊を示す予兆かと」

「これらの情報を追加すれば、浪速の不穏な動きは潰《つぶ》せるか？」

「斑鳩室長のおかげで、貴重な情報を得ることができました。キャメル・パンデミックの時はご期待に添えませんでしたので、今度は挽回《ばんかい》します」

　顔を上げた本田はハンドバッグから眼鏡を取り出し、装着するとそう言い残して部屋を退出した。

　その後ろ姿を見送った小百合は、思い出したように言う。

「そうそう、マリツィアに抗議しなくちゃ。私に無断で改築をＯＫするなんて、一体何を考えているのかしら」

側にいた南雲杏子が国際電話をかけ始めた。ようやく相手が出ると小百合は、通話内容が部屋全体に流れる設定にしてから、電話に向かって語りかける。

「そちらは真夜中ね。起こしてしまったらごめんなさい」

——構わないさ。建築とは永遠の音楽を作曲するようなものなので、夜も昼もないから。

「よかった。でもね、今日はクレームなの。どうして私に無断で改築をＯＫしたの？」

——サユリにとって、よくなかったのかな、あの変更は？

「当たり前でしょう。サイアクよ」

——悪かった。でも僕は約束を守っている。今回はサユリはツイてなかったんだ。

「何を言ってるのか、わけがわからないんだけど」

——僕とサユリの関わりは終わった。ただ僕は、桜宮一族の意思は尊重している。

一方的に電話は切れ、小百合の呼びかけも空しく、電話の不通音が響くばかりだった。

小百合はうつむいて唇を噛《か》んでいたが、やがて顔を上げるとさばさばした口調で言う。

「ここらが潮時ね。いまさら抗議しても変わらないもの。それより今からケルベロス・タワーへ出かけましょう。明日から改装工事になるから、最後の散歩になりそうね」

塔に着いた小百合は、壁に埋め込まれたケルベロスの右目に指を突っ込む。だが扉は開かない。付き添いの杏子が言う。

「こ、こ、これは、もう、やめ、やめなさいという、て、天の声、声かも」

「バカなこと言わないで。たぶん、電気系統あたりがイカれたのよ。打ち上げ花火の準備は終わったから、中に入れなくても問題はないけど、少し気がかりね」

小百合は振り返り、Ａｉセンターを見上げる。

「マリツィアが無断で改築を許可したり、秘密の扉が開かなくなったり、差出人不明の脅迫状が私たちの企てを暴露したり……何だか大きな流れに逆らっているみたい」

呟《つぶや》いた小百合が見上げた夜空には、ケルベロス・タワーの輪郭が黒々と刻み込まれていた。

25章　戦車上のアリア

7月24日午後2時　桜宮岬・Aiセンター

九日後。突然、ハコから電話をもらった。

「久しぶりね、天馬クン。あの可愛子ちゃんとは、うまくいってるの？」

僕は舌打ちをする。

「だから、冷泉とはそんなんじゃないんだって」

「そっか。天馬クンの好みは年上のお姉さまだもんね」

「うるさい。用がないなら切るぞ」

「あ、待って」

用があるなら、先に言え。僕はいらいらしながら、ハコの言葉を待った。

「天馬クン、明日はヒマ？」

「真面目な医学生にヒマなんてない。一コマから六コマまでびっちりだ」

「更生しちゃったんだもんね、天馬クンてば」

「たわごとを言うなら、本当に切るぞ」

「ごめんごめん。明日、時間作れる？　午前中は尾張、午後は桜宮に戻るんだけど」

そう言うとハコはなぜか、くくっと含み笑いをする。僕は用心しながら答える。

「そういう聞かれ方をすると微妙だな。時間を作れるかどうかは、中身によるな」

「ということはヒマなのね。じゃあ明日、田口先生の勇姿を見にいかない？」

勇姿という言葉にあてはまる格好の田口先生の姿を思い浮かべることができなかったので、思わず反射的に、どういうことだ、と尋ね返した。

「実は明日、リヴァイアサンが尾張の大牧《おおまき》空港からＡｉセンターに搬入されるの。それを東堂先生が戦車パレードに仕立てて、田口先生が戦車に搭乗するのよ。ウチの社会部はその話題でもちきりなんだけど、東城医大の学生さんは知らないの？」

思わず噴き出した。田口先生が真面目顔でヒットラー式敬礼をしている姿が目に浮かぶ。まあ、さすがにハイル・ヒットラーはあり得ないだろうけど。

次の瞬間、受話口に向かって叫んでいた。

「行く。絶対に行く」

こんな一大娯楽巨編を見逃すわけにいくものか。一瞬興奮するが、すぐにクールダウンして付け加える。

「だけど桜宮で見られるのなら、尾張には行かない」

ハコは苦笑して言った。

「ものぐさな天馬君らしい答えね。わかった。じゃあ明日の午後、桜宮岬でね」

翌日、午後二時。桜宮Ａｉセンター前の広場では、大勢の見物人がパレードの到着を、今か今かと待ち構えていた。

中には大学関係者やメディア、そして画像診断機器メーカーの技術者の姿も見受けられた。島津准教授や臓器統御外科学教室の黒崎教授、白衣姿の看護師さんまで、田口先生の勇姿を一目見ようと顔を連ねていた。こんなことしか娯楽がないのだろうか。

つくづく、桜宮って田舎だと思う。

やがて華やかな音楽隊に先導され鋼鉄の戦車がごろごろと姿を見せた。通り過ぎる戦車の先頭で、田口先生は士官服姿で右拳《みぎこぶし》を左胸に当て、律儀に敬礼姿で固まっている。

そんな田口先生を見て、センター長って大変だなあ、としみじみ思う。

戦車の後ろには巨大コイルを格納したコンテナが鎮座している。重さは四十トンだと、ハコが教えてくれた。主役であるはずの巨大コイルに、誰も注意を払おうとしない。

戦車パレードでメディアの注目を集めようというのは東堂先生の発案らしい。でも実は田口先生が戦車に乗せろと駄々をこねたのではないかと勘繰っていた。

戦車がロータリーに進入すると、伴走していた黒塗りの公用車から、東堂先生が飛び出してきた。

「野郎ども、今からリヴァイアサンに息を吹き込むから、とっとと仕事にかかれ」

その号令に応じて大勢の人間がわらわらコンテナに取りついた。リヴァイアサンの心臓を収めた四角いコンテナは、たかった働きアリたちの手によって巣穴に運び込まれていく角砂糖のように、ぎこちなく左右に揺れながら、のろのろと姿を消した。

入れ替わりに田口先生が戦車から飛び降り、黒塗りの公用車に乗りこむと脱兎《だっと》の如く、車は走り去ってしまった。僕は呆然《ぼうぜん》とその車を見送った。

あれ、センター長がいなくなってしまってもいいワケ？

「さ、天馬君、ぼうっとしてないで仕事仕事」

ハコが袖《そで》を引くので、仕方なく祭りの後のもの悲しさを感じながら、見物人が立ち去る流れに逆行するように、ハコの後についてＡｉセンターへ向かった。

科学捜査研究所の二階の応接室から、小百合は外の光景を見下ろしていた。部屋には中庭から戻った斑鳩と南雲忠義、そして小百合に寄り添う杏子の四人が揃っていた。後ろ手で閉めたカーテンを背中で合わせ、外部の景色を消し去ると、小百合は言った。

「ほんと茶番ね。あのヤンキーのおかげで、すっかり予定が狂ってしまったわ」

南雲忠義が尋ねる。

「これではＡｉセンターに注目が集まってしまうな。こんな衆人環視の中でセンターの破壊はできるのか、お嬢？」

「心配ないわ。計画は前倒しで済ませてあるから」

小百合が部屋にそなえつけのパソコンに向かうと、壁面モニタに灯《あか》りが点《とも》る。

「これはAiセンターの設計図。青いラインは光ファイバー配線管よ」

クリックすると、もうひとつの設計図が現れる。

「こっちは碧翠院桜宮病院の設計図で、赤いラインは給油管」

再びクリックすると、左右の設計図の、赤いラインと青いラインがぴたりと重なった。

一瞬、その回路図は光り輝き、そしてすぐにくすんだグレーのラインに戻る。

「旧日本軍が設計した碧翠院は、油を満たした給油管に火を放てば一気に破壊される構造になっていたの。ケルベロスの塔は碧翠院と骨格が同じで、給油管部分に光ファイバー配線を張り巡らしてあるわ。だから力学的な干渉点に設置したハブの小箱を一斉に爆破すれば建物全体を破壊できるから、そこに小型爆薬を仕掛けたわけ」

南雲忠義が、啞然《あぜん》とした口調で尋ねる。

「いつの間にお嬢は、そんな手の込んだことをやったんだ？」

「マリツィアが桜宮に来た夜よ。前倒しにしておいてよかったわ」

カーテンを細く開き、Aiセンター前に集結した工事車両が解散していく様を眺めながら答えた。小百合は、胸に下げたペンダント形の起爆装置を見せつける。

「後はこのスイッチを押すだけ。そうすればAiセンターは一瞬で崩壊するわよ」

「物騒なモノの取り扱いには気をつけてくれよ。明日からは私も敵情視察で、あの塔に出向くんだからな」

「今さらあそこに行ってどうするの？　どうせすぐに壊されてしまう塔なのに」

小百合がそう言うと、南雲は首を振りながら、答える。

「たとえ崩壊する運命にある徒花《あだばな》でも、Ａｉというウイルスはすでに世の中に蔓延《はびこ》っているからな。流行《はや》りの病原体を間近で観察できる、得難い機会だ」

「是非、Ａｉの弱点を見つけてきてください。それは警察庁の権威を守ることにもなりますので」

斑鳩室長がそう言うと、小百合は苦笑する。

「ほんとにみんなは心配性なのね。Ａｉを医療領域で内部崩壊させる手は打ってあるし、医学界は上にいけばいくほど、社会のためを考えない欲深い連中ばかりだから、分断するのなんてラクなものよ」

「今回は小百合さんにお任せしたので、心配はしておりません。ところで一度お聞きしたかったのですが、小百合さんはどうしてそこまで東城大を敵視なさるのですか？　単なる意趣返しだけでは、なかなかここまでやれると思えないのですが……」

小百合は目を細めて斑鳩を見た。斑鳩は口を閉ざす。重い沈黙が流れた。

やがて小百合は、冷ややかな声で言う。

「斑鳩って、ほんと大胆ね。誰も私の意志に触れることはできないのに。父でさえ、私の結界には足を踏み入れようとしなかったわ」

そして、ふうっと笑う。

「でも、せっかくだから教えてあげる。東城大の破滅を願ったのはすみれよ。私は、ムダだからおよしなさいと忠告したの。私には死の影が寄り添っていて、そこから見れば、東城大は放っておいても滅びる運命にある。だから頑張ることなんてなかったのに。でも、東城大がひかりの医療を担いながら、影である死に対してあまりにも軽佻浮薄《けいちょうふはく》に振る舞ったから、なにごとにも一生懸命だったすみれは、それが許せなかったのね」

小百合は目を閉じる。

「東城大は碧翠院に、自分たちが負うべき死を押しつけ、私たちは甘んじてそのことを引き受けてきた。そんな関係を、ある日彼らは一方的に断ち切った。その点は私もむかついてるのよ。だから……」

「その恨み一筋で、ここまできたというのか……」

南雲忠義の言葉に、小百合が歌うように言う。

「ううん、違うわ。桜宮家は代理執行人にすぎないの。東城大を滅ぼすのは、この世界に蔓延《まんえん》している死、そのものなの。だから私がやらなくてもいいの。でもせっかくだから、せいぜい楽しませてもらおうかな、と思っているだけ」

斑鳩が唾《つば》を飲み込む。時と空間を凍えさせた後で、小百合は陽気な声で言う。

「……なんてね。実は何が本当なのか、私にもわからなくなっちゃってるの」

南雲忠義が現実に戻って小百合に尋ねる。

「そんなことより、仕掛けた爆弾が事前に発見されてしまわないかな。脅迫状のせいで、ヤツらが捜索してしまうかもしれない」

「たぶん大丈夫よ。仕掛け場所は光ファイバーのハブの中だから普通は見つからないし、仮に見つかったとしてもボールペンにカムフラージュしてあるし。だから心配しないで。あと少しの辛抱よ。あのケルベロスの塔は東城大が一番華々しく栄える、頂点の日に破壊するつもりだから」

小百合はカーテンの隙間からAiセンターを見上げた。カレンダーを見ながら斑鳩が言う。

「するとXデイは公開シンポジウムの八月二十九日という解釈でよろしいでしょうか」

小百合は曖昧《あいまい》な笑みを浮かべ、否定も肯定もしなかった。南雲は肩をすくめる。

「怖い怖い。お嬢を怒らせると、七代末まで祟《たた》りそうだ」

「でも、忠義が心配するのももっともよね。建築設計が勝手に変更されてしまったり、秘密の入口が開かなくなったり、私たちが与《あずか》り知らぬ脅迫状が届けられたり、予期せぬことが多すぎるわ。せいぜい気をつけましょう」

小百合は後ろ手でカーテンの細く開けた隙間を閉じて、朗らかな声で言った。

「とりあえず今夜は乾杯しましょう。華やかに飾り立てられる虚妄の塔、Aiセンターの船出を祝って」

小百合の言葉に南雲杏子はうなずいて、祝宴の準備のため姿を消した。

26章　リヴァイアサン見学ツアー

7月25日午前9時　桜宮岬・Ａｉセンター

　翌朝。ハコが下宿にやってきたのは八時半ジャストだった。

　ハコは下宿の下に車を乗り付けると乱暴にブレーキをかけ、その直後にクラクションをパッパッパッと軽く三度鳴らす。それを聞いた僕が二階から下りていく。部屋に来てノックしろとも思うけど、確かにこの方が効率的だ。でも効率性の向上の名の下で、色気という大切な要素がないがしろにされているのも確かだ。

　ハコのセダンは没個性的だが、長いこと乗り続けているため、クラシックカーの興趣さえある。何しろいまだにパワーウインドウでなく手動式だったりする。

　かつて僕も車を持っていたが、事故に遭ったのを機に手放した。以後、ことあるごとにハコに同乗させてもらっている。ネズミ色の古い車は手入れが行き届いている。

　ご機嫌なエンジン音とハコの鼻歌を乗せ、一路桜宮岬へと向かう。

　窓の外には桜宮湾の輝きが広がっている。今日は快晴だ。

「楽しみね、リヴァイアサンの心臓見学」

うなずきながらも、僕は釘《くぎ》を刺すのを忘れない。

「十一時には大学に戻らないと落第する。そうなると今度は放校だから頼むぜ」

今日の三コマ目は必修の小テストで、参加しないと来年度の授業の参加資格を失ってしまうというウワサだった。かつての僕なら鼻で笑ってぶっちぎったが、毎日授業に出ていると、落第という二文字が断頭台《ギロチン》のような響きを持って襲ってくるようになった。

ヘタレの小市民の一丁上がり、というわけだ。

流れゆく車窓の風景を見遣《みや》りながら、昨日の戦車パレードとその後のハコの行動を思い出す。搬送作戦の終了直後、Aiセンターに乗り込むと、怒号を上げまくる東堂教授の側に行き直談判し、明朝九時の取材アポをゲットした。

コイルに興味などないので、誘いには消極的だった僕に向かって、ハコは言った。

「このコイルはAiセンターの心臓よ。だとしたら桜宮の因縁が集約する特異点になるわ。だから天馬君にとってリヴァイアサンの事前見学は絶対に必要だと思うの」

それなら後には引けない。そこで十一時に大学必着という条件で誘いを受けた。

ハコはAiセンターのスタッフとは、すでに顔つなぎが出来ているので、僕を引っ張り出すことは却《かえ》って面倒なはず。だから僕を誘った理由はハコの都合ではない。そういう時のハコの提案は、これまでの経験から絶対に断らない方がいいのだった。

鼻歌を歌い、全開の窓から吹き込む風に髪をなびかせている、ハコの横顔を盗み見た。

コイツが考えることには、謎が多すぎる。

Ａｉセンターの中庭には工事車両が並んでいた。一週間の突貫工事でリヴァイアサンの安置部屋を作らなければならないのだから大ごとだ。車と人が忙しく行き交う駐車スペースから玄関に向かう途中で、僕たちは別のカップルと遭遇した。

「あら、見て、彦根先生と桧山先生よ」

おはようございます、とハコが挨拶《あいさつ》すると、彦根先生は僕とハコを見て目を細める。ヘッドフォンからはアップビートのハードロックのかけらが漏れ聞こえてくる。

彦根先生に寄り添う桧山先生も会釈した。栗色の髪がさらさらと揺れる。

「こんな朝早くから取材とは、熱心ですね。でもこの時間は東堂先生はクールダウンができてないんじゃないかな」

彦根先生はヘッドフォンを付けながらでも会話できるんだ、などとくだらないことに感心する。それにしても、クールダウンとは、どういうことだろう。

答えはすぐにわかった。玄関ホールでいきなり東堂教授の怒号に迎えられたからだ。

「ファック。液体窒素注入後五時間の磁界フィールドの分布図を考えれば、局所エラーが生じていることくらい、すぐに見抜かないと大変なことになる。この磁場はユーたちがふだん扱っている磁場の三倍強い。だから、ささいな齟齬《そご》も見逃すな」

流れるようによどみない叱責《しっせき》。どうやら東堂教授と技術者たちは夜通し働き続けていたようだ。なるほど、これならクールダウンは必要だ。

受付の警備員から受け取った見学者申請書を提出したが、センター長の事前許可が必要と言われ立ち往生してしまう。幸い田口センター長は出勤していて、ホールで東堂先生と話をしていたそのやり取りが、入口にいる僕たちにも筒抜けだった。

「マイボス、今日のご機嫌はいかがかな」

田口先生はノーベル賞候補最右翼の大教授にマイボスと呼ばせているのか、と呆《あき》れていると、小声の抗議が聞こえてきた。

「お願いですから、マイボスというのだけは、やめてもらえませんか。ノーベル医学賞の最有力候補からマイボスなんて呼ばれるのは、非常に居心地が悪いんです」

東堂先生の笑い声がホールに響く。なぜか大文字のローマ字笑いだ。

「HAHAHA。ノープロブレム。ミーからみればマイボスだってノーベルプライズの資格が立派にありますよ」

「論文が一本もないのにノーベル医学賞を取れるはずはないでしょう」

「とんでもない。マイボスは医学賞部門ではなく、ノーベル平和賞の候補なんです」

立ち聞きしていた僕たちは、とうとう堪《こら》えきれずに噴き出してしまった。

彦根先生がホールに声を掛ける。

「アングロサクソン流の素晴らしいジョークですね。エスプリが実によく利いている」

東堂先生と田口先生がこちらを見た。ふたりして歩み寄ってくる。

「おお、ユーは確か、銀縁眼鏡クンで、その名前はというと……」

「僕を認識するアイテムは眼鏡なんですね。天才の視野は理解し難いものです」

肩をすくめた彦根先生は、めげた様子もなく、言う。

「それでは、改めまして自己紹介させていただきましょうか。田口先生の後輩で、房総救命救急センターの病理医、彦根です」

「おお、初めまして、じゃなかった、どうぞよろしく」

東堂先生が彦根先生に握手の手を差し出すと、その陰に隠れていた桧山先生が、おずおずと小柄な姿を現した。途端に東堂先生が言う。

「おお、銀縁眼鏡クンには、こんなにも美しい同伴者がいたのか」

田口先生が彦根先生に言う。

「会議もないのに、ふたり揃ってご来場とは、どういうつもりだ？」

どうやら僕たちの姿は柱の陰になっていて、田口先生からは見えなかったようだ。

「田口先生、今の言葉は事実誤認です。だって二人ではなく、四人揃ってご来場しているんですから」

彦根先生の言葉を受けて、柱の陰から僕とハコが並んで顔を出す。

「天馬君に別宮さん……こんなところで何をしているんだい？」

う、あんまりだ。すると彦根先生が僕たちの気持ちを代弁してくれた。

「ずいぶん手ひどい歓迎ですね。検討委員やオブザーバーの面々が実質稼働直前のＡｉセンターのことを心配して、わざわざ陣中見舞いにやってきてくれたというのに」

田口先生は僕たちに向かって、申し訳なさそうな顔を向けた。

「それはすまなかったね」

その反動で、彦根先生にきつい口調で言う。

「お前が一緒なんだから、とっとと中に入ればよかったのに」

「できるなら、とっくにやってますって。ほら、こいつが邪魔するんです」

入口の改札機が、一歩踏み出そうとした彦根先生の鼻先でぴしゃりと閉じてしまう。

「そういう大事なことは最初に言うもんだ」

田口先生の、彦根先生に対する扱いはぞんざいに思える。すずめ四天王時代の後遺症だろうか。

そんなやり取りを眺めていた東堂先生は、ハコの姿を認めると言った。

「おお、そちらの麗しい女性は確か……」

そこまで言って東堂先生は黙り込む。昨日会ったばかりのハコですらも、すでに忘却の彼方《かなた》へと消えかかっているらしい。だがハコはめげずに、名乗りを上げる。

「時風新報社会部記者、別宮葉子です」

たぶんハコは、こういう扱いに慣れっこなのだろう。

「そうそう、確か昨日、取材許可をもらいにきた人だったな」

東堂先生が、ぽんと手を打つ。その声を聞きつけて事務の人が駆け寄ってきた。

「取材許可は広報を通していただかないと困ります」

「でも昨日、東堂先生からご許可を頂戴《ちょうだい》していたので」

ハコが当惑した声を出す。さすがにここまで来たのに、こんなところで門前払いされたのではたまったものではないだろう。

すると田口先生が言った。

「取材申請書類は後日提出していただけば結構です。みなさんはＡｉセンターの関係者ですので、一括入場を許可します」

さすがに戦車に乗って桜宮に凱旋《がいせん》パレードをしたセンター長だけのことはあって、とても太っ腹な対応だな、と感心する。

事務長から一日パス券を受け取った僕たちは、ツアー旅行客のようにぞろぞろと入場ゲートを通過する。ハコが、桧山先生をちらりと横目で見ながら、僕に言う。

「ねえ、『美しい』と『麗しい』はどっちが上なのかしら」

どうやらハコは、隣に佇《たたず》む楚々《そそ》とした美女、シオン先生に敵愾心《てきがいしん》を燃やし始めているようだ。そんな個人的な見解を明らかにして、わざわざ地雷を敷設した危険地域に飛び込んでいく蛮勇など持ち合わせていない僕は、ハコの問いが聞こえなかったふりをした。

先頭を歩く田口先生は立ち止まると振り返り、ハコに尋ねる。

「ところで今日の取材目的は何ですか？」

「社会面でＡｉセンターについて短期集中連載を企画しています。今日はＡｉセンターの目玉である超高磁場ＭＲＩ・リヴァイアサンを取材させていただきたくて」

淀《よど》みなく答えるハコの言葉を聞いて、東堂先生は上機嫌になる。

「では美しき敏腕記者に超高磁場9テスラMRI、リヴァイアサンの心臓部、ニオブチタンコイルをお見せしましょう」

ハコは隣をしずしずと歩く桧山先生の整った横顔を見ながら、鼻歌を口ずさむ。

「今度は美しき、ですって。つまり美しいと麗しいは同等ってことね」

僕は、しみじみと東堂先生の強運に感心する。今のは決しておべっかではない。だが結果的に、東堂先生は幇間《ほうかん》なみの如才なさで、するりと危機を回避したのだった。

さすが世界のトップに上り詰める人は何かが違う。


作務衣《さむえ》姿の南雲元監察医も加わったツアー一行を引き連れた東堂先生は、一階ホールつきあたりの大きな扉の前に立つ。部屋の扉を開けると、冷気が流れ出してきた。

全員が部屋に入り東堂先生が扉を閉じると、部屋は一瞬、暗闇に閉ざされる。

東堂先生は手探りでスイッチを探し当てると灯《あか》りを点《つ》けた。裸電球に照らし出された灰色の部屋の中心には、無骨な金属製のマンモスが鎮座していた。それに末期患者を取り巻くライフラインのように、色とりどりの配線が巻きついている。

それがマンモスMRI、リヴァイアサンの心臓だった。

「そういえば入室時に金属を外さなくていいんですか?」

田口センター長が質問すると、東堂先生はうなずく。

「まだ磁場が発生していないのでノープロブレムです。ちなみにヘリウム注入は明後日、高磁場の発生ならびに調整は三日後以降の予定です」

部屋は暗く寒かった。薄着のハコが震えながら僕に尋ねる。

「どうしてこの部屋はこんなに寒いのかしら」

僕が答えあぐねていると、彦根先生が小声で説明してくれた。

「高磁場を発生させるには、超伝導状態である必要がある。そのために絶対零度に近くするので、液体ヘリウムで部屋全体を冷やしているんだよ」

「でも、まだ磁場は発生していないんでしょう?」

彦根先生は、ああ、という表情になる。

「今、部屋を冷やしているのはたぶん、ヘリウムの注入効率を上げるためなんだろう。部屋が暖かいと、液体ヘリウムは部屋とコイル容器を冷やすために消費されてしまって、余分な費用がかかってしまうからね」

ハコは、今度は僕に向かって小声で言う。

「何だかおどろおどろしいわね」

田口先生が不安げに周囲を見回しながら尋ねる。

「この部屋のセキュリティはどうなっているんですか」

「突貫工事で設置したので、磁場遮蔽《しゃへい》で精一杯でした。特別なセキュリティはありませんが、入場できる人物は限定されていますし、建物全体のセキュリティがしっかりしてるから問題はないはずです。スプリンクラー設置が間に合わず、天井に穴だけ開けてある状態ですが、もともとこのタワーは火気厳禁、禁煙厳守ですのでご心配なく」

　すると彦根先生がぼそりと言う。

「だとしたら外部からの攻撃に対しては脆弱《ぜいじゃく》だな。ヤバいぞ、ここは」

「MRIって、そんなに厳重なセキュリティが必要なんですか?」

　ハコがささやき声で尋ねると、彦根先生もささやき返す。

「クエンチを起こす可能性があるからね」

「何ですか、それ?」

「コイルの容器が破損すると最悪のケースでは、液体窒素が急激に膨張して大爆発になる。それがクエンチだ」

　僕がふたりの会話にささやき声で割り込む。

「このコイルが爆発したら、Aiセンターはどうなりますか?」

　彦根先生は銀縁眼鏡の奥で目を細める。ヘッドフォンから、激しい音楽のリズムがこぼれおちる。

「9テスラの高磁場コイルだと、クエンチも大規模だから、Aiセンターなんて吹き飛んでしまうかもしれないね」

　彦根先生は壁にもたれ、リヴァイアサンをぼんやり眺めていた。その目は、モンスターマシンの心臓部に巣くっている虚無を映しだしているように僕には思えた。

真夏なのに凍えるような部屋から出た。インパクトはあるが、要はでかいコイルなので、見ていてすぐに飽きた。東堂先生はコイルをいつまでもうっとり眺めていたけど。

「マンモスの心臓がケルベロスの塔の重心に置かれたのは吉兆か、はたまた凶兆か」

しわがれた声に振り返ると、作務衣姿の南雲元監察医兼Ａｉ副センター長が扉を見つめていた。ホールに戻ったツアー一行に向かって、東堂先生が言う。

「ところでお嬢さん方はわが愛《いと》しのマンモスのために何をしてくれるのかな」

ハコは反射的に言い返す。

「私は記事を書いて、桜宮市民の関心を高めることができます」

「ワンダフル、それはとても有用です。ではそちらのお嬢さんはいかがかな」

ハコの危険性をいち早く察知し、あっという間に矛先を変えた東堂先生の嗅覚《きゅうかく》は大したものだが、次なる標的に桧山先生を選んだのは大失敗だった。隣に舌戦大好きな点では人後に落ちない人物が控えていたからだ。

銀縁眼鏡をきらりと光らせた彦根先生が桧山先生の肩を摑《つか》んで、揺すぶりながら言う。

「ダメじゃないか、シオン。いつも言ってるだろ、相手の目を真っ直ぐ見て、自分の能力をきちんと伝えないと、こんな風にボンクラ共に誤解されてしまうんだ」

いきなりボンクラ呼ばわりされ、むっとした東堂先生に、彦根先生は無礼で傲慢《ごうまん》な投げかけをした因果応報、とばかりに続ける。

「あなたができる程度のことは、シオンならたぶん何でもできるはず。しかも半分の時間で、ね。でもそんなことは全然大したことじゃない。シオンの真価は特殊技術、サプリイメージ・コンバート、略してSICにあるんですから」

彦根先生の反撃に、東堂先生は黙り込む。僕の脳裏にくっきりと、〝言った者勝ち〟という言葉が浮かんだ。隣で壁にもたれている彦根先生に、僕は小声で質問した。

「サプリイメージ・コンバート（SIC）って何ですか？」

「CTデータのボリュームレンダリングから3D立体画像再構築をする技術の総称だ。そのデータ間の空隙を、外挿法と積分法をからめて埋めるというのがメインなんだよ」

彦根先生は僕を値踏みするようにして凝視してから言うけれど、さっぱりわけがわからない。すると僕の理解力を理解したかのように、彦根先生は続けた。

「ま、要するに、CTデータから3D像を作り上げる時に、隙間だらけのデータの間を推測で埋めていき、滑らかな立体像を作り上げることだ」

正直言って、やっぱりよくわかったような、わからないような。

するとそこへ、そんな流れをまったく考えない南雲元監察医が飛び込んできた。

「この仰々しい機械を使うと解剖が不用になるとテレビで見たが、本当かね？」

飛んで火に入る夏の虫。案の定、東堂先生は背中から袈裟《けさ》斬りで斬り捨てる。

「診断機器の進歩に伴い解像度は格段に進歩しました。リヴァイアサンの解像度は十ミクロン単位で、顕微鏡レベルに達しています。つまりA・iは解剖を凌駕《りょうが》するのです」

南雲元監察医は目を細める。感情の伴わない凝視に、背筋がぞわぞわする。

「実に興味深いです。実際にＡｉが解剖を凌駕した症例を拝見したいですな」

「お安い御用です。シンボリックな症例をお見せしましょう。虐待死の症例です」

「虐待死……？　それは解剖で診断できる分野だ」

東堂先生は、肩をすくめる。

「それは無知蒙昧《もうまい》という土壌から芽生えて大輪の花を咲かせた、素晴らしき自己韜晦《とうかい》、簡略に申し上げれば、〝うぬぼれ〟です。解剖医は実に多くの児童虐待案件を見逃し続けているのですから」

何という華麗な面罵《めんば》。僕は惚《ほ》れ惚《ぼ》れと東堂先生を見つめた。

「もはや聞き捨てならん。そこまで言うのなら、根拠を見せていただきたい」

南雲元監察医も負けてはいない。東堂先生は、田口先生をちらりと見て、うなずいた。

「では、実例をお見せしますので、二階へどうぞ」

階段を上りかけた東堂先生に追いすがり、またたく間にコイルの取材を終えたハコは、ふらふらとついて行きそうになった僕の襟首を摑んで引き戻す。

「天馬君、ぐずぐずしないの。取材は終わったんだから、さっさと帰るわよ」

僕はハコに引きずられるままに、断腸の思いでＡｉセンターを後にした。

「どうしてそんなに急ぐんだ？　いいところだから、もう少し見て行こうよ」

ハコは振り返り、両手を腰に当て、説教ポーズを取る。

「バカね。今日の小テストを受けないと落第しちゃうんでしょ」

すっかり忘れていた。考えてみれば、記者であるハコは、僕なんかよりずっと切実に今の症例を見たかったのではないだろうか。

僕はハコの背中に小声で「ありがとう」と言った。

車に乗り込み振り返ると、銀縁眼鏡のヘッドフォン・マスターの彦根先生が、魂が抜けたようにふらふらとAiセンターから出てきた。その足はバス停と逆の、桜宮展望台の方へ向かっている。まるで冥界《めいかい》から呼び出された直後みたいな虚《うつ》ろなその表情を見て、背筋が寒くなる。

次の瞬間、そんな彦根先生のイメージを引き剝《は》がすようにして、逆向きの強烈なGを掛けられてシートにのめりこむ。

「シートベルト。いつも言ってるでしょ」

僕の視界から、陽炎《かげろう》のようにゆらめいていた彦根先生の後ろ姿が、あっという間に消えていく。

「リヴァイアサンの心臓、か。何だか不安だわ」

ハコが呟《つぶや》いた言葉は、車内に吹き込んできた風に吹き散らされて、僕の耳には届かなかった。

27章　錯綜する想念

7月25日午後5時　桜宮岬・桜宮科学捜査研究所

午後五時。

桜宮科学捜査研究所の一室では桜宮小百合が、いつものようにモニタをチェックしている斑鳩の脇に佇《たたず》み、夕刻のワイドショーの重層展開をぼんやりと眺めていた。

その隣では作務衣姿の南雲忠義がソファに沈み、携帯メールをチェックしている。

平和な団欒《だんらん》のひとときにも見える平穏な空気を、不穏な発言で小百合が破壊する。

「あのヤンキー、やることとなすこと目障りね。昨日の騒ぎでAiセンターをしっかり世間に認知させてしまったし。斑鳩も見習ったら？　地味で堅実な広報なんて先細りよ」

「ご批判はしかと受け止めさせていただきます」

昨日と打って変わって刺激のないニュースを眺めていた小百合は、南雲忠義に尋ねる。

「そう言えばどうだったの、敵情視察は？」

「なかなかに不愉快だった。司法解剖歴三十年の私にあそこまで不躾《ぶしつけ》な物言いをしたヤツは初めてだ。だが、議論では完膚無きまでに粉砕されたよ。確かに解剖には苦手領域がある、ならばその分野は得意な専門家に任せるべきだなど、正論を吐かれてはさすがにお手上げだ。司法解剖がＡｉに蹂躙《じゅうりん》される日も、遠くはないだろう」

モニタを凝視していた斑鳩室長が、南雲忠義の返事を聞いて顔を上げる。

「法医学を担う北国の雄、南雲忠義先生にそんな弱音を吐かれては困ります。まさか、南雲先生まで折伏《しゃくぶく》されてしまったわけではありますまいな？」

「法医学は心配いらないさ。あのヤンキーでさえ、解剖の必要性は認めていたくらいだからな。それよりも問題なのは君たちの領分だよ、斑鳩君」

南雲忠義は細めた眼を一層細くして、言う。

「Ａｉが検視を補強してくれる強力なパートナーになるのは間違いないが、同時に検視システムの弱点を白日の下に晒《さら》してしまう諸刃《もろは》の剣だ。おまけに、一番恩恵を受ける法医学者はボンクラ揃い。警察庁にとっては痛し痒《かゆ》しだろう」

斑鳩は答えない。南雲は続ける。

「それにしてもあのヤンキーは、ＭＲＩを使えば解剖がいらなくなるなどと聞き捨てならんことをほざいておった。あのマンモスマシンごとぶっ飛ばしてやりたいくらいだ。セキュリティが甘いから宇佐見警視がいれば一発だったのに。惜しいことをした」

ぼんやりモニタ画面を眺めていた小百合が、突然顔を上げる。

「今、何て言ったの、忠義？」

南雲忠義は自分が口にしたばかりの言葉をもう一度繰り返す。

小百合はしばらく動かなかった。やがてすい、と立ち上がると、斑鳩に言う。

「Aiセンターの設計図面をモニタに出して」

斑鳩室長がキーボードを叩《たた》くと、モニタに幾何学紋様が映し出された。小百合は胸元のロザリオを指でくるくる回しながら、図面を凝視する。やがて晴れ晴れとした顔で、南雲を振り返る。

「いいこと思いついたわ。明日から、また少し忙しくなるわよ」

小百合は遠い目をして言う。

「キラーラビット、宇佐見を思い出したのは、彼へのレクイエムだったのかしら」

そう言った瞬間、小百合の指から銀のロザリオの鎖が外れて遠心力で飛んでいき、壁にぶつかり、儚《はかな》い音を立てて床に落ちた。

歩み寄った小百合は、細い指でロザリオを拾い上げる。そして、破壊されたロザリオの残骸《ざんがい》を陽の光にかざし、目を細めた。


午後五時。夕方の情報番組の多重音声が聞こえてくる。あたしはAiセンター駐車場に止めたワンボックスワゴンの中で、部屋の会話に耳を傾けていた。

イヤホンで聴いていると、すべてがごちゃっと潰《つぶ》れて、濁った音の塊にしか聞こえないのはなぜだろう。考えているうちにその理由に思い当たる。あたしが耳にしているのは多くの音源を一緒にして、ひとつの電気信号にして送られてきたものだ。それは果物とミックスジュースみたいな関係だ。ミカン・バナナ・イチゴ・サクランボといった果実がミキサーにかけられジュースとして届けられる。だから、たとえサクランボが入っていることがわかっても、サクランボだけ取り出して味わうことは不可能なのだ。

胸のもやもやがひとつ解け、すっきりした気分で、イヤホンの音に集中する。

今、交わされている会話の主題は、Ａｉセンターのセキュリティの甘さのようだ。確かにあそこは隙だらけだ。幼い頃から隅々まで熟知しているからよくわかる。

形はそっくりでも中身は違うんだと思うと切なくなる。そんなノスタルジアに浸っていたあたしの気持ちを押し潰すように唐突に、尖《とが》った声が鼓膜を震わせた。

——今、何て言ったの、忠義？

唾《つば》を飲む。何かヤバい。

それは小百合が小動物の運命を手中にした時によく出した声、桜宮の死の女王が死を呼ばわる声だ。小動物はその直後、この世界での存在を失っていた。

あたしは、イヤホンに全神経を集中させる。

その時、聞いたことがないような大きな音がして、思わずイヤホンを外す。

耳鳴りがして、目を閉じる。

しばらくして再びイヤホンを耳にすると、雑音すら聞こえてこなかった。

完全なる沈黙。こんなことは初めてだ。

両肘《りょうひじ》を抱えたあたしは、真夏なのに寒気がして、ぶるりと震えた。

急いで兄を呼び出した。小百合の姿を見かけなくなっていたから、どこかに引っ越したのかもしれなかった。なのでこの流星荘はあたしの城みたいになっていた。部屋に来た兄にあたしは、ここ数日で入手した小百合の破壊計画を伝えると、目をつむって聞いていた兄が、言う。

「これはシンポジウムぎりぎりまで放置しよう。その方が向こうは油断するからな」

小百合と呼ばず、〝向こう〟と言った理由は何となくわかる。固有名詞で呼ぶと、気のいい兄は妹を裏切っている気持ちになるのだろう。博愛主義者、八方美人を自任するだけのことはある。でも、だからと言って小百合を野放しにするのはおかしい。

あたしがそう言うと、兄は困ったような顔をして目を伏せる。

「Aiセンターの破壊はもっとも効果的な日に敢行されるだろう。それはシンポジウム当日しかありえない。だが、もしもそんなことをされたら桜宮一族の名折れだから、俺が断固阻止するさ」

兄が本気になったのを見るのは久しぶりだ。こうなった時の兄は頼もしい。

「爆弾はシンポジウム前日に処理する。早めに処理したら他に仕掛け直してくる可能性があるから、直前まで知らんぷりしていた方がいい」

「シンポジウムの前に爆破されたらどうするの？」

「その時は被害が少なくてよかったと諦《あきら》めることだ」

「そんなあ。それじゃあ、あたしの気持ちはどうなるの？」

「仕方ないさ。事前に爆弾を処理したら、小百合は別の手立てを考えてくるだろう。何しろアイツは執念深いからな。でも放っておけばシンポジウムまで無事なのは確実だ」

「どうしてそんな風に断言できるのよ」

兄は目を細めて笑う。

「お前たち姉妹の性格をよく知ってるからさ。小百合は強欲で辛抱強い。お祭りの日を前にしてそわそわしてはしゃいでしまう、気のいいすみれとは正反対だからな」

憮然《ぶぜん》とした。誹謗《ひぼう》中傷されたからではなく、適切に自分を把握されてしまったからだ。だけど我慢した。小百合と比べたら、よっぽどマシな評価に思えたからだ。

「それより、爆弾処理は俺には出来ないから、仲間が必要になる」

「お兄ちゃんじゃダメなの？」

「万が一のことを考えると、関係者の中から選ぶのがベストなんだ。それに正直言わせてもらうと、俺は、お前たちの姉妹喧嘩《きょうだいげんか》に巻き込まれるのはまっぴら御免なのさ」

「その仲間って、誰でもいいの？」

まっさきに浮かんだのは、天馬君の顔だったけど、兄は首を振る。

「いくつか条件がある。全部満たせなければ、できるだけ条件に近いヤツを選べ」

「で、その条件って何？」

「まず、沈着冷静であること。そして、機械に強いこと」

あっという間に愛《いと》しの天馬君と愛しきダーリン、田口先生が脱落した。

「それから、口が堅いこと。細身で身軽」

腹黒ダヌキの高階病院長が脱落。ついでに東堂と島津もアウト・オブ・バウンズだ。

「できれば、すみれや小百合との接触歴がないこと」

あたしは机を叩いて立ち上がる。

「いい加減にして。そんなこと言ったら誰もいなくなっちゃうわ」

「最後のが一番重要な条件だ。条件に合いそうなヤツはいないか？」

「そんな都合のいい相手なんて……」

いるわけがないでしょ、と言いかけたあたしは、思わず息を呑《の》む。念のためしばらく確認してみたが、どうやら間違いはなさそうだった。

「……いたわ、ひとりだけ」

脳裏に、銀縁眼鏡の気障《きざ》で嫌味な、細身の男性のプロフィールが浮かんでいた。


彦根先生とあっさりアポが取れたのは、田口先生が兄を検討会メンバーのメーリングリストに加えておいてくれたからだ。連絡した時、兄は同時にアリアドネ・インシデントの際の自分の行動を簡略に説明した。この依頼の主眼は東城大破壊工作の防止で、彦根先生と利害が一致していたから、これで一発だった。

あたしにとって好都合だったのは、小百合の破壊工作を妨害したら次はあたしの番で、その時の東城大の守護神となるであろうスカラムーシュ・彦根の性格を事前に把握できる絶好のチャンスでもあったことだ。会合場所をあたしのアパートにしたのは、兄との会話を盗み聞きするためだ。

部屋に入ってきた彦根先生は、ぐるりと見回して言う。

「部屋の主《あるじ》の心象風景が透けて見えますね。そこはかとなく女性の気配もしますが」

隣の部屋でぎょっとしたあたしの耳に、兄の陽気な声が響いてきた。

「そりゃ私もこの年ですから、女友達のひとりやふたりは訪ねてきますよ」

簡単な言い逃れで彦根先生はあっさり納得したようだ。二人が畳に座った音がした。

「ところで緊急の用件って、何ですか？」

彦根先生は合理的でムダがお嫌いのようだ。それはあたしたちにも好都合だった。

「ケルベロスの塔の破壊工作、阻止したいと思いませんか？」

ずばり、兄が言う。沈黙が流れた。彦根先生の頭脳が膨大な演算をしているようだ。

「どうしてそんなことまでご存じなんですか？　検討会のメーリングリストでは、そのことは話題には上がっていなかったはずですが」

素敵。兄のほころびをあっという間に見つけ出すなんて。

だが兄もさる者、即座に彦根先生の上を行く。

「これは少々説明不足でしたね。実は私は田口センター長から依頼を受けたんです。その依頼は保留しましたが、何かの折に協力させていただくということで、今回メーリングリストにも加えていただいたのです」

「ふうん、田口先生が、ねえ……」

彦根先生は、疑わしそうな表情をしていたのだろう、沈黙の後、兄は付け加える。

このひと言で疑いは完全に晴れた。だが彦根先生は用心深く、さらに尋ねる。

「何でしたら今すぐ、田口先生に直接確認していただいても結構ですよ」

「それならどうして城崎さんは、田口先生と同席して、僕に依頼しないんですか？」

彦根先生の疑り深さにはほとほと感心する。裏返せば、仲間にできれば最高だろう。

一体、兄は、この偏屈な質問をどうやって切り抜けるつもりだろう。

「依頼は保留し、フリーランスで気が向いた時にお受けする、と答えたからです。つまりボランティアですが、田口先生はご存じのように律儀な方ですから、私が動き出したら契約がどうのこうのと堅苦しいことを言い出しかねません。それは有難迷惑なんです。今必要なのは、迅速で軽やかなフットワークなんですから」

よくもまあ、ぺらぺらと。あたしはしみじみと感心し、兄が小百合の手の内に落ちなくて本当によかったと思う。彦根先生もさすがに納得したようだ。何より、迅速で軽やかなフットワークという言葉がその琴線に触れたようだ。

「わかりました。では破壊計画の実態と、僕が何をすればいいのか、教えてください」

ごそごそと紙を広げる音がする。碧翠院の設計図を広げているのだろう。

十分後、兄の話を聞き終えた彦根先生が立ち上がる音がした。

「よくぞ知らせてくれました。実は僕も気になる箇所があるので、合わせて防御します。決行日は同じ意見ですので、シンポジウム前日と当日の朝に動きます」

彦根先生には、私が小百合の後をつけて確認した爆弾のありかをひとつ残らず兄を通じて伝えておいた。これなら問題なく処理できるに違いない。

「前日の処理分はわかりますが、当日の朝は何をなさるおつもりですか？」

「それは秘密です。あなたが教えてくれたことは、事前調査が行なわれているからほぼ確実だと思われますが、僕のアイディアはたった今思いついたばかりで、証拠も摑《つか》んでいない状態です。僕にも、プライドがあって、無意味な恥は掻《か》きたくないのです」

兄には、彦根先生を深追いするつもりはなさそうだった。

扉が開き、閉じる音。彦根先生の気配が消え、居間とあたしが隠れている部屋の間のふすまが開いた。

「すみれ、お前の人選はパーフェクトだったよ」

兄・城崎亮が親指を立てて、笑っていた。

28章　奇襲攻撃

8月28日午後3時　桜宮岬・Aiセンター

公開シンポジウム前日、八月二十八日午後二時半。ハコはひとり、怒りを周囲に撒《ま》き散らしながら車を走らせていた。

「だから天馬クンと待ち合わせするのはイヤなのよ」

ハコは窓を全開にしてショートボブの髪を揺らし、僕を見ずに吐き捨てる。

「ごめん。まさか待ち合わせ場所で顔を合わせてしまうなんて思いもしなかったんだ」

僕は頭を下げる。

ついさっき、病院玄関でZ班の連中とばったり鉢合わせしてしまい、冷泉深雪とその仲間たちに、ハコの車に乗り込もうとしたところをばっちり目撃されてしまったのだ。

車から降り、あれこれ言い訳すること五分。冷泉深雪は最終通告のように、冷ややかに言い放つ。

「結局のところ、天馬先輩がおっしゃりたいことは、別宮さんとおふたりで予演会に出席する、という理解でよろしかったでしょうか？」

あう。

そういう誤解をされたくなかったから、こうして懇切丁寧にご説明申し上げたのに、どうしてそんな風にわざわざ正反対の理解をしてしまうのかな、このお嬢さまは。

口に出せない反論が喉《のど》の奥で痰《たん》のようにからまっている。

そこへ首吊《つ》り人の足を引っ張るように、ハコが派手なクラクションを鳴らす。

「へい、お嬢さん、そんなところでいつまで痴話喧嘩《げんか》してるの。そんなにおヒマなら一緒にドライブしましょうよ」

そのセリフに、矢作と湯本が反応する。

「……痴話喧嘩、ですって」「いつの間にコイツら……」

湯本久美と矢作隆介のひそひそ話を耳にして、冷泉深雪は真っ赤になってハコを睨みつける。それから僕の肩越しに、大声で答える。

「お断りします。私はどこかの誰かさんみたいなヒマ人でも、尻軽女《しりがる》でもありません。どうぞおふたりで仲良く予演会に出席してくださいませ」

そういうと冷泉は、ぷい、と向きを変え、矢作と湯本の背中を押しながら、すたすたと歩き出す。

「冷泉、どうしたんだよ」「ミユ、そんなに押さないで、痛いわ」

冷泉率いる三人組は視界から姿を消した。

僕は肩をすくめ、ハコの車に乗り込んだ。

「あらあら、フラれちゃったわね」

運転席のハコがにい、と笑う。シートベルトを着用しながら言う。

「僕たちはそんなんじゃない」

「まあ、僕たち、ですって。言葉って正直ねえ」

ハコの頭をはたこうとした気配を察知したのか、いきなりアクセルを踏み込んだ。その反動で、後ろにのけぞった僕に言い捨てる。

「天馬君のせいで遅刻確定よ。私までだらしな姉ちゃんだと思われちゃうでしょ」

ジェットコースター並みの猛スピードで、ハコの車は桜宮丘陵の頂上、東城大学医学部の病院坂を駆け下りていった。

一週間前、田口センター長からメールを受け取った時には啞然《あぜん》とした。文化祭じゃあるまいし、シンポジウムの時にA i センターを内部公開し、ブースで業績展示をするなんて信じられない。

追試を理由に逃げようとしたら、公衆衛生の実習研究で特Aを取った発表を展示してほしい、と追い打ちを掛けられた。

まったく、油断も隙もありゃしない。

「桜宮の死因究明制度全般に関する発表で、A i に特化していないので趣旨に合わない」とお断りして以降は督促メールは途絶えたが、メーリングリスト上のやり取りを傍受していると、みんな積極的で驚いた。特に無表情の朴念仁、警察関係の斑鳩室長が、オブザーバーのくせに大乗り気なのにはものすごく驚かされたものだ。

よくよく事情を聞いてみると、そもそも桜宮市警の関係者がこの展示の言い出しっぺだったらしい。市民が集う場所で広報活動するのは警察にとっても効率がよくて都合がいい、ということらしい。それなら少しわかる気もした。そして一昨日、桜宮市警絡みの器材搬入でＡｉセンターがごたついたらしいというウワサを冷泉に教えてもらった。大量の物品が運び込まれるため、一時的にセキュリティを切るか、切らないかということで揉《も》めたのだという。どうやら桜宮市警の本気度は相当高そうだ。

ここで部外者の無責任なお気楽さで、当日の展示予定の概略を眺めてみよう。

一階メインホール展示責任者は東堂先生だ。マンモスＭＲＩのコイルを見せたいらしい。少しは一般見学者の興味を惹《ひ》くだろうけど、結局はお化けコイルにすぎないからなあ、などと余計な心配をしてしまう。

実際、僕は五分で飽きたし。でもまあ、五分も引っ張れれば上等か。

戦車搬送作戦を報じたハコの記事も展示するらしい。そこまでして自分の写真を見せびらかしたいのだろうか。田口センター長は、その穏やかな風貌《ふうぼう》に似合わず相当、自己顕示欲が強いようだ。

二階は桜宮科学捜査研究所の出張展示が中心だ。指紋採取やＤＮＡ鑑定を実演してみせるらしい。会議室では医療事故被害者の会が医療相談を実施するという。

そして島津副センター長は、Aiのアーカイブスを動画展示するのだという。

そんな風にして高みの見物を決め込んでいたら突然、シンポジウム前日に予演会を開催するというメールが届いた。展示には興味があったので、ハコを誘って予演会への出席を決めた。返信をしなかったのは、展示に関わらない部外者だからいいかな、と思ったからだ。

僕とハコがAiセンターに駆けつけ、セキュリティ・ゲートを通過すると、目の前にそそり立つ、透明な硝子《ガラス》円柱の中を天へと向かう螺旋《らせん》階段を見上げる。

「よりによって大講堂は五階とは。エレベーターを使おうぜ」

ハコは階段の上部を見上げながら、呟《つぶや》くように言う。

「今月いっぱいはエレベーターは稼働しませんって、メールに書いてあったでしょ」

「それじゃあ五階まで歩いて上れ、というのかよ」

ハコはくるりと振り向いて、両手を腰に当てて、言う。

「何をねぼけてるの、天馬クン？　いい、私たちは遅刻したのよ。歩くんじゃなくて、走るのよ」

そう言い放つと、僕の返事を待つことなく、ハコは軽やかなギャロップで目の前から姿を消した。僕はあわててその背中を追う。

最上階の踊り場で僕を待ち受けていたハコは、僕がぜいぜい言いながら到着すると同時に、大講堂の後部扉の溜《た》まりへと進んでいった。するとそこには先客がいた。

彦根先生が、重そうな銀色のジュラルミンケースを両手で提げて立っていたのだ。ポケットに両手を突っこみ、ヘッドフォンから音楽を聴き流す身軽なスタイルの彦根先生にしては珍しい格好だった。

僕たちを見ると片手を上げ、「ちょうどいいタイミングだよ」と笑った。ハコが扉を開くと、彦根先生は「悪いね」と言って先に部屋に入る。僕とハコがその後に続く。

部屋では田口センター長がステージに立っていた。目が合ったので、会釈してこそこそとハコと並んで座った。

田口センター長が、まさにリハーサル開会を宣言しようとしていた。

その時、彦根先生が演壇に登ると、ケースを机上に置いた。そして田口センター長を押しのけてマイクを握る。

「予演会の前に、皆さんにご報告があります。実は今朝方、建物内を探索したところ、高性能小型爆弾が多数見つかりました。そこで僕の独断ですが、自衛隊の爆薬処理班の出動を要請し、先ほどすべての爆弾を処理し終えました」

僕とハコは思わず顔を見合わせた。田口センター長も呆然《ぼうぜん》としている。センター長に無断でそんな越権行為をされては怒り心頭だろう。でも破壊工作から防衛してくれたのだから、彦根先生のことを怒るに怒れないわけだ。

そんな田口センター長の心情を思うと、さすがに気の毒になる。

彦根先生は、机の上のジュラルミンケースを開いて、箱の中身を一瞬見せるとすぐに蓋《ふた》を閉じる。

「これは、爆発しても周囲に被害が及ばないよう特殊加工された専用ケースですので、どうかご安心ください」

斑鳩室長がかすれ声で、質問する。

「その程度の少量の爆薬では建物全体の破壊はできないのではないでしょうか」

すると、彦根先生は爽《さわ》やかな口調で答えた。

「この建物は旧陸軍が設計した碧翠院がモデルで、配管に沿ったポイントを爆発すれば簡単に破壊できます。でもこれでそうした恐れもなくなりました。Aiセンターは守られたのです」

そう言い残すと、静寂の中、彦根先生は立ち上がり姿を消した。

僕は陶然とその後ろ姿の余韻を噛《か》みしめた。

それは彦根先生の頭脳の切れ味を見せつけるには、インパクト充分の出来事だった。

独演会が終わると、茫然《ぼうぜん》自失状態だったメンバーは我に返り、のろのろと立ち上がる。

そしてひとり、またひとりと部屋を出て行った。誰もが無言だった。

僕とハコも連れ立って大講堂を出た。

講堂に残った斑鳩室長、南雲元監察医そして西園寺さやかの三人は、居残りを命じられた落第生みたいに見えた。

僕は、ハコに下宿まで送ってもらうことにした。何だか、大学に戻るような気分になれなかったからだ。いつもは鼻歌を口ずさみながら運転するハコも、今日は静かで、車中の空気は重かった。

すると突然、僕の身体ががたがたと震えだした。

碧翠院最後の瞬間をまざまざと思い出す。渦巻く真っ赤な炎と黒煙。頬を打つ熱風。きらりと煌《きら》めいた、宙を舞う銀のロザリオの軌跡。

そして、ひらりと炎の部屋に身を投げた女性の後ろ姿。

僕の記憶は、あっという間にあの瞬間へと遡行《そこう》してしまった。震えながら、シフトレバーを握っているハコの手にそっと触れた。

ハコは重ねた僕の指を払おうとはせず、黙って運転を続けていた。

29章　運命の衝突

8月29日午前10時　桜宮岬・Aiセンター

公開シンポジウムは午後一時開始だがAiセンターの内部公開は午前十時からなので、ハコを誘い九時過ぎに家を出ることにした。

冷泉に声を掛けなかったのは、前日の行き違いの気まずさが理由ではない。

軽い朝食を済ませて耳を澄ます。間もなく派手なブレーキ音がしてクラクションが三回、鳴るはずだ。それがずぼらなハコからの合図だった。

約束の時間を五分、過ぎた。五分前主義で時間に正確なハコにしては珍しい。

かすかな不安が胸をよぎった時、遠くから聞き慣れたエンジン音が聞こえた。

続いてクセのあるブレーキング。僕はクラクションが鳴るのを待った。

だが、何の音も聞こえなかった。代わりにややあって遠慮がちなノックの音がした。

ドアを開けると、暗い下宿に晩夏の光が一気に流れ込んできて、白と黒の強烈なコントラストにめまいを感じた。僕は光の枠に細めた目を凝らす。

光の中にたたずんでいたのはツイン・シニョンのシルエットだった。

「どうして……」

そう言いかけると、背後からひょこり顔を出したハコが両手を合わせて、言う。

「天馬君、ごめん。待ち伏せされてて社を出るところで捕まっちゃって」

冷泉深雪は顔を上げて、僕を睨みつける。

「なぜ私だけ仲間はずれにするんですか」

「なぜって、いきなりそんなこと言われても……」

助けを求めてハコを見たが素知らぬ顔だ。仕方なく僕たちの因縁を説明しようとする。

「僕には桜宮一族と浅からぬ因縁がある。そして今日はイヤな予感がするんだ。だから冷泉には遠慮してもらおうと……」

「でも、別宮さんとは一緒にその因縁に立ち向かうんでしょう?」

途方に暮れた。因縁に立ち向かうなどという大それたことではなく、ぼんやりしていると因縁の方から勝手にすり寄ってきて、因縁をつけられてしまうだけのことだ。

「天馬クンってヘタレでグズだから、近くにいると流れ弾を食らっちゃうのよ」

ハコが冷泉深雪の背後で適切な説明をすると、冷泉深雪は振り返って、言い放つ。

「別宮さんって、天馬先輩の保護者気取りなんですね」

「う……。まあ、ある意味、そうなのかも」

そして僕を見て、苦笑する。

「天馬クン、ここまで煮詰まってしまったら、もうお連れするしかないわね」

ハコがサジを投げたなら、この僕にどうこうできる甲斐性《かいしょう》などあるはずもない。

僕は冷泉深雪を見つめて言う。

「冷泉を仲間はずれにしようと思ったわけじゃない。どうしても一緒に来たいというのなら、それは構わない。でもあらかじめ言っておく。何が起こっても後悔するなよ」

一瞬、ためらいの表情を浮かべた冷泉深雪は、すぐ気を取り直したように、うなずく。

僕は部屋の奥に戻り、身支度を調えた。扉を開くと二人の姿はなく、代わりにアパート前に駐車したセダンの空ぶかしの音が聞こえた。

階段を駆け下りる。いつも僕が座っている助手席には冷泉深雪がシートベルトを装着して、膝《ひざ》の上に両手を揃えて座っていた。緊張感に満ちた横顔を見て、鼓動が高まる。

潮風に吹かれながら窓を全開にすると、左手に大海原が見えてくる。その先にAiセンターの銀色の塔が見えた。冷泉深雪は、助手席で身を縮め固まっている。

「ケルベロスの塔、か。それにしても、うまいあだ名をつけたものねえ」

運転席のハコが呟《つぶや》くと、博覧強記の冷泉深雪が言う。

「ケルベロスは竜の尾と蛇のたてがみを持ち、身体は獅子《しし》だと言います。冥界《めいかい》から逃げ出そうとする亡者をむさぼり食うという言い伝えがあります」

「ふうん、冥界から逃げ出そうとする亡者を、ねえ」

でもそんな姿の怪物だと、もはや犬とは呼べないんじゃないかなあ、とふと思う。その時、僕の脳裏をよぎったのは桜宮の双子姉妹の横顔だった。冥界に囚われながら、軀体だけ残存した歪んだ存在である姉・葵のおかげで、彼女たちはこの世界に押し止められている。双子のどちらかは冥界の住人だから、生き残りの片割れを冥界に引きずりこもうとしているのか。

運転席のハコはショートボブの髪を風になびかせ、鼻歌を口ずさむ。そのメロディは晩夏の風に溶け込み、潮騒《しおさい》と共に水平線の彼方《かなた》に消えていく。

ケルベロスは音楽を聴くと、三つの頭が同時に眠りこけてしまうという。ハコの拙《つたな》い子守歌で、地獄の番犬が眠り込んでくれれば結構なことなのだが。

午前十時半に到着した僕たちは、建物に足を踏み入れ呆然とした。塔の内部は、桜宮ではこれまで見たこともないような、大勢の人でごった返していたからだ。

桜宮市民ってこんなに娯楽に飢えていたのか？　だがすぐにこの混雑は予想できたはずだと思い直す。何しろ先日の戦車パレードであれだけ動員がかかったのだ。桜宮市民は物見高いヒマ人が多いということは、すでに証明されていたではないか。

人混みをかき分け内部の見学をする。廊下の壁掛け展示は力作だが文字が小さくて読む気になれない。それでも行列待ちの人たちにはちょうどいい娯楽のようだった。

そぞろ歩きしている親子が展示を楽しんでいる光景は、さながら美術館の特別展レベルで、それはまさしく、桜宮水族館深海館以来の新名所が誕生した瞬間であったのだ。

一通り展示を見学し終えた僕たちは、人いきれを逃れて塔の外に出た。

桜宮岬の突端に向かってそぞろ歩きをしていると、芝生にシートを敷き、弁当を楽しむ家族連れがあちこちに見受けられた。

まったく、素晴らしいピクニック日和だ。

晩夏の桜宮岬に、涼やかな海風が吹きすぎていく。

両脇を美女に囲まれた僕はちょっとしたジゴロ気分だった。黙ってさえいてくれれば、僕が隣に侍《はべ》らせた二人の美女のグレードは相当高い。

そう、黙っていてくれさえすれば、だけど。

展望台の芝生に腰を下ろし、冷泉が持参したバスケットを開けた途端、僕は思わず目を瞠《みは》ってしまった。そこに展開したものは、僕の中にあった〝お弁当〟というものとは似ても似つかない代物だったからだ。サンドイッチをベースにするのはまあ順当としても、はさみこんだのが極上のローストビーフなのはすでに相当やりすぎなのに、サイドディッシュにアワビの酒蒸し、果ては伊勢《いせ》エビのお造りもどきまで加えられた日には、もはやこれはひょっとして一流料亭のおせちのお重とでも呼ぶべき代物なのでは、などと思えるような豪奢《ごうしゃ》さだった。

「うわあ、すごい。冷泉さんはいいお嫁さんになれそうね」

ハコが無邪気に賛嘆の声を上げると、冷泉は恥ずかしそうにうつむいた。

「そんなことないです。お手伝いのキヨさんに手伝ってもらったので」

思わずハコと顔を見合わせる。

――冷泉家には家政婦さんがいるのか。

生活レベルが掛け離れた良家のお嬢さま。美少女でスタイルよし、性格はちょっとキツ目だけど成績優秀の合気道の名手。その上、家にはお手伝いさんがいて美味《おい》しいお弁当を作ってくれる。もはや非の打ち所のない申し分のなさだ。

一方、僕ときたら、幼くして両親を交通事故で亡くし、育ててくれた祖母も天に召されて天涯孤独。医学生だけど、勉強嫌いで留年を繰り返し、放校寸前の劣等生。釣り合わないこと甚だしい。というか、そんなことを考えていること自体、すでに妙な結界に囚われてしまっているわけで。

ハコはそんな僕の、精神的右往左往を横目で見ながら、うっすら笑う。

身分違いのお嬢さまだから、おつきあいには気をつけなさいという、あからさまで大きなお世話な忠告が滲《にじ》み出ていた。だがそもそも僕と冷泉はそういう関係ではない。でもよく考えたら、イヴにはキスもしてるし……。いやあれは酔った冷泉の不埒《ふらち》な振る舞いで、しかも彼女の記憶から完全抹消されている幻だし。

などという自分勝手な妄想を御しきれなくなってしまった僕は、タマゴサンドを無理やり口に押し込んだ。

「ところでひとつ伺いたいんですけど、そんな素敵な冷泉さんは、どうしてこんなロクデナシの天馬君のことを、そこまで気に入っちゃったワケ？」

いきなりのハコの奇襲攻撃に、僕は口にした紅茶を噴き出し、冷泉はサンドイッチをぽろりと落とす。どぎまぎしていたら、冷泉深雪は少し考えて、真顔で答える。

「私、天馬先輩には感謝してるんです」

「あら、どうしてかしら？」

「私、冷泉という名字なので、幼稚園の頃から五十音順のクラス名簿ではいつも最後で、あだ名はドンケツ冷泉でした。それがイヤで、ある日母に転校したいと訴えたんです。でも、転校先でドンケツにならないという保証はないでしょ、そうしたらどうするの、と言われてしまい、言い返すことができなくて結局我慢したんです」

「言われてみれば、確かに〝レ〟の後の字で始まる名字は少ないかも。まあ、クラスに渡辺《わたなべ》さんとか渡部《わたべ》さんがいなかったのが冷泉さんの悲劇ね」

ハコの相づちに、冷泉は再び、ぽろりとサンドイッチを落とした。

「そうか、渡辺さんか渡部さんなら、転校したらいたかもしれませんね」

最後の方はひとり言みたいだった。それから顔を上げて、言う。

「とにかく、そんなわけで天馬先輩が落第してきて、学年名簿のドンケツになってくれた時は嬉《うれ》しくて。天馬先輩には申し訳ないんですけど、本当に嬉しかったんです」

唖然《あぜん》とした。

完全無欠の武闘派美少女優等生に、こんなコンプレックスがあるなんて。こんなことで、こんなまっすぐな美少女のお役に立つなら、留年も悪くない。

ハコはこぼれるような笑みを満面に浮かべて言う。

「冷泉さん、そんなに気を遣うことないのよ。何しろ天馬君は、お父さんとお母さんに日本一幸運な名前をもらいながら、ずっとその幸運に気づかずに生きてきた、日本一おめでたい鈍感男なんだから」

ぐうの音も出ない。大体はハコの言う通りだ。でもそれはちょっぴり間違えている。僕がずっとないがしろにしてきたのは、日本一幸運な名前ではない。僕のことを大切に思っていてくれた、幸運の女神の方なのだから。

でも、初めにボタンを掛け違えた僕たちは、次の再接近は数百年後になる長周期彗星《すいせい》みたいに、互いに遠ざかるしかなくなってしまった。そして、長周期彗星はしばしば非周期彗星になり、太陽接近による揮発成分の喪失がほとんど起こらないが故に、いつまでも夜空に燦然《さんぜん》と光り輝いている。

そんなことをぼんやり考えていたら、潮騒と共に海風が頬を撫《な》でていった。

こんな平和な時間がいつまでも続けばいいのに、とふと思う。

後で考えると、そんな風に考えたこと自体、その後の凄惨《せいさん》な事件を無意識のうちに予感していたわけだけど。

午後一時の十分前。最上階の大講堂へ向かう。抽選に当たった人がぞろぞろと列をなし、螺旋《らせん》階段を上がっていく。

五階受付では三船《みふね》事務長が観客を手際よく押しこんでいる。中では観客が天井を見上げて賛嘆の声を上げている。大講堂の内装を見学するだけで帰る人も見受けられた。

開始五分前。観客が着席し始めた。僕たちは指定された関係者席に座る。僕はハコと冷泉深雪にはさまれ、初めはひとつ席を空けて座っていたが、左端に彦根先生が座り、ハコが僕の隣に詰めた。それを見て冷泉もぴたりと寄り添う。

窮屈なフリをしたが、両隣の美女と触れあう感触は悪くない、とほくほくする。

両手に花状態だけど、花は花でも鬼アザミ気分、そう言えば何だか肌がチクチクするような……。

冷泉の隣にひとつあけて斑鳩室長が座り、隣に医療事故被害者の会事務局の飯沼さんと小倉代表が座る。白マスクの医療ジャーナリスト、西園寺さやかが右端に着座すると、浮わついていた僕の背中に、氷柱《つらら》を差し込まれたみたいな気分になる。

そうこうしているうちに会場前面の扉が開き、シンポジウムの講演者たちが次々に姿を現した。

最初に田口センター長が姿を現すと、驚いたことに拍手がわき上がり、センター長よ、とか、あの戦車が、というひそひそ声が聞こえた。

僕たちの前の最前列には、左端から東堂先生、島津先生、桧山先生、そして作務衣《さむえ》姿の南雲元監察医、右隣に田口センター長が順に座る。最後に悠然と高階病院長が右端に腰を下ろす。その立ち居振る舞いは相変わらず古武士然としていて、会場の空気が引き締まる。

もっともそれは一瞬で、すぐにその静謐《せいひつ》さは観客のざわめきにかき消されてしまう。振り返ると三列目から後ろは、もはや空席ひとつなく、人の頭で埋め尽くされていた。その半数以上は女子大生か、それに近い年代の女性のようだ。何でも貪欲《どんよく》に食いつくしてやる、と言わんばかりの女性の文化力はすさまじい。

ふと、視線を感じて、逆サイドを見る。西園寺さやかの後ろに、そっくりの身なりをした女性が影のように座っていた。僕を見て、黒衣の女性は視線を逸《そ》らす。

その時、シンポジウムの開始時間を知らせるブザーが鳴った。

30章　よみがえる面影

8月29日午後1時　桜宮岬・Ai センター

高階病院長が存在感抜群でそつのない挨拶《あいさつ》をした。

だがトップバッターのマサチューセッツ医大の天才教授の東堂先生は対照的に、挨拶もそこそこにホワイトボードを引っ張り出すと、難解な数式を羅列し始めた。

どうやらMRIの原理から語り起こそうとしているらしい。

何という無茶なことを。

危惧《きぐ》した通り、女性集団が一組抜け、二組抜け、気がつくと空席が目立ち始めた。そんな危機的状況を見かねてストップを掛けたのは田口センター長だった。東堂先生の話が佳境にさしかかったまさにその時、座長権限で講演にストップをかけたのだ。

ノーベル医学賞に最も近い男の話の腰を折る豪胆さには、さすがに驚嘆させられた。

むっとした東堂先生は、田口センター長が壁時計を指さしたのを見て、タイムオーバーであることに気づき、壇上から降りた。そして憤然と会場から出て行ってしまう。

南雲先生の、解剖現場から真相を明らかにしていく話はドラマみたいで面白かった。

だが気がつくと最後までＡｉのエの字も言わなかった。彦根先生から聞いた、法医学者のＡｉアレルギーが実証されたような講演だった。

島津先生はＡｉの素晴らしさを、映像を駆使して見せつけた。呈示した十例近いＡｉ症例すべてが、司法解剖の見逃しを画像で指摘したものばかりだったのには驚いた。

「解剖は実施者の腕前によって診断レベルが変わってしまいます。第三者の監査もできない。Ａｉは繰り返し診断でき、複数の医師の意見も聞ける。事後に第三者の監査も可能です。こんなＡｉシステムこそ、死因究明制度の土台に据えるべきです」

島津先生は講演を終えると、さっさと退出した。南雲元監察医も憮然《ぶぜん》として席を立つ。観客が徐々に減っていく中、桧山シオン先生が登場すると、会場からため息が漏れた。

桧山先生は、激した島津先生の講演を受け、静かに言う。

「Ａｉ診断は時空を超え、過去の事象の診断も可能になりました。古代エジプトのツタンカーメン王の死因も最新鋭ＣＴで明らかになりました。現代技術が太古の死者の死因をも診断したのです」

桧山先生の話は、ムダな言葉が一切なく、詩的な響きさえ伴う。講演はあっという間に終わったが、誰もがもっと話を聞きたいと思っただろう。話の中身への興味より、歌手の歌声に浸るみたいに、観客は桧山先生が奏でる言葉の響きに魅せられていた。

座長の田口センター長が観客に質問があるかと尋ねた。ここまで質問はなかったから、発言を希望するブザー音に驚いた。不愉快な電子音声の主は西園寺さやかだった。

Ａｉは過去の犯罪を暴けるかという問いに対し、桧山先生が、Ａｉは真実を照らす光だと答えると、電子音声の笑い声が会場に響き渡った。続けて、実際の症例のＡｉ画像で死因を診断し、その後にサプリイメージ・コンバートで３Ｄ再構成してほしいというオーダーに、桧山先生は目にも留まらぬ速度でキーボードを叩《たた》き始める。

衆人環視の中、画像はみるみる変形していく。その様子を見ながら、西園寺さやかはゆっくりと演壇に登り、桧山先生の傍らに寄り添う。気がつくと桜宮科学捜査研究所のブースを担当していた私服警察官が西園寺さやかを遠巻きにしている。

桧山先生は気配の変化に気がついて顔を上げたが、すぐに画面に集中する。

桧山先生が呟《つぶや》くように言う。

「この画像は男性で、六十歳を超えています。首筋の小疣贅《ゆうぜい》（イボ）は、悪性ではありません。腸管癒着がひどくイレウス状態です。大腸切除術後の可能性あり、自動縫合器《ペッツ》が使われていないので手術年代は一九八〇年代……下腹部に異物。細長い何か。はさみ、みたいな……違うわ、金属製のハレーションがないから……非金属です」

桧山先生の呟きが次第に混沌《こんとん》としてくるのと反比例して操作速度が一段と上がる。前の席でがたりと音がした。高階病院長の肩が小刻みに震えていた。桧山先生の声。

「異物の再構築にＳＩＣを適用します」

高階病院長が、隣の田口先生に、震え声で言う。その声は後ろに座る僕にも届いた。

「この症例は例の患者です。最期は碧翠院で看取《みと》られたと聞いていたんですが……」

ハコと顔を見合わせる。田口先生が斜め後ろを振り返ると、彦根先生に何事か告げた。

席から立ち上がると、彦根先生は叫ぶ。

「シオン、スクランブルだ。サプリイメージ・コンバートを停止しろ」

桧山先生の指が止まる。寄りそう西園寺さやかが、桧山先生の肩に手を置いた。

「ココデ、止メテ、シマウノ？　桧山先生ハ、恋人ニ言イナリノ、オ人形ネ」

西園寺さやかが指差した観客席には、市民の視線が桧山先生の姿を空間からえぐり出すように凝集していた。その様子に気がついて、桧山先生はうつむいてしまう。

「組織ヘノ、忠誠ノタメ、真実ヲ、隠ソウトシタ、桧山先生ハ、ウソツキダワ」

「そんなことはありません」

桧山先生は西園寺さやかをにらみつける。そこに彦根先生の怒号がかぶさる。

「シオン、そんなヤツの言葉に耳を貸すな」

桧山先生は彦根先生の顔を凝視する。その唇は蒼白《そうはく》だ。

観客席から飛び出した彦根先生は、たちまち屈強な警備員の手で床に屈服させられてしまう。ヘッドフォンをひきちぎられながら叫び続けても、桧山先生はうつむいたまま動こうとしない。やがて再び指をキーボードに置くと、画像処理を再開し始めた。

「シオン、なぜだ。そいつこそ、僕たちの本当の敵《の》なのに」

桧山先生は指を止め、顔を上げる。小さく息を呑んだ後、言い放つ。

「真実を隠せと命令するなんて、私が尊敬していた彦根先生ではありません」

講堂に、桧山先生のタイピングの音だけが響く。その細い指の動きに従い、モニタ内の構造物が白い光に溶けていき、下腹部の物質が黒々とした輪郭を映し出していく。

「これははさみではなく……ペアン、ペアンだわ。材質はカーボン」

ブラックペアン、と呟き、うなだれる高階病院長。西園寺さやかは制止しようとした田口先生を一瞥《いちべつ》し、動きを視線で封じ込める。それから桧山先生に新たな指令を発する。

「患者履歴ヲ、呼ビ出シテ、クダサイ。キーワードは〝クソッタレ〟デス」

言われるがままに桧山先生はデータを検索する。糸の切れたマリオネットみたいに。

「シオン……」

彦根先生のうめき声は、もはや桧山先生の耳には届かない。

モニタに表示された患者情報を、音声ガイダンスの声が読み上げる。

「イニシャル・TI。一九二八年一月生まれ。七〇年、東城大学佐伯外科にて直腸前方切除手術。術者・佐伯清剛《せいごう》。助手・鏡博之《かがみひろゆき》。八八年、腹部鉗子《かんし》除去術。術者・高階権太《ごんた》、助手・渡海《とかい》征司郎《せいしろう》。九九年、心筋梗塞《こうそく》のため死去。死亡診断書作成・桜宮巌雄」

僕でさえ、一度は耳にしたことがある、東城大学医学部の生ける伝説の先生の名が列挙される。つまり、高階病院長が術後にペアンを腹部に置き忘れたということだ。

だが西園寺さやかはそこで止まらず、矢継ぎ早に指示を出し続ける。

「コノ方ノ、オ顔ヲ、SICデ、再構築シテ、クダサイ」

桧山先生はうなずき、CTスライスから3D表面像を作製し始める。でこぼこした立方体がしなやかな指の動きと共に、みるみるうちに人間の顔へと近似していく。目を閉じたデスマスクが浮かび上がる。すると会場から叫び声が上がった。

「お父さん……どうして？」

医療事故被害者の会事務局の飯沼さんの声だ。彼女のお父さんは東城大で手術を受けていて、親子共々東城大のファンだと公言していた。高階病院長の顔面は蒼白だ。

「イニシャルIT、スナワチ、イイヌマ・タツジサンニ、行ナワレタ、鉗子除去術ハ、体内ニ、残サレタ手術器具ヲ、取リ出スタメノ、手術デス。ナノニ、除去術後ニマダ、鉗子ハ、残サレテイタ。コレハ、東城大ノ医療みすヲ、隠蔽《いんぺい》スルタメ、行ナワレタ手術ガ、マタシテモ、みすヲ起コシ、二度マデモ患者ヲ、偽ッタ、トイウコト、ナノデス」

西園寺さやかの電子音声が響く。会場が水を打ったように静まり返る。

「自ラノ保身ノタメ、患者ニ不実ダッタ外科医ガ、ココニイル。ソノ医師ノ名ハ……」

そこで言葉を切り、西園寺さやかは細い指で、高階病院長をびしり、と指差す。

「——東城大学医学部付属病院院長、タカシナゴンタ」

西園寺さやかは、医療事故被害者の会事務局手伝いの飯沼さんに声を掛ける。

「イニシャルIT、イイヌマ・タツジサンハ、アナタノ、オ父サマ、デスネ？」

飯沼さんはうなずく。

「八八年ノ、手術ノコトヲ、覚エテ、マスカ？」

「はい」

「コンナ手術ダト、知ッテ、イマシタ、カ?」

「いいえ……。いいえ、いいえ」

飯沼さんは首を振る。西園寺さやかは高階病院長を凝視し、とどめの言葉を吐いた。

「Aiハ、過去ノ、罪人ヲ白日ノ下ニ、引キ出ス。タトエソレガ、東城大ノ魂デ、アロウトモ。ソレガ、ふぇあ、トイウコト。医療みすヲ、隠蔽シ、今日マデ、生キ存《なが》エテキタ、東城大ノ悪行ハ、許サレマセン」

それは西園寺さやかの、堂々たる勝利宣言だった。

西園寺さやかは笑い声を上げ始めた。その声は艶《つや》やかで、掠《かす》れてはいなかった。

その笑い声を聞いて僕は、一瞬にして沸騰した。お前にそれを言う資格があるのか。

床に押さえつけられた彦根先生、西園寺さやかの恫喝《どうかつ》で身動きが取れなくなった田口先生が、枕を並べてぶざまな姿を晒《さら》している。東城大を代表する人々が、ひとりの女性の圧力になすすべもなく打ちのめされている。演壇を凝視している東城大の魂、高階病院長も身じろぎひとつしない。そして、西園寺さやかの隣には桧山先生が、魂を失ったパペットのように立ちつくしていた。

東城大の屋台骨を支える面々が死屍《しし》累々と横たわる中、僕はとうとう我慢できなくなって立ち上がる。そして田口先生と彦根先生に向かって言い放つ。

「まったくもう、情けないったらありゃしない。田口先生も彦根先生も、こんな無神経なサイコパスに言いたい放題されてヘコミっ放しだなんて、幻滅だよ」

そして壇上の女性を睨みつける。

「そこまでだ、あんたは少しやりすぎた」

西園寺さやかの笑い声がぴたりと止まる。観客の視線が一斉に僕に集中する。

西園寺さやかの電子音声が響いた。

「誰カト思エバ、落第坊主ノ医学生カ」

壇上に歩み寄る僕の動きを封じようと、西園寺さやかは僕を睨みつけたが、その呪縛《じゅばく》は僕には通用しない。僕には桜宮一族に対する後ろめたさがなかったからだ。

壇上で西園寺さやかと向き合う。

「こんな場で、特別な患者の情報が都合良く開示されてしまうなんて偶然が起こるはずがない。すべてあんたが仕組んだことだろ、西園寺さん、いや、その真の姿は……」

僕は壇上の女性を指さして言う。

「碧翠院の忘れ形見、桜宮小百合」

その途端、斑鳩室長が弾《はじ》かれたように立ち上がる。炙《あぶ》り出されてしまった関係性に一瞬、小さく舌打ちをしたのが聞こえた。だがすぐにふだんの無表情、無彩色の世界に戻ると、深々と小百合に一礼をした。そして踵《きびす》を返し、ゆっくりした足取りで会場を出て行った。それと同時に彦根先生を押さえつけていた屈強な男性たちも、一斉に引き揚げてしまった。

警察は都合が悪くなるとさっさと手を引いてしまう。でもそれは仕方がないことだ。僕の言葉が事実なら、過去の捜査ミスが露呈する。そうなったら、闇にぽっかりと大穴が開き、不都合な真実がぽろぽろとこぼれ落ちてしまうだろう。何しろ小百合は死の女王、その周囲には、常に犯罪のかけらが渦巻いていたのだから。

壇上の死の女王はふう、とため息をつき顔を上げる。それから客席に向かって言う。

「ミナサン、碧翠院桜宮病院事件ヲ、ゴ存ジデスカ。アノ火災デ桜宮一族ハ、全員死ニマシタ。デモ、コノ医学生ハ、私ガソノ病院ノ一員ダト、言ッテイル。スルト私ハ、幽霊ニナッテ、シマイマス」

僕は即座に言い返す。

「あの惨劇現場で、燃えさかる部屋から脱出した人間がいた。それがあんただ」

「証拠ガ、アリマセン」

音声システムに内蔵された金属的な笑い声。僕は、胸の十字架を高く掲げた。

「これはあなたの妹、すみれ先生からもらったロザリオだ」

ヒステリックな電子音の笑い声が停止した。

「この中には髪の毛が三すじある。お姉さんの葵《あおい》先生、双子の妹のすみれ先生、そして小百合先生、あなたの髪の毛だ。下の展示ブースでDNA鑑定をして、もしあなたが小百合先生と同定されたら死者が蘇《よみがえ》る。そうなったらあなたは無傷ではいられない。あなたが碧翠院で犯した罪は途轍《とてつ》もなく重く、その数は多い。殺人、嘱託殺人、殺人幇助《ほうじょ》、保険金詐取、有印私文書偽造。他にもたくさんある。僕は全部知っているんだ」

僕を睨みつけていた西園寺さやかは、ふいに目を逸らした。

白い腕が大きな円弧を描いた。床に鈍い金属音が響く。手にしたノートパソコンを投げ捨て、樹脂製のマスクを外す。そこに現れたのは冷たく整った顔だった。

武者震いした。

ついに桜宮の死の女王、桜宮小百合を白日の下に引きずり出したのだ。

小百合は、僕を見てうっすら笑う。その笑顔は碧翠院にいた頃と寸分も変わらない。

「だからあれほど、ペットの始末はつけておきなさいと忠告したのに。この期に及んで、まさかあんたが祟《たた》るとはね。ほんとにすみれは、詰めが甘いんだから」

地の底から響いてくるような低い声。小百合は、首に掛けたペンダントを外す。

「給油管システムへの攻撃は封じられたけど、仕掛けはあれだけではないの。Ａｉセンターの心臓めがけて桜宮の怨念《おんねん》を落下させてあげる。吹き飛んでしまえばいいのよ、こんな穢《けが》れた塔なんて」

小百合は起爆装置を目の前に突き出して、親指でかちり、と鳴らした。

小型のペン型爆弾がまっしぐらに落下し、リヴァイアサンの心臓部のコイルに突き刺さる。そして白煙を上げて爆発するイメージが、脳裏に炸裂《さくれつ》する。クエンチだ。

僕は目をつむり、身をすくめた。だが何も起こらなかった。

「……どうして？　なんで？」

目を開くと、目の前で小百合が狂ったようにペンダントを握り締め続けている。起爆スイッチが作動しなかったようだ。すると跪《ひざまず》いていた彦根先生が、呪縛が解けたように、ゆらりと立ち上がる。髪をかき上げ、拾い上げたヘッドフォンを装着しながら言う。

「リヴァイアサン目がけて落下するはずの爆弾は今朝方、回収しました」

呆然《ぼうぜん》としている小百合に、彦根が静かに告げる。

「展示にかこつけセキュリティを外させ、大量の未チェック物品を搬入するわ、二階の床にドリルで穴をあけるわ、あれだけいろいろ重ねた挙句、設計図を確かめてみたら、床の真下に未設置のスプリンクラーの穴と超伝導電磁コイルが一直線に並んでいる。条件をひとまとめにしたら一次方程式レベルの易しい問題でした」

「なぜ、昨日の予演会の時に報告しなかったの？」

彦根先生はくっと含み笑いをする。

「そんなことしたら、あなたはまた別の方法を考え出したでしょう。ですので今朝方、爆弾処理班の出動を要請したのは賭《か》けでした。でも、天井に設置されたペンダント型の小型爆弾を見つけた時は、ジャックポットをぶち当てた気分でした」

彦根先生の説明を聞き、小百合はペンダントを投げ捨てた。

「そこまで見破られるなんて思わなかった。でも最後までは見抜けなかったようね」

小百合は深々と息を吐いた。その表情には一抹の寂寥《せきりょう》感が漂《ただよ》っている。

だがすぐに無表情に戻ると顔を上げた。そして髪に手を遣《や》ると、ガーネットの髪飾りを外した。はらりと長い黒髪が流れ落ちる。乱れ髪の中、小百合は微笑する。

「これで一勝二敗だけど結果は私の逆転勝ちよ。残念ね、軽薄なスカラムーシュさん」

小百合は手にした赤い髪飾りを、ポテトチップの空箱を握り潰《つぶ》すように捻《ひね》る。

次の瞬間、人差し指を高く掲げて、天井画を指さした。

客席から悲鳴が上がった。天井絵の中心にいる運命の女神、その額を飾る宝石が爆発し、火の粉がぱらぱらと観客席に降り注いだ。炎が舐《な》めるように天井の周囲に広がっていく。観客は、一斉に出口に殺到し始める。

「悪あがきはやめろ。その程度の小爆発では、この塔は破壊できない」

震える声で言う彦根先生を見下ろした小百合は、大笑いを始めた。

「あんなちゃちな爆弾、思いつきでちょっと遊んでみただけよ。破壊戦略の本命はもともとこっちだったのよ。天井画と壁画の内装タイルの芯《しん》にはコークスを仕込み、柱の接ぎ目は可燃材になっているから、炎が回ればたちまち崩壊するわ。天井の壁画に発火装置を仕掛けておいたから、塔が完成したあの時に桜宮一族の勝利は確定していたわけ。あとはゆっくり、熟した果実を味わうだけよ」

小百合は周囲の壁を見回し、ぽつりと言う。

「この手は使いたくなかったの。マリツィアの傑作が台無しになっちゃうんだもの。壁画の出来がよかったから、できれば残してあげたいな、なんて仏心がいけなかったのね」

その言葉を耳にして、床に崩れ落ちた彦根先生を見下ろし、小百合は言い放つ。

「碧翠院のAiで東城大の過去の悪行を暴き、その魂を打ち砕いた。次に東城大の未来、Aiセンターを破壊すれば東城大の命運は尽き、桜宮一族の怨念は晴らされるわ」

小百合は、魂を失った人形のように佇《たたず》む桧山先生の肩を抱く。

「さあ、行って。もう、あなたは自由よ。これからは自分の足で歩きなさい」

肩を押された桧山先生は、ふらつく足取りで後方の扉に向かう。ちらりと彦根先生を見遣るが、すぐにまっすぐ前を向き、そしてもう二度と振り返ろうとはしなかった。

田口先生が座席から飛び出し、彦根先生の肩を摑《つか》み揺すり始める中、天井から地獄の業火が降り注ぎ始める。だけど僕は、壇上の小百合から一瞬たりとも目を離さなかった。

その時、最前列で、みじろぎもしなかった高階病院長がゆらりと立ち上がる。

「初めまして、桜宮小百合さん。東城大学医学部代表、高階です」

低いバリトンの声が朗々と響いた。黒煙の途切れ目から、紅蓮《ぐれん》の炎に照らし出された小百合が、傲然《ごうぜん》と高階病院長を見下ろした。

「お目にかかるのは初めてね。桜宮一族の当主、桜宮小百合です。以後、お見知りおきを。あ、でもあなたたちにはもう明日はないのか」

小百合はけたたましく笑う。蒼《あお》い目をして、高階病院長を見つめる。

「あなたたちがひかりの世界に生き、患者からの感謝を独り占めできたのは、私たちが闇を引き受けていたからよ。東城大のサテライトだった桜宮病院には、手の施しようがない末期患者ばかりが送られてきて、碧翠院には桜宮の死の怨嗟《えんさ》が満ちあふれた。許せないのは、稼ぎたいだけの卑しい心で、私たちの領域に土足で踏み込んできたことよ。思い上がって道を踏み外し、度し難い過ちを犯したのよ。軽薄に死の闇を引き受けようとしたおかげで、桜宮家の献身は台無しにされてしまったわ。だから――」

――だから東城大はぶっ潰されて当然なのよ。

小百合の最後の叫びが、双子の片割れ、すみれが言い放った言葉と時空を超えて同期した。

だがその瞬間、僕の中には、耐え難い不協和音が響き渡った。

あんたにすみれと同じようにして、そんなセリフを言う資格があるのか？　ただ自分の快楽のために、死を玩《もてあそ》んでいたあんたに？

「桜宮の死の世界の秩序を滅《め》茶《ちゃ》苦《く》茶《ちゃ》にしたという自覚すらない、その鈍感さがあなたの罪であり、命取りだったのよ」

小百合はひとり、言葉を紡ぎ続ける。うつむいていた高階病院長は、顔を上げる。

「確かに私は間違えたのかもしれません。でも桜宮家への敬意を忘れたことはない」

「この期に及んで綺麗事《きれいごと》を言うなんて見苦しいわよ、高階権太」

小百合がぎらりとにらみ付けて言うと、高階病院長はうっすらと笑う。

「綺麗事？　そんなもの、今さら何になるんです？　Ａｉセンターは炎上し、私はもうおしまいです。私が今、こんなことを言うのは、私の気持ちが、そして東城大の真実が、桜宮一族に届いていなかったとわかったからです」

建築材が炎に爆《は》ぜる音。黒煙が舞い上がり、嵐のように轟々《ごうごう》と鳴る。

観客は姿を消し、残ったのは立ちすくむ田口先生、跪く彦根先生、僕の連れのハコと冷泉深雪。壇上には仮面をかなぐり捨てた桜宮一族の小百合が傲然と佇む。その彼女と対峙《たいじ》するのは東城大の魂、高階病院長、そして桜宮一族と因縁が深いこの僕だ。

その時、僕の視界の片隅で、壁画にもたれていた影が動いた。でも、小百合が壇上から吠《ほ》えたせいで、すぐに意識は壇上に引き戻されてしまった。

「最新医療を司《つかさど》るなんてほざき、足元も覚束ない医療を中途半端に実施して自己満足を肥大させ、困った患者はこっちに丸投げ。その態度のどこに敬意があるのよ」

「それが役割分担というものです。そうすることこそ、桜宮一族への敬意なんです」

小百合は目を剝《む》き一喝する。炎で熱せられた空気が鋭く揺れた。

「いいかげんになさい、素直に土下座でもすれば、まだ可愛げがあるものを」

すると高階病院長は立ち上がり、大笑いを始めた。

「私の過去を暴いて魂を打ち砕き、Ａｉセンターを壊して未来を壊した、ですって？冗談じゃない、たとえ私を打ち砕いても、東城大の魂は砕けない。Ａｉセンターが破壊されても、Ａｉと東城大の未来は洋々と輝き続けているんです」

高階病院長は高笑いを続ける。炎の欠片《かけら》が激しく降り注ぐ中、鋭い口調を投げつける。

「私が跪《ひざまず》き敬意を払う相手はあなたの父上、桜宮巌雄先生のみ。あなたみたいな世間知らずのお嬢ちゃんに、桜宮の当主の資格はありません。それどころか、あなたは次の世代の東城大にも敵《かな》わない。あなたの捨身の攻撃を受けた今でも、東城大の魂はまだ輝きを失っていないんです」

高階病院長は立ちすくむ田口先生と彦根先生の肩を引き寄せ、小百合に言い放つ。

「この二人が東城大の良心、そして医療の未来です。彼らが生き残っている限り、私たちの希望が打ち砕かれることはありません」

僕のこころを、高階病院長の咆哮《ほうこう》が貫く。

これが東城大の魂魄《こんぱく》か。圧倒的に不利な状況にありながら、何という傲慢《ごうまん》な勝利宣言を高らかに謳《うた》い上げるのだろう。その不撓《ふとう》不屈の精神力に僕は感服していた。

炎が爆ぜる中、ばらばらと建築材の破片が降り注ぎ始める。

「腹黒ダヌキの後継ぎは、優柔不断な懐刀とクソ生意気なスカラムーシュだったのね」

小百合は目を細め、うっすら笑う。言い終えた瞬間、天井から太い梁《はり》が炎に包まれながら落ちてきて、ステージ上の小百合と観客席の僕たちの間を遮った。

「もう限界です。みなさん、避難してください」

田口先生が彦根先生の身体を引きずるようにして後方に向かう。僕はハコに叫ぶ。

「冷泉を頼む」

ハコはうなずくと、呆然《ぼうぜん》と佇む冷泉深雪の肩をつかんで後方に向かう。

これですべての手は打った。後は自分の因縁に決着をつけるだけだ。

僕は、炎に紛れて姿を消そうとしている小百合に追いすがり、炎へ身を躍らせた。

31章　炎の祝福

8月29日午後4時　桜宮岬・Aiセンター

炎の中に飛び込んだ僕の全身を熱風と黒煙が包み込み、周囲がブラックアウトする。
息が苦しい。だが、僕と小百合の世界を遮断していた地獄の業火をくぐりぬけたら、
小百合はすぐ目の前、手の届くところに立っていた。
出口の所で立ち止まり、振り返ったハコが叫ぶ。
「天馬君、そんなバカ女は放って、早く逃げて」
バカなことを言うな。ここでコイツを逃がしたら、世界はまた災厄に覆われてしまう。
燃えさかる天井が落ちてきて床に飛び火した。壁画が次々に炎を吐き出し始める。
「火災発生、避難シテクダサイ。火災発生、避難シテクダサイ」
西園寺さやかの声と同じ電子音声が鳴り響く中、僕と小百合は炎を挟んで向き合った。
周囲を炎の壁で現世と隔てられた灼熱《しゃくねつ》の広場は、驚くほど静かだった。
小百合は呆《あき》れ果てたという表情で、僕を見つめた。
「こんなところまで追いかけてくるなんて、呆れて物も言えないわ。すみれのペット君

は一体何をしたいのかしら」

「僕は、あなたたち姉妹の因縁を終わらせたいんだ」

「生意気な口を利くようになったわね。それより、早く逃げないと焼け死ぬわよ」

「その時はあなたも道連れだ」

「私はそんな間抜けじゃないわ。碧翠院の時だって逃げおおせたし、ちょろいものよ」

桜宮小百合は、ふふ、と笑う。ぱちぱちと炎が爆ぜる音が響いた。

小百合の姿は炎でゆらゆら揺らめいている。だが、その表情に危機感はない。

小百合は、ケルベロスの肖像を描いた壁画の前で、僕に手招きをしているようにも見えた。そう、僕はひよっ子だから、ナメられている。

その時だった。僕の背後から鋭い声が響いた。

「今度は逃がさないわよ、小百合」

ぎょっとして小百合は振り返る。

「どうして、あんたが……」

小百合が呆然としたのも当然だった。紅蓮《ぐれん》の炎と黒煙が渦巻く、その尋常ならざるこの世界に佇《たたず》んでいたのは、絶対にあり得ない女性の姿だったからだ。

栗色の長い髪、鳶色《とびいろ》の瞳《ひとみ》を持つ小百合のアンチコドン。すみれだった。

離ればなれだった一組の遺伝子が、燃えさかる炎の中でこうして再び出会ったのだ。

忌むべき再会を祝福するかのように、建築材が爆ぜる音がいっそう響きわたる。

「さあ、役者は揃ったわ。燃えさかる炎の中で、桜宮一族の因縁を終わらせましょう」

炎でゆらめく小百合の姿は、すみれの言葉を聞いて、彫像のように動きを止めた。

炎の中、そこだけ氷点下の世界が広がっていく。

「自動消火装置、作動シマセン。自動消火装置、作動シマセン」

無機質な第二種警戒レベルの電子音声が響く中、小百合とすみれは対峙した。

小百合の髪が逆立った。

「どうしてあんたがここにいるのよ。説明しなさい」

すみれはちらりと僕を見て、唇の端をきゅっと持ち上げて笑顔になる。

「あたしは幽霊だから神出鬼没、だからこうしてどこにでも現れることができるのよ」

「幽霊なんて信じない。そんなものがいたら、私の周りにうようよ浮遊しているわよ」

そして遠い目をして、ぼそりと言う。

「だけど今の私の周りには闇しか見えないわ」

「あんたは正しい。あたしは幽霊じゃない。ほら、ちゃんと足もあるでしょ？」

すみれはドレスの裾《すそ》をめくる。なまめかしい白い足が、黒い煙の中に浮かび上がる。

「どうしてあんたがこの世に存在してるのか、からくりを説明しなさい」

「そこが納得できないと先に進めないなんて、相変わらず頭が固いのね」

桜宮すみれは、目を閉じると、顔を上げる。

「あの日、炎に包まれた螺鈿《らでん》の部屋に飛び込んだあたしは驚いた。そこには小百合、あんたがいて、どちらが桜宮の当主になるか、あの場で決めるんだとばかり思ってたから。でもあんたはズルかった。部屋には行かず、逃げ出しちゃったんだもの」

小百合はうっすらと笑う。冷ややかな言葉が、燃えさかる部屋に響く。

「聡明《そうめい》と評価してほしいわね。あの部屋に葵姉さんの骸《むくろ》があったから、私とあんたのどちらかが、この世の軛《くびき》から自由になれるとわかっていた。それなら優秀な方が生き残るのは自然の摂理よ。塔の焼け跡には死体が四体あった。父と母、私の身代わりの葵姉さん、そしてすみれ、あんたよ。だから部屋に残されたあんたは死んでいなければおかしいの。なのにどうしてあんたがここにいるの？」

黒煙を吸い、ごほごほと咳《せ》き込んだすみれは涙目になり、小指で目元をぬぐう。

「目の前の事実を素直に見つめれば、答えは自《おの》ずと簡単に出るはずなんだけどな」

「わからないわよ。どんなイカサマを使ったの」

すみれは唇の端をきゅっと持ち上げ、微笑する。

「簡単な算数よ。焼け跡から遺体は四つ。そして四人家族の生き残りが二人。ということは答えは簡単、あの部屋には両親の他にあと二人、誰かがいたということよ」

小百合の視線があちこちにさまよう。冥界《めいかい》から復帰してきた亡霊の影を追っているかのように。

「葵姉さんの他にあそこに誰かいたはずはない。そんなバカなこと、絶対……」

小百合の言葉を引き取ると、すみれが微笑して言った。

「……ありえない、と言いたいの？」

小百合はすみれを見つめた。やがてその表情に驚愕《きょうがく》の色が浮かぶ。

「あ、まさか……」

その表情を凝視しながら、すみれが静かに言う。

「思い出した？　碧翠院最後の日に、もう一人亡くなった若い女性がいたことを」

小百合はごくりと唾《つば》を飲み込む。

「千花？……」

すみれは静かにうなずいた。

「ご明察。あたしの忠実な部下だった千花は、最後まであたしに尽くしてくれたの」

「でもあの朝、亡くなってすぐ火葬にしたって、お父さまが言っていたのに……」

「最後は火葬になったでしょ。碧翠院の歴史を閉じる業火と共に、ね」

すみれは遠い目をして言った。

「部屋にあんたはいなかった。でも代わりに自殺願望を抱えながら生き存《なが》えていた千花がいてくれた。あの時、千花はまだ生きていて、あたしの代わりに桜宮の娘として母に寄り添ってくれた。優しい千花は桜宮の娘になって、母も喜んで死んでいけたわ」

小百合は、低い声で呟いた。

「だからあの時お母さまは、家族が全員そろっていると言ったのね」

「父は、あんたが言いつけに背いて逃げ出すことも見抜いていた。だから千花は死んだ、とあんたに告げて、螺鈿の部屋にかくまっていた。すべては小百合、あんたひとりではなく、あたしも桜宮の因縁から解き放とうとしたからよ」

すみれは小百合を凝視して、決然と言い放つ。

「だからあたしがここにいるのも桜宮一族の意思なの」

小百合は沈黙した。建材が炎に爆《は》ぜる音だけが響く。すみれは続けた。

「あの晩、父は目の前で葵ちゃんの心臓マッサージを始めた。あたしは父が狂ったのではないかと思ったけど、違ったの。万一、解剖された時、肺に煤《すす》がないと怪しまれる。だから炎の中で葵ちゃんの心臓マッサージをしたの。その理由を聞いて、ああ、あたしには父を超えることはできない、と悟ったわ」

すみれは小百合を見つめた。すみれの言葉に、小百合は押し黙ったままだ。

「そして小百合、あんたもよ。お互い、諦《あきら》めましょう」

「何を偉そうに……」

小百合の、呻《うめ》くようなしわがれ声が響く。だが、それ以上は続かない。材木が炎に爆ぜる音だけが周囲に響いている。やがて小百合は静かに言った。

「それで今、こうして私の前に立ちふさがって、あんたは何をやりたいの？」

「さっき言ったでしょ。小百合、あんたは立派に目的をやり遂げたから、今度こそ東城大の息の根は止まった。まあ、それはあたしの目標でもあったわけだけど」

「そうよ、あんたの目標でもあった。だけどやり遂げたのは、私よ」

「悔しいけれど、あんたの言う通り。だけど目的を遂げたあんたを闇に沈めるのは、桜宮家の当主であるあたしの仕事なの。あたしは桜宮の因縁を終わりにするのよ」

小百合は高らかに笑う。

「たわごと言わないで。虫一匹、人一人殺すことができないあんたなんか、当主になれるはずがない。そうよ、桜宮一族の当主はこの私なんだから」

すみれは寂しそうな微笑を浮かべた。

「そう、あたしは桜宮のできそこない。でも、一族が終焉《しゅうえん》を迎える時には、ストップ・コドンが発動する。アンチコドンの暗号が、あたしたちの因縁を終わらせるの」

そう言うと、僕を見た。その瞳の中には、深い湖のような静けさが湛《たた》えられていた。

「天馬クン、小百合を引き留めてくれてありがと。さあ、もう行きなさい。この塔はもう崩れるわ」

小百合は僕を凝視して言う。

「そうよ、とっとと逃げなさい。私はこの塔と共に永遠に生きるんだから」

すみれは、あはは、と笑い声を上げる。

「ウソ言わないで。あんたは裏道を通り、自分だけ無事にこの塔から逃げ出すつもりなんでしょう。でも、そうはさせないわ」

小百合は、すみれをにらみつけながら後ずさる。

「そんなこと言ったってこの立ち位置では私を止められない。忘れたの？　秘密の通路の入口は私の後ろにある。今のあんたには、何もできやしないわ」

するとすみれは肩をすくめて、微笑する。

「いっけない。うっかりしちゃった。だから言われちゃうのよね、詰めが甘いって」

それから僕を振り返ると、小さく舌を出す。

「天馬クン、ドジっちゃった。あんなこと言った後でカッコ悪いけど、もう少しだけ手伝ってくれないかな」

当然、僕はうなずいた。怪訝《けげん》な顔をした小百合を見ながら、すみれは言う。

「天馬君が立っているその場所から二歩、右に寄ってちょうだい」

言われるままに二歩、右に歩き、僕は床に描かれた六芒星《ろくぼうせい》の中心に立っていた。

「これで魔法が掛かったわ。さあ、逃げてごらんなさいよ、小百合」

そろそろ後ずさった小百合は、背中が壁に突き当たると向きを変え、壁画の枠に手を掛ける。その壁画は冥界の番犬、ケルベロスの肖像だ。初めはそっと、やがて身体全体を預けて扉をぐいぐいと押すが、きしみをあげるばかりでびくともしない。

小百合は動きを止めた。振り返ると、すみれを睨みつける。

「何をしたの？」

すみれは僕に歩み寄り、僕の肩を抱いた。そして笑顔で言う。

「これがラッキーペガサス、天馬クンの魔法よ」

「いい加減なこと言わないで、きちんと説明しなさい」

「おお、こわ。どうしてそうやっていつも姉さん風を吹かせるかな。同じ日にこの世界に生まれ落ちたというのに、ねえ」

小百合はぎらりとした視線ですみれをにらむ。

「御託を並べていると、殺すわよ」

「まあ、姉妹のよしみで教えてあげる。隠し扉の本当の仕組みは、螺鈿《らでん》の部屋で最後にお父さまが教えてくれたわ。これは桜宮一族の当主だけが知るからくりなの。普段は小百合の背後の壁が抜け道の扉になる。でも協力者がいると、そのからくりは反転する。床の六芒星の真ん中に人が立つと、百八十度反対側が、隠し扉に変わってしまうわけ」

すみれは説明しながら僕の肩を抱いて後ずさる。背中が壁に突き当たる。背後を両手で押すと、裸体の女神を描いた壁画がきしみを上げて開いていく。

振り返って新たな抜け道を確認したすみれは、笑顔になる。

「さすがマリツィア、洒落《しゃれ》てるわね。もうひとつの隠し扉に、ケルベロスを出し抜いた愛の女神、プシュケを描くなんて」

すみれは挑発的な視線で小百合を見る。

「これでも逃げるつもりなら、今度こそあたしを乗り越えていかないと、ね」

つり上がった目で、小百合はすみれをにらむ。

「結局、最後の最後は、あんたが私の邪魔をするのね。茉莉亜叔母《おば》さまが教えてくれた通りだったわ」

「同じ遺伝子を持ち、同じ運命のワルツを踊る。これもふたりの宿命なのよ。お互いに諦めましょ」

すみれは僕を見て、顎《あご》でくい、と指図する。

「天馬クン、今度こそ本当に行って」

僕が動く気配がないのを感じたすみれは振り返る。視線があった僕は首を振る。

「いやだ。僕はすみれさんと一緒に逃げるんだ」

「バカなことを言わないで。そんなのは、絶対にダメよ」

「絶対いやだ。螺鈿の部屋にすみれさんが飛び込んで、僕はひとり取り残された。あんな気持ちは二度と味わいたくない」

すみれは肩をすくめる。そして唇の端をきゅっと持ち上げ、微笑する。

「ばかね。あたしは死なないわ」

ゆっくりと僕に歩み寄ると、そっと僕の唇に赤い唇を触れた。思わず息を呑《の》み、目をつむる。肩をとん、と押され、バランスを崩して後ろの壁にもたれる。周囲が歪《ゆが》み、身体が闇に放り出され、重力の虜囚となって暗黒の坩堝《るつぼ》に飲み込まれていく。扉ははるか上空に遠ざかり、一条の炎が断末魔のように一筋吐き出された後で、闇に閉ざされた。

「グッバイ、天馬クン」

落下する加速度の中、すみれの別れの挨拶《あいさつ》に包まれて、僕の意識は暗転した。

薄暮の中、桜宮岬からは燃えさかる塔が見えていた。五階の窓から炎がちろちろと顔を出していたが、やがてどさり、どさりと音がして、三階と四階の窓から真っ赤な大蛇が顔を出し、建物にまとわりついていく。

ケルベロスの塔は、熱を加えた飴《あめ》細工のように、ぐにゃりぐにゃりと崩れていく。炎に包まれた姿は碧翠院に瓜《うり》二つだったが、その怨念《おんねん》の塔が崩れ落ちていく様を、田口たちは呆然《ぼうぜん》と見つめていた。隣では、跪《ひざまず》いた銀縁眼鏡の彦根がうつろな目で虚空をにらんでいる。

昂然《こうぜん》と顔を上げた別宮葉子の隣では冷泉深雪が泣きべそをかいている。そして田口の隣には、影のように高階病院長が佇《たたず》んでいる。

白光が夕空を貫いた。

ひと呼吸を置いて、大音響の爆音が轟《とどろ》き、夕闇に白煙が立ち上る。

Aiセンターの魂、リヴァイアサンの心臓である9テスラの高磁場誘導ニオブチタンコイルが、クエンチを起こした瞬間だった。

冷泉深雪が、身体を震わせる。

「天馬先輩は大丈夫でしょうか」

別宮葉子は冷泉深雪の肩を抱いて、言う。

「私と天馬君は腐れ縁。ふたり一緒の時には酷《ひど》い目に遭うけれど、最後は不運のカードがひっくり返る。私が無事なら天馬君も大丈夫。だって天馬君は私のラッキーペガサスなんだもの」

冷泉深雪は、目を見開いて別宮葉子を見た。やがて燃えさかる炎にきっぱりと視線を向けた。

「そうですよね。天馬先輩は無敵の落第王子ですものね」

冷泉深雪と別宮葉子は身を寄せ合い、燃えさかる炎をいつまでも見つめ続けていた。

終章　手紙

火災の翌日。

僕は病院のベッドの上に横たわっていた。身体のあちこちに包帯が巻かれているのは、ちょっとした火傷《やけど》のせいだろう。心なしかあちこちがひりひりしている。

僕の枕元ではハコがうつらうつらしている。一晩中看病をしてくれたらしい。

ため息をついて、ポケットをさぐる。そこには分厚い手紙の束がある。

その感触をひそかに指でなぞって確かめる。

ボリュームを絞ったラジオから、知りたい情報が流れてくる。全焼したＡｉセンターの焼け跡から遺体は見つかっていない。行方不明者が数名いるとも報じたが、それが誰かは報じなかった。目を閉じて、ハコの寝息のリズムに身を任せながら、シンポジウム前日だった一昨日に、長身の男性の訪問を受けたことを思い出す。

シンポジウムの前日。ノックの音に、予演会に一緒に行く約束をしたハコにしては早すぎる、と思いながら扉を開けた。

するとそこには見知らぬ男性が立っていた。男性は名刺を差し出しながら言った。

「究極の便利屋、4Sエージェンシー代表の城崎亮、と申します。本日は天馬大吉さんにお願いがありまして」

いきなり自分の名を呼ばれて驚く僕を見ながら、初対面のはずの城崎は続けた。

「実は私、田口先生からAiセンターの防衛を依頼されてまして。実は少々込み入ったお願いがあります。できればまず、依頼人に直接会っていただきたいのです」

城崎が差し出したのは、Aiセンター創設会議のメーリングリストに送信されたメールだった。どうやら言っていることは本当らしい。

「お目に掛かるだけなら構わないですけど、面倒は勘弁してほしいんですけど」

僕が用心しながら言うと、城崎は笑顔で言った。

「天馬さんなら、きっとそう言ってくださるだろうと思っていました。今から彼女を呼びますので、しばしお待ちを」

そうか、依頼人は女性なのか、と思っていると、城崎は一旦《いったん》姿を消した。

やがて彼に導かれるようにして、依頼人が姿を現した。

その時の驚愕《きょうがく》を、誰が想像できただろう。

目の前には、ずっと思い焦がれていた、あのすみれが立っていたのだから。

すみれは、僕の目の前から突然失われたあの時と、ちっとも変わっていなかった。

すみれは目をくるくるさせ、いたずらっぽく微笑む。

「どうしたの、天馬君。幽霊を見るみたいな目をして」

「あ、いや、あなたは本当にすみれ先生、なんですか？」

思わず彼女の腕を摑《つか》んでしまう。そして自分の乱暴狼藉《ろうぜき》に気がついて、あわててその手を離した。だがその手には、すみれの細い腕の感触がしっかり残っていた。

すみれは唇の端をきゅっと持ち上げて、微笑する。

「どう、幽霊だった？」

すみれは肘《ひじ》を両手で抱えて、言う。

「いつまで戸口のところで立ち話をさせるつもりなのかしら？」

あわてて二人を部屋に招き入れた。それからすみれが僕に語ったことは衝撃的だった。

東城大を破壊するため小百合が暗躍していること。Aiセンターに潜入し、碧翠院桜宮病院では給油管だった光ファイバー網に爆弾を仕掛けて破壊しようとしているので、彦根先生に事実を伝え未然に防ごうとしていること。今日の予演会で、彦根先生がそのことを暴露する予定だということ。

「でね、天馬君には一番の難題をお願いしたいの。あたしがチェックした限りでは、これ以上の破壊工作は見つからないんだけど、最後にはあの塔は崩れ落ちてしまうような予感がするの。もし想定外の方法で塔が破壊されそうになったらその時には、あたしが

「小百合の逃亡を阻止する。その時には、あたしの助手になってほしいの」

　僕は黙り込む。殺風景な部屋の中で、秒針を刻む音だけが響いている。

「やっぱ無理よね。わかった。頼んだあたしが悪かったわ。今のは忘れて」

　すみれが明るい声で言う。僕はあわてて首を横に振る。

「そうじゃない、そうじゃないんだ。僕はすみれ先生から頼まれたのが嬉《うれ》しくて、胸がいっぱいで答えられなかっただけだ」

「それじゃあ、やってくれるの？」

「もちろん。何をどうすればいいか、よくわからないけど、全力でやらせてもらう」

　僕がうなずくと、すみれは目を細め、唇の端をきゅっと持ち上げて笑った。

「ありがとう、天馬君。あたし、あなたが大好き」

　すると側に佇んでいた城崎が、すみれの肩をぽん、と叩《たた》いて言った。

「ほらな、天馬君は絶対に協力してくれると言っただろ」

　すみれは、小指の先で涙をぬぐいながら、うなずく。

「ほんと、お兄ちゃんの言った通りだったわね」

　城崎は僕と向き合って、「それじゃあ今から詳しく説明しよう」と告げた。

　すみれ先生は眩《まぶ》しそうに目を細めて僕を凝視《みつ》めた。そして僕は、観衆の面前で、西園寺さやかが桜宮小百合と同一人物であるという告発をするという大役を引き受けた。

　こうして僕の冒険が始まった。

季節は晩夏のはずなのに、病室は凍えるように寒い。

僕は枕元で眠るハコの横顔を見つめる。その頬に、かすかに光る涙の跡が見えた。

どうしてコイツは、僕を助けてくれるのだろう。見返りも要求せず、ひたすら一途《いちず》に。

目を閉じて、ラジオが報じた事実に思いを馳《は》せる。死体が見つからないということは、

あの業火の中、小百合は絶体絶命の包囲網から、またしても逃げおおせたのだろうか。

詰めが甘いのよ、と告げる小百合の姿が脳裏に浮かんで、そしてぼやけていく。

そして、すみれの姿も同じように記憶の混沌《こんとん》の中に溶けていく。

だけどそのこと自体は、さほど驚くことでもない。

なぜならあれは、この世界で存在をなくした亡霊が一瞬、炎のゆらめきの中でよみがえり、陽炎《かげろう》のように消えていったという、ただそれだけのことだったのだから。

拳《こぶし》を握りしめる。一瞬、休学届を出して、すみれを捜しに行こうか、という考えがよぎった。だけどもし受理されなかったら、僕は放校になってしまう。たとえ受理されたとしても、復学できる保証など、どこにもない。だから絶対にそんなことはできない。

それはたくさんの人たちと交わした、無言の約束だ。

碧翠院で亡くなった大勢の人たち、日菜と千花。最後に僕が看取《みと》った美智。

そして、笑顔ひとつを残して僕の目の前から姿を消したすみれ。

ならば僕の使命は、医学を修得し、はかない生命を守り通すことなのだろう。

ハコは目を醒《さ》ます気配がない。病室の窓からは、晩夏の朝日が今昇ろうとしている。

夏の終わり、桜宮湾の水平線がきらりと光る。

僕は風に吹かれながら、ポケットから手紙の束を取り出すと、読み始める。


——日記を書いてみようかしら、と思い立ったのは、極北に逃れて半年が経った頃だ。

でも、踏ん切りの悪い私は、なかなか始められず、一日、また一日と先延ばししていた。


すみれの〝手紙もどき〟あるいは〝日記くずれ〟の冒頭を読んで、目を閉じる。

窓から、秋の風が吹き込んでくる。ふわり、とすみれの匂いがした。

長い時間、手紙を読み続けた。いや、長い時間のような気がしただけだったのかもしれない。顔を上げると、枕元の時計の針はそれほど時を刻んでいなかったのだから。

ハコは枕元で眠っている。流しっぱなしのラジオからは、初めてふたりでドライブした時にカーラジオから流れてきたオールディズが流れ出す。そのメロディに包まれて、最後の一枚にたどりつく。それまでと違い、字が乱れた走り書きのような筆跡だった。

それは、書きかけで途中でやめてしまった短い手紙のようだった。

目を閉じて深呼吸すると、すみれが僕に残した最終章を、ゆっくりと読み始める。

——私は今、禁断の領域に足を踏み入れようとしている。

それはもともとは兄の提案だった。その提案には、私は最後まで抵抗した。思えば、それははかない抵抗だった。今さら何をためらう必要があるのだろう。

だってそれは、私の真の願いだったのだから。

でもまさか今、こんな場面《シーン》で天馬君と再会することになるなんて。

桜宮に戻った直後に、兄に天馬君の携帯番号を調べてもらったら、矢も楯《たて》もたまらなくなって思わず電話してしまったことがあった。長い沈黙の果てに、誰かと尋ねられ、「A・iセンターに気をつけて」なんて思いもしなかったことを口走っていた。

何であの時に、あんな無粋なことを言ってしまったのだろう。

そのせいで、私は二度と電話を掛けられなくなってしまった。

でも、勇気を振り絞れば、それなりの対価もある、ということも教えられた。だって私の赤い携帯には、天馬君からの伝言メッセージが残されていたのだから。

私は幾度、その言葉を聞き返したことだろう。

——あなたは誰ですか。

天馬君から私に手渡された言葉は、今の私にぴったりだった。

それは私自身が、鏡に向かって問いかけ続けた言葉と、まったく同じだったから。

声を聞いただけで、こんなに動揺してしまう私が、直接天馬君と会うなんて。考えただけで、身体の芯《しん》から震えがくる。

変わり果てた私の姿を見て、天馬君は何と言うだろう。

冷たい視線で、突き放されてしまうかもしれない。それとも化け物、と罵《のの》られてしまうかしら。そうしたら私は何も言えなくなってしまう。震える足を突っ張って、事務的に依頼を伝えることしかできなくなってしまうかもしれない。

でも、私は小さな賭《か》けをする。

どんな理由でもいい、もしも天馬君が私の身体に指を触れてくれたなら、私の想いを伝えよう。

その時、天馬君は私の想いを受けとめてくれるだろうか。

それとも見て見ぬふりをしてやり過ごすだろうか。

どちらでも構わない。この手紙を天馬君に渡すことができさえすれば、もう私は、いつ、この世界から溶けてなくなったとしても悔いはないのだから。

時計の針がこんなにゆっくり時を刻むことなんて、すっかり忘れていた。

二時間後、私は天馬君と再会する。そして時計の針がさらにもうひと回りしたら……

私と小百合の因縁に決着がついているだろう。

そうしたら

別宮葉子は、頬を撫《な》でる風に目を開ける。

気がつかないうちに、うとうとしてしまったようだ。

ベッドに視線を落とす。そこには腐れ縁の天馬大吉が眠っている。

いや、眠っていたはずだった。

だがベッドの布団はまくれあがり、さっきまでそこに寝ていた青年の痕跡《こんせき》だけが残されていた。

——どこに行ったのかしら……。

別宮葉子は目を閉じる。胸の内に、ざわめく予感がある。

胸苦しくなって目を開き、空のベッドを見つめた。破られた封筒が置かれているのに気がついて、取り上げたが、中身はどこにも見あたらない。

カーテンが風に揺れた。

ラジオから、聴き覚えがある懐かしいメロディが流れてきた。

解説

千街晶之

本書『輝天炎上』（《野性時代》二〇一二年六月～七月号、同年十一月～二〇一三年一月号に連載。二〇一三年一月、角川書店より刊行）は、海堂尊の第三長篇『螺鈿《らでん》迷宮』（二〇〇八年、角川文庫）の続篇として執筆された作品だ。同時に、著者のデビュー作『チーム・バチスタの栄光』（二〇〇六年、宝島社文庫）から始まる東城《とうじょう》大学シリーズの真の完結篇と言える作品でもある。

現役医師だった著者は、『チーム・バチスタの栄光』で第四回『このミステリーがすごい！』大賞を受賞して作家デビューした。東城大学医学部付属病院の不定愁訴外来の医師・田口公平《たぐちこうへい》と、「火喰《ひく》い鳥」「ロジカルモンスター」の異名を取る厚生労働省の傍若無人な官僚・白鳥圭輔《しらとりけいすけ》が、バチスタ手術中の連続死の謎に挑むこの作品は、個性的なキャラクターたちによる会話の妙味と、医学の専門知識をふんだんに盛り込みつつエンタテインメントに徹した作風を高く評価され、たちまちベストセラーとなった。その後、東城大学を舞台とする物語はシリーズ化され、網膜芽腫《もうまくがしゅ》の子供たちと緊急入院した歌手をめぐる物語の『ナイチンゲールの沈黙』（二〇〇六年）、天才外科医・速水晃一《はやみこういち》にかけられた汚職疑惑の顚末《てんまつ》を描く『ジェネラル・ルージュの凱旋《がいせん》』（二〇〇七年）、白鳥が属する厚生労働省を主な舞台とした『イノセント・ゲリラの祝祭』（二〇〇八年）、病院内で起きた殺人事件が東城大学を窮地に追いつめる『アリアドネの弾丸』（二〇一〇年）と続き、『ケルベロスの肖像』（二〇一二年、以上すべて宝島社文庫）で完結したことは周知の通りだろう。『螺鈿迷宮』と本書は、そのサイド・ストーリーとも言うべき物語なのである。

さて、ここで読者にお願いしたいことがある。本書の前に、『螺鈿迷宮』をなるべく読んでいただきたい、ということだ。本書は『螺鈿迷宮』の結末を前提とした上で展開される物語だからである。出来れば、東城大学シリーズも先に読んでいたほうがいい。更に付言するなら、『ブラックペアン１９８８』（二〇〇七年、講談社文庫）に始まる「バブル三部作」、そして『極北クレイマー』（二〇〇九年、朝日文庫）や『ナニワ・モンスター』（二〇一一年、新潮社）にも目を通しているのが望ましい。

シリーズの外伝短篇と著者による自作解説を収録した『ジェネラル・ルージュの伝説』（二〇〇九年、宝島社文庫）の「はじめのご挨拶」で「人生は誰にとっても自分が主役の群像劇。舞台はひとつ、主役の御仁が別の物語では冴えない脇役に早変わりする回り舞台。ひとりひとりに過去と未来があって、脇役人生なんてありえない、ならばそれは虚数空間でも同じこと」と語られているように、著者の作品世界は、シリーズものであるか単発作品であるかを問わずすべてつながっており、ある作品で僅《わず》かな出番しかない脇役だった人物が別の作品では主役に躍り出るなどの趣向が用意されている。それぞれ独立した話でありながら、次々と他の作品にも手を伸ばすことで作中世界がどんどん立体的な像を結んでゆく、というのが著者の作品の特徴なのだ。そして、幾つもの系列の物語が集中する大交差点のような作品として本書は位置づけられる。

ここで前作『螺鈿迷宮』の内容をおさらいしておく。主人公の天馬《てんま》大吉《だいきち》は東城大学の医学生だ。留年を繰り返し雀荘《ジャンそう》に入り浸りだった彼は、幼馴染《おさななじ》みの記者・別宮《べっく》葉子《ようこ》の依頼で——というより、彼女と手を組んだ企業舎弟・結城《ゆうき》の策謀に巻き込まれるかたちで、宗教法人と老人介護センターとホスピス施設を一体化した複合型施設であり、地域の終末医療の最先端として注目を集める碧翠院桜宮《へきすいいんさくらのみや》病院に潜入することになった。この病院を調べていた結城の部下・立花《たちばな》が、病院長とアポが取れたという連絡を最後に消息を絶ったというのだ。他にも、この病院には何かと黒い噂が絶えない。看護ボランティアとしてここで働きはじめた天馬は、病院長の桜宮巌雄《いわお》と妻の華緒《はなお》、彼らの一卵性双生児の娘である小百合《さゆり》とすみれ、そして入院患者たちなどの病院の人々と接触の機会を持つ。やがて彼は、この病院の入院患者の死亡率が異様に高いことを訝《いぶか》しむようになる……。

『螺鈿迷宮』が東城大学シリーズと地続きの世界の物語であることは、白鳥圭輔が皮膚科の医師を名乗って登場することや、田口公平などシリーズのレギュラーたちの名前が頻出することからも明らかだ。また『ナイチンゲールの沈黙』で描かれる事件には、碧翠院桜宮病院が間接的に関わっていた。ラストで病院はカタストロフィを迎えるけれども、関係者のひとりが自分の死を偽装して生き残ったことが暗示される。こうして、続篇である本書への布石を打っておいて『螺鈿迷宮』という物語は幕を下ろす。

そして四年後に発表された本書は、実は東城大学シリーズ最終作『ケルベロスの肖像』と同じ事件を表と裏から描いた作品であり、両方を読むことで著者が仕掛けたトリックがすべて判明するようになっているのだ。本書と『ケルベロスの肖像』の表裏一体の関係にやや近いのは、並行して起きた出来事をそれぞれ描いた『ナイチンゲールの沈黙』と『ジェネラル・ルージュの凱旋』だろう。だが、『ナイチンゲールの沈黙』と『ジェネラル・ルージュの凱旋』は当初はひとつの作品として構想されたものであり、出版社の意向で二つに分割されたという事情があるので、本書と『ケルベロスの肖像』の発想とは異なる。

『ケルベロスの肖像』は、東城大学医学部付属病院の高階権太《たかしなごんた》病院長のもとに届いた「八の月、東城大とケルベロスの塔を破壊する」という脅迫状からスタートする。本書にもこの脅迫状は登場するが、多くの部分が田口の視点で描かれていた『ケルベロスの肖像』に対し、本書の第一部は前作同様、天馬大吉の視点で描かれる。心を入れ替えて医学の勉強に身を入れていた彼は、前作の事件の翌年、後輩の冷泉《れいせん》深雪《みゆき》とともに、公衆衛生学の実習研究の課題として「日本の死因究明制度の問題点、および桜宮市における実態調査」を選んだ。天馬は、「死を学べ。死体の声に耳を澄ませ。ひとりひとりの患者の死に、きちんと向き合い続けてさえいれば、いつか必ず立派な医者になれる」という巌雄の最後のメッセージをしっかりと受けとめていたのだ。天馬と深雪の師である清《きよ》川《かわ》教授は、近々東城大学に創設されるAiセンターのことを研究に組み込むよう二人に勧める。Ai(オートプシー・イメージング)とは死亡時画像診断、即《すなわ》ち遺体を解剖することなく、画像診断によって死因を検証する技術であり、その導入により死因判明率は革命的に高くなる。しかし、現在の死因究明制度の根幹である解剖は法医学者の領域であり、法医学界とそのバックに控える警察にとって、Aiが死因究明制度の中心になることはいろいろと都合が悪い。天馬と深雪はAiをめぐるそのような意見の対立点を、関係者たちに取材しながら学んでゆく。このあたりは、著者自身のAi推進についての使命感を織り込みつつ、門外漢の読者にも極めてわかりやすく語られている。

意見を異にする多くの関係者たちのもとを熱心に巡礼しつつも、天馬は田口公平に会うことだけは避け続ける。相手は知らぬことながら、田口は天馬にとって恋敵にあたるからだった。しかし天馬は田口と思いがけないタイミングで遭遇する。この初対面の様子は、『ケルベロスの肖像』では田口の視点から描かれていた。天馬も田口も、周囲に引きずられやすい受け身のキャラクターという共通点があるのだが、較べて読むと二人が互いの目にどう映っていたのかが判明し、思わずニヤリとする箇所もある。やがて、天馬は田口の要請でオブザーバーとして会議に参加することとなり、第四部で描かれる事件の最終局面にまで立ち会う。その経緯は『ケルベロスの肖像』にも描かれていたけれども、そちらでは伏せられていた天馬の役割が本書で説明されるため、『ケルベロスの肖像』の結末を知っていても新たなサプライズを味わえるようになっている。

桜宮一族の生き残りが正体を現す第二部に続き、第三部に至って『ケルベロスの肖像』で具体的に説明されないままだった謎がついに解明され、その伏線が既に『螺鈿迷宮』の時点から張ってあったことも明らかとなる。また、『ナイチンゲールの沈黙』を再読すれば、この作品から登場し、本書で重要な役割を果たしたある人物の背景について暗示する文章があったことに気づいて驚かされる筈《はず》だ。そして物語は、桜宮の残党による東城大学への復讐《ふくしゅう》は成功するか、Aiセンターの運命はどうなるのか……といった興味で読者を牽引《けんいん》しつつ、結末へ向けてサスペンスを盛り上げてゆくのである。前作の続篇として、そして東城大学シリーズの真の完結篇として相応《ふさわ》しいドラマティックな大団円だ。

他の作品を先に読んでおいたほうがいいという前提条件は、読者によってはやや負担に感じるかも知れない。だが、さまざまな作品に分散していた伏線が次々と回収され、複数の物語が一気に収束して結末を迎える快感は、単発作品では味わえないものでもある。島田荘司監修『本格ミステリー・ワールド2014』(二〇一三年、南雲堂)の「作家の計画・作家の想い」というコーナーで、「二〇一三年に出版した『輝天炎上』は本格だと思っている私ですがいかがでしょうか？」と著者自ら述べているように、これは著者の作品中でも本格ミステリとして極めて水準の高い試みである。謎とサプライズの物語を愛するミステリファンならば、本書を堪能《たんのう》しない手はないと思うのである。

本書は二〇一三年一月、小社より刊行された
単行本を加筆訂正し、文庫化したものです。

輝天炎上《きてんえんじよう》

海堂《かいどう》 尊《たける》

平成26年 2月25日　初版発行

発行者●山下直久

発行所●株式会社KADOKAWA
〒102-8177　東京都千代田区富士見2-13-3
電話 03-3238-8521（営業）
http://www.kadokawa.co.jp/

編集●角川書店
〒102-8078　東京都千代田区富士見1-8-19
電話 03-3238-8555（編集部）

角川文庫 18397

印刷所●旭印刷株式会社　製本所●株式会社ビルディング・ブックセンター

表紙画●和田三造

ISBN978-4-04-101231-4　C0193

角川文庫発刊に際して

角川源義

第二次世界大戦の敗北は、軍事力の敗北であった以上に、私たちの若い文化力の敗退であった。私たちの文化が戦争に対して如何に無力であり、単なるあだ花に過ぎなかったかを、私たちは身を以て体験し痛感した。西洋近代文化の摂取にとって、明治以後八十年の歳月は決して短かすぎたとは言えない。にもかかわらず、近代文化の伝統を確立し、自由な批判と柔軟な良識に富む文化層として自らを形成することに私たちは失敗して来た。そしてこれは、各層への文化の普及滲透を任務とする出版人の責任でもあった。

一九四五年以来、私たちは再び振出しに戻り、第一歩から踏み出すことを余儀なくされた。これは大きな不幸ではあるが、反面、これまでの混沌・未熟・歪曲の中にあった我が国の文化に秩序と確たる基礎を齎らすためには絶好の機会でもある。角川書店は、このような祖国の文化的危機にあたり、微力をも顧みず再建の礎石たるべき抱負と決意とをもって出発したが、ここに創立以来の念願を果すべく角川文庫を発刊する。これまで刊行されたあらゆる全集叢書文庫類の長所と短所とを検討し、古今東西の不朽の典籍を、良心的編集のもとに、廉価に、そして書架にふさわしい美本として、多くのひとびとに提供しようとする。しかし私たちは徒らに百科全書的な知識のジレッタントを作ることを目的とせず、あくまで祖国の文化に秩序と再建への道を示し、この文庫を角川書店の栄ある事業として、今後永久に継続発展せしめ、学芸と教養との殿堂として大成せんことを期したい。多くの読書子の愛情ある忠言と支持とによって、この希望と抱負とを完遂せしめられんことを願う。

一九四九年五月三日

角川文庫ベストセラー

新装版 螺鈿迷宮　海堂尊

「この病院、あまりにも人が死にすぎる」——終末医療の最先端施設として注目を集める桜宮病院。黒い噂のあるその病院に、東城大学の医学生・天馬が潜入した。だがそこでは、毎夜のように不審死が……。

モルフェウスの領域　海堂尊

日比野涼子は未来医学探究センターで、「コールドスリープ」技術により眠る少年の生命維持を担当している。少年が目覚める際に重大な問題が発生することに気づいた涼子は、彼を守るための戦いを開始する……。

フリークス　綾辻行人

狂気の科学者J・Mは、五人の子供に人体改造を施し、〝怪物〟と呼んで責め苛む。ある日彼は惨殺体となって発見されたが!?——本格ミステリと恐怖、そして異形への真摯な愛が生みだした三つの物語。

Another (上)(下)　綾辻行人

1998年春、夜見山北中学に転校してきた榊原恒一は、何かに怯えているようなクラスの空気に違和感を覚える。そして起こり始める、恐るべき死の連鎖！名手・綾辻行人の新たな代表作となった本格ホラー。

霧笛荘夜話　浅田次郎

とある港町、運河のほとりの古アパート「霧笛荘」。誰もが初めは不幸に追い立てられ、行き場を失ってここにたどり着く。しかし、霧笛荘での暮らしの中で、住人たちはそれぞれに人生の真実に気付き始める——。

角川文庫ベストセラー

図書館戦争シリーズ①
図書館戦争 有川　浩

2019年。公序良俗を乱し人権を侵害する表現を取り締まる『メディア良化法』の成立から30年。日本はメディア良化委員会と図書隊が抗争を繰り広げていた。笠原郁は、図書特殊部隊に配属されるが……。

県庁おもてなし課 有川　浩

とある県庁に生まれた新部署「おもてなし課」。若手職員・掛水は地方振興企画の手始めに、人気作家に観光特使を依頼するが、しかし……!? お役所仕事と民間感覚の狭間で揺れる掛水の奮闘が始まった！

グラスホッパー 伊坂幸太郎

妻の復讐を目論む元教師「鈴木」。自殺専門の殺し屋「鯨」。ナイフ使いの天才「蝉」。3人の思いが交錯するとき、物語は唸りをあげて動き出す。疾走感溢れる筆致で綴られた、分類不能の「殺し屋」小説！

マリアビートル 伊坂幸太郎

酒浸りの元殺し屋「木村」。狡猾な中学生「王子」。腕利きの二人組「蜜柑」「檸檬」。運の悪い殺し屋「七尾」。物騒な奴らを乗せた新幹線は疾走する！『グラスホッパー』に続く、殺し屋たちの狂想曲。

再生 石田衣良

平凡でつまらないと思っていた康彦の人生は、妻の死で急変。喪失感から抜けだせずにいたある日、康彦のもとを訪ねてきたのは……身近な人との絆を再発見し、ふたたび前を向いて歩き出すまでを描く感動作！

角川文庫ベストセラー

世界の終わり、あるいは始まり　歌野晶午

東京近郊で連続する誘拐殺人事件。事件が起きた町内に住む富樫修は、ある疑惑に取り憑かれる。小学六年生の息子・雄介が事件に関わりを持っているのではないか。そのとき父のとった行動は……衝撃の問題作。

ハッピーエンドにさよならを　歌野晶午

望みどおりの結末なんて、現実ではめったにないと思いませんか？　もちろん物語だって……偉才のミステリ作家が仕掛けるブラックユーモアと企みに満ちた奇想天外のアンチ・ハッピーエンドストーリー！

チョコレートコスモス　恩田陸

無名劇団に現れた一人の少女。天性の勘で役を演じる飛鳥の才能は周囲を圧倒する。いっぽう若き女優響子は、とある舞台への出演を切望していた。開催された奇妙なオーディション、二つの才能がぶつかりあう！

サウスバウンド（上）（下）　奥田英朗

小学6年生の二郎にとって、悩みの種は父の一郎だ。自称作家というが、仕事もしないでいつも家にいる。ふとしたことから父が警察にマークされていることを知り、二郎は普通じゃない家族の秘密に気づく……。

オリンピックの身代金（上）（下）　奥田英朗

昭和39年夏、オリンピック開催を目前に控えて沸きかえる東京で相次ぐ爆破事件。警察と国家の威信をかけた捜査が極秘のうちに進められる。圧倒的スケールで描く犯罪サスペンス大作！　吉川英治文学賞受賞作。

角川文庫ベストセラー

長い腕　川崎草志

東京近郊のゲーム制作会社で起こった転落死亡事故と、四国の田舎町で発生した女子中学生による猟銃射殺事件。一見無関係に思えた二つの事件には、驚くべき共通点が隠されていた……。

呪い唄　長い腕Ⅱ　川崎草志

明治の名棟梁、敬次郎を生んだ四国の早瀬町に、汐路は帰ってきた。恐るべき事件から数ヶ月後、故郷で待っていたのは元軍人の老人。幕末に流行った童謡『かごめ唄』に乗せて、新たな復讐の罠が動き出す！

GO　金城一紀

僕は《在日韓国人》に国籍を変え、都内の男子高に入学した。広い世界へと飛び込む選択をしたのだが、それはなかなか厳しい選択でもあった。ある日僕は、友人の誕生パーティーで一人の女の子に出会って――。

狐火の家　貴志祐介

築百年は経つ古い日本家屋で発生した殺人事件。現場は完全な密室状態。防犯コンサルタント・榎本と弁護士・純子のコンビは、この密室トリックを解くことができるか!? 計4編を収録した密室ミステリの傑作。

鍵のかかった部屋　貴志祐介

防犯コンサルタント（本職は泥棒？）・榎本と弁護士・純子のコンビが、4つの超絶密室トリックに挑む。表題作ほか「佇む男」「歪んだ箱」「密室劇場」を収録。防犯探偵・榎本シリーズ、第3弾。

角川文庫ベストセラー

角川文庫ベストセラー

受精　帚木蓬生

不慮の事故で恋人は逝ってしまった。失意の底で舞子が見出した一筋の光明。それは、あの人の子供を宿すことだった。すべてを捨て舞子はブラジルの港町、サルヴァドールへと旅立つ。比類なき愛と生命の物語。

受命　帚木蓬生

招聘医師として平壌入りを決意した津村。万景峰号で海峡を渡った舞子。中国国境から潜入した寛順と東源。彼らの運命が交錯するとき、現代史を塗り替える大事件が勃発する。北朝鮮の深層を抉り出す衝撃作。

ツ、イ、ラ、ク　姫野カオルコ

森本隼子。地方の小さな町で彼に出逢った。ただ、出逢っただけだった。雨の日の、小さな事件が起きるまでは——。渾身の思いを込めて恋の極みを描ききった、最強の恋愛文学。恋とは「堕ちる」もの。

使命と魂のリミット　東野圭吾

あの日なくしたものを取り戻すため、私は命を賭ける——。心臓外科医を目指す夕紀は、誰にも言えないある目的を胸に秘めていた。それを果たすべき日に、手術室を前代未聞の危機が襲う。大傑作長編サスペンス。

夜明けの街で　東野圭吾

不倫する奴なんてバカだと思っていた。でもどうしようもない時もある——。建設会社に勤める渡部は、派遣社員の秋葉と不倫の恋に墜ちる。しかし、秋葉は誰にも明かせない事情を抱えていた……。